Die Mühle am Floss. Übersetzt von Julius Frese.

George Eliot, Julius Frese

The BiblioLife Network

This project was made possible in part by the BiblioLife Network (BLN), a project aimed at addressing some of the huge challenges facing book preservationists around the world. The BLN includes libraries, library networks, archives, subject matter experts, online communities and library service providers. We believe every book ever published should be available as a high-quality print reproduction; printed on- demand anywhere in the world. This insures the ongoing accessibility of the content and helps generate sustainable revenue for the libraries and organizations that work to preserve these important materials.

The following book is in the "public domain" and represents an authentic reproduction of the text as printed by the original publisher. While we have attempted to accurately maintain the integrity of the original work, there are sometimes problems with the original book or micro-film from which the books were digitized. This can result in minor errors in reproduction. Possible imperfections include missing and blurred pages, poor pictures, markings and other reproduction issues beyond our control. Because this work is culturally important, we have made it available as part of our commitment to protecting, preserving, and promoting the world's literature.

GUIDE TO FOLD-OUTS, MAPS and OVERSIZED IMAGES

In an online database, page images do not need to conform to the size restrictions found in a printed book. When converting these images back into a printed bound book, the page sizes are standardized in ways that maintain the detail of the original. For large images, such as fold-out maps, the original page image is split into two or more pages.

Guidelines used to determine the split of oversize pages:

• Some images are split vertically; large images require vertical and horizontal splits.
• For horizontal splits, the content is split left to right.
• For vertical splits, the content is split from top to bottom.
• For both vertical and horizontal splits, the image is processed from top left to bottom right.

Die Mühle am Floss.

Von

George Eliot,

Verf. von „Adam Bede.“

Uebersetzt

von

Julius Frese.

Zweiter Band.

(Autorisirte Uebersetzung.)

Berlin.
Verlag von Franz Duncker.
(W. Besser's Verlagsbuchhandlung.)

1861.

Inhalt.

Viertes Buch.
Das Thal der Erniedrigung.

Fünftes Buch.
Weizen und Wicken.

Sechstes Buch.
Die große Versuchung.

Siebtes Buch.

Die endliche Rettung.

Viertes Buch.

Das Thal der Erniedrigung.

———

Erster Abschnitt.

Eine Art Protestantismus, von der Bossuet nichts weiss.

Wenn ihr an einem Sommertage die Rhone hinabgefahren seid, so habt ihr vielleicht gefühlt, wie der Sonnenschein getrübt wurde von den verfallenen Dörfern, die hie und da die Ufer bedecken und stummen Bericht geben, wie einst der schnelle Strom, ein zürnender Gott der Zerstörung, sich erhoben hat und die schwachen kurzlebigen Geschlechter hinwegraffte und ihre Wohnstätten zur Wüste machte. Seltsamer Gegensatz, mögt ihr gedacht haben, zwischen dem Eindruck dieser trüben Reste alltäglicher Wohnungen, die selbst in ihrer besten Zeit nur von einem schmutzigen Leben zeugten, welches in all seinen Einzelheiten unserm eigenen gewöhnlichen Zeitalter angehörte, und zwischen der Stimmung, in die uns die Ruinen am burgengekrönten Rhein versetzen, welche zu solcher Harmonie mit den grünen Felsenhöhen verwittert und verschmolzen sind, daß sie von Natur dazu zu gehören scheinen wie die Tanne des Gebirges, — ja, die selbst in der Zeit ihrer Erbauung dazu gepaßt haben müssen, als hätte ein erdgebornes Geschlecht sie errichtet, das von seinem gewaltigen Erzeuger einen erhabenen Formensinn ererbt hatte. Das war eine Zeit der Romantik! Mochten diese Raubritter wilde und trunkene Ungeheuer sein, sie hatten etwas von der Größe wilder Thiere, sie waren reißende Waldeber mit mächtigen Hauern, nicht so gemeine zahme Grunzer; sie repräsentirten die dämonischen Gewalten, die unaufhörlich mit

1*

Schönheit, Tugend und der zarten Sitte des Lebens in Streit lagen, und in dem Bilde ihrer Zeit gaben sie einen hübschen Gegensatz ab zu dem fahrenden Sänger, dem lieblichen Edelfräulein, der frommen Nonne, dem furchtsamen Juden. Eine farbenglänzende Zeit das, wo das Sonnenlicht auf blankem Stahl und wehenden Bannern spielte, — eine Zeit des Abenteuers und wilden Kampfes, ja der lebendigen religiösen Kunst und religiösen Begeisterung; denn stiegen nicht damals hohe Dome empor und verließen nicht mächtige Herrscher ihre Paläste im Abendlande, um vor den Besten der Ungläubigen im heiligen Osten zu sterben? Darum durchzucken mich jene Burgen des Rheins mit einem Gefühl von Poesie; sie sind ein Stück des großen historischen Lebens der Menschheit und vergegenwärtigen mir im Kleinen ein ganzes Zeitalter. Aber die eckigen Gerippe von Dörfern an der Rhone mit der Farbe und dem hohlen Auge des Todes bedrücken mich mit dem Gefühle, daß das Menschenleben — zum großen Theil wenigstens — eine kleinliche, häßliche, kriechende Existenz ist, welche selbst das Unglück nicht erhebt, sondern eher noch in ihrer ganzen Gewöhnlichkeit aufdeckt, und ich habe die traurige Ueberzeugung, daß das Leben, dessen Spuren in jenen Trümmern erhalten sind, ein Bruchtheil war von einer größen Summe dunkeln Vegetirens, welches dieselbe Vergessenheit decken wird wie die Geschlechter von Ameisen und Bibern.

Ein ähnlich bedrückendes Gefühl mag wohl auf euch gelastet haben, liebe Leser, als ihr dies altmodische Familienleben an den Ufern des Floß verfolgtet, welches selbst das Unglück kaum über das Niveau des Tragikomischen emporzuheben vermag. Ein schmutziges Leben, sagt ihr vielleicht, was diese Tullivers und Dodsons führen, von keinen erhabenen Gedanken durchleuchtet, keinen romantischen Anflügen, keinem thatkräftigen, opferfreudigen Glauben, von keiner der wilden unbezähmbaren Leidenschaften bewegt, wie sie dem Elend und Verbrechen seinen düstern Schatten geben, und andrerseits auch ohne jene ursprüngliche rohe Einfachheit der Bedürfnisse, jene harte ergebungsvolle schlechtbezahlte Arbeit, jenes kindliche Buchstabiren

im Buche der Natur, wodurch das Landleben seine Poesie be=
kommt. Hier ist nichts als konventionelle weltliche Begriffe und
Gewohnheiten ohne jede Bildung, jede Verfeinerung — wahrlich
die prosaischste Form des menschlichen Lebens, — nichts als
stolze Respektabilität in einer altmodischen Kutsche, Weltlichkeit
ohne feine Küche. Sieht man sich diese Leute genauer an, so
zeigt sich, selbst nachdem die eiserne Hand des Schicksals sie von
ihrer Höhe im Leben gestürzt hat, kaum eine Spur von Reli=
giosität, geschweige denn von ausgesprochener Christlichkeit. Ihr
Glauben an den Unsichtbaren, so weit er überhaupt sich geltend
macht, scheint ziemlich heidnisch, und ihre sittlichen Begriffe, so
zähe sie daran halten, haben augenscheinlich keinen höhern Maß=
stab als das Herkommen. Ihr könntet nicht leben unter solchen
Leuten; ihr erstickt in dieser Luft, wo kein Streben nach Schönem,
Großen, Edlen gedeiht; ihr ärgert euch über diese langweiligen
Menschen, die so garnicht zu der Erde passen, auf der sie leben
— zu dem reichen Landstrich, wo der große Strom unversiegbar
dahinströmt und den kleinen Puls der alten englischen Stadt
mit dem Schlage des mächtigen Herzens der Welt verbindet.
Ein kräftiger Aberglaube, der seine Götter oder den eigenen
Rücken schlägt, scheint euch besser zu dem Geheimniß des Men=
schenlooses zu stimmen, als der Seelenzustand dieser ameisen=
haften Dodsons und Tullivers.

Ich theile dies Gefühl erdrückender Beschränktheit, aber
wir müssen sie empfinden, wenn wir verstehen wollen, wie sie
auf den Lebensgang Tom's und Gretchen's einwirkte, wie sie
schon oft auf junge Naturen eingewirkt hat, die in dem Streben
der Menschheit nach vorwärts über das geistige Niveau des vor=
angegangenen Geschlechts sich erhoben, mit dem sie doch durch
die stärksten Fasern ihres Innern verknüpft waren. Die Leiden
der Märthyrer oder Opfer, die jeden geschichtlichen Fortschritt
der Menschheit bezeichnen, treten so in jeder Stadt und in hun=
dert und aber hundert dunklen Hütten zu Tage. Auch brauchen
wir diesen Vergleich des Kleinen mit dem Großen nicht zu
scheuen; gesteht doch die Wissenschaft, daß ihr höchstes Streben

auf die Erfassung einer Einheit geht, welche das Kleinste mit
dem Größten verknüpft. In der Naturwissenschaft, sagt man
mir, ist nichts kleinlich für einen Geist, der einen weiten Blick
für Beziehungen und Wechselwirkungen hat und dem jedes Einzelne eine große Menge von Bedingungen des Naturlebens erschließt. Und mit der Beobachtung des menschlichen Lebens ver-
hält es sich doch sicher ebenso.

Man wird zugeben, die religiösen und sittlichen Anschauungen
der Dodsons und Tullivers waren etwas zu apartes, als daß sie
sich aus der einfachen Angabe, sie hätten zu der protestantischen
Bevölkerung Altenglands gehört, durch eine bloße Schlußfolgerung
ergeben hätten. Wohl hatte ihre Weltanschauung einen gesun-
den Kern, wie es alle Grundsätze haben müssen, nach denen anständige und angesehene Familien erzogen und im Leben weiter
gekommen sind, aber ihre theologische Färbung war möglichst gering. Wenn in der Jugendzeit der Geschwister Dodson ihre
Bibeln an gewissen Stellen leichter aufschlugen als an andern,
so lag das an den getrockneten Blumen, die sie ganz unparteiisch,
ohne besondere Vorliebe für den geschichtlichen, erbaulichen oder
dogmatischen Inhalt darin vertheilt hatten. Ihre Religion war
höchst einfach, halbheidnisch, aber ohne alle Heresie — wenn
man das Wort in seiner eigentlichen Bedeutung als „Wahl"
nimmt; sie wußten nämlich garnicht, daß es noch eine andere
Religion gäbe, außer etwa die der Dissidenten, und die schien
ihnen „in der Familie zu liegen", grade so wie Engbrüstigkeit
oder dergleichen. Wie hätten sie's auch wissen sollen? Der Vikar
in ihrem hübschen Dorfe war kein Zelot und predigte nie über
die konfessionellen Unterscheidungslehren; er spielte vortrefflich
Whist und hatte für hübsche Pfarrkinder immer einen freundlichen Scherz bei der Hand. So bestand denn die Religion der
Dodsons in der Verehrung alles dessen, was hergebracht und
„anständig" war: getauft mußte der Mensch werden, weil er
sonst nicht auf dem Kirchhofe begraben werden konnte, und das
Abendmahl auf dem Sterbebette nehmen, weil ihm sonst andere
Unannehmlichkeiten drohten, die sich nicht genau angeben ließen;

aber die rechten Leichenträger und gutgeräucherte Schinken beim
Leichenschmaus zu haben und ein unantastbares Testament zu
hinterlassen — das war genau eben so nothwendig. Um alles
in der Welt hätte sich ein Dodson nicht nachsagen lassen, er
habe gegen etwas verstoßen, was „sich paßte" oder zu jener
ewigen Ordnung der Dinge gehörte, die in der Praxis der an=
gesehensten Nachbarn und den Traditionen der eigenen Familie
so deutlich festgestellt war — z. B. gegen so etwas wie kind=
lichen Gehorsam, Verwandtenliebe, Fleiß, strengste Rechtlichkeit,
gründliches Scheuern des hölzernen und kupfernen Geräths,
sorgfältiges Einsammeln von selten werdenden Münzen, Erzielen
der besten Früchte für den Wochenmarkt, und eine allgemeine
Vorliebe für alles „Hausmachene". Die Dodsons waren ein
stolzes Geschlecht, und ihr Stolz ging dahin, jede Bemühung zu
vereiteln, daß man ihnen einen Bruch herkömmlicher Pflicht oder
Sitte vorwerfen könnte. Ein gesunder Stolz das in mancher
Beziehung, weil ihm Ehre gleichbedeutend war mit vollkommener
Rechtlichkeit, gründlicher Arbeit und Treue gegen anerkannte
Regeln, und bei vielen Mitgliedern der menschlichen Gesellschaft
haben wir uns für manche ehrenwerthe Eigenschaften bei Müt=
tern von dodson'scher Art zu bedanken, die ihre Butter und ihren
Käse gut machten und es für eine Schande gehalten hätten, sie
anders zu machen. Ehrlich und arm, war nie der Wahlspruch
der Dodsons; reich zu scheinen und arm zu sein, noch weniger;
vielmehr waren sie gern ehrlich und reich, und wo möglich noch
reicher als die Leute glaubten. Geachtet dazustehen im Leben
und anständig begraben zu werden, das war der höchste Lebens=
zweck, und der wäre vollständig vereitelt, wenn man bei der
Verlesung des Testaments in der Achtung der Welt gesunken
wäre, sei es dadurch, daß man ärmer befunden wurde, als die
Leute erwarteten, oder dadurch, daß man sein Geld nach Laune,
ohne die genaueste Rücksicht auf die Grade der Verwandtschaft
vertheilt hatte. Gegen Verwandte mußte immer geschehen was
„recht" war. Und recht war, sie streng zu tadeln, wenn sie der

Familie nicht durchaus Ehre machten, aber nicht recht, wenn man ihnen deshalb das geringste von dem hätte entziehen wollen, was ihnen an den silbernen Schuhschnallen und ähnlichem Familienbesitz zukam. Ein hervorstechender Charakterzug an den Dodsons war ihre Aufrichtigkeit: Laster und Tugenden, beide waren Aeußerungen derselben stolzen ehrlichen Selbstsucht, die gegen alles, was nur ihrem eigenen Ruf und Interesse zuwiderlief, den herzlichsten Widerwillen hatte und gegen einen unbequemen Verwandten rücksichtslos hart mit der Sprache herausging, aber ihn nie preisgab oder verleugnete, es ihm nie an Brod fehlen ließ, aber freilich immer mit — Wermuth.

Den Tullivers lag dieselbe Art herkömmlicher Auffassung im Blut, nur daß sie tiefer gefärbt war und Anflüge von hochherziger Unbesonnenheit, warmer Neigung und heißblütiger Tollkühnheit hatte. Der Großvater unseres Tulliver hatte 'mal gesagt, er stamme von einem Ralph Tulliver, einem wunderbar gescheuten Menschen, der sich ruinirt hatte. Sehr wahrscheinlich hatte dieser gescheute Tulliver auf einem großen Fuße gelebt, feurige Pferde geritten und durchaus seinen eigenen Kopf gehabt. Von den Dodsons dagegen hatte man niemals gehört, daß sich einer ruinirt hätte; es lag eben nicht in ihrer Familie.

In solchen Anschauungen erzogen, hatten die Dodsons und Tullivers in reiferen Jahren bei dem Zustande der Gesellschaft in St. Ogg keine Schule durchgemacht, in der sie sich besonders verändert hätten; sie fuhren fort, sich für leidlich kirchlich zu halten, und waren doch durchaus nicht frei von Heidenthum; so regelmäßig er die Kirche besuchte, sein Rachegelübde schrieb Tulliver auf das erste Blatt seiner Bibel. Kirche und gesunder Menschenverstand waren für ihn zwei ganz verschiedene Dinge, und was gesunder Menschenverstand sei, das brauchte ihm niemand zu sagen. Gewisse Sorten Samen, die unter ungünstigen Verhältnissen Wurzel schlagen müssen, sind von der Natur mit besonderen Häkchen versehen, mit denen sie sich auch an sehr widerstrebenden Boden anklammern können. Der geistige

Samen, der über Tulliver ausgestreut war, hatte augenscheinlich diese Zugabe nicht mitbekommen und war wegen des gänzlichen Mangels an Häkchen wieder in die Lüfte verflogen.

Zweiter Abschnitt.

Das zerrissene Nest wird von den Dornen zerfetzt.

In der Aufregung, welche die ersten Schläge des Schicksals begleitet, liegt etwas kräftigendes, grade wie ein stechender Schmerz uns oft aufstachelt und eine Erregung hervorbringt, welche vorübergehende Stärke ist. Erst in dem langsamen, veränderten Leben, welches dann kommt, erst wenn das Leid wie abgestanden ist und nicht mehr durch Tiefe und Stärke den Schmerz aufwiegt, erst wenn ein Tag auf den andern in der „langweiligen Dasselbigkeit des Daseins" folgt, in der man nichts mehr hofft und das Dulden zu einer traurigen Gewohnheit geworden ist, — erst dann droht Verzweiflung, erst dann macht sich gebietrisch der Hunger der Seele fühlbar, und Auge und Ohr sehnen sich nach einem unbekannten Geheimniß unsrer Existenz, wodurch unsere Geduld im Leiden in Zufriedenheit verwandelt werde.

Diese Zeit der höchsten Bedürftigkeit war für Gretchen in der kurzen Spanne ihres dreizehnjährigen Lebens nun schon gekommen. Mit der gewöhnlichen Frühreise eines Mädchens vereinigte sie jene frühe Bekanntschaft mit geistigen Kämpfen, mit dem Gegensatze des inneren Triebes und der Außenwelt, welche das Loos phantasiereicher und leidenschaftlicher Naturen ist, und die Zeit, seit sie auf der Bodenkammer die Nägel in ihren hölzernen Fetisch eingeschlagen hatte, war von einem so bewegten Leben in der dreifachen Welt der Wirklichkeit, der Bücher und der wachen Träume erfüllt gewesen, daß Gretchen für ihre Jahre in jeder Beziehung merkwürdig alt war, nur nicht in dem vollständigen Mangel an der Weltklugheit und Selbstbeherrschung,

welche Tom zu einem Manne machten, obschon er geistig noch
so ganz Knabe war. Und jetzt fing ihr Schicksal an, eine ruhige
traurige Einförmigkeit anzunehmen, in der sie mehr als je auf
ihr inneres Selbst angewiesen war. Ihr Vater war wieder im
Stande, sich um sein Geschäft zu bekümmern, seine Angelegen-
heiten waren geordnet, und er wirthschaftete in seiner alten Heimath als Wakem's Geschäftsführer. Tom ging jeden Morgen
nach der Stadt und kam gegen Abend heim; in den kurzen
Zwischenstunden, die er zu Hause war, wurde er immer schweig-
samer; was gab's auch zu reden? Ein Tag war wie der
andere, und da ihm jedes andere Interesse in der Welt abgeschnitten war, so warf sich sein ganzes Dichten und Trachten
auf einen ehrgeizigen Widerstand gegen das Unglück. Die Eigen-
thümlichkeiten seines Vaters und seiner Mutter waren ihm jetzt
sehr zuwider, da sie nicht mehr in dem milden Lichte einer behaglichen glücklichen Häuslichkeit erschienen. Denn Tom hatte
sehr klare prosaische Augen, die nicht leicht durch einen Nebel
von Gefühl oder Phantasie getrübt wurden. Die arme Frau
Tulliver konnte, wie es schien, garnicht wieder zu sich selbst, d. h.
zu ihrer ruhigen Thätigkeit im Hause kommen. Wie wäre das
auch möglich gewesen? Alles war ja fort, wozwischen ihre
Seele sich friedlich bewegt hatte; alle die kleinen Hoffnungen
und Pläne und Entwürfe, alle die angenehmen kleinen Sorgen
um ihre Schätze, durch die seit einem Vierteljahrhundert, wo sie
ihren ersten Ankauf — bestehend in der Zuckerzange — gemacht
hatte, ihr diese Welt allein verständlich geworden war, — das
war ihr nun alles plötzlich entrissen, und sie stand ganz verwirrt in diesem leeren Leben. Warum grade ihr das zugestoßen
sei, was andern Frauen nicht zustieß, das blieb eine unlösbare
Frage, durch die sie ihre beständige nachdenkliche Vergleichung
der Vergangenheit mit der Gegenwart ausdrückte. Es war ein
kläglicher Anblick, wie die früher so behaglich wohlbeleibte Frau
aus körperlicher sowohl als geistiger Ruhelosigkeit sich immer
mehr abzehrte, — eine Ruhelosigkeit, die sie oft nach gethaner
Arbeit in dem leeren Hause umhertrieb, bis Gretchen sich be-

forgt nach ihr umsah und sie in's Wohnzimmer nöthigte, indem sie ihr vorhielt, wie sich Tom darüber gräme, daß sie durch die ewige Unruhe ihrer Gesundheit schade. Aber bei dieser Hülflosigkeit und Unfähigkeit zeigte sich ein rührender Zug von demüthiger mütterlicher Aufopferung, der Gretchen mit wahrhafter Zärtlichkeit gegen ihre Mutter erfüllte und den kleinen ermüdenden Aerger übersehen ließ, den ihre Geistesschwäche verursachte. Sie wollte Gretchen keine grobe Arbeit thun lassen, von der die Hände verdarben, und wurde ganz verdrießlich, wenn Gretchen Miene machte, sie beim Putzen oder Scheuern abzulösen. „Laß das bleiben", sagte sie dann; „Deine Hände werden sonst so hart und rauh; solche Arbeit ist meine Sache. Nähen kann ich nicht mehr, dazu sind meine Augen zu schwach." Auch bürstete und flocht sie ihrer Tochter noch immer das Haar, welches sich zwar auch jetzt noch nicht kräuseln wollte, aber doch so lang und stark war, daß sie sich damit ausgesöhnt hatte. Gretchen war nicht grade ihr Liebling und wäre — so meinte die Mutter — im allgemeinen viel besser gewesen, wenn sie ganz anders gewesen wäre, aber doch fand ihr weibliches Gemüth, dem das Schicksal seine kleinen persönlichen Freuden so bös gestört hatte, in dem Leben dieses jungen Dinges eine Zukunft und einen Ruhepunkt, und sie gefiel sich darin, ihre eigenen Hände anzustrengen und die jungen Hände zu schonen, in denen so viel mehr Leben war.

Aber die fortdauernde Nähe der Betrübniß und Kopflosigkeit ihrer Mutter war für Gretchen weniger schmerzlich, als die finstre Verschlossenheit und Niedergeschlagenheit des Vaters. So lange die Nachwirkungen des Schlaganfalls dauerten und es noch ungewiß war, ob er nicht immer in dem Zustande kindischer Hülflosigkeit bleiben würde, so lange er erst zum halben Bewußtsein seines Jammers erwacht war, hatte sich Gretchen von der mächtigen Strömung ihrer erbarmenden Liebe forttragen lassen, wie von einer höheren Eingebung, wie von einer neuen Kraft, die ihr das schwerste Loos leicht machen würde um seinetwillen, aber jetzt war statt kindischer Hülflosigkeit eine schweigsame Verbissenheit über ihn gekommen, die mit seiner alten

faſt zu lebhaften Redſeligkeit und friſchem Lebensmuth ſeltſam
kontraſtirte, und dies währte nun von Tag zu Tag und von
Woche zu Woche, und das trübe Auge leuchtete niemals auf,
von keiner Freude und keinem eifrigen Verlangen. Es hat
etwas grauſam Unbegreifliches für junge Naturen, dieſer ewig
gleichförmig düſtre Ernſt älterer Leute, deren Leben in Enttäu-
ſchung und Unzufriedenheit geendet hat, und auf deren Antlitz
nun das Lächeln ein ſo ſeltener Gaſt iſt, daß die traurigen Li-
nien um Mund und Auge es kaum zu bemerken ſcheinen und
es wieder davon eilt, weil es keinen Willkomm findet. „Warum
leben ſie nicht mal auf und ſind ein bischen luſtig?" fragte die
Elaſtizität der Jugend; „es wäre doch ſo leicht, ſie brauchten
blos zu wollen". Und dieſe bleiernen Wolken, die ſich nie verziehen, machen leicht ſelbſt die kindliche Liebe ungeduldig, die
bei wirklich greifbarem Unglück in lauter Zärtlichkeit und Mitleid ſich ergießt.

Tulliver war möglichſt wenig außer dem Hauſe; vom
Markte eilte er ſogleich wieder zurück und ſchlug alle Einladungen aus, bei ſeinen Geſchäftsfreunden etwas zu verweilen und
zu plaudern wie früher. Er konnte ſich in ſein Schickſal nicht
finden; es gab keine Lage, wo ſein Stolz ſich nicht verletzt fühlte,
und wie ſich die Leute auch gegen ihn benehmen mochten, herzlich oder kühl, er fand jedesmal eine Anſpielung auf den Wechſel
in ſeinen Verhältniſſen. Selbſt die Tage, wo Wakem nach der
Mühle kam und über das Geſchäft mit ihm ſprach, waren ihm
nicht ſo widerwärtig wie die Markttage, wo er bisweilen einige
Gläubiger traf, mit denen er akkordirt hatte. Zur Befriedigung
dieſer Gläubiger Geld zu ſparen, war jetzt das Ziel, auf welches
alle ſeine Gedanken und Anſtrengungen ſich richteten, und unter
dem Einfluſſe dieſes gebieteriſchen Verlangens ſeiner Natur wurde
der etwas verſchwenderiſche Mann, der es ſonſt nicht hatte aus-
ſtehen können, wenn es im Hauſe nicht durchaus reichlich
herging, allmälich zu dem geizigſten Knauſer. Am Eſſen und an
der Feuerung konnte ihm ſeine Frau nie genug ſparen, und er
ſelbſt wollte nie etwas genießen als die allergewöhnlichſte Koſt.

Von dem mürrischen Wesen des Vaters und dem trau=
rigen Leben im Hause fühlte sich Tom freilich sehr zurückgestoßen,
aber über die Abzahlung der Gläubiger dachte er durchaus wie
der Vater, und seinen Gehalt für das erste Vierteljahr brachte
der arme Junge mit dem köstlichen Bewußtsein einer großen
That mit nach Hause, und gab das Geld seinem Vater, damit
er es in die Blechbüchse stecke, worin die Ersparnisse aufbewahrt
wurden. Der kleine Vorrath von Goldstücken in dieser Blech=
büchse schien der einzige Anblick, der einen Freudenschimmer auf
des Vaters Gesicht rief, aber der Schimmer war nur matt und
ging rasch vorüber, denn der Gedanke vertrieb ihn, es werde
noch eine lange Zeit — vielleicht länger als sein Leben — ver=
gehen, ehe die kleinen Ersparnisse den schlimmen Schuldposten
deckten. Eine Schuld von über fünfhundert Pfund, noch dazu
mit den wachsenden Zinsen, das war ein zu tiefes Loch, um es
mit den Ersparnissen von dreißig Schilling die Woche zu füllen,
selbst wenn Tom's voraussichtliche Ersparnisse noch hinzukamen.
In dieser einen Frage herrschte vollkommene Uebereinstimmung
zwischen den vier so ganz verschiedenen Wesen, welche um das
kleine Feuer von Reisholz saßen, womit sie sich kurz vor
Schlafengehen eine billige Heizung verschafften. Frau Tulliver
lag die stolze Rechtschaffenheit der Dodsons im Blut; sie war in
dem Glauben erzogen, Leute um ihr Geld zu bringen sei eine
Art von moralischem Schandpfahl; in ihren Augen wäre es da=
her gradezu schlecht gewesen, wenn sie sich dem Wunsche ihres
Mannes widersetzt hätte. Dabei hegte sie die unbestimmte Hoff=
nung, wenn die Gläubiger alle bezahlt wären, so müsse sie ihr
Silberzeug und Leinen wieder bekommen, aber sie hatte zu=
gleich die angeborne Ueberzeugung, so lange jemand Geld
schuldig sei, das er nicht bezahlen könne, habe er kein Recht,
irgend etwas sein eigen zu nennen. Sie murrte ein wenig
darüber, daß ihr Mann sich schlechterdings weigerte, von seiner
Schwester und seinem Schwager irgend Geld zu nehmen, aber
allen seinen Forderungen in Bezug auf Sparsamkeit im Hause
fügte sie sich so vollständig, daß sie sich selbst die billigsten Lecke=

reien versagte, und ihre Widersetzlichkeit beschränkte sich darauf,
daß sie dann und wann etwas in die Küche schmuggelte, um für
Tom ein besseres Abendessen zu machen.

Bei dieser engherzigen Auffassung der altfränkischen Tullivers über das Schuldenbezahlen lächelt vielleicht mancher Leser
in dieser Zeit der großartigen kaufmännischen Begriffe und der
großartigen Weltanschauung, wonach alles in der Welt von selbst
zurecht kommt, ohne daß wir uns zu quälen brauchen, und wonach die Thatsache, daß mein Schneider an mir Geld verliert,
vom Standpunkte der angenehmen Gewißheit angesehen werden
muß, daß der Schneider von jemand anders an jemand anders
Geld gewinnt, und wonach es endlich, da es mal schlechte Schulden in der Welt geben muß, reiner Egoismus von uns wäre,
wenn grade wir sie nicht gern machten, sondern lieber von unsern Mitbürgern machen ließen.

Bei all seiner trüben Schwermuth und engherzigen Verbissenheit hegte Tulliver gegen sein kleines Mädel noch immer
das alte Gefühl, und ihre Nähe war ihm Bedürfniß, obschon
sie nicht hinreichte, ihn aufzuheitern. Noch immer war sie das
Verlangen seiner Augen, aber der süße Born väterlicher Liebe
war ihm verbittert wie alles auf der Welt. Wenn Gretchen
des Abends mit der Arbeit aufhörte, pflegte sie sich auf einen
kleinen Schemel neben ihren Vater zu setzen und den Kopf auf
seine Knie zu legen. Wie hätte sie gewünscht, er möchte ihr das
Haar streicheln oder sonst ein Zeichen geben, daß es ihn freue,
eine liebevolle Tochter zu haben! Aber ihre kleinen Liebkosungen
wurden ihr nicht erwiedert, weder vom Vater noch vom Bruder,
den beiden Idolen ihres Lebens. In den wenigen Stunden, die
er im Hause zubrachte, war Tom milde und zerstreut, und für
den Vater war es ein bitterer Gedanke, daß das Mädchen heran-
wuchs und bald zur vollen Jungfrau erblühen würde, und mit
was für Aussichten?! An's Heirathen war kaum zu denken,
dazu waren sie zu weit herunter gekommen, und gradezu verhaßt war ihm der Gedanke, daß sie sich so arm verheirathe, wie
seine Schwester Margret; wenn sein kleines Mädel durch Kin-

der und Arbeit so herunterkäme, wie ihre Tante Moß — darüber
hätte er sich im Grabe umdrehen können. Wenn ungebildete
auf einen kleinen Kreis persönlicher Erlebnisse beschränkte Leute
unter dem Druck beständigen Unglücks stehen, so wird ihr inneres
Leben leicht zu einem sich immerfort wiederholenden Kreislauf
trüber und bitter Gedanken; dieselben Worte, dieselben Scenen
werden immer und immer wieder durchgemacht, ihre Stimmung
bleibt ewig dieselbe, und das Ende des Jahres findet sie ziem=
lich so wieder wie sie der Anfang traf, grade als wären sie
Maschinen, die auf eine ganz bestimmte Reihe von Bewegungen
eingerichtet sind.

Nur wenige Besuche unterbrachen die Einförmigkeit dieses
Lebens. Die Onkel und Tanten sprachen immer nur auf kurze
Zeit vor; zu den Mahlzeiten blieben sie natürlich nie, und
das grimmige Stillschweigen Tulliver's, welches den hohlen
Wiederhall des leeren Zimmers bei dem Geschwätz der Tanten
erst recht fühlbar machte, legte dem Verhältniß einen weitern
Zwang an und erhöhte die Unannehmlichkeit dieser Familienbesuche
für alle Betheiligten so sehr, daß sie allmälich immer seltener
wurden. Und andre Bekanntschaften — nun, heruntergekommene
Leute umgiebt eine kalte Atmosphäre; und man ist froh, wenn
man von ihnen geht, als käme man aus einem kalten Zimmer;
menschliche Wesen, bloße Männer und Frauen, ohne alle Mö=
bel, die einem nicht das geringste vorsetzen können, die garnicht
mehr mitzählen, bieten einen wahren Reichthum von Gründen,
weshalb man sie nicht mehr zu sehen wünscht, und von Gegen=
ständen, über die man nicht mit ihnen sprechen darf.

Dritter Abschnitt.

Eine Stimme aus der Vergangenheit.

Eines Nachmittags, als die Kastanienbäume zu blühen an=
fingen, hatte Gretchen ihren Stuhl vor die Hausthür gestellt

und saß da mit einem Buche auf dem Schooße. Ihre dunkeln
Augen sahen nicht in das Buch, aber sie schienen auch nicht des
Sonnenscheines sich zu freuen, welcher durch den Jasminbehang
an der Verandah zu ihrer Rechten fiel und die Schatten der
Blätter auf ihre blasse runde Wange warf; ihre Augen schienen
vielmehr etwas zu suchen, was das Sonnenlicht nicht enthüllte.
Es war heute ein schlimmerer Tag als gewöhnlich; ein Besuch
von Wakem hatte ihren Vater in solche Wuth versetzt, daß er
den Jungen, der in der Mühle diente, wegen eines unbedeutenden Versehens geschlagen hatte. Schon einmal nach seiner Krankheit hatte er in einem ähnlichen Anfalle sein Pferd geschlagen,
und der Anblick hatte in Gretchens Seele einen bleibenden Schreck
zurückgelassen. Der Gedanke war ihr aufgestiegen, vielleicht
könne er auch mal die Mutter schlagen, wenn sie ihm im un-
rechten Augenblicke darein rede. Aber am meisten quälte sie die
Angst, ihr Vater könne zu seinem jetzigen Unglück noch den
Jammer hinzufügen, vor Wuth und Erbitterung etwas wirklich
schlechtes zu thun. Gegen den Druck dieser Angst konnte das
zerlesene Schulbuch von Tom, welches sie auf dem Schooße hielt,
ihr keine Kraft verleihen, und immer wieder und wieder
hatten sich ihre Augen mit Thränen gefüllt und in's Leere gestarrt und weder die Kastanienbäume in der Nähe noch den fernen Horizont gesehen, sondern nur künftige Scenen von häus-
lichem Unglück.

Plötzlich weckte sie aus ihrer Träumerei das Geräusch des
knarrenden Thorweges. Es war nicht Tom, der herein kam,
sondern ein Mensch mit einer Mütze von Seehundsfell und einer
blauen Plüschweste, der einen Packen auf dem Rücken trug; ein
Dachshund mit gesecktem zottigem Fell und trotzigem Aussehen
ging hinter ihm her.

„O Bob, Ihr seid's!" rief Gretchen und sprang ihm mit
einem Lächeln freudiger Wiedererkennung entgegen; sie hatte in
der letzten Zeit nicht zu viel Freundlichkeit erfahren, welche die
Erinnerung an Bob's Großmuth hätte verwischen können; „ich
freue mich recht, Euch wiederzusehen."

„Danke schön, Fräulein", sagte Bob, nahm seine Mütze ab und lachte mit dem ganzen Gesichte; aber er schien doch etwas verlegen und wandte sich, um es zu verbergen, an seinen Hund, und sagte entrüstet: „pack Dich fort, Du vermaledeiter Schotte!"

„Mein Bruder ist noch nicht zu Hause", sagte Gretchen; „den Tag über ist er immer in der Stadt."

„Nun, Fräulein", erwiderte Bob, „ich würde mich zwar recht freuen, Herrn Bob zu sehen, aber darum bin ich diesmal nicht gekommen; ich will Ihnen was zeigen."

Damit legte Bob seinen Packen auf die Schwelle des Hauses und daneben eine Anzahl kleiner Bücher, die mit Bindfaden zusammengebunden waren. Indeß waren es offenbar nicht diese Sachen, die er Gretchen zeigen wollte, sondern etwas anderes, was er in einem rothen Taschentuch eingewickelt unterm Arm trug.

„Sehn Sie mal", sagte er, indem er das rothe Päckchen auf die andern legte und loswickelte; „Sie werden hoffentlich nicht meinen, ich nehme mir zu viel heraus, Fräulein, aber diese Bücher kamen mir grade in den Wurf, un' da dacht' ich, sie könnten Ihnen vielleicht helfen, für die andern, die fort sind; Sie sprachen doch neulich von Bildern, und Bilder — na, sehn Sie mal hier!"

Das rothe Taschentuch enthielt, wie sich jetzt zeigte, ein vorjähriges Album für Damen und ein halb Dutzend Hefte einer Gallerie berühmter Männer in groß Oktav, und die letzte nachdrückliche Einladung Bob's bezog sich auf ein Porträt Georgs des Vierten in aller Majestät seines platten Schädels und seiner mächtigen Halsbinde.

„Hier haben Sie alle Sorten von Herren", fuhr Bob fort und schlug mit einer gewissen Aufregung die Blätter um, „mit allen Sorten von Nasen, un' welche sind Kahlköpfe, un' welche haben Perrücken — 's sind Parlementers, glaub' ich. Und hier", fügte er hinzu, indem er das Album aufschlug, „hier haben Sie lauter Damen, welche mit Locken, un' welche mit glattem Haar, un' welche halten den Kopf schief un' lächeln, un' welche sehen aus, als ob sie weinen wollten. — Da sehn Sie mal, da sitzt eine vor dem Hause auf der Erde, die ist grade so angezogen wie die Damen, die aus dem Wagen steigen, wenn im Stadt= hause Ball ist. Herrje, ich möchte wohl wissen, was die Kerls anhaben, die so 'nen Damen den Hof machen! Vorige Nacht habe ich bis nach zwölfe aufgesessen und sie angeguckt, bis sie mich aus den Bildern wieder anguckten, als verständen sie, wenn ich ihnen was sagte. Aber soll mich dieser und jener! ich wüßte nicht, was ich ihnen sagen sollte. Für Sie passen sie besser, und der Büchermann sagte, es wäre ganz was ausgezeichnetes, alle an= dern Bilder wären nix dagegen."

„Und Ihr habt sie für mich gekauft, Bob?" sagte Gretchen, tief gerührt von dieser einfachen Güte. „Wie sehr, sehr freund= lich von Euch! Aber ich fürchte, Ihr habt ein hübsch Stück Geld dafür bezahlt."

„Ich viel Geld — ne!" antwortete Bob. „Aber ich hätte dreimal soviel dafür gegeben, wenn sie Ihnen die andern etwas ersetz= ten, die Ihnen neulich verkauft sind. Ich hab's nicht vergessen, wie Sie aussahen, als Sie so erschraken, daß die Bücher weg waren; es hat sich mir so eingeprägt, als wär's 'n Bild an der Wand, un' als ich nun das Buch offen liegen sah, wo die Dame her= ausguckte mit solchen Augen, ungefähr wie Sie neulich, als Sie so erschracken — Sie entschuldigen doch, Fräulein, daß ich mir das herausnehme — da dacht' ich, ich wollt' mir die Freiheit nehmen, un's für Sie kaufen, un' denn kauft' ich auch die Bücher mit den Herren so als Gegenstück, un' denn" — hier nahm Bob das kleine zusammengebundene Päckchen Bücher auf — „un' denn dacht' ich, Sie nähmen wohl auch ein bischen Ge= drucktes zu den Bildern, un' da hab' ich diese für'n Butterbrod gekauft; sie sind ganz eng vollgedruckt, und ich glaubte, 's könnte nichts schaden, wenn ich sie zu den andern wunderschönen Büchern mitbrächte. Un' ich hoffe, Sie sagen nicht nein, Sie wollten sie nicht haben, wie Herr Tom damals bei den Gold= stücken."

„Nein, gewiß nicht, Bob", sagte Gretchen, „ich bin Euch

recht dankbar, daß Ihr an mich gedacht habt und so freundlich
seid gegen mich und Tom. So aufmerksam ist noch keiner gegen
mich gewesen. Ich habe nicht viele Freunde, die sich um mich
bekümmern."

„Halten Sie sich 'n Hund, Fräulein! Das sind bessere
Freunde als alle Christenmenschen", sagte Bob, indem er seinen
Packen wieder hinlegte, den er aufgenommen hatte, um rasch
fortzukommen; er fühlte doch immer eine beträchtliche Verlegen=
heit bei der Unterhaltung mit einem jungen Fräulein wie Gret=
chen; nur ging, wie er gewöhnlich zu sich selbst sagte, seine
Zunge mit ihm durch, wenn er mal zu sprechen anfing. „Mei=
nen Mumps kann ich Ihnen nich' geben, 's bräche ihm's Herz,
wenn er von mir müßte, — nicht wahr, Mumps, Du Zottel=
bär? (Mumps lehnte jede weitere Erklärung ab und wedelte
blos einmal zustimmend mit dem Schwanze.) Aber ich will
Ihnen 'nen jungen Hund schaffen, Fräulein, un' das recht gern."

„Nein, Bob, ich danke Euch, wir haben einen Hofhund, und
für mich allein kann ich nicht noch einen halten."

„I, das ist recht schade; sonst wüßt' ich wohl 'nen jungen
Hund, wenn's Ihnen nicht drauf ankommt, daß er nicht von
ganz reiner Race ist; die Alte spielt mit in der Harlekin=Bude;
ein unbändig kluges Thier, in ihrem Bellen ist mehr Verstand,
als in den meisten Leuten ihrem Sprechen vom Frühstück bis zum
Abendbrod. Da is 'n Kerl, der verkauft Töpfe — un' 'n recht
armseliges gemeines Geschäft ist's mit den Töpfen — der sagt:
„I, Toby ist blos 'n Bastard, was sieht man an der?" Aber
ich hab'm gesagt: „I, was bist Du denn selbst anders als 'n
Bastard? An Deinen Eltern muß auch was rechts gewesen sein,
wenn man Dich ansieht." Ich halte zwar auch auf Race, aber
wenn ein Köter den andern schlecht macht, das kann ich nicht leiden.
Wünsch' Ihnen guten Abend, Fräulein", brach er plötzlich ab und
nahm den Packen wieder auf, da er wohl merkte, er habe seine
Zunge mal wieder nicht im Zaume.

„Wollt Ihr nicht mal des Abends kommen, Bob, wenn
mein Bruder da ist?" fragte Gretchen.

2*

„O, Sie sind sehr freundlich; recht gern, ein ander Mal. Einen schönen Gruß an Herrn Tom, wenn Sie so freundlich sein wollen. Er ist hübsch groß geworden, der junge Herr; er hat sich früh an's Wachsen gegeben, ich nicht."

Der Packen lag wieder mal unten; der Haken des Stockes, an dem er ihn trug, hatte sich umgedreht.

„Ihr nennt doch Mumps keinen Köter?" fragte Gretchen, die sich wohl denken konnte, daß jede Aufmerksamkeit für Mumps seinem Herrn angenehm wäre.

„I ne, Fräulein, das gewiß nicht", antwortete Bob, mitleidig lächelnd; „Mumps is 'n so hübsches Thier, wie man nur eins sehen kann, den ganzen Fluß lang, un' ich bin doch hübsch herumgekommen. Die vornehmen Leute bleiben auch ordentlich stehn un' sehn 'n sich an, aber Mumps achtet nicht weiter drauf, der hütet sich wohl, er hat was besseres zu thun, so'n Hund wie der."

Mumps machte dazu ein Gesicht, als wolle er dieses hohe Lob durchaus bestätigen.

„Er sieht schrecklich böse aus", meinte Gretchen; „ob er sich wohl von mir streicheln läßt?!"

„I gewiß wird er das, und Ihnen noch dazu danken. Er kennt ja seine Leute, der Mumps. Er ist kein Hund, der sich mit Kuchen fangen läßt, er riecht den Dieb viel eh'r als den Kuchen, darauf können Sie sich verlassen. Ich unterhalte mich auch mit ihm manche liebe Stunde, wenn ich grade in einsamer Gegend bin, un' wenn ich mal was ausgefressen habe, dann sag's ich ihm jedesmal. Ich habe kein Geheimniß vor Mumps. Von meinem breiten Daumen, das weiß er auch."

„Von Eurem breiten Daumen, — was ist das, Bob?" fragte Gretchen.

„Da haben Sie's, Fräulein", antwortete Bob rasch und zeigte ein merkwürdig breites Exemplar dieses Körpertheils, wodurch sich der Mensch vom Affen unterscheidet. „Der Daumen macht was aus beim Flanell messen, sehn Sie. Ich führe Flanell, weil sich das leicht trägt, un' 's ist theure Waare, un' so'n breiter Daumen verschlägt was. Un' da halt' ich den Daumen an's Ende von der Elle und schneide davor ab, das merken die alten Weiber nicht."

"Aber Bob", sagte Gretchen und blickte ihn ernsthaft an, „das heißt ja betrügen; so was hör' ich nicht gern von Euch."

"Wirklich nicht, Fräulein?" sagte Bob traurig; „denn thut's mir leid, daß ich's gesagt habe. Aber ich bin so dran gewöhnt, mit Mumps zu sprechen, un' der macht sich nichts aus so'n bischen betrügen bei den Geizhälsen von alten Weibern, die immer knickern und knickern und am liebsten ihren Flanell geschenkt nähmen, und garnicht darnach fragen, ob ich auch mein Essen dabei verdiene. Ich betrüge keinen, der mich nicht betrügen will, Fräulein; Herrjes, ich bin so'n ehrlicher Kerl; das glauben Sie nur, blos so'n bischen Spaß muß dabei sein, un' seit ich nichts mehr mit Frettchen zu thun habe, sind die knickrigen alten Weiber meine einzige Jagd. Ich wünsche Ihnen guten Abend, Fräulein."

"Guten Abend, Bob. Nochmals vielen Dank für die Bücher. Und kommt doch ja wieder und besucht meinen Bruder."

"Ja wohl, Fräulein", antwortete Bob und trat einige Schritte zurück; dann drehte er sich halb um: „Die Geschichte mit dem breiten Daumen will ich dran geben, wenn Sie deshalb schlecht von mir denken, Fräulein, aber eigentlich ist's doch recht schade. Ich weiß nicht leicht wieder so'nen guten Streich, und wozu hätt' ich denn sonst den breiten Daumen? Denn könnt'r ja eben so gut schmal sein."

So machte Bob Gretchen zu seiner Schutzpatronin, aber diese mußte wider Willen lachen, und nun zwinkerte ihr Verehrer auch mit seinen blauen Augen, und unter so freundlichen Auspizien trennten sie sich.

Der Wiederschein von Fröhlichkeit verschwand bald wieder aus Gretchens Gesichte, und ihre trübe Stimmung wurde ihr nur um so fühlbarer. Sie war so niedergeschlagen, daß sie etwaigen Fragen über die neuen Bücher lieber aus dem Wege

ging; sie trug sie daher in ihr Schlafzimmer und setzte sich auf
den einzigen Stuhl, ohne auch nur in die Bücher hineinzusehen.
Sie lehnte ihre Wangen gegen das Fenster und dachte, der
lustige Bob habe doch ein viel glücklicheres Loos als sie.

Das Gefühl der Einsamkeit und Freudlosigkeit war bei
Gretchen mit der Pracht des immer weiter sich entwickelnden
Frühlings immer tiefer geworden. Die Plätze alle ihrer stillen
Freuden, die sie mit den Eltern um die Wette gehegt und gepflegt zu haben schien, hatten nun etwas von der Traurigkeit
im Hause, und kein Sonnenschein entlockte ihnen ein Lächeln.
Jede Liebe, jede Freude, die das arme Kind gehabt hatte, war
ihr jetzt so zu sagen ein Nerv, welcher weh that. Nirgend
hörte sie jetzt mehr Musik, kein Klavier ertönte mehr, kein harmonischer Menschengesang, keine köstlichen Saiteninstrumente,
aus denen es ihr hervorklang wie leidenschaftliche Rufe gefessel-
ter Geister, die mit wunderbarem Schwingen in ihrer Seele
wiederhallten. Von ihrer ganzen Schulzeit war ihr nichts geblieben als die kleine Sammlung von Schulbüchern, und diese
durchblätterte sie mit wahrem Widerwillen, weil sie alle fast
auswendig kannte und nun keine Erheiterung mehr darin fand.
Schon in der Schule hatte sie oft nach Büchern verlangt, wo
mehr drin stände; alles, was sie da lernte, schien ihr wie die
Enden von langen Fäden, die sogleich wieder aufhörten. Und
jetzt, wo der Reiz des lernbegierigen Ehrgeizes aus der Schule
fehlte, war der Telemach reine Spreu, und die harten trockenen
Fragen der christlichen Glaubenslehre nichts besseres. Sie
mundeten ihr nicht, sie stärkten sie nicht. Bisweilen meinte
Gretchen, sie würde zufrieden sein, wenn sie sich in lauter Phan-
tasieen verlieren könnte; sie hätte alle Romane von Walter Scott
und alle Gedichte von Byron haben mögen! Dann hätte sie
sich vielleicht glücklich genug gefühlt, um sich gegen ihr tägliches
Leben abzustumpfen. Und doch, das war's nicht, was sie brauchte.
Eine Traumwelt konnte sie sich selbst aufbauen, aber keine
Traumwelt hätte sie jetzt befriedigt. Was sie bedurfte, war vielmehr, das harte wirkliche Leben zu verstehen — zu verstehen,

was dieser unglückliche Vater bedeute, der an dem stummen Frühstückstische saß, — was die kindische, ganz aus dem Texte gebrachte Mutter, was die kleinliche schmutzige Arbeit, womit man die Zeit ausfüllte, oder die noch drückendere Leere der trägen freudlosen Muße, — was das Verlangen nach einer zärtlichen thatkräftigen Liebe, was das grausame Bewußtsein, daß Tom sich garnicht darum kümmerte, wie sie empfand und dachte, und daß sie nicht länger Spielkameraden waren, — was endlich die Entbehrung aller Lebensfreude, unter der sie vor allen andern litt — kurz, sie brauchte einen Schlüssel, um die schwere Last, die ihr auf das junge Herz gefallen war, begreifen und durch das Begreifen ertragen zu lernen. Wenn sie so viel wüßte und so klug wäre, wie die großen Männer, dann, meinte sie, würde sie die Geheimnisse des Lebens verstehen, und wenn sie doch nur Bücher hätte, um jetzt für sich zu lernen, was die großen Männer wußten! Für Heilige und Märtyrer hatte sich Gretchen nie so interessirt, wie für Philosophen und Dichter; sie wußte von ihnen überhaupt nicht viel und hatte höchstens die allgemeine Vorstellung, sie seien eine zeitweilige Abwehr gegen die Ausbreitung des Katholizismus und schließlich alle in Smithfield gestorben.

Mitten in diesen Grübeleien fiel ihr einmal ein, sie habe sich noch garnicht Tom's Schulbücher angesehen, die ihm von Stelling nachgeschickt waren. Aber wunderbarer Weise war der Vorrath nur sehr gering, und es waren meist die alten gründlich zerlesenen Bücher — ein lateinisches Wörterbuch und eine Grammatik, eine Anthologie, ein zerlederter Eutrop, der vielgebrauchte Virgil, die Anfangsgründe der Logik und der entsetzliche Euklid. Indeß, Lateinisch, Mathematik und Logik waren doch immer schon ein recht tüchtiger Schritt vorwärts zu der Weisheit der Männer, zu der Erkenntniß, welche die Männer zufrieden, ja glücklich machte. Und so fing das arme Kind, deren Seele hungerte und durstete, die dickhäutige Frucht vom Baum der Erkenntniß zu benagen an und füllte ihre leeren Stunden mit Latein, Mathematik und der Lehre von den Schlüssen und fühlte

dann und wann einen kleinen Triumph, daß ihr Verstand diesen
Studien der Männer durchaus gewachsen sei. Die ersten paar
Wochen ging's tapfer genug vorwärts, obschon ihr bisweilen
das Herz sank, als hätte sie sich ganz allein nach dem gelobten
Lande aufgemacht und fände die Reise staubig, mühsam und un-
sicher. Im ersten Eifer nahm sie wohl die Anfangsgründe der
Logik mit hinaus in's Freie und blickte da von dem Buche weg
nach dem Himmel, wo hoch im Blauen die Lerche wirbelte, oder
nach dem Röhricht und dem Gebüsch am Flusse, woraus das
Wasserhuhn mit schwerem Fluge hervorrauschte, und dabei überkam sie das ängstliche Gefühl, ihre Logik und diese lebendige
Welt ständen doch nur in einer ganz entfernten Beziehung zu einander. Die Entmuthigung nahm immer zu, und der Heißhunger
ihres Herzens gewann es über die Geduld des Geistes. Oft,
wenn sie mit ihrem Buche am Fenster saß, hefteten sich ihre
Augen unbewußt auf den Sonnenschein draußen, dann füllten
sie sich mit Thränen, und bisweilen, wenn sie ganz allein im
Zimmer war, endete alles Studiren in Schluchzen. Sie empörte sich gegen ihr Schicksal, sie erlag unter der Einsamkeit,
und selbst Ausbrüche von Aerger und Haß gegen Vater und
Mutter, die so ganz anders waren, als sie gewünscht hätte, und
gegen Tom, der sie immerfort einengte und all ihr Denken und
Fühlen mit schneidender Gleichgültigkeit erwiderte, überschütteten
bisweilen wie ein Lavastrom ihre natürlichen Neigungen und ihr
Gewissen, so daß sie mit Schauder empfand, sie sei halb auf
dem Wege, ein Dämon zu werden. Dann brütete sie eifrig
über einer wildromantischen Flucht aus dem Vaterhause, um sich
ein weniger schmutziges und trübes Leben zu suchen; zu irgend
einem großen Manne wollte sie gehen, vielleicht zu Walter
Scott, und ihm sagen, wie elend sie sei und wie gescheut, und
dann thäte der gewiß etwas für sie. Aber mitten in dieser
Vision trat dann wohl ihr Vater in's Zimmer, verwunderte sich,
daß sie so still saß, ohne ihn zu beachten und sagte kläglich:
„nun, Gretchen, soll ich mir meine Pantoffeln selbst holen?"
Die Stimme drang Gretchen wie ein Schwert in's Herz; es

gab also noch anderes Unglück, als ihr eigenes, und sie hatte daran denken können, ihm den Rücken zu kehren und es im Stich zu lassen!

Heute Nachmittag hatte der Anblick von Bob's lustigem Gesichte ihrem Mißvergnügen eine neue Richtung gegeben. Es schien ihr zu dem schweren Schicksal zu gehören, unter welchem sie litt, daß sie die Last größerer Bedürfnisse zu tragen habe als andre; daß sie dieses unbegrenzte hoffnungslose Sehnen nach jenem unbekannten Etwas fühlte, was das Größte und Beste auf der Erde sei. Sie hätte wie Bob sein mögen, mit seiner leicht befriedigten Unwissenheit, oder wie Tom, der etwas zu thun hatte, worauf er mit Vernachlässigung alles andern Sinn und Willen unverrückt gerichtet hielt. Das arme Kind! Wie sie den Kopf an den Fensterrahmen lehnte, ihre Hände immer fester in einander verschlang und mit dem Fuße auf den Boden stampfte, da war sie so verlassen in ihrem Elend, als wäre sie in der ganzen civilisirten Welt von damals das einzige Mädchen, das nicht schon in der Schule für unvermeidliche Kämpfe eingeschult war, das von seinem Erbtheil an den schwer errungenen Schätzen des Gedankens, welche das schmerzliche Ringen von Jahrhunderten für das Menschengeschlecht zu Tage gefördert hat, nichts weiter besaß, als ein paar dürftige Fetzen von armseliger Literatur und unwahrer Geschichte, — die einzige, die von Sachsenkönigen und andern Fürsten zweifelhaften Charakters allerlei unnütze Kenntniß hatte, aber von den ewigen Gesetzen in und außer ihr unglücklicherweise der Kenntniß ganz entbehrte, welche durch die Herrschaft über die Sitten der Menschen Moral wird, und durch die Entwickelung der Gefühle des Gehorsams und der Abhängigkeit Religion wird; — so verlassen in ihrem Elend, als wäre jedes andre Mädchen außer ihr liebevoll gehegt und gepflegt von vorgeschritteneren Geistern, die ihre eigne Jugend noch nicht vergessen hatten, wo das Herz noch von Sehnsucht brannte und von mächtigen Trieben schlug. Endlich fielen Gretchens Augen auf die Bücher, die auf dem Fensterbrett lagen, und sie schüttelte ihre Träumerei ein wenig ab, um theilnahmlos

in der Gallerie berühmter Männer zu blättern. Aber bald
legte sie diesen Band beiseite, um sich die kleinen Bücher anzusehen, welche Bob mit Bindfaden zusammengebunden hatte,
„Ausgewählte Stellen aus dem Spectator“, „Rasselas“, „der
Haushalt der Natur“, und dergl. — das kannte sie so ziemlich;
„das christliche Jahr“ — wahrscheinlich ein Gesangbuch, und sie
legte es wieder hin; aber Thomas a Kempis? — der Name
war ihr früher schon beim Lesen aufgestoßen, und sie empfand
die Freude, die jeder empfindet, wenn er einem Namen, der bisher in seinem Gedächtniß vereinzelt stand, einige Thatsachen oder
Gedanken anhängen kann. Mit einer gewissen Neugierde nahm
sie das alte dicke Büchlein in die Hand; an vielen Blättern
waren die Ecken umgeschlagen, und gewisse Stellen hatte eine
Hand, die nun für immer ruhte, stark mit Dinte angestrichen,
welche mit der Zeit verblaßt war. Ein Blatt nach dem andern
schlug Gretchen um und las, wohin die fremde Hand deutete.*)
.... „Glaub' es doch, daß nichts in der ganzen Welt Dir so
sehr schadet als Deine Eigenliebe .... Wenn Du aber bald
dies bald jenes suchst, wenn Du bald da bald dort sein willst,
wo Du mehr eigene Vortheile erwartest oder wo es Dir besser
gefällt, so wirst Du nie zur wahren Ruhe gelangen, nie frei
von Sorgen bleiben; denn an jeder Sache wirst Du einen Fehler, und an jedem Orte einen Widersacher finden .... Wende
Dich nach oben, wende Dich nach unten, kehre Dich nach innen
oder drehe Dich nach außen, — nach allen Richtungen und
Wendungen wirst Du ein Kreuz finden, und überall, wo Du
immer bist, Geduld nöthig haben, wenn Du anders den innern
Frieden bewahren und die ewige Krone erkämpfen willst ....
Wenn Du diese Höhe ersteigen willst, so mußt Du mit männ-
lichem Muthe anfangen und die Axt an die Wurzel legen, um
auszurotten und zu zerstören alle geheimen Neigungen zu Dir
selbst und allen irdischen Gütern, daran Du besonders hängst.

*) Die folgenden Stellen aus Thomas a Kempis nach der Ueber-
setzung von Johannes Goßner.

Aus diesem einen Laster, daß der Mensch sich selbst ungeordnet liebt, entspringt fast alles andere Böse, das mit der Wurzel ausgerottet werden muß. Wer also diese grundböse Neigung in sich besiegt und unterjocht hat, der wird sogleich großen Frieden und große Ruhe besitzen . . . . Alles was Du leidest, ist sehr wenig im Vergleich mit denen, die so vieles gelitten haben, so heftig versucht, so schwer geplagt, so mannigfaltig geprüft und geübt worden sind. Du mußt Dir die größeren Leiden anderer zu Gemüthe führen, damit Du Deine geringeren Leiden desto leichter trägst. Und wenn Dir Deine Leiden nicht gering scheinen, so siehe zu, ob nicht auch nur Deine Ungeduld es ist, die sie größer macht, als sie sind . . . . Selig sind die Ohren, die das leise Wehen des göttlichen Geistes vernehmen und auf das Geräusch dieser Welt nicht achten! Ja wahrhaftig, selig die Ohren, die nicht horchen auf die Stimme, die von außen erschallt, sondern auf die Wahrheit, die inwendig lehret!"

Ein wundersamer Schauer durchrieselte Gretchen, als sie diese Stellen las; es war ihr, als erwache sie mitten in der Nacht von den Klängen einer feierlichen Musik und höre da von Wesen erzählen, deren Seelen sich regten, während ihre eigene in starrem Schlafe lag. Von Zeichen zu Zeichen las sie weiter, wohin die fremde Hand deutete; kaum glaubte sie noch zu lesen, sie meinte eine leise Stimme sagen zu hören:

"Was schaust Du hier viel umher? Hier ist nicht das Land der Ruhe für Dich. Im Himmlischen suche Ruhe, dort wirst Du sie finden. Alle irdischen Dinge sollst Du nur im Vorbeigehen ansehen. Alle Dinge vergehen, und auch Du mit ihnen. Sieh' zu, daß Du Dich nicht daran hangest, damit Du nicht davon eingenommen und gefangen werdest und mit zu Grunde gehest . . . Wenn der Mensch alle seine Habe hingiebt, so ist es so viel als nichts, und wenn er die strengste Buße thut, so ist es auch noch sehr wenig. Wenn er in allen Wissenschaften bewandert wäre, so ist er doch noch fern, und wenn er eine große Tugend und brennende Andacht hätte, so fehlte ihm noch vieles; doch eigentlich nur Eines, aber das Eine, das vor

allem andern höchst nothwendig ist. Was ist dieses? Daß er,
nachdem er alles andere verlassen hat, auch sich selbst verläßt,
ganz von sich selbst ausgeht, und aller Eigenliebe auf immer
und ohne Vorbehalt den Abschied giebt . . . Ich habe es Dir
oft gesagt und sage es Dir wieder. Verlaß Dich selbst, über-
gieb Dich mir, so wirst Du großen innern Frieden genießen...
Dann verschwinden alle eitle Traumbilder der Einbildung, alle
Beunruhigungen des Gemüths, alle überflüssigen Sorgen des
Herzens. Dann wird die unmäßige Furcht von Dir fliehen und
die ungeordnete Liebe sterben."

Gretchen athmete tief auf und strich sich das schwere Haar
zurück, wie wenn sie eine plötzliche Erscheinung noch deutlicher
sehen wollte. Hier also war ein Lebensgeheimniß aufgeschlossen,
für welches sie allen andern Geheimnissen entsagen konnte; hier
war eine erhabene Höhe, zu der sie sich ohne jede Hülfe von außen
aufzuschwingen vermochte; hier war Einsicht und Kraft und Sieg,
und dies alles war lediglich aus ihrem Innern heraus zu gewinnen, wo ein höchster Lehrer nur darauf wartete, daß sie ihn
höre.

Wie die plötzliche Lösung eines Räthsels durchzuckte es sie,
all das Elend ihres jungen Lebens sei nur davon hergekommen,
daß sie ihr Herz auf die eigene Lust gesetzt habe, als sei dies
die Nothwendigkeit, um welche das Weltall sich drehe, und zum
ersten Male sah sie die Möglichkeit vor sich, die Stellung zu
ändern, von der sie die Befriedigung ihrer eigenen Wünsche
ansah, und aus sich selbst herauszutreten und ihre Einzelexistenz
als einen unbedeutenden Theil eines unter göttlicher Leitung
stehenden Ganzen aufzufassen. Immer weiter las sie in dem
alten Buche und verschlang eifrig die Gespräche mit dem unsichtbaren Lehrer, der Quelle alles Guten; dann wurde sie abge-
rufen, kehrte aber sogleich zu dem Buche zurück und las, bis die
Sonne hinter den Weiden unterging. Mit dem ganzen Ungestüm
einer Einbildungskraft, die nie in der Gegenwart Ruhe fand,
saß sie bei der zunehmenden Dämmerung und machte Pläne
von Erniedrigung und völliger Hingebung, und in dem Eifer

der ersten Entdeckung schien ihr Entsagung der Anfang jener
Zufriedenheit, nach der sie so lange vergebens geschmachtet hatte.
Die innerste Wahrheit in den Herzensergießungen des alten
Mönchs, daß die Entsagung zwar ein freiwillig ertragenes Lei=
den ist, aber doch immer ein Leiden bleibt, die erkannte sie nicht;
dazu war sie zu jung. Sie schmachtete nach Glück und war
außer sich von Entzücken, den Schlüssel dazu gefunden zu haben.
Von Glaubenslehren und dogmatischen Systemen, von Mysticis=
mus und Pietismus wußte sie nichts, aber diese Stimme aus
dem fernen Mittelalter war der unmittelbare Erguß des Glau=
bens und der Erfahrung einer menschlichen Seele, und sprach
an Gretchens Herz wie eine unerbetene Botschaft.

Darin liegt, wie ich vermuthe, der Grund, warum dies
kleine altmodische Buch, das nur ein paar Groschen kostet, bis
auf den heutigen Tag noch Wunder wirkt und bittere Wasser in
Süßigkeit verwandelt, während kostspielige Predigten und Ab=
handlungen aus der neuesten Zeit wirkungslos verhallen. Jenes
Buch hat eine Hand geschrieben, die auf das Gebot des Herzens
wartete; es ist die Geschichte eines einsamen verborgenen Jam=
mers, Kampfes, Vertrauens und Triumphes, und nicht geschrie=
ben auf schwellenden Kissen, um diejenigen Geduld zu lehren,
welche mit blutenden Füßen auf harten Steinen gehen. Und
so bleibt es für alle Zeiten ein dauernder Bericht von mensch=
licher Noth und menschlichem Trost, — die Stimme eines Bru=
ders, der vor Jahrhunderten fühlte und litt und entsagte, der
vielleicht in einem Kloster in härenem Gewande und mit der
Tonsur auf dem Kopfe ging, viel singen mußte und lange fasten,
ganz anders sprach und sich ausdrückte als wir, aber denselben
schweigenden Himmel über sich hatte und in sich dieselben leiden=
schaftlichen Wünsche, dasselbe Sehnen, dieselben Enttäuschungen,
dieselbe Qual und Ermattung.

In die weit verbreiteten Schwingungen dieser Stimme aus
der Vergangenheit gerieth nun Gretchen, das Kind, das halb=
erwachsene Mädchen. Nach dem, was wir schon von ihr wissen,
wird es uns nicht überraschen, daß sie selbst in ihre Entsagung

etwas Uebertreibung und Eigenſinn, etwas Stolz und Ungeſtüm
legte; noch war ihr eigenes Leben für ſie ein Drama, in wel=
chem ſie ihre Rolle, wie ſie von ſich ſelbſt forderte, mit Kraft
und Nachdruck ſpielen mußte. Und ſo kam es denn, daß ſie oft
gegen den Geiſt der Demuth ſündigte, indem ſie die äußere
Schauſtellung übertrieb; ſie verſuchte oft zu hohen Flug und
patſchte mit ihrem ſchwachen, halbflüggen Gefieder in den —
Schmutz. So z. B. beſchloß ſie nicht nur gewöhnliche Näh=
arbeit zu machen, um auch zu dem Vorrathe in der Blechbüchſe
beizutragen, ſondern ſie ging auch im erſten Eifer in eine Lei=
nenhandlung der Stadt und bat um Arbeit, ſtatt ſie ſich durch
Vermittlung eines Dritten mehr unter der Hand zu verſchaffen,
und fand es nachher ſehr unrecht und unfreundlich, als Tom ſie
wegen ihrer überflüſſigen Bemühungen mit den Worten tadelte:
„ich kann's nicht leiden, daß Du als meine Schweſter ſo was
thuſt; ich will ſchon dafür ſorgen, daß die Schulden bezahlt
werden, und Du brauchſt Dich nicht ſo weit zu erniedrigen.“
Ohne Zweifel lag in dieſen weltlichen, ſelbſtbewußten Worten
zugleich viel Zärtlichkeit und tapferer Sinn, aber Gretchen über=
ſah die Goldkörner, ſah nur die Schlacke und nahm Tom's Zu=
rechtweiſung als einen Theil des Unglücks hin, unter welchem
ſie mal leiden mußte. Wenn ſie die langen Nächte durchwachte,
dachte ſie immer, Tom ſei doch recht hart gegen ſie, und das
ſei nun der Dank für alle ihre Liebe, und dann ſuchte ſie wieder
ſich mit dieſer Härte auszuſöhnen und vollkommen zu beruhigen.
Das iſt der Weg, den wir alle wandeln, wenn wir den Pfad
der Selbſtſucht verlaſſen; jener Weg des Märthrerthums und
der Hingebung, an dem zur Seite die Palmenzweige wachſen,
den gehen wir lieber als die ſteile Straße der Duldung, der
Nachſicht und der Selbſtanklage, wo es keine Ehrenkränze giebt.

Die alten Bücher, Virgil, Euklid und die Anfangsgründe
der Logik — dieſe welke Frucht am Baume der Erkenntniß —
hatte Gretchen ganz bei Seite gelegt, ſeit ſie aller Eitelkeit dieſer
Welt den Rücken gekehrt und ſich ganz der Gedankenwelt der
Weiſen zugewandt hatte. Im erſten Eifer warf ſie die Bücher

mit einem gewissen Triumphe fort, daß sie sich nun soweit er=
hoben habe, ihrer nicht mehr zu bedürfen, und wenn sie ihr
Eigenthum gewesen wären, so hätte sie sie verbrannt und sich
dabei eingeredet, sie würde es nie bereuen. Ihre drei Lieblings=
bücher dagegen, die Bibel, den Thomas a Kempis und „das
christliche Jahr" (welches sie nicht mehr als ein Gesangbuch ver=
warf) las sie so eifrig und unaufhörlich, daß sich ihr Geist mit
einem ununterbrochenen Strome rhythmischer Klänge füllte, und
sie brannte zu sehr darauf, Natur und Leben in dem Lichte
ihres neuen Glaubens sehen zu lernen, als daß sie eine andere
Beschäftigung für ihren Geist bedurft hätte, wenn sie fleißig bei
der Arbeit saß und Hemden und andere schwere Näherei
machte, die fälschlich einfach hieß; für Gretchen wenigstens war
sie keineswegs einfach, weil Manschetten und Aermel die Eigen=
schaft hatten, daß in Augenblicken von Geistesabwesenheit der
Hohlsaum leicht auf die verkehrte Seite kam.

Wenn sie so fleißig über der Arbeit hing, so bot Gretchen
einen Anblick, den jeder mit Freuden gesehen hätte. Trotzdem
die gebändigten Leidenschaften von Zeit zu Zeit wie von vulka=
nischer Kraft gehoben aufschwollen, strahlte doch das neue innere
Leben auf ihrem Gesichte mit einem zarten und sanften Scheine
wieder, der es nur lieblicher machte und sich so mit der zu immer
größerer Vollkommenheit gediehenen Farbe und Form ihrer
blühenden Jugend vermischte. Ihre Mutter schaute die Verän=
derung, die mit ihr vorging, mit wahrer Verwunderung an,
daß Gretchen so merkwürdig hübsch heranwachse und daß dies
einst so widerspänstige Kind so nachgiebig, so frei von jedem
Eigenwillen werde. So oft Gretchen von ihrer Arbeit aufsah,
fand sie die Augen der Mutter auf sich geheftet; sie lauerten
förmlich auf den großen Blick der Jugend, als wenn sie in
ihrem Alter von ihm die nöthige Wärme empfingen. Die Mutter
gewann ihr großes braunes Mädchen immer lieber, da es das
einzige im Hause war, was sie jetzt putzen und schmücken konnte,
und trotz ihres eigenen ascetischen Wunsches, keine persönliche
Auszeichnung zu haben, mußte Gretchen in Bezug auf ihr Haar

der Mutter nachgeben und sich die überflüssigen schwarzen Locken nach der jammervollen Sitte jener veralteten Zeiten zusammenflechten und in ein Nest oben auf den Kopf aufbinden lassen.

„Mach Deiner Mutter diese kleine Freude, Gretchen", sagte Frau Tulliver; „ich habe früher Aerger genug mit Deinem Haar gehabt."

Gretchen freute sich, ihrer Mutter einen Gefallen thun zu können und sich und ihr den langen Tag zu erheitern, und ließ sich daher den eitlen Schmuck gefallen. Königlich prangte ihr Kopf über den alten Kleidern, aber sie verweigerte hartnäckig, sich auch nur einmal im Spiegel zu besehen. Die Mutter lenkte dann gern die Aufmerksamkeit des Vaters auf dies köstliche Haar und andere überraschende Vorzüge Gretchens, aber er fertigte sie immer gut ab.

„Ich wußte recht gut, was mal aus ihr würde, schon vor langer lieber Zeit; jetzt liegt mir nichts dran; 's ist 'n wahrer Jammer, daß sie nicht von gewöhnlichem Stoffe ist; ich fürchte, sie wird doch nur weggeworfen; es heirathet sie keiner, der ihrer werth ist."

Und wenn Gretchen an Leib und Seele immer schöner erblühte, so vermehrte das nur seine trübe Stimmung. Er saß geduldig dabei, wenn sie ihm Kapitel aus der Bibel vorlas oder eine schüchterne Bemerkung machte, daß Trübsal sich wohl in Segen verkehre. Er nahm das alles hin als einen Beweis von der Gutherzigkeit seiner Tochter, und empfand sein Unglück um so bittrer, als es ihre Aussichten im Leben verkümmerte. In einem Menschenherzen, welches von einem eifrigen Streben und einer unbefriedigten Rachsucht erfüllt ist, finden neue Gefühle keinen Platz; Vater Tulliver wollte keinen geistlichen Zuspruch, er wollte nur die Schande des Bankerotts abschütteln und seine Rache haben.

Fünftes Buch.

Weizen und Wicken.

Erster Abschnitt.

Im rothen Grunde.

Die gewöhnliche Wohnstube der Tulliver'schen Familie war ein langes Zimmer mit einem Fenster an jedem Ende; das eine ging auf den Garten am Hause und den Rieselbach entlang auf die Ufer des Floß, das andre nach dem Mühlenhofe. Gretchen saß mit ihrer Arbeit an dem letzten Fenster, als sie Wakem auf den Hof kommen sah; wie gewöhnlich ritt er sein schönes schwarzes Pferd, aber er war nicht wie gewöhnlich allein, jemand war bei ihm, jemand in einem Reitmantel, auf einem hübschen Pony. Gretchen hatte kaum Zeit zu bemerken, es sei Philipp, als sie auch schon an dem Fenster vorbei ritten und er den Hut vor ihr abnahm, während sein Vater, der diese Bewegung durch einen Seitenblick bemerkte, sich scharf nach ihnen beiden umsah.

Sofort eilte Gretchen von dem Fenster weg und ging mit ihrer Arbeit nach oben. Denn Wakem kam bisweilen herein und sah die Bücher nach, und Gretchen fühlte, in Gegenwart der beiden Väter würde das Wiedersehen mit Philipp durchaus kein Vergnügen sein. Sie träfen sich wohl mal wieder, meinte sie; dann könnten sie sich die Hand geben, und sie würde ihm sagen, daß sie sich noch immer erinnere, wie gut er einst gegen Tom gewesen sei und was er ihr in früherer Zeit gesagt habe, wenn sie auch jetzt nicht mehr freundlich gegen einander sein dürften. Es war für Gretchen garnicht aufregend, Philipp wieder zu sehen; sie hatte das kindliche Gefühl von Dankbarkeit

3*

und Mitleid gegen ihn bewahrt und erinnerte sich, wie klug er
sei, und in den ersten Wochen ihrer Einsamkeit hatte sie unter
den wenigen, die ihr Freundlichkeiten erwiesen, beständig sein
Bild sich vor die Seele gerufen und oft gewünscht, ihn zum
Bruder und Lehrer zu haben, wie sie sich das als Kinder ausgedacht und besprochen hatten. Aber auch dieser Wunsch war
zusammen mit den andern Träumen verbannt, die nach Eigenwillen zu schmecken schienen, und überdies dachte sie, Philipp sei
durch das Leben in der Fremde vielleicht ein anderer geworden,
sei wohl gar weltlich gesinnt und frage gärnichts mehr darnach,
ob sie noch mit ihm rede. Und doch hatte sich sein Gesicht auffallend wenig verändert; es war nur ein größerer, mehr männlicher Abdruck des blassen Knabengesichts mit den kleinen Zügen,
den grauen Augen und dem knabenhaften braunen Lockenhaar;
die alte Verwachsenheit war noch da und weckte das alte Mitleid, und nach allem Ueberlegen fühlte Gretchen, sie möchte doch
wirklich ein paar Worte mit ihm reden. Vielleicht war er noch
so schwermüthig wie früher und hatte gern, daß man ihn freundlich ansah. Sie war neugierig, ob er sich noch wohl erinnere,
wie gern er ihre Augen gehabt habe, und bei dem Gedanken
blickte sie nach dem viereckigen Spiegel, der verurtheilt war,
mit dem Glase gegen die Wand zu hängen; sie sprang halb vom
Stuhle auf, um ihn herunter zu nehmen, aber sie hielt sich zurück, griff wieder nach der Arbeit und suchte die aufsteigenden
Wünsche dadurch zu unterdrücken, daß sie sich zwang, Stellen aus
geistlichen Liedern leise vor sich hin zu sagen, bis sie endlich Philipp
mit seinem Vater draußen fortreiten sah und wieder hinunter-
gehen konnte.

Es war nun schon tief im Juni, und Gretchen hätte gern
den täglichen Spaziergang möglichst weit ausgedehnt, der ihre
einzige Erholung war, aber heute und die folgenden Tage
gab es soviel nöthige Arbeit, daß sie nicht über den Hof
hinauskam und ihr Bedürfniß nach frischer Luft befriedigte, indem sie sich draußen vor die Thür setzte. Wenn sie nicht nach
der Stadt gehen mußte, ging sie am häufigsten nach einer Stelle

jenseits des sogenannten Hügels, einer unbedeutenden mit Bäumen bewachsenen Erhöhung, welche seitwärts an dem Wege lag,
der an der rothen Mühle vorbeiführte. So unbedeutend diese
Erhöhung aber auch war, bildete sie doch einen unregelmäßigen
Wall von ein paar hundert Schritt Länge links neben der rothen
Mühle und den hübschen Feldern dahinter, welche der plät-
schernde Rieselbach begrenzte. Grade da, wo der kleine
Höhenzug sich wieder in die Ebene senkte, ging ein Fußweg ab
und führte auf die andere Seite des Hügels, wo dieser in höchst
seltsame Löcher und aufgeschüttete Ränder zerklüftet war; in
weit entfernter Zeit war dort nämlich ein Steinbruch betrieben
worden, — in so entfernter Zeit, daß beide, die Aushöhlungen
und die Aufschüttungen, jetzt mit Brombeersträuchern und Gebüsch und hier und da mit etwas Gras überwachsen waren,
welches ein paar Schafen Weide bot. In den Tagen der Kindheit hatte sich Gretchen vor dieser Stelle, welche der rothe
Grund hieß, sehr gefürchtet und ihres ganzen Vertrauens
auf Tom's Tapferkeit bedurft, um einen Ausflug dahin zu
wagen; aus jeder Vertiefung stiegen Räuber und wilde
Thiere vor ihr auf. Aber jetzt hatte die Stelle für sie den
Reiz, den jeder zerklüftete Boden, jede Andeutung von Felsen
und Felsspalten für ein Auge hat, welches gewöhnlich auf die
Ebene blickt; namentlich im Sommer, wo sie unter dem Schatten einer breit geästelten Esche, die grade aus der steilen Rück-
wand über ihr hervorsprang, in einer grasbewachsenen Höhlung
sitzen und auf das Summen der Insekten — dieser kleinsten
Glöckchen am Gewande des Gottes des Schweigens — lauschen
konnte, oder das Sonnenlicht durch der fernen Zweige Grün
dringen und mit dem Himmelblau der wilden Hyacinthen
spielen sah. Im Juni standen auch die wilden Rosen in voller
Pracht, und das war ein Grund mehr, warum Gretchen ihre
Schritte lieber nach dem rothen Grunde als nach jeder andern
Stelle lenkte, sobald sie den ersten freien Tag zum Spazieren-
gehen hatte — ein Vergnügen welches sie so liebte, daß sie

bisweilen im Eifer der Entsagung meinte, sie müsse sich die zu häufige Wiederholung versagen.

Da geht sie nun ihren Lieblingsweg hin und biegt durch eine Gruppe Föhren auf einem schmalen. Fußweg nach dem Steinbruch; ihre große Gestalt und ihr altes blaßgrünes Kleid sieht man durch einen abgetragenen schwarzseidenen Shawl von durchbrochener Arbeit, und nun sie sich ganz unbeachtet weiß, nimmt sie ihren Hut ab und hängt ihn an den Arm. Wenn wir sie nicht kennten, wir hielten sie gewiß für älter als sechszehn Jahre, sei es wegen der verdrossenen resignirten Wehmuth im Blick, aus dem alles Sehnen und alle Unruhe gewichen scheint, sei es weil die gesetzte Fülle ihrer Gestalt schon etwas frauen= haftes hat. Jugend und Gesundheit haben die unfreiwilligen und freiwilligen Leiden gut überstanden, und die Nächte, die sie zur Buße auf dem harten Fußboden zugebracht hat, haben keine merkliche Spur hinterlassen; ihre Augen sind klar, die braune Wange ist fest und gerundet, die vollen Lippen sind roth. Mit liebendem Blick sieht sie an den hohen Föhren hinauf. Aber indem wir sie ansehen, überkommt uns eine gewisse Unruhe, ein Gefühl, als stritten in ihr feindliche Elemente, zwischen denen bald ein wilder Kampf entbrennen wird; es ist etwas verhal= tenes in ihrem Ausdruck, wie man wohl oft auf ältern Gesich= tern sieht, an denen uns ein Rest von Jugend überrascht, der jeden Augenblick leidenschaftlich aufflammen kann, um gleich einem halbgedämpften Feuer, das plötzlich wieder ausbricht, den stillen Frieden zu vernichten.

Aber Gretchen selbst war in diesem Augenblicke durchaus nicht unruhig. Sie genoß freudig die frische Luft, während sie an den alten Föhren hinaufblickte und in den geknickten Aesten die Geschichte vergangener Stürme las, welche die röthlichen Stämme nur um so mächtiger in die Höhe getrieben hatten. Aber wäh= rend ihre Augen noch hinaufsahen, bemerkte sie auf dem Gras= wege vor sich einen wandelnden Schatten; erschrocken blickte sie nieder und erkannte Philipp Wakem, der seinen Hut abnahm und dann tief erröthend auf sie zutrat und ihr die Hand hinhielt.

Auch Gretchen erröthete, erst vor Ueberraschung und dann vor Freude. Sie gab ihm die Hand und blickte auf die verwachsene Gestalt mit unbefangenem Blick, in welchem sich nur die Erinnerung an die Gefühle der Kindheit spiegelte — eine Erinnerung die immer mächtig in ihr war. Sie war die erste, welche sprach.

„Sie haben mich erschreckt", sagte sie mit mattem Lächeln; „ich begegne sonst niemand hier. Wie kommt es, daß Sie hier spazieren gehen? wollten Sie mich treffen?"

Es war klar, Gretchen fühlte sich wieder als Kind.

„Ja wohl", sagte Philipp, noch immer verlegen; „ich wollte Sie sehr gern sprechen. Ich habe gestern lange bei Ihrem Hause gewartet, ob Sie nicht ausgingen, aber Sie kamen nicht. Heute hab' ich wieder gewartet, und als ich sah, welchen Weg Sie einschlugen, behielt ich Sie im Auge und bin da hinten am Hügel herumgekommen. Sie sind mir doch hoffentlich darum nicht böse?"

„Nein", antwortete Gretchen treuherzig und ging weiter, als rechnete sie darauf, Philipp werde sie begleiten, „ich freue mich recht, daß Sie gekommen sind; mich hat so sehr nach einer Gelegenheit verlangt, mit Ihnen zu sprechen. Ich habe nie vergessen, wie gut Sie damals gegen Tom waren und gegen mich auch, aber ich war nicht ganz sicher, ob Sie sich auch noch an uns erinnerten. Tom und ich, wir haben viel Trübsal seitdem erlebt und ich glaube, dann erinnert man sich öfter an die frühere Zeit vor dem Unglück."

„Ich glaube doch nicht, daß Sie so viel an mich gedacht haben, wie ich an Sie", sagte Philipp schüchtern. „Wissen Sie, als ich fort war, habe ich ein Bild von Ihnen gezeichnet, wie Sie den Morgen im Arbeitszimmer aussahen, als Sie sagten, Sie würden mich nicht vergessen."

Dabei holte Philipp ein kleines Etui aus der Tasche und öffnete es. Gretchen sah sich als Kind, sie lehnte an einen Tisch, ihr schwarzes Haar hing hinterm Ohre zurück, mit wundersamen träumerischen Augen blickte sie in's Leere. Es war

eine Skizze in Wasserfarben und als Portrait von wirklichem
Verdienst.

„Nein wahrhaftig", rief Gretchen vor Freude ganz aufgeregt, „was war ich doch für ein komisches kleines Mädchen! Ich erinnere mich noch recht gut, daß ich so aussah und
mein Haar so trug und das rothe Kleid anhatte. Ich hatte
doch wirklich was vom Zigeuner. Und ich fürchte beinahe, ich
hab' noch was davon", fügte sie nach kurzem Schweigen hinzu;
„seh' ich so aus wie Sie erwarteten?"

Diese Frage hätte man für Coquetterie halten können, aber
der volle strahlende Blick, den Gretchen auf Philipp wandte,
war nicht der einer Coquette. Freilich hoffte sie sehr, er habe
ihr Gesicht gern, aber es war doch nur das Wiederaufleben
ihrer angeborenen Freude an Bewunderung und Liebe. Philipp
begegnete ihrem Blick und sah sie lange schweigend an, ehe er
ruhig sagte: „Nein, Gretchen."

Aus Gretchens Antlitz wich das Licht und ihre Lippe bebte
ein wenig. Sie senkte die Augen, aber wandte den Kopf nicht
weg, und Philipp fuhr fort sie anzusehen. Dann sagte er
langsam:

„Sie sind viel, viel schöner als ich glaubte."

„Wirklich?!" sagte Gretchen, und die Freude kehrte wieder
auf ihr Gesicht und es röthete sich tiefer. Sie wandte sich von
Philipp ab und ging einige Schritte, indem sie schweigend vor
sich hinblickte, als wollte sie sich im Geiste mit diesem neuen Gedanken befreunden. Mädchen sind so dran gewöhnt, den Haupt-
grund zur Eitelkeit in Kleidern zu sehen, daß Gretchen auf den
Gebrauch des Spiegels nur deshalb verzichtet hatte, weil sie
nach äußerm Schmuck nichts fragte, aber nicht um auf das Vergnügen zu verzichten, ihr eigenes Gesicht zu sehen. Wenn sie
sich mit eleganten vornehmen jungen Damen verglich, so war
ihr nicht in den Sinn gekommen, daß sie selbst mit ihrem Gesicht und ihrer Gestalt den geringsten Eindruck machen könnte.
Philipp schien dies Schweigen zu lieben. Er ging neben ihr
her und sah ihr in's Gesicht, als ließe ihm dieser Anblick für

andere Wünsche keinen Raum. Sie waren nun aus den Föhren
herausgetreten und standen an einer grünen Vertiefung, die fast
ganz von einem Amphitheater blaßrother wilder Rosen ein=
geschlossen war. Aber wie das Licht um sie her heller geworden
war, so hatte Gretchens Gesicht seinen Glanz verloren. Sie
stand still, sah wieder Philipp an und sagte mit ernster weh=
müthiger Stimme:

„Ich wollte, wir könnten Freunde sein — ich meine, wenn
es recht und gut für uns wäre. Aber das ist mein Loos, was
ich zu tragen habe: ich darf nichts behalten, was ich liebte, als
ich noch klein war. Die alten Bücher sind fort, und Tom ist
ganz anders geworden, und mein Vater auch. Ach, 's ist wie
der Tod! Ich muß mich von allem lassen, was mir als Kind
lieb war. Und auch von Ihnen muß ich mich trennen; wir
dürfen nichts mehr von einander wissen. Darum wollte ich
Sie gern sprechen. Ich wollte Ihnen sagen, daß Tom und ich
in dieser Beziehung nicht thun können was wir wollen, und
wenn ich mich gegen Sie benehme als hätte ich Sie ganz und
gar vergessen, so geschieht's nicht aus Neid oder Stolz, oder
aus Uebelwollen."

Immer kummervoller und sanfter hatte Gretchen gesprochen,
und ihre Augen schwammen in Thränen. Philipp's Gesicht
trug den alten schmerzlichen Ausdruck; er sah wieder ganz aus
wie als Knabe, und seine traurige Gestalt rührte Gretchens
Mitleid.

„Ich weiß schon, ich sehe alles was Sie sagen wollen", er=
widerte er mit einer Stimme, die vor Niedergeschlagenheit
matt war, „ich weiß schon, was uns getrennt hält. Aber 's
ist nicht recht, Gretchen — sein Sie mir nicht böse; ich bin so
dran gewöhnt, Sie in meinen Gedanken Gretchen zu nennen —
es ist nicht recht, den unverständigen Launen anderer alles zu
opfern. Ich würde für meinen Vater auf vieles verzichten, aber
meine Freundschaft oder — oder sonst eine Neigung gebe ich
ihm zu Liebe nicht auf, wenn ich den Wunsch nicht als recht
anerkenne."

„Ich weiß doch nicht“, sagte Gretchen nachdenklich. „Oft wenn ich ärgerlich und unzufrieden gewesen bin, habe ich mir gedacht, ich sei nicht verpflichtet irgend etwas aufzugeben, und in diesen Gedanken bin ich immer weiter hineingerathen, bis mir schien, ich könnte meine ganze Pflicht wegraisonniren. Aber daraus ist nichts gutes gekommen; es war immer ein böser Seelenzustand. Und nun bin ich überzeugt, was ich auch thun mag, ich werde schließlich immer wünschen, daß ich lieber für mich auf alles verzichtet hätte, als meinem Vater das Leben zu erschweren.“

„Aber würde es ihm denn das Leben erschweren, wenn wir uns bisweilen sähen?“ fragte Philipp. Er wollte etwas anderes sagen, hielt sich aber zurück.

„O, er sähe es gewiß nicht gern. Fragen Sie mich nicht warum oder sonst etwas näheres“, sagte Gretchen mit tiefer Betrübniß. „Gewisse Dinge gehen meinem Vater gleich an's Herz. Er ist so unglücklich.“

„Das bin ich auch“, sagte Philipp stürmisch, „ich bin auch recht unglücklich.“

„Warum denn?“ fragte Gretchen sanft. „Ich sollte zwar nicht fragen, aber's thut mir recht, recht leid.“

Philipp wandte sich um weiter zu gehen, als hätte er keine Geduld, länger stehen zu bleiben, und sie traten wieder aus der Vertiefung heraus und gingen schweigend durch's Gebüsch. Nach dem was Philipp zuletzt gesagt hatte, war es Gretchen unmöglich, auf einem sofortigen Abschied zu bestehen.

„Ich fühle mich viel glücklicher“, sagte sie endlich schüchtern, „seit ich jeden Gedanken an die Annehmlichkeiten und Freuden des Lebens aufgegeben habe und nicht mehr unzufrieden bin, daß ich meinen Willen nicht bekomme. Ein höherer Wille lenkt unser Leben, und es macht die Seele frei, wenn wir das Wünschen aufgeben und nur daran denken, das zu ertragen, was uns auferlegt wird, und zu thun was wir thun müssen.“

„Aber ich kann das Wünschen nicht aufgeben“, sagte Philipp ungeduldig. „Mir scheint, wir können das Verlangen und Wünschen nicht aufgeben, so lange wir noch Athem haben. Es giebt gewiſſe Dinge, bei denen wir fühlen, ſie ſind ſchön und gut, und uns muß nach ihnen verlangen. Wie könnten wir je ohne ſie glücklich ſein, ſo lange unſre Empfindungen nicht erſtorben ſind? Ich habe Freude an ſchönen Gemälden, und mich verlangt danach, ich möchte auch ſo malen können. Ich gebe mir Mühe und Mühe und kann doch nicht leiſten was ich möchte. Das macht mir Schmerz und wird immer mein Schmerz bleiben, bis meine Fähigkeiten ihre Schärfe verlieren, wie die Augen im Alter. Und dann giebt es noch manches andere, wonach ich mich ſehne", hier ſtockte Philipp ein wenig und ſagte dann — „manches, was andre Leute haben und was mir immer verſagt bleiben wird. Mein Leben wird nichts Großes oder Schönes haben; ich wollte lieber, ich hätte garnicht gelebt."

„O Philipp", rief Gretchen, „ſo müſſen Sie nicht fühlen". Aber in ihrem Herzen begann ſich etwas von Philipp's Unzufriedenheit zu regen.

„Nun denn", erwiderte er, indem er ſich raſch umwandte und mit ſeinen grauen Augen ihr flehend in's Geſicht ſah, „ich würde gern leben, wenn ich Sie bisweilen ſprechen könnte". Dann hielt er inne aus Furcht über etwas, was er in ihrem Geſicht zu leſen glaubte, blickte wieder ſeitwärts und ſagte ruhiger: „ich habe keinen Freund, gegen den ich mich ſo recht ausſprechen könnte, keinen, der mich lieb genug hätte, und wenn ich Sie nur ab und zu ſehen könnte und mit Ihnen ſprechen dürfte, und Sie mir bewieſen, daß Sie ſich etwas aus mir machen, und daß wir im Herzen immer Freunde bleiben können und einander helfen, dann würde ich mich vielleicht wieder des Lebens freuen."

„Aber wie kann ich Sie ſehen, Philipp?" ſtotterte Gretchen heraus. Der Gedanke ging ihr durch den Kopf, ob ſie ihm denn wirklich gut thun könnte. Es wäre doch ſehr hart, ihm heute Lebewohl zu ſagen und ihn nachher nie wieder zu ſehen. Ein neues Intereſſe trat an ſie heran, welches Abwechſelung in ihr Leben zu bringen verſprach, und es ſchien ihr ſo viel leichter, es von vorn herein abzuweiſen.

„Wenn ich Sie hier bisweilen treffen und mit Ihnen spazieren gehen könnte, dann wäre ich zufrieden, und wenn es nur ein= oder zweimal im Monat wäre. Das könnte doch niemanden kränken, und mir würde es das Leben versüßen. Ueberdies", fuhr er mit der ganzen erfindungsreichen List einer jungen Liebe fort, „wenn zwischen unsern Angehörigen Feindschaft besteht, so sollten wir um so mehr versuchen, sie durch unsre Freundschaft zu überwinden — ich meine, durch unsern Einfluß auf beiden Seiten könnten wir vielleicht die Wunden der Vergangenheit heilen helfen, wenn ich nur erst genau wüßte, wie's damit steht. Ich glaube nicht, daß mein Vater feindselig gesinnt ist; ich dächte doch, er hätte das Gegentheil bewiesen."

Gretchen schüttelte langsam den Kopf und schwieg vor dem Widerstreit ihrer Empfindungen. Philipp dann und wann zu sehen und die Freundschaft mit ihm zu erhalten, schien ihrer Neigung nicht blos etwas unschuldiges, sondern etwas gutes zu sein; vielleicht konnte sie ihm wirklich helfen, Frieden zu finden, wie sie ihn selbst gefunden hatte. Die Stimme in ihrem Innern, die das sagte, klang wie süße Musik, aber in diese hinein tönte eine dringende einförmige Warnung von einer andern Stimme, der sie zu gehorchen gelernt hatte, — die Warnung, daß solche Zusammenkünfte geheim sein müßten, daß sie dabei etwas thue, vor dessen Entdeckung sie sich fürchte und dessen Entdeckung Kummer und Schmerz bringe, und endlich, daß die Einwilligung in eine Handlungsweise, die so nahe an Zweideutigkeit grenze, ihr Seelenheil gefährde. Aber die süße Musik drang immer wieder vor, wie fernes Glockengeläute, wenn der Wind sich wieder erhebt, und redete ihr zu, das Unrecht liege blos in den Fehlern und Schwächen anderer, und man könne sich auch für den einen unnütz opfern und den andern dabei kränken. Es war doch sehr hart für Philipp, daß sie sich aus ungerechtfertigter Nachsucht gegen seinen Vater von ihm zurückziehen solle — für den armen Philipp, den die meisten Leute gewiß schon deshalb vermieden, weil er verwachsen war. Der Gedanke, daß er sich in sie verlieben und ihre Zusammen=

künfte mit ihm aus dieser Rücksicht getadelt werden könnten, war ihr nicht in den Sinn gekommen, das sah ihr Philipp deutlich genug an, sah es mit einem gewissen Schmerz, obschon ihre Einwilligung in seine Bitte dadurch weniger unwahrscheinlich wurde. Es war ihm ein bittres Gefühl, daß Gretchen fast so offen und unbefangen gegen ihn war, wie früher als Kind.

„Ich kann weder ja noch nein dazu sagen", erwiderte sie endlich, indem sie umkehrte und wieder die Richtung einschlug, in der sie gekommen war; „ich muß warten, sonst könnte ich Unrecht thun, ich muß auf Weisung von oben warten."

„Darf ich denn wiederkommen — morgen oder übermorgen, oder die nächste Woche?"

„Am besten ist's wohl, ich schreibe", stotterte Gretchen wieder. „Ich muß bisweilen nach der Stadt, und kann den Brief auf die Post geben."

„O nein", sagte Philipp eifrig, „das geht nicht gut; mein Vater könnte den Brief sehen, und wenn er auch keine Feindschaft hegt, sieht er die Dinge doch anders an als ich; er hält viel auf Rang und Reichthum. Bitte, lassen Sie uns hier noch einmal zusammen kommen. Sagen Sie mir wann, oder wenn Sie's nicht sagen können, dann will ich so oft wie möglich herkommen, bis ich Sie treffe."

„So mag's denn sein", erwiderte Gretchen, „denn ich kann nicht bestimmt vorhersagen, welchen Nachmittag ich herkomme."

Durch diese Vertagung der Entscheidung fühlte sich Gretchen sehr erleichtert. Sie konnte nun die Minuten ihres jetzigen Zusammenseins frei genießen; es schien ihr beinahe, sie dürfe etwas länger bleiben; das nächste Mal mußte sie ja Philipp den Schmerz bereiten, ihm ihren Entschluß mitzutheilen. Nach kurzem Stillschweigen sah sie ihn lächelnd an und sagte:

„Ich kann garnicht darüber wegkommen, wie seltsam es ist, daß wir uns hier so treffen und mit einander sprechen, als hätten wir uns erst gestern bei Pastor Stelling getrennt, und doch müssen wir uns beide in diesen fünf Jahren sehr verändert haben — so lange ist's ja wohl schon her. Wie kam es denn,

daß Sie so gewiß waren, denn das schienen Sie zu sein, ich
sei noch dasselbe Gretchen? Ich war nicht so gewiß, daß Sie
noch derselbe wären; Sie sind ja so klug und müssen so viel
neues gesehen und zugelernt haben; ich war nicht ganz sicher,
daß Sie sich noch was aus mir machten."

„Ich habe nie daran gezweifelt, daß Sie dieselbe sein wür=
den, wann ich Sie auch wiedersähe", erwiderte Philipp, — „ich
meine dieselbe in allen Dingen, weshalb ich Sie lieber leiden
mag als alle andern. Ich will das nicht weiter erklären, ich
glaube überhaupt nicht, daß manche von den stärksten Einflüssen,
für welche die Menschennatur empfänglich ist, sich erklären lassen.
Wir können weder entdecken, wie sie entstehen, noch uns die Art
erklären, wie sie auf uns wirken. Der größte Maler hat nur
einmal ein geheimnißvoll göttliches Kind gemalt; schwerlich hätte
er sagen können, wie er das gemacht, und ebenso wenig können
wir sagen, warum wir das Gefühl des Göttlichen dabei haben.
Ich glaube, es liegt soviel in der menschlichen Natur verborgen,
daß unser Begreifen es nicht zu zählen vermag. Es giebt Me=
lodien, die so wunderbar auf mich wirken; ich höre sie nie, ohne
daß sie meine ganze Stimmung für den Augenblick verändern,
und wenn die Wirkung dauernd wäre, ich könnte zum Helden
werden."

„O, mit der Musik, das verstehe ich, das fühle ich auch",
sagte Gretchen und schlug ganz in ihrer alten ungestümen Weise die
Hände zusammen. „Wenigstens", fügte sie traurig hinzu, „hab'
ich es gefühlt, als ich noch Musik hörte; jetzt hör' ich blos noch
die Orgel in der Kirche."

„Und Sie sehnen sich nach Musik, Gretchen?" sagte Phi=
lipp und sah sie mit zärtlichem Mitleid an. „Ach, Sie haben
gewiß nicht viel schönes auf der Welt. Haben Sie denn
viel Bücher? Sie hatten sie so gern, als Sie noch klein
waren."

Sie waren nun wieder an der Vertiefung, um welche rings
herum die wilden Rosen blühten, und sie standen beide still in

dem Zauber der feenhaften Abendbeleuchtung, die auf den blaß= rothen Blüthentrauben wiederglänzte.

„Nein, die Bücher hab' ich aufgegeben", sagte Gretchen ruhig, „ausgenommen einige sehr wenige."

Philipp hatte inzwischen aus seiner Tasche ein kleines Buch hervorgeholt und sagte, indem er den Titel ansah:

„Ah, es ist der zweite Band, wie ich sehe, sonst hätten Sie ihn gern mit nach Hause nehmen können. Ich steckte ihn in die Tasche, weil ich eine Scene studire, zu der ich ein Bild malen will."

Auch Gretchen hatte sich den Titel angesehen; der Anblick weckte eine alte Erinnerung mit überwältigender Kraft in ihr auf.

„Der Pirat!" sagte sie, und nahm Philipp das Buch aus der Hand. „O, das hab' ich mal angefangen; ich habe bis dahin gelesen, wo Minna mit Cleveland spazieren geht, und ich konnte nie dazu kommen, es auszulesen. In Gedan= ken hab' ich die Geschichte zu Ende geführt, bald so, bald so, aber sie schloß immer unglücklich. Zu dem Anfang konnt' ich nie ein glückliches Ende finden. Die arme Minna! Ich möchte doch wohl wissen, wie das wirkliche Ende ist. Lange Zeit konnte ich in meinen Gedanken garnicht von den Shetland=Inseln weg, ich glaubte den Wind zu fühlen, der mich von der wilden See her anwehte". Gretchen sprach rasch und ihre Augen glänzten.

„Nehmen Sie den Band mit nach Hause", sagte Philipp, der sie mit Entzücken beobachtete. „Ich brauche ihn jetzt nicht. Ich will lieber ein Bild von Ihnen machen, mit dieser Um= gebung hier, den hohen Föhren und den schräg einfallenden Lichtern."

Gretchen hatte kein Wort gehört, was er sagte; sie war ganz versunken in die Stelle des Buches, die sie grade auf= geschlagen hatte. Aber plötzlich machte sie das Buch zu und gab es Philipp zurück, indem sie den Kopf schüttelte, als riefe sie einem Geiste zu: hebe Dich weg von mir.

„Nehmen Sie's doch mit, Gretchen", bat Philipp; „es macht Ihnen gewiß Vergnügen."

„Nein, ich danke", erwiderte Gretchen, wehrte ihn mit der Hand ab und ging weiter. „Vielleicht gewänne ich dann die Welt wieder so lieb wie früher, und sehnte mich wieder, viel zu sehen und zu wissen — sehnte mich vielleicht wieder nach einem vollen ganzen Leben."

„Aber Sie werden doch nicht immer so eingeengt sein in der Welt, wie jetzt; warum wollen Sie denn Ihren Geist so darben lassen? Es ist engherzige Selbstkasteiung, und ich sehe es nicht gern, Gretchen, daß Sie dabei beharren. Poesie und Kunst und Wissenschaft sind heilig und rein."

„Aber nicht für mich, nicht für mich", sagte Gretchen und beschleunigte ihre Schritte. „Ich würde zu viel verlangen; ich muß warten; dieses Leben wird ja nicht ewig dauern."

„Eilen Sie doch nicht so von mir ohne ein freundliches Adieu, Gretchen", sagte Philipp, als sie wieder in den Föhren waren und sie immer noch schweigend weiter ging. „Weiter darf ich doch nicht mitgehen, oder darf ich?"

„O nein, ich hatt' es ganz vergessen; adieu", sagte Gretchen, indem sie stehen blieb und ihm die Hand reichte. Damit strömte die Freundschaft für Philipp wieder in ihr Herz zurück, und nachdem sie einige Augenblicke mit verschlungenen Händen einander schweigend angesehen hatten, sagte sie, indem sie die Hand zurückzog:

„Ich bin Ihnen recht dankbar, daß Sie all die Jahre an mich gedacht haben. Es ist so süß, wenn einen die Menschen lieben. Wie wunderbar und schön ist es doch, daß der liebe Gott Ihnen ein Herz gegeben hat, welches sich um ein komisches kleines Mädchen bekümmert, das Sie nur ein paar Wochen gekannt haben. Ich weiß noch recht gut, wie ich Ihnen sagte, ich glaubte, Sie machten sich mehr aus mir als Tom."

„Ja, Gretchen", sagte Philipp, beinahe verdrießlich, „Sie hätten mich gewiß nie so lieb, wie Ihren Bruder."

„Das ist wohl möglich", war Gretchens einfache Antwort,

„aber Sie müssen wissen, die erste Erinnerung, die ich aus meiner Kindheit habe, ist, daß ich mit Tom am Ufer des Floß stand und er mich bei der Hand hielt; vorher ist mir alles dunkel. Aber ich werde Sie nie vergessen — wenn wir auch nicht mit einander verkehren dürfen.“

„Sagen Sie das nicht, Gretchen. Wenn ich das kleine Mädchen fünf Jahre im Gedächtniß hielt, giebt mir das keinen Theil an ihr? Sie dürfen sich nicht so ganz von mir wenden.“

„Nicht, wenn ich frei wäre“, erwiderte Gretchen; „aber das bin ich nicht, ich muß mich fügen“, und nach kurzem Schweigen fügte sie hinzu: „ich wollte Ihnen auch noch sagen, um meinen Bruder kümmern Sie sich weiter nicht, als daß Sie ihn eben grüßen. Er hat mir mal gesagt, ich sollte nicht wieder mit Ihnen sprechen, und er ändert seinen Sinn nicht . . . . . Aber die Sonne ist untergegangen, ich bin schon zu lange geblieben. Adieu“, und damit gab sie ihm noch einmal die Hand.

„Ich werde so oft wie möglich herkommen, bis ich Sie wiedersehe, Gretchen. Denken Sie auch ein wenig an mich, so gut wie an andre.“

„Ja, ja, das will ich“, erwiderte Gretchen und eilte fort, und verschwand rasch hinter dem letzten Föhrenbaum; Philipp sah ihr unbeweglich noch lange nach, als wenn er sie noch immer sähe.

Gretchen kam nach Haus, und in ihrem Innern hatte der Streit schon begonnen; Philipp kam nach Haus, ganz erfüllt von Erinnerung und Hoffnung. Wir können kaum umhin, ihn streng zu tadeln. Er war vier oder fünf Jahre älter als Gretchen und wußte klar genug, was er für sie fühlte, um voraussehen zu können, in welchem Lichte die gewünschten Zusammenkünfte jedem Dritten erscheinen müßten. Aber wir dürfen nicht annehmen, er sei einer groben Selbstsucht fähig gewesen oder hätte ruhig sein können, wenn er sich nicht eingeredet hätte, er suche in Gretchens trauriges Leben Freude zu bringen, suche das sogar mehr als seine persönlichen Zwecke. Er konnte ihr Theilnahme, konnte ihr Hülfe geben. Nicht das leiseste Zeichen von

Liebe hatte er an ihr bemerkt; es war nur dieselbe süße mäd= chenhafte Zärtlichkeit gewesen, wie damals, als sie erst zwölf Jahr alt war; vielleicht liebte sie ihn niemals, vielleicht konnte ihn keine Frau jemals lieben; nun, das wollte er ertragen; er hatte dann doch wenigstens das Glück, sie zu sehen, ihr nahe zu sein. Und mit wahrer Leidenschaft hielt er sich an den Gedanken, es sei doch möglich, daß sie ihn noch lieb gewönne; vielleicht würde dieses Gefühl wachsen, wenn sie erst dahin käme, ihn mit der sorgenden Zärtlichkeit zu verbinden, die in ihrer Natur so tief begründet lag. Wenn ihn überhaupt eine Frau lieben könnte, so sei es gewiß Gretchen; sie hatte einen solchen Reichthum an Liebe, und es gab niemand, der auf diesen Reichthum ausschließ= lich Anspruch hatte. Und dann, wie jammerschade, wenn ein Geist wie der ihrige in der schönsten Jugend verkümmern sollte wie ein Baum des Waldes, weil er nicht soviel Raum und Licht fand, als er zu seinem Gedeihen bedurfte! Ob er das wohl ver= hindern könne, indem er ihr die freiwillige Entsagung ausrede? Er wollte ihr Schutzengel sein, wollte alles für sie thun, alles ertragen — nur nicht das eine, auf ihren Anblick zu verzichten.

Zweiter Abschnitt.

Tante Glegg erfährt, wie breit Bob's Daumen ist.

Während die Kämpfe, welche Gretchen im Leben zu bestehen hatte, fast ausschließlich in ihrem Innern vorgingen, wo ein Geisterheer gegen das andre stritt und die Erschlagenen immer wieder sich erhoben, um weiter zu kämpfen, war Tom in einen staubigeren und geräuschvolleren Krieg verwickelt, wo er körper= liche Hindernisse zu überwinden hatte und festere Eroberungen machte. So ist es immer gewesen seit den Zeiten der Hecuba und des rossebändigenden Hektors: innerhalb der Thore beten

die Weiber mit aufgelöstem Haar und emporgehobenen Händen
an den Altären, beobachten den Kampf der Welt von fern, und
bringen ihre langen leeren Tage hin mit Erinnerung und Furcht;
draußen die Männer im wilden Kampf mit Göttern und Men=
schen, alles Erinnern verlöschend unter ihrem Willen, im wil=
den Toben des Kampfes ohne Gefühl für Furcht und selbst für
Wunden.

Nach dem, was wir bereits von Tom gesehen haben, wird
ihn wohl niemand für einen jungen Mann halten, dem man Er=
folglosigkeit prophezeihen dürfe, wo er selbst mit festem Willen
auf Erfolg bedacht ist; vielmehr werden verständige Leute auf
ihn wetten, obschon er in den klassischen Sprachen nur einen so
geringen Erfolg gehabt hat. Denn auf diesem Gebiet hatte
Tom nie nach Erfolg verlangt, und wenn man Dummheit zur
schönsten Blüthe bringen will, so ist das allerprobateste Mittel,
den Geist mit einer Masse Geschichten zu überschwemmen, für
die er sich nicht interessirt. Aber jetzt faßte Tom's starker Wille
alles zusammen, was ihm zur Hand war — seine Ehr=
lichkeit, seinen Stolz, sein häusliches Unglück und seinen persön=
lichen Ehrgeiz, einigte sie in einen Strom von Kraft und über=
wand so alle Schwierigkeiten. Onkel Deane, der ihn genau
beobachtete, faßte bald Vertrauen zu ihm und wurde förmlich
stolz darauf, daß er dem Geschäft einen Neffen zugeführt habe,
der aus so gutem kaufmännischen Stoffe gemacht zu sein schien.
Daß er ihn aus wirklicher Freundlichkeit zuerst im Packhause an=
gestellt hatte, wurde Tom bald aus den Andeutungen klar, die
der Onkel hinwarf, daß man ihm nach einiger Zeit vielleicht
gewisse Geschäftsreisen anvertrauen werde, auf denen er Ankäufe
in einigen gewöhnlichen Artikeln zu machen habe, mit deren Auf=
zählung ich seine Ohren hier nicht belästigen will, und diesen
Plan hatte unzweifelhaft der Onkel auch im Auge, wenn er an
gewissen Tagen, wo niemand zu Tische bei ihm war, Tom zu sich
herein nöthigte und ihn da eine Stunde lang über Ausfuhr= und
Einfuhrartikel belehrte und ausfragte, und wohl auch einen erst
später nutzbar zu machenden Vortrag anknüpfte, was es für

4*

die Kaufleute von St. Ogg für oder gegen sich habe, ihre Waaren in eigenen oder fremden Schiffen einzuführen — eine Frage, worüber Onkel Deane als Schiffseigenthümer natürlich die lichtvollsten Bemerkungen machte, wenn er vom Reden und Weintrinken warm wurde. Gleich im zweiten Jahre wurde Tom's Gehalt erhöht; aber außer dem wenigen, was er für Essen und Kleidung brauchte, wanderte alles zu seinem Vater in die Blechbüchse, und er vermied neue Bekanntschaften, damit sie ihn nicht wider Willen zu Ausgaben verleiteten. Dabei ward Tom nicht entfernt ein Philister; er hatte eine sehr starke Neigung zu den Freuden dieser Welt, wäre gern Pferdezüchter gewesen und hätte eine hervorragende Rolle in der Nachbarschaft gespielt, mit verständiger Liberalität Feste gegeben und Wohlthaten ausgetheilt, kurz am liebsten für einen der nettsten Leute der ganzen Gegend gegolten; ja, er war entschlossen, es früher oder später wirklich dahin zu bringen; aber seine praktische Klugheit sagte ihm, die Mittel dazu lägen für ihn nur in augenblicklicher Enthaltsamkeit und Selbstverleugnung; er müsse erst viele Meilensteine weiter sein, und einer davon trage die Inschrift: Bezahlung der väterlichen Schulden. Da er hierüber mal seinen Entschluß gefaßt hatte, schritt er unablässig auf seinem Wege weiter, mit jenem etwas übertriebenen Ernst, der jungen Leuten eigen zu sein pflegt, die früh auf eignen Füßen stehen müssen. Mit seinem Vater theilte Tom den Familienstolz und machte mit ihm insofern gemeinsame Sache, als er entschlossen war, seine Sohnespflicht auf's strengste zu erfüllen, aber mit zunehmender Erfahrung mußte er im stillen die Unüberlegtheit und Unklugheit in dem früheren Verfahren des Vaters vielfach tadeln; ihre Stimmungen waren durchaus verschieden, und in den wenigen Stunden, die er zu Hause zubrachte, strahlte Tom's Gesicht nicht grade vor Vergnügen. Gretchen war förmlich bange vor ihm; sie kämpfte dagegen an als gegen eine Ungerechtigkeit, da sie ja seine tieferen Gründe und weiter gehenden Pläne kannte, aber sie kämpfte vergeblich. Ein Charakter, der übereinstimmt mit sich selbst, der genau das thut, was er will, jeden widerstrebenden Trieb bewältigt und nichts im Auge hat, als das offenbar mögliche — ein solcher Charakter ist stark, selbst in seiner Negation.

Wie man sich leicht denken kann, war Tom's immer deutlicher hervortretende Verschiedenheit von seinem Vater durchaus geeignet, die Tanten und Onkel für ihn einzunehmen, und Onkel Deane's günstige Berichte und Voraussagungen an Onkel Glegg über Tom's geschäftliche Befähigung wurden allmälich unter ihnen vielfach besprochen und fanden die verschiedenartigste Aufnahme. Er versprach, der Familie Ehre zu machen, so schien es, und keine Kosten und Sorgen. Tante Pullet meinte, sie habe sich immer gedacht, Tom's vortreffliche Gesichtsfarbe, so ganz die der Dodsons, gewähre eine sichere Bürgschaft, daß er sich gut machen werde, und seine jugendlichen Verirrungen, wie z. B. die Jagd auf den Pfau und sein Mangel an Achtung vor den Tanten, bewiesen nur einen Zusatz von Tulliverschem Blut, den er jetzt hoffentlich verwachsen habe. Onkel Glegg hatte schon seit dem muthigen und verständigen Auftreten Tom's bei der Pfändung eine vorsichtige Vorliebe für ihn gefaßt und verstieg sich jetzt zu dem Entschlusse einer freundlichen Beihülfe — wenn es sich mal so machte nämlich und eine Gelegenheit sich böte, es recht sicher und ohne Gefahr von Verlust zu thun; aber Tante Glegg bemerkte, sie spreche nicht gern ohne Grund wie gewisse Leute, und wer am wenigsten sage, dessen Rede bewähre sich am meisten, und wenn der rechte Augenblick komme, dann werde es sich schon zeigen, wer mehr thun könne als schwatzen. Onkel Pullet überlegte sich die Sache mehrere Bonbons lang schweigend und kam dann zu dem Schlusse, wenn ein junger Mensch sich gut zu machen verspreche, so sei es am besten, ihn ganz ruhig gewähren zu lassen.

Inzwischen hatte Tom keine Neigung gezeigt, sich auf jemand anders zu verlassen als auf sich selbst, obschon er mit einer natürlichen Empfänglichkeit für alle Beweise von guter Meinung sich freute, daß Onkel Glegg ihm in den Geschäftsstunden bisweilen freundlich zusah und ihn sogar zu Tisch lud.

Aber ungefähr vor einem Jahre hatte Tom Veranlassung ge=
funden, die freundliche Gesinnung seines Onkel Glegg ernstlich
auf die Probe zu stellen.

Eines Abends als er aus der Stadt nach Hause ging, er=
wartete ihn auf der Brücke des Floß Bob Jakin, der selten von
einer seiner Rundreisen zurückkehrte, ohne Gretchen und Tom
aufzusuchen. Bob nahm sich die Freiheit, den jungen Herrn zu
fragen, ob er niemals dran gedacht habe, sich mit Geschäften
auf eigene Rechnung Geld zu verdienen. Geschäfte auf eigene
Rechnung? Tom wünschte zu wissen wie. Nun, indem er
Waaren mit nach dem Auslande schickte; Bob hatte einen ge=
nauen Freund, der wohl so'n kleines Geschäft für ihn machte
und gewiß auch Herrn Tom gern zu denselben Bedingungen
bediente.

Tom hatte sofort Sinn dafür und bat um nähere Erklä=
rung; er wunderte sich förmlich, daß er nicht selbst schon früher
daran gedacht hätte. Die Aussicht auf eine Spekulation, die
das langsame Addiren in ein beschleunigtes Multipliziren ver=
wandeln könnte, freute ihn so, daß er sich sofort vornahm, die
Sache mit seinem Vater zu besprechen und nach erlangter Ein=
willigung einen Theil der Ersparnisse in der Blechbüchse zum
Ankauf einiger Waaren zu verwenden. Am liebsten hätte er
den Vater gar nicht gefragt, aber er hatte grade seinen letzten
Vierteljahrsgehalt für die Blechbüchse hergegeben, und das
war seine einzige Quelle. Alle Ersparnisse waren in der Blech=
büchse; der alte Tulliver wollte nichts davon wissen, sein Geld
auf Zinsen zu geben, aus Furcht es zu verlieren. Seit er ein=
mal unglücklich in Korn spekulirt hatte, mußte er das Geld
fortwährend unter Augen haben.

Als Tom den Abend mit seinem Vater am Kaminfeuer saß,
fing er vorsichtig von der Sache an zu sprechen, und der Alte
hörte ihm zu, indem er sich im Lehnstuhl vornüber beugte und
mit bedenklichem Blick seinen Sohn ansah. Sein erster Ge=
danke war, Tom's Bitte rundweg abzuschlagen, aber er hatte
vor Tom einen gewissen Respekt, und seit er sich bewußt war,

ein unglücklicher Mann zu sein, hatte er etwas von seiner alten
Befehlshaberei und Oberherrlichkeit verloren. Er nahm den
Schlüssel des Schreibsekretärs aus der Tasche, holte den Schlüssel
zur großen Kiste und nahm die Blechbüchse heraus, so langsam
als suche er den schmerzlichen Augenblick des Abschieds möglichst
lange zu verschieben. Dann setzte er sich an den Tisch und
öffnete die Büchse mit dem kleinen Schlüssel, mit dem er in
jedem müßigen Augenblicke spielte. Da waren sie, die schmutzigen Banknoten und die blanken Goldstücke, und er zählte sie
auf den Tisch — nur hundert und sechszehn Pfund in zwei
Jahren, nach all dem Knickern und Knausern.

„Wieviel willst Du denn haben?" fragte er, und die Worte
schienen ihm auf den Lippen zu brennen.

„Wie wär's, wenn ich mit den sechs und dreißig Pfund an-
finge?" entgegnete Tom.

Der Vater legte diese Summe besonders, hielt die Hand
darüber und sagte:

„'s ist grade so viel, wie ich von meinem Lohne in einem
Jahre zurücklegen kann."

„Jawohl, Vater, es geht so langsam mit dem Sparen,
wenn man nur so wenig verdient wie wir, und bei meinem
Plane könnten wir unsre Ersparnisse verdoppeln."

„Ja freilich, mein Junge", sagte der Vater und hielt noch
immer die Hand auf dem Gelde, „aber das Geld kann auch
verloren gehen — ein Jahr von meinem Leben verloren, und
ich habe nicht viel mehr zu verlieren."

Tom schwieg.

„Und Du weißt, ich möchte mit den ersten hundert Pfund
noch keine Abzahlung machen, ich muß es erst in einem Klumpen
zusammen haben, und wenn ich's mit Augen sehe, dann ist's mir
sicher. Auf's Glück mußt Du Dich nicht verlassen; das ist
immer gegen mich. Der Teufel hat das Glück in der Hand,
und wenn ich ein Jahr verliere, das krieg' ich nicht wieder; eher
holt mich der Tod ein."

Die Stimme des Vaters bebte bei diesen Worten; Tom schwieg einige Minuten und sagte dann:

„Ich will's aufgeben, da Du so sehr dagegen bist."

Doch verzichtete er nicht ganz auf seinen Plan und nahm sich vor, Onkel Glegg um zwanzig Pfund zu diesem Behuf zu bitten, natürlich gegen Zinsen und einen Antheil am Gewinn. Das war doch wirklich keine große Bitte. Als daher Bob am folgenden Tage im Packhause anfragte, wie er sich entschlossen habe, schlug Tom vor, sie wollten zusammen zu Onkel Glegg gehen, um die Sache einzuleiten; denn sein mißtrauischer Stolz lastete auf ihm, und er fühlte, Bob's geläufige Zunge werde ihm aus der Verlegenheit helfen.

In der angenehmen Nachmittagsstunde eines heißen August= tages — um ganz genau zu sein, gegen vier Uhr, — zählte Onkel Glegg natürlich des Obst an seinen Spalierbäumen, um sich zu vergewissern, die Gesammtsumme sei noch dieselbe wie gestern. So traf ihn Tom mit seiner in Onkel Glegg's Augen sehr be= denklichen Gesellschaft, nämlich einem Menschen mit einem Packen auf dem Rücken — denn Bob war zu einer neuen Rundreise gerüstet — und einem großen zottigen Dachshunde, der lang= sam von einer Seite zur andern watschelte und mit einer in= grimmigen Gleichgültigkeit aus den Augen sah, unter der sich die allerschlimmsten Absichten verbergen konnten. Diese ver= dächtigen Einzelheiten sah Herr Glegg durch seine Brille, deren er sich bei dem wichtigen Geschäfte des Obstzählens bediente, zum Erschrecken klar.

„Oho! haltet den Hund zurück, hört ihr?" rief er aus, in= dem er eine Stange ergriff und sie vor sich hielt, als die frem= den Gäste ihm auf drei Schritt nahe gekommen waren.

„Pack' Dich, Mumps", sagte Bob und stieß ihn mit dem Fuße. „Er ist so sanft wie'n Lamm" — eine Bemerkung, welche Mumps durch ein leises Knurren bestätigte, indem er sich hinter seinen Herrn zurückzog.

„Nun, was bedeutet das, Tom?" fragte Glegg; „bringst Du mir Nachricht von den Spitzbuben, die mir neulich die

Bäume abgeschnitten haben?" Wenn Bob als Angeber kam, so ließ sich Glegg die außergewöhnliche Erscheinung schon gefallen.

„Nein, Onkel", erwiderte Toni, „ich bin blos gekommen, um mit Dir wegen eines kleinen Geschäfts für mich selbst zu sprechen."

„Gut, gut, aber was hat denn der Hund damit zu thun?" fragte der alte Herr etwas besänftigt.

Bob war auf dem Posten und antwortete: „'s ist mein Hund, Herr. Un' was das Geschäft angeht, da hab' ich Herrn Tom auf gebracht, denn Herr Tom ist immer sehr freundlich gegen mich gewesen von Kindesbeinen an, als ich noch für den alten Herrn die Vögel scheuchte; damit hab' ich angefangen. Un' wenn mir jetzt was vorkommt, wobei sich'n Geschäft machen läßt, denn denk' ich immer, ob da nicht auch für Herrn Tom was bei zu machen wäre. Un's ist 'ne rechte himmelschreiende Schande, wenn er'n bischen Geld verdienen kann mit Waaren nach auswärts — zehn oder zwölf Prozent reiner Gewinn nach Abzug von allen Kosten — un' er kann das Geschäft nicht machen, weil er kein Geld hat. Un' noch dazu die feinen Manufakturwaaren — herrje, die sind wie gemacht, wenn einer was nach auswärts schicken will, so leicht und nehmen gar keinen Platz weg — zwanzig Pfund zusammen, das ist wie garnichts, man sieht's kaum, und die Leute sind reinweg wie närrisch auf die Waaren, darum finden sie gewiß Abnehmer. Und ich würde selbst hingehen un' den Einkauf besorgen, für Herrn Tom so gut wie für mich. Un' der Steuermann von dem Schiffe will's mitnehmen, ich kenn'n ganz genau, er ist zuverlässig, und seine Familie wohnt hier in der Stadt. Salt heißt er, und er ist auch gesalzen und gepfeffert, un' wenn Sie's mir nicht glauben wollen, dann kann ich Sie zu ihm führen."

Mit offenem Munde stand Onkel Glegg vor diesem ungenirten Redefluß, mit welchem seine Auffassung kaum Schritt halten konnte. Er sah sich den Redner an, erst über die Brille weg, dann durch die Brille, dann wieder drüber her, so daß

Tom schon beinahe wünschte, er hätte diesen seltsamen Für=
sprecher garnicht mitgebracht; Bob's Geschwätz erschien durchaus
nicht so harmlos wie sonst, da noch ein Dritter dabei war.

„Ihr scheint ein geriebener Bursche", sagte der Onkel
endlich.

„Ja wohl, Herr, da haben Sie Recht", erwiderte Bob und
nickte seitwärts mit dem Kopfe; „ich glaube, in meinem Kopfe
da lebt's inwendig wie in 'nem alten Käse; ich stecke ganz voll
Pläne, einer purzelt immer über den andern. Wenn ich Mumps
nich' hätte und mit ihm redete, dann würde mir der Kopf zu
schwer un' ich kriegte den Schlag. Ich glaube, 's kommt davon,
daß ich nich' viel zur Schule gewesen bin. Das halt' ich meiner
alten Mutter immer vor. Ich sage ihr, Du hätt'st mich'n bis=
chen mehr nach der Schule schicken sollen, sag' ich, denn könnt'
ich jetzt Bücher lesen wie garnichts und hätte den Kopf nicht so
voll. O, meiner alten Mutter geht's jetzt recht gut; sie hat
ihr geschmortes Fleisch und Kartoffeln so oft sie will. Ich weiß
mit dem Gelde garnicht mehr wohin, ich muß mir 'ne Frau
nehmen, die's unter die Leute bringt. Aber's ist lästig, so 'ne
Frau, un' Mumps hat vielleicht was dagegen."

Onkel Glegg, der sich selbst für 'nen lustigen Mann hielt,
seit er sich vom Geschäft zurückgezogen hatte, fand Bob allmälich
sehr unterhaltend, aber er hatte noch eine tadelnde Bemerkung
zu machen, und blieb daher ernsthaft.

„Aha", sagte er; „das glaub' ich wohl, daß Ihr mit Eurem
Gelde nicht wißt wohin, sonst hieltet Ihr nicht so 'nen großen
Hund, der so viel frißt wie zwei Christenmenschen. 's ist 'ne
Schande, 'ne wahre Sünde und Schande!" Aber er sagte das
mehr betrübt als ärgerlich, und fügte rasch hinzu:

„Doch jetzt vom Geschäft, Tom. Du wirst wohl etwas
haben wollen zum ersten Anfang. Aber wo ist denn Dein eignes
Geld? Du verbringst doch nicht alles, he?"

„Nein, Onkel", sagte Tom erröthend, „aber Vater will's
nicht gern riskiren, und ich mag ihn nicht drängen. Wenn ich
zwanzig oder dreißig Pfund für den Anfang kriegte, so könnte

ich fünf Prozent Zinsen geben, und dann bekäm' ich allmälich ein kleines Kapital und brauchte nichts mehr zu leihen."

„Ja, ja", sagte der Onkel zustimmend, „das ist nicht so übel und ich will auch nicht sagen, daß ich Dir nicht helfen will. Aber ich muß mir doch mal erst den Salt ansehen. Und dann . . . Dein Freund hier, der den Einkauf für Dich besorgen will . . . könnt Ihr denn Sicherheit stellen, wenn man Euch das Geld in die Hand giebt?" fragte der vorsichtige alte Herr, indem er Bob über die Brille ansah.

„Das ist wohl nicht nöthig, Onkel", sagte Tom, „wenigstens für mich nicht, weil ich Bob gut kenne; aber daß Du sicher gestellt wirst, ist nicht mehr als billig."

„Ihr habt wohl Euren Gewinn beim Einkauf, nicht wahr?" sagte der Onkel und sah wieder Bob ein.

„Nein, Herr", erwiderte dieser entrüstet; „wenn ich Herrn Tom einen Apfel zuwende, dann will ich nicht selbst abbeißen. Wenn ich mal einen anführe, denn kommt's ganz anders."

„Ei, aber 's ist doch nicht mehr als billig, daß Ihr etwas dabei verdient", sagte Glegg. „Ich halte nicht viel von Geschäften, wo Leute was umsonst thun; 's sieht immer bös aus."

„Na", erwiderte Bob, dessen Scharfblick sofort erkannte, um was es sich handelte, „denn will ich Ihnen sagen was ich davon habe; am letzten Ende ist's doch so gut wie baar Geld: 's giebt mir'n Ansehen, wenn ich so viel auf einmal kaufe. Darum thu' ich's. Ja, ich bin klug genug, das können Sie glauben."

„Glegg, Glegg", rief hier eine rauhe Stimme aus dem offenen Fenster des Wohnzimmers, „wirst Du endlich zum Thee kommen? Oder willst Du draußen stehen und mit so'nem Vagabunden von Hausirer sprechen, bis man Dich bei hellem Tageslichte umbringt?"

„Umbringt?" erwiderte der Mann; „was denkst Du Dir, Frau? Dein Neffe Tom ist da, wir sprechen von Geschäften."

„Umbringt — ja wohl umbringt — 's ist noch nicht so

lange her, daß ein Haufirer eine junge Frau an einem abgele-
genen Orte umgebracht hat, und ihr 'nen Fingerhut stahl und
die Leiche in einen Graben warf."

„Nein, nein", sagte der Mann beruhigend, „Du denkst an
den Mann ohne Beine, der mit dem Hundekarren fuhr."

„Na, das ist einerlei, aber Du mußt mir immer widersprechen, und wenn mein Neffe von Geschäften zu reden hat,
dann wär's wohl passender, Du brächtest ihn in's Haus, damit
seine Tante doch auch was davon hört, statt daß ihr so heimlich
flüstert und eure Anschläge im Stillen macht."

„Gut, gut", erwiderte der Mann, „wir kommen schon."

„Ihr könnt gehen", rief die Dame mit so lauter Stimme
Bob zu, wie es dem moralischen, wenn auch nicht dem räum-
lichen Abstande zwischen ihnen entsprach. „Wir brauchen nichts.
Ich handle nicht mit Haufirern, und daß Ihr ja die Garten-
thür hinter Euch zumacht!"

„Halt, nicht so rasch", sagte der Mann; „ich bin mit dem
Burschen noch nicht fertig. Komm herein, Tom, komm herein",
und damit führte er ihn in die Glasthür.

„Hör' mal", sagte Frau Glegg in ihrem verhängnißvollsten
Tone, „wenn Du wirklich diesen Menschen und seinen Hund
hier vor meinen eigenen Augen auf meinen Teppich bringen
willst, dann sei so gütig und laß mich's wissen. So viel Recht
wird eine Frau wohl noch haben, das zu verlangen."

„Beunruhigen Sie sich nicht, Madam", sagte Bob und
faßte an die Mütze; er sah sofort, Frau Glegg sei für ihn
ein gefunden Fressen, und er bekam Appetit; „wir wollen hier
draußen im Wege stehen bleiben, Mumps und ich. Mumps
kennt seine Leute, das können Sie glauben. Ich könnte ihn 'ne
ganze Stunde hetzen, und so 'ner anständigen Frau wie Sie
thät' er doch nichts. Wie der sich drauf versteht, was hübsche
Frauen sind, das ist ganz wundervoll, und 'ne gute Figur, die
hat er besonders gern. Herrjes!" fügte er hinzu und legte seinen Packen auf den Kiesweg, „'s ist jammerschade, daß so'ne
Dame wie Sie nicht mit Haufirern handelt, und lieber in so

'nen neumodischen Laden geht, wo'n halb Dutz junge Herren sind, die mit dem Kinn in 'ner steifen Halsbinde stecken, daß sie aussehen wie Flaschen mit feinen Stöpseln, und die wollen alle von dem bischen Cattun leben: natürlich müssen Sie da dreimal soviel bezahlen, wie bei 'nem Hausirer, der keine Laden=miethe zu geben braucht, un' sich den Hals nicht so fest zuzu=schnüren braucht, daß ihm die Lügen von selbst zum Halse 'rauskommen, er mag wollen oder nicht. Aber Du meine Zeit, Madam, das wissen Sie gewiß besser als ich; Sie werden ge=wiß mit den Kaufleuten fertig, da ist mir nicht bange."

„Jawohl, das glaub' ich, und mit den Hausirern auch", bemerkte Frau Glegg, als wollte sie sagen, Bob's Schmeichelei habe auf sie nicht den geringsten Eindruck gemacht, während ihr Mann, der mit gespreizten Beinen und die Hände in den Hosen=taschen hinter ihr stand, vor Freude lächelte und mit den Augen blinzte, weil seine Frau sich doch wahrscheinlich fangen ließ.

„O, das glaub' ich, Madam", meinte Bob; „Sie müssen ja schrecklich viel mit Hausirern gehandelt haben, als Sie noch ein junges Mädchen waren, ehe der Herr hier das Glück hatte, Sie kennen zu lernen. Ich weiß, wo Sie damals wohnten, ja, recht gut; hab' das Haus oft genug gesehen, dahinten nahe beim Schlosse, 's ist'n massives Haus mit 'ner Treppe davor..."

„Ei, das ist wahr", sagte Frau Glegg und schenkte Thee ein. „Ihr kennt also meine Familie . . . seid Ihr verwandt mit dem Hausirer, der auf einem Auge schielte und uns immer das irländische Leinen brachte?"

„Na, sehn Sie mal an", sagte Bob ausweichend; „hab' ich mir nicht gedacht, daß die besten Geschäfte, die Sie in Ihrem Leben gemacht haben, mit Hausirern gewesen sind? Un' wenn einer auch schielt, is'r immer noch besser als so'n Laden=schwung der gradaus guckt. Du meine Zeit, wenn ich mal so glücklich wäre, mit meinem Packen an ein massives Haus zu kommen, und die hübschen jungen Damen auf der steinernen Treppe alle um mich 'rumständen, denn verlohnt' es noch der Mühe, den Packen aufzumachen, das wär'n Geschäft. Heutzu=

tage spricht ein Hausirer blos bei armen Leuten vor, außer wenn er mal was an'n Dienstmädchen verkauft. Schlechte Zeiten heutzutage. Sehn Sie sich blos mal den gedruckten Kattun an, Madam, und wie das früher war, als Sie noch Kattunkleider trugen — ih, jetzt zögen Sie ja sowas garnicht an, das seh' ich schon. Was Sie kaufen, das muß erste Sorte sein, sowas, was sich so gut hält wie Ihr eigenes Gesicht."

„Ja wohl, bessere Sorte, als Ihr sie führt; das einzige was Ihr von erster Sorte habt, das ist Eure Unverschämtheit, möcht' ich wetten", erwiderte Frau Glegg im siegreichen Bewußtsein ihrer unüberwindlichen Klugheit. „Nun Glegg, wirst Du Dich jemals zum Thee setzen? Tom, da ist Deine Tasse."

„Sie haben ganz recht, Madam", sagte Bob; „mein Packen ist nicht für so'ne Dame wie Sie, die Zeiten sind vorbei, nur spottbillige Sachen! Hier und da mal 'ne schadhafte Stelle, die man abschneiden kann oder beim Tragen gar nicht sieht, aber nicht für so reiche Leute, die blos für's Aussehen bezahlen können. Ich bin nicht der Mann dazu, Ihnen was aus meinem Packen anzubieten, Madam; ne, ne; ich bin wohl'n bischen unverschämt, wie Sie sagen — in den schlechten Zeiten muß man schon 'n bischen unverschämt sein —, aber so weit versteig' ich mich doch nicht."

„Nun, was für Waaren habt Ihr denn in Eurem Packen?" frägte Frau Glegg. „Bunte Sachen vermuthlich, Shawls und so was."

„Von allen Sorten, Madam, von allen Sorten", erwiderte Bob und schlug auf den Bündel, „aber jetzt wollen wir nicht mehr davon sprechen, wenn Sie erlauben. Ich bin hier wegen dem jungen Herrn sein Geschäft, und da benutz' ich die Zeit nicht, um selbst welche zu machen."

„Und bitte, was ist denn das für'n Geschäft, womit ich nichts zu thun haben soll?" frägte Frau Glegg, die von einer zwiefachen Neugier geplagt, die eine Hälfte vorläufig beiseit lassen mußte.

„O, Tom hat etwas vor", sagte der gutmüthige Glegg,

„und 's ist kein schlechter Plan, scheint mir. Ein kleines Geschäft, um Geld zu verdienen; so ist's doch recht für junge Leute, die ihr Vermögen erst noch machen sollen, nicht wahr, Hannchen?"

„Aber's ist hoffentlich kein Plan, wo seine Freunde alles für ihn thun sollen. So sind sonst die jungen Leute heutzutage immer. Und bitte, was hat denn der Hausirer mit unsern Familienangelegenheiten zu thun? Kannst Du nicht selbst den Mund aufthun, Tom, und Deiner Tante Bescheid geben, wie's einem Neffen zukommt?"

„Er heißt Bob Jakin, Tante", sagte Tom, indem er den Aerger zurück hielt, in den die Stimme seiner Tante ihn immer versetzte. „Ich kenne ihn schon von Kindheit an, er ist ein recht guter Mensch und immer bereit, mir 'nen Gefallen zu thun. Und er hat einige Erfahrung im Versenden von Waaren, das heißt, er macht kleine Geschäfte auf eigene Rechnung, und er glaubt, wenn ich das auch versuchte, könnte ich etwas Geld machen. So'n Geschäft bringt bedeutend was ein."

„Bringt bedeutend was ein?" fragte die Tante begierig; „was nennst Du bedeutend?"

„Zehn bis zwölf Prozent, meint Bob, nach Abzug aller Kosten."

„Warum hat man mir denn nicht gleich was davon gesagt?" sagte Frau Glegg im schneidendsten Tone des Vorwurfs zu ihrem Manne; „hast Du mir nicht immer gesagt, mehr als fünf Procent ließen sich nicht machen?"

„I, Unsinn, liebe Frau", erwiderte der Mann; „Du kannst doch keinen Handel anfangen! Mit Sicherheit kann man nur fünf Procent machen."

„Aber ich könnte für Sie auch was mit anlegen, und recht gern, Madam", fiel Bob ein, „wenn Sie's riskiren wollten, — wenn man überhaupt von riskiren sprechen darf. Aber wenn Sie so freundlich wären und Herrn Tom etwas Geld liehen, der gäbe Ihnen sechs oder sieben Procent und verdiente dabei noch 'ne Kleinigkeit für sich; un' so'ne gutherzige

Frau wie Sie sind! Haben das Geld gewiß noch mal so lieb, wenn's Ihrem Neffen was einbringt."

„Nun, was meinst Du, Frau?" sagte Glegg. „Ich bin halb und halb Willens; wenn ich mich erst etwas näher erkundigt habe, da möcht' ich Tom wohl mit 'nem Heckpfennig aushelfen; er giebt mir ja Zinsen, hörst Du, und wenn Du nun vielleicht 'ne Kleinigkeit liegen hast in 'nem alten Strumpfe oder so was . . ."

„Aber, Glegg, es ist doch nicht auszuhalten! nächstens gehst Du noch hin und sagst den Spitzbuben Bescheid, damit sie herkommen und mich bestehlen."

„Nun, nun, ich wollte blos sagen, wenn Du zwanzig Pfund hergeben willst, dann thu's, ich mache dann die Funfzig voll. Das wäre doch'n hübscher Heckpfennig, was meinst Du, Tom?"

„Du rechnest doch wohl nicht auf mich, Glegg?" fragte die Frau. „Du würdest was hübsches mit meinem Gelde anfangen, fürcht' ich."

„Na, denn ist's gut", erwiderte Glegg etwas patzig; „wir wollen schon ohne Dich fertig werden. Ich will mit Euch gehen und selbst mit dem Salt sprechen", fügte er zu Bob gewendet hinzu.

„So? Jetzt willst Du wohl die Sache für Dich ganz allein machen und mich ganz von dem Geschäfte ausschließen. Ich sage ja nicht, daß ich kein Geld hergeben will, obschon Du das gleich so annimmst, aber er wird schon selbst sehen, daß seine Tante Recht hat, wenn sie das Geld, was sie für ihn gespart hat, nicht anders riskirt, als wo sie sicher weiß, daß es nicht verloren geht."

„Na, das ist 'ne hübsche Art von riskiren", sagte der Mann und winkte unzart Tom zu, der nicht umhin konnte zu lächeln. Aber Bob hemmte den Ausbruch der gekränkten Dame.

„Aha, Madam", sagte er bewundernd, „Sie verstehn's, das muß ich sagen. Sie haben ganz Recht; erst sehen Sie, wie das Geschäft sich macht, un' denn geb'n Sie'n hübsch Sümmchen

her. Du meine Zeit, was das doch 'ne schöne Sache ist, wenn
einer anständige Verwandte hat. Ich hab' mein bischen Heck=
pfennig, wie's der Herr nennt, erst selbst verdienen müssen; zehn
Pfund waren's, die kriegt' ich, als ich das Feuer in Torry sei=
ner Fabrik löschte, un' das ist so allmälich mehr geworden, un'
jetzt kann ich schon dreißig Pfund in's Geschäft stecken, und auch
meiner Mutter was abgeben. Ich könnte wohl noch mehr verdienen,
blos ich bin zu schwach gegen die Frauensleute; ich lasse ihnen
die Sachen immer zu billig. An dem Bündel hier (dabei schlug
er lustig drauf) würde jeder andre ein hübsch Stück Geld ver=
dienen. Aber ich! Du meine Zeit, ich verkaufe die Sachen bei=
nahe zum Einkaufspreise."

„Habt Ihr guten Tüll?" fragte Frau Glegg herab=
lassend, indem sie vom Theetisch aufstand und ihre Serviette
zusammenlegte.

„Jawohl, Madam, aber für Sie verlohnt sich's nicht des
Ansehns. Ich mag's Ihnen garnicht zeigen. Es wäre eine Be=
leidigung gegen Sie."

„Aber laßt mich's doch sehen", sagte Frau Glegg noch
herablassender. „Wenn die Waare gelitten hat, wird's dafür
auch 'ne beßre Sorte sein."

„Nein, Madam, ich weiß was sich schickt", erwiderte Bob
und nahm seinen Packen auf den Rücken. „Ich mag mein Ge=
schäft nicht herabsetzen in Ihren Augen, das Hausiren ist her=
untergekommen in der Welt; es schnitte Ihnen in's Herz, wenn
Sie den Unterschied sähen. Ich stehe zu Diensten, Herr, wenn
Sie jetzt gehen und mit Salt sprechen wollen."

„I, das hat noch Zeit", erwiderte Glegg, den die Verhandlung
sehr belustigte, „hast Du noch was auf der Werft zu thun, Tom?"

„Nein, Onkel, ich habe heute frei."

„Na, denn setzt Euren Packen wieder hin und zeigt mir
was Ihr habt", sagte Frau Glegg und zog sich einen Stuhl
an's Fenster, in den sie sich mit vieler Würde niederließ.

„Bitte, verlangen Sie's nicht, Madam", sagte Bob
flehend.

II. 5

„Keine Worte weiter", erwiderte Frau Glegg mit Bestimmt= heit, „thut was ich Euch sage."

„Ich thu's ungern, Madam, recht ungern", sagte Bob, in= dem er seinen Packen langsam auf die Thürschwelle stellte und mit widerstrebenden Fingern losmachte. „Aber was Sie befeh= len, soll geschehen. Sie werden zwar nichts von mir kaufen... es thäte mir leid für Sie, wenn Sie's thäten; bedenken Sie doch nur die armen Bauerfrauen, die keine hundert Schritte aus ihrem Dorfe wegkommen; 's wäre schade, wenn einer denen die Sachen wegkaufte. Du meine Zeit, für die ist's 'n wahres Fest, wenn sie mich mit meinem Packen sehen, un' solche Waaren wie diesmal krieg' ich sobald nicht wieder. Sehn Sie mal hier", fuhr Bob fort und fing an rascher zu sprechen, indem er ihr ein scharlachrothes wollenes Tuch mit etwas Stickerei an einem Zipfel hinhielt.

„Das ist was, wonach den Mädchens das Wasser im Munde zusammenläuft, un' kostet blos zwei Schilling, un' warum? blos weil hier in dem andern Zipfel ein ganz klein bischen Mottenfraß ist. Wahrhaftig, ich glaube, die Motten un' die Stockflecke schickt die Vorsehung mit Absicht, damit die hübschen Weiber, die nicht viel Geld haben, die Sachen etwas billiger kriegen. Wenn die Motten nicht wären, na, denn wären alle diese Tücher an so reiche hübsche Damen gekommen, wie Sie sind, Madam, für fünf Schilling das Stück, keinen Heller billiger. Aber was thut so 'ne Motte? Sie knabbert im Handumdrehen für drei Schilling weg, un' denn kann 'n Hausirer wie ich damit nach den armen Weibern hingehen, die in den dunklen Hütten woh= nen, un' ihnen was zeigen, was ihnen in die Augen sticht. Wahrhaftig, so'n Tuch anzusehen, das thut einem grade so gut wie helles Feuer."

Bob ließ das Tuch in einer gewissen Entfernung bewun= dern, aber Frau Glegg erwiderte mit scharfem Tone:

„Aber in dieser Jahreszeit braucht man kein Feuer. Die bunten Sachen legt nur wieder hin; zeigt mir die Tüll=Sachen, wenn Ihr welche habt."

„Sehn Sie, Madam, hab' ich Ihnen nicht gesagt, wie's käme?" sagte Bob und legte die bunten Sachen mit einem Anschein von Verzweiflung bei Seite. „Ich wußte wohl, es würde Ihnen schlimm werden bei meinen armseligen Geschichten. Da ist zum Beispiel etwas gemusterter Musselin; aber was sollen Sie sich den erst ansehen? Sie könnten sich eben so gut armer Leute ihr Essen ansehen; es nähme Ihnen nur den App'tit. Mitten drin ist 'ne Elle, da sind die Muster nicht recht 'raus gekommen; wahrhaftig, sonst hätte die Prinzeß Victoria den Musselin tragen können, aber", fügte er hinzu, indem er das Stück Zeug hinter sich auf den Rasen warf, als wolle er Frau Glegg mit dem Anblick verschonen, „aber jetzt wird's wohl 'ne Höckerfrau kaufen, zehn Schilling für die ganze Geschichte, zehn Ellen, die schadhafte Stelle mitgerechnet — fünfun'zwanzig Schilling hätt's sonst gekostet, keinen Heller weniger. Aber ich sage nichts weiter, Madam, für Sie ist's doch nichts, so'n Stück Musselin wie das; Sie haben Geld genug un' können dreimal so viel für'n Stück bezahlen, wenn's auch nicht halb so gut ist. Aber Sie sprechen von Tüll=Sachen; nu', ich hab' da'n Stück, da werden Sie mich wohl mit auslachen . . . ."

„Gebt mir den Musselin", fiel Frau Glegg ein, „die Farbe gefällt mir."

„Ih, so'n schadhaftes Zeug", sagte Bob mit abwehrendem Ton. „Sie können's ja doch nicht gebrauchen, Madam; Sie geben's Ihrer Köchin, das weiß ich schon, un' das wäre schade, sie sähe zu sehr wie 'ne Dame drin aus, un' das paßt sich nicht für'n Dienstmädchen."

„Bringt es mir und meßt es vor meinen Augen" sagte Frau Glegg befehlend.

Bob gehorchte mit scheinbarem Widerstreben.

„Sehn Sie nur, wie viel über's Maß ist!" rief er aus und zeigte auf die halbe Elle, die drüber war, während Frau Glegg eifrig die schadhafte Stelle musterte und den Kopf zurück=warf, um zu sehen, auf eine wie große Entfernung der Fehler sichtbar bliebe.

5*

„Ich werde Euch sechs Schilling dafür geben", sagte sie mit einem Tone, als sei es ihr letztes Gebot.

„Hab' ich Ihnen nicht gesagt, Madam, es würde Sie kränken, wenn Sie meinen Packen ansähen? Das schadhafte Stück ist Ihnen ordentlich zuwider, das seh' ich", sagte Bob, indem er den Musselin mit der äußersten Schnelligkeit wieder einpackte und sich den Anschein gab, als wolle er sein Bündel schnüren. „Sie sind von früher her an ganz andre Waare gewöhnt bei den Hausirern, als Sie noch in dem steinernen Hause wohnten. Die Hausirer sind heruntergekommen in der Welt, das sagt' ich Ihnen vorher; meine Waare ist nur für gewöhnliche Leute. Von der Höckerfrau krieg' ich meine zehn Schillinge für den Musselin, und 's wird ihr noch leid thun, daß ich's so billig lasse. Solche Waare bewährt sich beim Tragen; hält Farbe bis die Fäden sind wie Zunder, un' bis das passirt, werd' ich wohl alt un' kalt sein."

„Nun, sieben Schilling", sagte Frau Glegg.

„Denken Sie nicht mehr dran, Madam", erwiderte Bob. „Hier ist noch 'n Stück Tüll, blos zum Ansehen, ehe ich meinen Packen wieder zumache; blos damit Sie sich selbst überzeugen, wohin es mit dem Geschäft gekommen ist; mit kleinen Punkten, sehn Sie, un' kleinen Ranken, sehr schön, aber 'n bischen gelb; 's hat zu lange gelegen un' die verkehrte Farbe gekriegt. Wenn's nicht gelb wäre, hätt' ich so 'nen Tüll nie kaufen können. Du lieber Himmel, ich hab' erst ordentlich studiren müssen, um solche Waaren richtig taxiren zu lernen; als ich anfing, mit meinem Packen 'rumzugehen, war ich so dumm wie'n Schwein; Kattun oder Musselin, das war mir alles egal; was das dickste war, hielt ich für's beste. Ich wurde schrecklich angeführt — ich bin selbst so'n ehrlicher Kerl — weiß nichts von anführen. Un' für das Stück Tüll hab' ich fünf Schilling acht Groschen gegeben; wollt' ich anders sagen, so müßt' ich lügen, un' fünf Schilling acht Groschen verlang' ich auch dafür, keinen Heller mehr, denn 's ist was für die Weiber, un' den Weibern thu' ich gern was zu Gefallen. Fünf

Schilling acht Groschen für sechs Ellen — damit ist der Schmutz
noch nicht mal bezahlt, der drauf sitzt."

„Drei Ellen will ich wohl davon nehmen", meinte Frau
Glegg.

„Ih, 's sind ja im ganzen blos sechs", sagte Bob. „Nein,
Madam, für Sie verlohnt sich's nicht der Mühe; Sie gehen
morgen in den Laden un' holen sich dasselbe Muster ganz schnee=
hagelweiß. Es kostet blos dreimal so viel, aber was ist das
für 'ne Dame wie Sie?" und dabei drehte er nachdrücklich sein
Bündel zu.

„Laßt mir doch den Musselin 'raus", sagte Frau Glegg,
„hier habt Ihr acht Schilling dafür."

„O, Sie spaßen, Madam", erwiderte Bob und blickte
lachend zu ihr auf; „ich sah gleich, daß Sie 'ne lustige Dame
sind, als ich zuerst an's Fenster kam."

„Nun, laßt's nur 'raus", sagte Frau Glegg befehlend.

„Ja, aber, wenn ich's Ihnen für zehn Schilling lasse, dann
sein Sie so gut, un' sagen's keinem wieder. Ich würde zum
Gespött der Leute; alle Geschäftsleute lachten mich aus, wenn
sie's erführen. Ich muß förmlich so thun, als wären meine
Preise höher als sie sind, sonst merken sie, daß ich so'n gut=
müthiges Schaf bin. Ich freue mich recht, daß Sie den Tüll
nicht auch kaufen wollen, sonst hätten Sie mir meine besten bei=
den Artikel für die Höferfrau abgenommen, un' das ist 'n guter
Kunde von mir."

„Zeigt mir den Tüll noch mal", sagte Frau Glegg, die
sich nach den billigen Punkten und Ranken sehnte, als sie eben
in dem Bündel verschwinden sollten.

„Na, Ihnen kann ich's nicht abschlagen", sagte Bob und
holte die Waare heraus. „Sehn Sie mal, was für'n Muster!
Aechte Waare! Grade von der Sorte, womit Herr Tom sein
erstes Geschäft machen soll. Wahrhaftig, für einen der Geld
hat, ist das die rechte Waare; bei so 'nem Artikel muß das
Geld hecken wie Maden. Ja, wenn ich so 'ne Dame wäre, die
Geld hat! — Na, ich kenne eine, die hat dreißig Pfund hinein=

gesteckt — 'ne Dame mit 'nem künstlichen Bein, aber so gescheut! die steckt ihren Kopf nicht in 'nen Sack, die sieht klar bis an's Ende, eh' sie anfängt — na, die gab dreißig Pfund her an einen jungen Menschen in 'nem Manufaktur = Geschäft, un' der legte's in solchen Waaren an, un' ein Obersteuermann von meiner Bekanntschaft — es war nicht der Salt — nahm sie mit und besorgte das Geschäft, un' im Handumdrehen kriegte sie ihre acht Prozent, un' nu' ist sie garnicht mehr zu halten un' schickt mit jedem Schiff was weg, un' wird so reich wie'n Jude. Bucks heißt sie, sie wohnt nicht hier in der Stadt. Na, Madam, wenn Sie mir nun den Tüll wiedergeben wollten..."

„Da sind fünfzehn Schilling für beides zusammen", sagte Frau Glegg, „aber 's ist schändlich theuer."

„Na, Madam, in fünf Jahren sagen Sie das gewiß nicht, die Waare ist reineweg geschenkt, wirklich geschenkt. Daß Sie mir die acht Groschen abziehen, damit geht mein ganzer Profit flöten. Nun, Herr Glegg", fuhr Bob fort, indem er den Packen auf den Rücken nahm, „wenn's Ihnen recht ist, dann lassen Sie uns hingehen und Herrn Tom sein Geschäft besorgen. Ei, ich hätt' auch gern zwanzig Pfund, um sie für mich selbst anzulegen, ich wollte schon wissen, was ich damit thäte."

„Aber warte doch 'n bischen, Glegg", sagte seine Frau, als er den Hut nahm, „Du läßt mich auch nie zu Worte kommen. Jetzt willst Du nun wieder hingehen und alles abmachen, und dann kommst Du zurück und sagst, für mich wär's nun zu spät. Als wenn ich nicht Tom seine leibliche Tante wäre und das Haupt in der Familie von seiner Mutter Seite, und 'ne hübsche Menge Goldstücke hab' ich für ihn schon bei Seite gelegt, eins so vollwichtig wie's andre — ja, er wird schon erfahren, vor wem er Respekt haben muß, wenn ich mal im Grabe liege."

„Aber Frau, was willst Du denn eigentlich? sag's doch grade 'raus", erwiderte der Mann hastig.

„Was ich will? Ich will, daß nichts geschieht ohne mein Wissen. Ich sage nicht, daß ich die zwanzig Pfund nicht ris=

firen will, wenn Du findest, daß alles sicher und in Ordnung ist. Und wenn ich's thue, Tom" — diese Worte sprach sie sehr eindringlich zu ihrem Neffen — „dann hoffe ich, Du wirst's mir immer gedenken und Deiner Tante dankbar sein. Du be= zahlst mir Zinsen, hörst Du; vom schenken halt' ich nichts, in unsrer Familie ist das nicht Mode."

„Ich danke, Tante", gab Tom stolz zur Antwort; „mir ist's viel lieber, wenn Du mir das Geld blos leihst."

„Sehr gut, das ist der ächte Dodson'sche Geist", erwiderte Frau Glegg und nahm ihr Strickzeug mit dem Gefühl zur Hand, nach dieser Bemerkung lasse sich weiter nichts sagen.

Im Wirthshause zum Anker wurde Salt, dieser so aus= nehmend gesalzene und gepfefferte Mann, in einer Wolke von Tabacksdampf glücklich entdeckt, und Onkel Glegg fing sogleich seine Erkundigungen an, die befriedigend genug ausfielen, um den Vorschuß eines Heckpfennigs zu rechtfertigen, wozu Tante Glegg richtig ihre zwanzig Pfund beisteuerte. Das war der be= scheidene Anfang, der Tom mit der Zeit, ohne Wissen seines Vaters, in den Besitz eines kleinen Vermögens setzte, welches in nicht zu langer Zeit die Schulden ganz zu decken versprach. Ein= mal auf diese Erwerbsquelle aufmerksam gemacht, beschloß Tom, sie möglichst auszunutzen und ließ keine Gelegenheit vorüber, um Erkundigungen einzuziehen und sein kleines Unternehmen aus= zudehnen. Daß er seinem Vater nichts davon sagte, geschah aus jener seltsamen Mischung entgegengesetzter Empfindungen, welche oft denen, die eine Handlung bewundern, eben so sehr Recht giebt, wie denen, die sie tadeln; es geschah nämlich theils aus der Abneigung gegen vertrauliche Offenherzigkeit, die sich wohl zwischen nahen Verwandten findet, aus jener Familienfeind= schaft, welche die heiligsten Verhältnisse unsres Lebens verdirbt, theils geschah es aus dem Verlangen, seinem Vater eine freu= dige Ueberraschung zu bereiten. Ob es nicht besser gewesen wäre, ihm die Zwischenzeit mit einer neuen Hoffnung zu ver= süßen und das Uebermaß eines zu plötzlichen Triumphs zu ver= meiden, das bedachte er nicht.

Um die Zeit, wo Gretchen Philipp zum ersten Male wieder=
sah, hatte Tom schon ein Kapital von beinahe hundertfunfzig
Pfund, und während sie im Abendlichte im rothen Grunde spa=
zieren gingen, ritt er in demselben Abendlichte nach der nächsten
Fabrikstadt, in dem stolzen Gefühl, daß es seine erste Geschäfts=
reise für Guest und Comp. sei, und berechnete sich im Stillen,
binnen Jahresfrist würde er seinen Gewinn verdoppelt, seines
Vaters Namen von böser Nachrede gereinigt und vielleicht — er
wurde ja mündig — eine weitere Stufe in seiner Karriere hin=
auf gekommen sein. Und verdiente er das etwa nicht? Gewiß,
ihm war das nicht zweifelhaft.

Dritter Abschnitt.

Die Waage schwankt.

Ich habe gesagt, an jenem Abend habe Gretchen bei der
Rückkehr aus dem rothen Grunde schon den Streit im Herzen
getragen. Aus ihrer Unterredung mit Philipp wissen wir,
was das für ein Streit war. In der Felswand, welche das
enge Thal der Erniedrigung einschloß, wo sie nichts sah als
den fernen unergründlichen Himmel, hatte sich plötzlich eine Oeff=
nung gezeigt, und von den vielgeliebten Freuden dieser Welt
waren nun wenigstens einige wieder erreichbar. Lektüre, mensch=
licher Verkehr, freundliche Neigung stellten sich in Aussicht; sie
konnte wieder etwas aus der Welt hören, von der sie sich noch
immer wie verbannt vorkam, und gegen Philipp war es auch
eine Freundlichkeit, der ja Mitleid verdiente und offenbar nicht
glücklich war, und endlich bot sich ihr vielleicht eine Gelegenheit,
ihren Geist seiner höchsten Bestimmung würdiger zu machen;
denn vielleicht konnte auch die edelste, vollständigste Frömmigkeit
ohne eine gewisse ausgedehnte Bildung kaum bestehen; war es

denn nöthig, daß sie immer in dieser resignirten Beschränkung
beharrte? Es war etwas so tadelloses, so gutes, daß zwischen
ihr und Philipp Freundschaft bestände, und die Gründe, die dagegen sprachen, waren so unverständig, so unchristlich! Aber immer klang die ernste eintönige Warnung dazwischen, durch Heimlichkeit verlöre sie die Einfachheit und Klarheit ihres Lebens und
indem sie von der strengen Regel der Entsagung abwiche, gäbe
sie sich ganz der verführerischen Leitung schrankenloser Wünsche
anheim. Sie glaubte, sie habe Kraft gewonnen, dieser warnen-
den Stimme zu folgen, als sie sich endlich an einem Abend der
folgenden Woche gestattete, wieder nach dem rothen Grunde zu
gehen. Aber während sie entschlossen war, Philipp ein herzliches
Lebewohl zu sagen — wie freute sie sich doch auf den Abend-
spaziergang in dem stillen Schlagschatten der Föhren, fern von
allem, was rauh und unfreundlich war, — auf die zärtlichen
bewundernden Blicke, die ihrer warteten, auf das Gefühl ver-
trauter Freundschaft, welches die Erinnerungen der Kindheit
dem klügeren Gespräch reiferer Jahre leihen würden, auf die
Gewißheit, daß Philipp alles gern höre, was sie zu sagen habe,
während sonst niemand danach frage. Es war eine halbe Stunde,
von der ihr der Abschied schwer werden würde, da sie ja wisse,
es sei die letzte. Aber sie sagte, was sie sagen wollte; sie blickte
so fest entschlossen wie traurig.

„Philipp, ich hab' es mir überlegt, wir müssen einander
entsagen, wir dürfen nur noch in der Erinnerung für einander
leben. Ich könnte Sie nicht ohne Heimlichkeit sehen — halt,
ich weiß schon, was Sie sagen wollen — es sind die Vorurtheile
andrer Leute, welche uns zur Heimlichkeit nöthigen, aber ein
Uebel bleibt die Heimlichkeit doch, was auch die Ursache davon sein
mag, das fühle ich für mich, für uns beide. Und dann, wenn
unser Geheimniß entdeckt würde, das gäbe nur Unglück und
schrecklichen Verdruß und Aerger, und dann müßten wir uns
doch am Ende trennen, und wie schwer würde uns das, wenn
wir uns an den Verkehr erst gewöhnt hätten!"

Eine dunkle Röthe hatte Philipp's Gesicht überzogen, und

einen Augenblick lang trug es einen so lebhaften Ausdruck, als
wolle er sich dieser Entscheidung mit aller Macht widersetzen.
Aber er beherrschte sich und sagte mit angenommener Ruhe:
„Nun, Gretchen, wenn wir scheiden müssen, dann wollen wir es
wenigstens für eine halbe Stunde zu vergessen suchen; lassen
Sie uns ein wenig zusammen plaudern — zum letzten Male."

Er nahm ihre Hand, und Gretchen sah keinen Grund, sie
ihm zu entziehen; seine Ruhe bewies ihr nur zu sicher, ihre
Worte hätten ihn tief geschmerzt, und sie wollte ihm gern zeigen,
wie ungern sie das gethan. Schweigend gingen sie zusammen
Hand in Hand.

„Wir wollen uns in die Vertiefung setzen", sagte Philipp,
„wo wir das letzte Mal gestanden haben. Sehen Sie, wie die
wilden Rosen am Boden verstreut sind und ihre Blüthenkelche
darüber gebreitet haben!"

Sie setzten sich an die Wurzeln der vorspringenden Esche.

„Ich habe das Bild von Ihnen angefangen, wie Sie unter
den Föhren stehen", sagte Philipp; „Sie müssen mich also Ihr
Gesicht noch etwas studiren lassen, da ich Sie ja nicht wiedersehen soll. Bitte, wenden Sie den Kopf ein wenig zu mir."

Er sprach mit so flehender Stimme, daß Gretchen es ihm
unmöglich abschlagen konnte. Das volle strahlende Gesicht mit
dem glänzend schwarzen Haarschmuck blickte wie eine Göttin, die
einen Gefallen dran hat, verehrt zu werden, auf das kleine blasse
Gesicht nieder, welches zu ihr emporgerichtet war.

„Ich sitze also für mein zweites Porträt", sagte sie lächelnd;
„wird es größer als das erste?"

„Ja wohl, viel größer. 's ist ein Oelgemälde. Sie werden aussehen, wie eine stattliche Hamadryade, dunkel und kräftig und edel, die eben aus einem Föhrenbaum hervortritt, wenn
die Stämme ihren Abendschatten auf das Gras werfen."

„Sie geben sich jetzt wohl mehr mit Malen ab, als mit
sonst etwas, Philipp?"

„Vielleicht", antwortete Philipp traurig, „aber ich gebe
mich mit zu vielen Dingen ab, ich säe allerlei Saamen

und habe von keinem eine besondere Erndte. Mein Fluch ist, daß ich empfänglich bin für alles und in nichts etwas leiste. Ich habe Sinn für Malerei und Musik, Sinn für klassische Literatur und für die des Mittelalters und für die moderne; ich flattere überall herum, aber ich fliege niemals."

„Aber das ist doch auch ein Glück, soviel Sinn und Ge= schmack zu haben, so viel schönes zu genießen", antwortete Gret= chen nachdenklich. „Mir schien's immer eine Art kluger Dumm= heit zu sein, nur ein Talent zu haben, etwa wie eine Brief= taube."

„Es könnte wohl ein Glück sein, für so vieles Geschmack zu haben, wenn ich wäre wie die andern Menschen", sagte Phi= lipp bitter. „Dann könnte ich Ansehn und Einfluß gewinnen durch bloße Mittelmäßigkeit wie sie; wenigstens könnte ich dann solche mittleren Erfolge erreichen, bei denen die Menschen sich der großen Erfolge entschlagen. Ich könnte dann die Gesellschaft in der Stadt angenehm finden. Aber für mich verlohnt den Schmerz des Lebens nichts geringeres als eine Fähigkeit, die mich über das elende Niveau des Lebens in der Provinz erhöhte. Und doch, es giebt noch ein zweites: eine Leidenschaft thut den= selben Dienst wie eine Fähigkeit."

Gretchen hörte die letzten Worte nicht; sie kämpfte gegen das Bewußtsein, daß Philipp's Klagen ihre eigene Unzufrieden= heit wieder angeregt hätten wie früher.

„Ich verstehe wohl, was Sie sagen wollen", sagte sie, „ob= schon ich lange nicht soviel weiß. Früher glaubte ich immer, ich könnte das Leben nicht ertragen, wenn ein Tag wäre wie der andre und wenn ich immer nur unbedeutende Sachen zu thun hätte und nie größeres kennen lernte. Aber, lieber Philipp, jetzt glaube ich, wir sind blos wie Kinder, für die einer sorgt, der klüger ist. Ist es da nicht recht, daß wir uns ganz darin ergeben, was uns auch versagt sein mag? Darin hab' ich die letzten paar Jahre großen Frieden gefunden, ja förmlich Freude hat's mir gemacht, meinen Willen zu unterwerfen."

„Ja, Gretchen", erwiderte Philipp heftig, „und Sie verschlie=

ßen sich in eine engherzige Schwärmereivoll Selbsttäuschung,
und das heißt doch nur dem Schmerze entgehen, indem Sie die
höchsten Kräfte Ihrer Natur zur Empfindungslosigkeit abstumpfen.
Glück und Frieden sind nicht Entsagung; Entsagung ist das freiwillige Ertragen eines Schmerzes, bei dem es keine Linderung
giebt, bei dem man keine Linderung erwartet. Verdummung ist
nicht Entsagung, und Verdummung ist es, in Unwissenheit zu
verharren, alle Zugänge zu versperren, durch welche wir von
dem Leben unserer Mitmenschen Kunde erhalten können. Ich
bin nicht resignirt, ich glaube auch kaum, daß das Leben lang
genug ist, mir diese Lektion beizubringen. Sie sind auch nicht
resignirt; Sie versuchen nur, sich selbst zu betäuben."

Gretchens Lippen bebten; sie fühlte, in Philipp's Worten
liege etwas wahres, und doch, ein tieferes Gefühl sagte ihr,
jede unmittelbare Anwendung auf ihr Benehmen sei durchaus
falsch. Dieser getheilte Eindruck entsprach dem zwiefachen
Antriebe, aus welchem Philipp gesprochen hatte. Er glaubte
ernstlich, was er sagte, aber er sagte es so heftig, weil er damit
den Entschluß bekämpfte, der seinen Wünschen so sehr wider-
stritt. Aber Gretchens Gesicht, dem die hervorbrechenden Thränen einen noch kindlicheren Ausdruck gaben, rührte ihn mit einem
zärtlichen, weniger selbstsüchtigen Gefühl. Er faßte ihre Hand
und sagte freundlich:

"Lassen Sie uns in dieser kurzen halben Stunde nicht an
so was denken, Gretchen; wir wollen nur dran denken, daß wir
bei einander sind . . . . wir wollen Freunde sein auch trotz der
Trennung . . . . wir wollen immer an einander denken. Ich
will gern so lange leben bleiben, wie Sie am Leben sind, weil
ich dann hoffen kann, es kommt noch immer die Zeit, wo ich —
wo Sie mir gestatten werden, Ihnen beizustehen."

"Was wären Sie für ein lieber, guter Bruder, Philipp!" sagte Gretchen und lächelte durch Thränen. "Ich glaube,
Sie hätten soviel Aufhebens von mir gemacht und sich über
meine Liebe zu Ihnen so gefreut, daß selbst ich zufrieden gewesen wäre. Sie hätten mich lieb genug gehabt, um Nachsicht

mit mir zu üben und mir alles zu vergeben. Danach hab' ich mich immer bei Tom so gesehnt. Nie konnte ich mich mit Kleinem begnügen. Darum ist's auch besser für mich, daß ich mich des irdischen Glückes ganz entschlage.... Nie hatte ich Musik genug — ich wollte immer mehr Instrumente haben, die zusammenspielten — ich wollte die Stimmen immer voller und tiefer. Singen Sie jetzt noch, Philipp?" fügte sie plötzlich hinzu, als hätte sie das Vorhergegangene ganz vergessen.

„Ja", sagte er, „beinahe jeden Tag, aber meine Stimme ist nur mittelmäßig, wie alles an mir."

„O, singen Sie mir etwas, nur ein Lied. Das kann ich noch anhören, ehe ich gehe — so etwas, wie Sie bei Pastor Stelling Sonnabend Nachmittags sangen, wo wir im Gesellschaftszimmer ganz allein waren, und ich mir die Schürze über den Kopf deckte, um besser zuzuhören."

„Ich weiß", sagte Philipp, und Gretchen begrub ihr Gesicht in den Händen, während er mit leiser Stimme sang: „In ihren Augen spielt die Liebe" und dann sagte: „das war's, nicht, Gretchen?"

„Nein, nein, ich darf nicht länger bleiben", antwortete Gretchen und sprang auf. „Die Musik wird mich verfolgen. Wir wollen gehen, Philipp, ich muß nach Haus."

Dabei ging sie fort und er war genöthigt, aufzustehen und ihr zu folgen.

„Gretchen", sagte er im Tone dringender Vorstellung, „beharren Sie nicht auf dieser eigensinnigen, sinnlosen Kasteiung. Es macht mich ganz elend, wie Sie Ihre Natur betäuben und in Fesseln schlagen. Als Kind waren Sie so voll Leben; ich dachte, Sie würden ein glänzendes Weib, ganz Witz und funkelnde Einbildungskraft. Und auch jetzt noch flammt das aus Ihrem Gesicht, wenn Sie nicht den Schleier stumpfsinniger Entsagung darüber ziehen."

„Wie können Sie so bitter mit mir sprechen, Philipp?" sagte Gretchen.

„Weil ich vorhersehe, daß es nicht gut endet. Sie können diese Selbstqual unmöglich durchführen."

„Ich werde Kraft von oben erhalten", sagte Gretchen mit bebender Stimme. . . . .

„Nein, das werden Sie nicht, Gretchen; zu etwas unnatürlichem bekommt niemand Kraft. Es ist reine Feigheit, blos in der Abwehr Sicherheit zu suchen; dadurch wird kein Charakter stark. Sie werden einst noch in die Welt geworfen werden, und dann wird jedes verständige Bedürfniß Ihrer Natur, welches Sie jetzt unterdrücken, mit der Wuth des Hungers über Sie herfallen."

Gretchen fuhr zusammen und sah Philipp erschrocken an.

„Philipp, wie können Sie mich so erschüttern? Sie sind ein Versucher."

„Nein, das bin ich nicht, aber Liebe giebt Einsicht, Gretchen, und Einsicht ist oft Voraussicht. Hören Sie mich an; lassen Sie sich von mir mit Büchern versorgen; lassen Sie mich Sie bisweilen sehen, mich Ihren Bruder und Lehrer sein, wie Sie als Kind sagten. Es ist viel weniger Unrecht, daß Sie bisweilen mit mir sprechen, als daß Sie diesen langsamen Selbstmord begehen."

Gretchen fühlte sich unfähig zu sprechen. Sie schüttelte den Kopf und ging schweigend weiter, bis sie an das Ende der Föhren kamen. Da hielt sie ihrem Freunde zum Zeichen des Abschieds die Hand hin.

„So verbannen Sie mich denn für immer von dieser Stelle, Gretchen? Ich darf doch bisweilen herkommen und hier spazieren gehen? Und wenn ich Sie dann zufällig treffe, dabei ist doch nichts heimliches?"

Wenn unser Entschluß unwiderruflich werden zu wollen scheint, wenn das verhängnißvolle eiserne Thor sich eben hinter uns schließen will, dann ist der Augenblick, der unsere Kraft auf die Probe stellt. Dann greifen wir wohl, nach stundenlanger klarer Ueberlegung und fester Ueberzeugung, nach der ersten besten Sophisterei, die unsre langen Kämpfe nutzlos macht und uns die Niederlage bringt, welche uns lieber ist als der Sieg.

Gretchen fühlte, wie ihr bei dieser Ausrede Philipp's das Herz hüpfte, und über ihr Gesicht fuhr das fast unmerkliche Zucken, welches jede Erleichterung begleitet. Er sah es, und sie trennten sich schweigend.

Philipp hatte eine zu klare Einsicht in die Lage der Dinge, als daß ihn nicht die Furcht hätte überschleichen sollen, ob er nicht zu anmaßend in Gretchens Gewissen eingegriffen hätte, und noch dazu vielleicht in selbstsüchtiger Absicht. Aber nein! Er war überzeugt, seine Absicht sei nicht selbstsüchtig. Er hatte nur wenig Hoffnung, daß Gretchen sein mächtiges Gefühl für sie jemals erwidern würde, und für Gretchens Zukunft, wenn mal erst diese kleinen häuslichen Hindernisse ihrer Freiheit verschwunden wären, schien es ihm doch besser, daß sie die Gegenwart nicht ganz opfere und einige Gelegenheit erhalte, sich weiter zu bilden, in einem gewissen Verkehr bleibe mit einem Geiste, der über die gemeine Niedrigkeit derer, mit denen sie jetzt zu leben verdammt sei, sich erhaben wußte. Wenn wir nur weit genug hinaussehen in die Folgen unsrer Handlungen, so können wir in der Kombination der Resultate immer einen gewissen Punkt finden, von dem aus diese Handlungen sich rechtfertigen lassen; wenn wir uns z. B. auf den Standpunkt einer Vorsehung stellen, welche die Folgen anordnet, oder eines Philosophen, der sie ausspürt, so werden wir's immer möglich finden, mit vollkommener Gemüthsruhe grade das zu thun, was uns im gegenwärtigen Augenblicke am angenehmsten ist. Auf diese Weise rechtfertigte auch Philipp die schlaue Wendung, womit er Gretchens treue Warnung vor dem heimlichen Treiben zu beseitigen wußte, welches den Zwiespalt in ihre Seele zu bringen und denen, die das erste und natürlichste Recht auf sie hatten, neuen Kummer zu bereiten drohte. Aber es war ein Uebermaß von Leidenschaft in ihm, welches ihm jede Rechtfertigung halb entbehrlich machte. Sein Verlangen, Gretchen zu sehen und eine Bedeutung für ihr Leben zu gewinnen, hatte etwas von dem wilden Triebe, die Freude im Fluge zu erhaschen, der einem Leben entspringt, in welchem durch die geistige und körperliche Naturanlage der Schmerz vorwiegt. Von den gewöhnlichen Gütern der Menschheit hatte er nicht seinen vollen Antheil erhalten. Selbst mit den Unbedeutenden konnte er sich nicht messen, sondern stand bemitleidet allein, und was bei andern sich von selbst verstand, davon mußte man bei ihm eine Ausnahme machen. Selbst für Gretchen war er eine Ausnahme; es war klar, der Gedanke eines Liebesverhältnisses mit ihm war ihr nie in den Sinn gekommen.

Urtheilt nicht zu hart über den armen Philipp. Er hatte nie gekannt, was Mutterliebe ist, nie den milden Einfluß dieser Empfindung erfahren, die um so reichlicher strömt, je bedürftiger wir ihrer sind, die uns um so zärtlicher umschlingt, je weniger wir in dem Spiel des Lebens Aussicht auf Gewinn haben, — und das Bewußtsein der Liebe und Nachsicht seines Vaters verdarb ihm die klare Einsicht in dessen Fehler. Dem praktischen Leben ganz entfremdet und von Natur beinahe halb weiblich an Empfindlichkeit, hatte er etwas von der unduldsamen Abneigung des Weibes gegen weltliches Treiben und den bewußten Hang nach sinnlichen Freuden, und dieses eine starke natürliche Band im Leben — sein Verhältniß als Sohn — war für ihn wie ein krankes Glied. Wohl liegt in einem menschlichen Wesen, welches in einer oder der andern Beziehung eine ungünstige Ausnahme vom gewöhnlichen macht, mit Nothwendigkeit etwas krankhaftes, so lange nicht die Kraft zum guten Zeit zum Siege gefunden hat, und mit zweiundzwanzig Jahren hat sie dazu die Zeit nur selten. Auch in Philipp lebte diese Kraft mächtig genug, aber im Morgennebel scheint selbst die Sonne nur matt.

Vierter Abschnitt.

Wieder eine Liebesscene.

Früh im nächsten April, ungefähr ein Jahr nach dem zweifelhaften Abschied, dem wir eben beigewohnt haben, sehen wir Gretchen wieder ihren Weg nach dem rothen Grunde neh= men. Aber es ist früh am Nachmittage und nicht Abend, und bei der frischen Frühlingsluft hüllt sie sich fest in ihr großes Tuch und geht ein wenig rascher. Doch nimmt sie sich die Zeit, ihre geliebten Bäume sich ordentlich anzusehen. Ihre Augen blicken lebhafter, durchdringender, als im vorigen Juni, und ein Lächeln spielt um ihre Lippen, als ob ein heiteres Wort nur auf den rechten Zuhörer warte. Der Zuhörer ließ nicht lange auf sich warten.

„Die Corinna können Sie nur wiedernehmen", sagte Gret= chen, indem sie ein Buch unter dem Shawl hervorholte. „Sie hatten Recht, mir zu sagen, das Buch würde mir nicht gefallen, aber sehr Unrecht, zu glauben, ich möchte selbst Corinna sein."

„Möchten Sie wirklich nicht die zehnte Muse sein, Gret= chen?" sagte Philipp und sah ihr in's Gesicht mit einem Blick, wie man die Wolken zerreißen und zum ersten Male wieder den hellen Himmel sieht.

„Nicht im mindesten", erwiderte Gretchen lachend. „Die Musen hatten es sehr unbequem als Göttinnen, sie mußten im= mer Rollen Pergament und Instrumente mit sich herumtragen. Und wenn ich in unserm Klima eine Harfe trüge, so müßte ich einen grünwollenen Ueberzug darüber haben, das würde sich hübsch machen, und ich ließe sie gewiß bei der ersten Gelegenheit irgendwo stehen."

„Und das Buch selbst mögen Sie also nicht leiden?"

„Ich hab' es garnicht zu Ende gelesen", sagte Gretchen. „Als ich dahin kam, wo die blonde junge Dame im Garten vorliest, machte ich das Buch zu und beschloß nicht weiter zu lesen. Dies hellblonde Ding, das sah ich schon kommen, macht alle Leute in sich verliebt und Corinna unglücklich. Ich will keine Bücher mehr lesen, wo die Blonden allein glücklich werden; ich bekäme sonst ein Vorurtheil gegen sie. Könnten Sie mir eine Geschichte geben, wo die Dunkle den Sieg behält, das brächte die Sache wieder in's Gleichgewicht. Ich will Rebekka und Flora Mac=Ivor und Minna und alle die andern unglücklichen Mädchen mit schwarzem Haar an den blonden rächen. Da Sie mein Lehrer sind, so müssen Sie mich gegen Vorurtheile schützen; Sie eifern ja immer gegen Vorurtheile."

„Nun, vielleicht rächen Sie die Schwarzen in eigener Person und entziehen Ihrer Cousine Lucie alle Liebe. Gewiß hat sie jetzt einen hübschen jungen Mann aus der Stadt zu ihren Füßen, und Sie brauchen blos Ihr Licht leuchten zu lassen, und Ihre kleine blonde Cousine wird von Ihrem Glanze vollständig verdunkelt."

„Philipp, das ist nicht hübsch von Ihnen, daß Sie meinem Unsinn solche Nutzanwendung geben", sagte Gretchen gekränkt. „Als wenn ich mit meinen alten Kleidern und dem gänzlichen Mangel an gesellschaftlicher Bildung mich mit der lieben kleinen Lucie messen könnte, die so viel weiß und sich so reizend benimmt, und zehnmal so hübsch ist als ich, ganz zu geschweigen, ob ich schlecht genug wäre, ihre Nebenbuhlerin sein zu wollen. Uebrigens geh' ich auch nie zu Tante Deane, wenn Gesellschaft da ist; nur weil die liebe Lucie so gut ist und mich lieb hat, besucht sie mich und ladet mich bisweilen ein."

„Gretchen", sagte Philipp verwundert, „es ist doch sonst nicht Ihre Art, einen Scherz buchstäblich zu nehmen. Sie sind gewiß heut Vormittag in der Stadt gewesen und Ihr Scharfsinn hat in der langweiligen Luft gelitten."

„Nun", erwiderte Gretchen lächelnd, „wenn's ein Scherz sein sollte, dann war er sehr mäßig; ich fürchtete, es sollte eine Abfertigung für mich sein, und ich glaubte, Sie wollten mich erinnern, daß ich eitel bin und mich gern von allen bewundern lasse. Aber ich bin nicht darum eifersüchtig auf die Blonden,

weil ich selbst zu den Schwarzen gehöre. Nur weil ich immer
am meisten nach denen frage, denen es schlecht geht; wenn die
verlassene Geliebte blond wäre, so hätte ich die blonden am
liebsten. Ich nehme immer für den Partei, der unglücklich liebt
und den Korb kriegt."

„Dann brächten Sie's gewiß nicht selbst über's Herz, einen
Korb zu geben, nicht wahr, Gretchen?" fragte Philipp leise erröthend.

„Ich weiß nicht recht", sagte Gretchen zögernd, aber sogleich fuhr sie mit hellem Lächeln fort: „ich glaube doch, wenn
er sehr eingebildet wäre; aber wenn er sich dann hübsch de-
müthigte, ließ ich mich erweichen."

„Ich habe oft darüber nachgedacht, Gretchen", sagte Philipp mit einiger Anstrengung, „ob Sie nicht am Ende jemand
lieb haben könnten, den andre Mädchen und Frauen nicht leicht
lieb gewönnen."

„Das hinge davon ab, weshalb die andern ihn nicht leiden
möchten", antwortete Gretchen lachend. „Wenn er nun sehr unangenehm wäre! Er könnte einen ja durch einen Kneifer ansehen, was immer ein häßliches Gesicht macht. Denken Sie
nur an den jungen Torrh. Das mögen andre Frauen gewiß
nicht leiden, und doch hab' ich für den jungen Stutzer nie Mitleid empfunden. Ich habe überhaupt mit eingebildeten Leuten
kein Mitleid, weil mir scheint, sie haben's nicht nöthig, sondern
fühlen sich immer oben auf."

„Aber, Gretchen, nehmen Sie mal an, es sei jemand, der
nicht eingebildet wäre, der sich bewußt wäre, er habe nichts,
worauf er sich was einbilden könne — der von Kindheit auf
mit einem besondern Leiden behaftet wäre — und für den Sie
wären wie das Gestirn des Tages — der Sie liebte, Sie an-
betete, mit einer Gluth, daß er es schon für Seligkeit achtet,
wenn er Sie nur bisweilen sehen darf . . ."

Philipp hielt inne, weil ihn die Furcht durchbebte, sein Geständniß könne ihn um diese Seligkeit bringen, — dieselbe Furcht,
die seiner Liebe so lange Monate hindurch Schweigen auferlegt

hatte. Sobald er ein wenig zu sich selbst kam, fühlte er, wie
thöricht er gewesen, so zu sprechen. Gretchen war heute so un=
befangen und gleichgültig gewesen wie je.

Aber jetzt sah sie nicht mehr gleichgültig aus. Von der
ungewöhnlichen Bewegung ergriffen, mit der Philipp sprach,
hatte sie sich rasch zu ihm gewandt und ihn angesehen, und als
er zu sprechen fortfuhr, kam eine große Veränderung über ihr
Gesicht; sie erröthete leise und ihre Züge zuckten zusammen,
wie wenn jemand eine Nachricht erhält, die ihm seine Vergan=
genheit in einem ganz neuen Lichte zeigt. Sie blieb ganz stumm,
ging auf einen Baumstumpf zu und setzte sich darauf, als ver=
sagten ihr die Glieder den Dienst. Sie zitterte über und über.

„Gretchen", sagte Philipp, dem jeder neue Augenblick des
Schweigens neue Schrecken einjagte, — „Gretchen, ich war ein
Narr, so zu sprechen; vergessen Sie, was ich gesagt habe. Es
soll mir genügen, wenn's zwischen uns so bleibt wie bisher."

Der tiefe Jammer, mit dem er das sagte, preßte Gretchen
eine Antwort ab. „Sie haben mich so überrascht, Philipp —
ich hatte an so was nie gedacht" und die Anstrengung, mit der
sie das sagte, brachte ihr Thränen in die Augen.

„Sie hassen mich doch nicht, Gretchen?!" rief Philipp lei=
denschaftlich. „Sie halten mich doch nicht für einen anmaßenden
Thoren?"

„O Philipp", antwortete Gretchen, „wie können Sie das
von mir denken! Als wenn ich nicht für jede Liebe dankbar
wäre. Aber ... aber, ich habe nie dran gedacht, daß Sie mich
liebten. Es schien mir so fern — wie ein Traum — wie so
eine Geschichte, die man sich ausdenkt — daß ich je einen Ge=
liebten haben könnte."

„Sie könnten also den Gedanken ertragen, daß ich Ihr
Geliebter wäre, Gretchen?" sagte Philipp, indem er sich zu ihr
setzte und mit plötzlich belebter Hoffnung ihre Hand ergriff.
„Liebst Du mich, Gretchen?"

Gretchen erblaßte; die Frage so gradezu gestellt, schien ihr
die Antwort nicht leicht. Aber sie sah Philipp in die Augen,

die vor inbrünstiger Liebe wie verklärt glänzten. Sie antwor=
tete zögernd, aber mit süßer, einfacher mädchenhafter Zärt=
lichkeit:

„Ich glaube, ich könnte kaum jemand mehr lieben; ich wüßte
nichts an Dir, was ich nicht liebte."

Sie schwieg einen Augenblick und fuhr dann fort: „Aber
es ist wohl besser, wenn wir nichts mehr davon sagen, nicht
wahr, lieber Philipp? Wir könnten ja nicht einmal Freunde
sein, wenn man unsre Freundschaft entdeckte. Ich habe nie das
Gefühl los werden können, daß ich Unrecht hätte bei unsern
heimlichen Zusammenkünften, so köstlich sie in mancher Bezie=
hung gewesen sind, und jetzt überfällt mich wieder die schlimme
Befürchtung vor einem bösen Ausgang."

„Aber noch hat es zu nichts bösem geführt, Gretchen, und
wenn Du Dich früher von der Furcht hättest leiten lassen,
dann hättest Du nur ein Jahr mehr in trauriger Ver=
dumpfung hingebracht, statt wieder zu Deinem früheren Selbst
aufzuleben."

Gretchen schüttelte den Kopf. „Ja, es ist so süß gewesen,
das weiß ich — alle unsre Gespräche und die Bücher und die
Empfindungen, mit denen ich mich im voraus auf den Spazier=
gang freute, wo ich alles aussprechen konnte, was mir in der
Einsamkeit in den Sinn gekommen war. Aber unruhig hat's
mich gemacht, hat meine Gedanken wieder in die Welt zu=
rückgelenkt, und ich bin wieder ungeduldig geworden — ich bin
unsres häuslichen Lebens so müde — und dann schneidet's mir
wieder in's Herz, daß ich je meines Vaters und meiner Mutter
müde sein kann. Was Du Verdumpfung nennst, war doch
besser, besser für mich, denn damals schliefen meine selbstsüchtigen
Wünsche."

Philipp war wieder aufgestanden und ging ungeduldig wie=
der auf und ab.

„Nein, Gretchen, Deine Begriffe von Selbstüberwindung
sind falsch, das hab' ich Dir schon oft gesagt. Was Du
Selbstüberwindung nennst — blind und todt zu werden gegen

alles andre, außer gegen einen einzigen Zug Deines Innern — das ist für eine Natur wie die Deinige nichts andres als die Ausbildung einer fixen Idee." Er hatte das etwas gereizt gesagt, aber jetzt setzte er sich freundlich zu ihr nieder und nahm sie bei der Hand.

„Gretchen, mein geliebtes Gretchen, denke jetzt nicht an die Vergangenheit, denke nur an unsre Liebe. Wenn Du wirklich von ganzem Herzen an mir hängst, so werden wir mit der Zeit jedes Hinderniß überwinden, wir brauchen nur zu warten. Ich kann von Hoffnung leben. Sieh mich an, Gretchen; sag' mir noch einmal, ob Du mich lieben kannst. Blicke nicht weg von mir auf den hohlen Baum; das ist ein böses Omen."

Sie blickte ihn mit ihren großen dunklen Augen an und lächelte wehmüthig.

„Nun, Gretchen, sag' ein freundliches Wort; bei Pastor Stelling warst Du besser gegen mich. Du fragtest mich, ob ich einen Kuß von Dir haben möchte — weißt Du noch wohl? — Und Du versprachst mir einen Kuß, wenn wir uns widersähen. Das Versprechen hast Du nie gehalten."

Die Erinnerung an diese Zeit der Kindheit kam für Gretchen wie ein süßer Trost. Der gegenwärtige Augenblick war ihr nicht mehr so befremdend. Beinahe so unbefangen und ruhig, wie damals, als sie erst zwölf Jahre alt war, küßte sie Philipp. Seine Augen flammten vor Entzücken, aber aus seinen Worten sprach Unzufriedenheit.

„Du scheinst nicht glücklich, Gretchen. Du zwingst Dich zu sagen, daß Du mich liebst — zwingst Dich aus Mitleid."

„Nein, Philipp", antwortete Gretchen und schüttelte den Kopf ganz in ihrer alten kindischen Weise; „ich sage Dir die Wahrheit. Es ist mir alles so neu und fremd, aber ich glaube nicht, daß ich einen mehr lieben könnte als Dich. Ich möchte immer bei Dir sein, möchte Dich glücklich machen. Immer bin ich glücklich gewesen, wenn ich bei Dir war. Nur eins kann ich nicht für Dich thun: ich kann nichts thun, was meinen

Vater kränken würde. Das mußt Du nie von mir ver=
langen."

„Nein, Gretchen, ich will nichts verlangen — ich will alles
ertragen — will wieder ein ganzes Jahr auf einen Kuß war=
ten, wenn Du mir nur den ersten Platz in Deinem Herzen
geben willst."

„Nein", erwiderte Gretchen lächelnd, „so lange will ich Dich
nicht warten lassen." Dann aber blickte sie wieder ernsthaft und
fügte hinzu, indem sie sich erhob:

„Aber was würde Dein eigener Vater sagen, Philipp? O,
es ist ja ganz unmöglich, daß wir uns je etwas anderes als
Freunde sein können, als Bruder und Schwester im stillen
wie bisher. Jeden andern Gedanken müssen wir aufgeben,
Philipp!"

„Nein, Gretchen, ich kann Dich nicht aufgeben — wenn Du
mich nicht täuschst — wenn Du mich wirklich mehr liebst als
einen Bruder. O, bitte, sag mir die Wahrheit."

„Das hab' ich schon gethan, Philipp. Bin ich je so glück=
lich gewesen, als wenn ich bei Dir war? jemals seit den Tagen
meiner Kindheit, als Tom noch gut gegen mich war? Und
Dein Geist ist für mich eine Welt; Du kannst mir alles sagen,
was ich wissen möchte. Ich glaube, ich würde es nie müde,
mit Dir zusammen zu sein."

Sie gingen Hand in Hand und sahen einander an; Gret=
chen eilte etwas, weil ihre Zeit um war. Aber in dem Gefühl
des nahen Abschieds quälte sie sich um so mehr, ob sie nicht
unabsichtlich doch einen peinlichen Eindruck auf Philipp zurück=
lasse. Es war einer von den gefährlichen Augenblicken, wo das
gesprochene Wort zugleich aufrichtig und falsch ist, wo das Ge=
fühl sich hoch erhebt über seine mittlere Höhe und Wahrzeichen
läßt an Stellen, die es nie wieder erreicht.

Unter den Föhren standen sie still, um Abschied zu nehmen.

„Dann darf mein Leben voll Hoffnung sein, Gretchen, und
ich werde glücklicher als alle andern? Und wir gehören ein=

ander — für immer — ob wir getrennt sind, oder bei einander?"

„Ja, Philipp, am liebsten möcht' ich mich garnicht von Dir
trennen; ich möchte Dein Leben ganz glücklich machen."

„Ich warte noch auf was anderes; — ob ich's wohl bekomme?" — Gretchen lächelte mit thränenfeuchten Augen, dann
beugte sie ihr hohes Haupt und küßte das blasse Gesicht, das
so voll war von flehender schüchterner Liebe — wie ein Mäd-
chenangesicht.

Es war für sie ein Augenblick wirklicher Glückseligkeit —
ein Augenblick, wo sie empfand, wenn sie ein Opfer brächte bei
dieser Liebe, so sei sie um so reicher und beglückender.

Eilig wandte sie sich auf den Heimweg; sie fühlte, in dieser
Stunde habe ein neues Leben für sie begonnen. Das Gewebe
unbestimmter Träumereien mußte nun schmaler und schmaler
werden und alle die Fäden ihrer Gedanken und Empfindungen
allmälich zum Einschlag werden für ihr gewöhnliches Alltagsleben.

Fünfter Abschnitt.

Der hohle Baum.

Selten werden Geheimnisse so verrathen oder entdeckt, wie
unsre Furcht sich ausgemalt hat. Fast immer denkt sich die
Furcht entsetzliche großartige Scenen aus, so sehr auch alle
Wahrscheinlichkeit dagegen sprechen mag, und während des Jahres, wo Gretchen die heimliche Last auf dem Herzen lag, hatte
sich ihr die Möglichkeit der Entdeckung fortwährend in einer
plötzlichen Begegnung mit ihrem Vater oder Tom auf einem
Spaziergange mit Philipp dargestellt. Sie überlegte sich freilich, daß das sehr unwahrscheinlich sei, aber ihre Furcht konnte
doch von dem Gedanken nicht lassen. Unbedeutende, scheinbar
gleichgültige Vorgänge, aus deren Verknüpfung die entscheidenden

Schlußfolgerungen sich ergeben — damit hantirt wohl die Wirk=
lichkeit am liebsten, aber für die Phantasie sind sie nicht der ge=
eignete Stoff.

Tante Pullet war gewiß die letzte, von der Gretchen etwas
befürchtete; da sie nicht in der Stadt wohnte und weder scharf=
sinnig noch böswillig war, so wäre es ganz unbegreiflich ge=
wesen, wenn sie nicht eher von Tante Glegg was befürchtet
hätte als von jener, und doch wählte sich das Schicksal kein anderes
Instrument als grade Tante Pullet; sie wohnte nicht in der
Stadt, aber der Weg vom Tannenhof führte an dem rothen
Grunde vorbei, an der entgegengesetzten Seite von der rothen
Mühle.

Der Tag nach Gretchens letzter Zusammenkunft mit Philipp
war ein Sonntag, und Tante Pullet benutzte die Gelegenheit,
nach der Kirche bei Schwester Glegg zu essen und dann bei
der armen Schwester Tulliver Thee zu trinken. Sonntag war
der einzige Tag, wo Tom Nachmittags zu Hause war, und heute
hatte sich seine gute Laune, in der er die letzte Zeit immer ge=
wesen war, in einem ungewöhnlich lustigen Geplauder mit seinem
Vater und in der freundlichen Einladung gezeigt: „Gretelchen,
komm doch auch mit!" — als er mit der Mutter in den
Garten ging, um sich der vorschreitenden Kirschblüthe zu
freuen. Seit Gretchen weniger trübe und verschlossen war,
gefiel sie ihm wieder weit besser; er wurde sogar etwas stolz
auf sie, da er mehrmals fremde Leute hatte sagen hören,
seine Schwester sei ein prachtvolles Mädchen. Ihr Gesicht hatte
heute einen besonders frischen Glanz, der freilich aus einer
innern Aufregung stammte, worin Leid und Freud zu gleichen
Theilen gemischt war, der aber doch für einen Ausdruck freu=
diger Stimmung gelten konnte.

„Du siehst recht gut aus", sagte Tante Pullet mit weh=
müthigem Kopfschütteln, als sie am Theetisch saßen. „Ich hätte
nie geglaubt, Betty, daß das Mädchen so gut aussehen könnte.
Aber Du mußt Rosa tragen, Gretchen; in dem blauen Dinge,
was Dir Tante Glegg gegeben hat, siehst Du aus wie 'ne

Butterblume. Hannchen hat nie Geschmack gehabt; warum trägst Du nicht das Kleid von mir?"

„Es ist zu hübsch und putzt so, Tante. Ich glaube, es ist ein bischen auffallend für mich, wenigstens neben meinen andern Kleidern."

„Da hast Du ganz recht; es wäre auffallend, wenn die Leute nicht wüßten, daß Deine Angehörigen wohl im Stande sind, Dir so etwas zu geben. Es versteht sich doch von selbst, daß ich meiner eigenen Nichte dann und wann ein Kleid gebe; ich kaufe mir ja jedes Jahr neue und trage sie nie auf. Und Lucie, der kann man ja nichts geben, die hat selbst alles vom besten; Schwester Deane kann wohl stolz sein, sie sieht freilich schrecklich gelb aus, die arme Frau; ich fürchte, mit dem Leberleiden das holt sie nicht durch. Das sagte auch der neue Prediger, der Doktor Kenn, heute in seiner Leichenrede."

„'s ist ein ausgezeichneter Redner nach allem, was man hört, nicht wahr, Sophie?" bemerkte Frau Tulliver.

„Lucie hatte heut' einen Kragen um", fuhr Frau Pullet fort und hielt die Augen nachdenklich gen Himmel gerichtet; „ich mag wohl auch einen haben der eben so gut ist, aber denn ist's doch auch mein bester."

„Lucie heißt die Schöne von St. Ogg, sagen die Leute; das ist doch stark", bemerkte Onkel Pullet.

„I, geht mir damit", sagte der alte Tulliver, dem das ein Eingriff in Gretchens Rechte schien; „sie ist ja blos ein kleines Ding, was hat sie denn für 'ne Figur? Aber Kleider machen Leute. Ich finde nicht so viel zu bewundern an kleinen Frauen; sie sehen so albern aus, wenn sie neben dem Manne gehen, so ganz außer Verhältniß. Meine Frau hatte das richtige Maaß, war nicht zu klein für mich und nicht zu groß."

Die arme Frau mit ihrer verwelkten Schönheit lächelte freundlich.

„Aber die Männer sind nicht alle groß", sagte Onkel Pullet, der bei diesen Größenverhältnissen sehr interessirt war; „es kann einer ein hübscher junger Kerl sein und braucht doch nicht seine sechs Fuß zu haben wie Mosje Tom."

„Ach, mit Eurem Klein und Groß; man kann schon Gott danken, wenn man nur grade gewachsen ist", bemerkte Tante Pullet. „Da ist der verwachsene Junge von Advokat Wakem; ich sah ihn noch heute in der Kirche. Du lieber Himmel, was der mal für'n Vermögen kriegt, und die Leute sagen, er wäre so kurios und immer am liebsten allein. Es sollte mich nicht wundern, wenn er noch mal überschnappte; wir sind noch keinmal am rothen Grunde vorbeigekommen, wo er nicht zwischen den Bäumen und Büschen 'rum geschlichen wäre."

Diese umfassende Aussage, womit Frau Pullet nichts weiter als die Thatsache bezeugte, daß sie Philipp ganze zwei Male an der bezeichneten Stelle gesehen hatte, machte auf Gretchen einen um so stärkeren Eindruck, als Tom ihr gegenübersaß und sie sich die möglichste Mühe gab, unbefangen auszusehen. Bei Philipps Namen erröthete sie, und die Röthe steigerte sich, bis endlich die Erwähnung des rothen Grundes ihr das Gefühl gab, als wäre das ganze Geheimniß verrathen. Da wagte sie nicht einmal, ihren Theelöffel in die Hand zu nehmen, damit man nicht sähe, wie sehr sie zittere. Die Hände unter dem Tisch krampfhaft verschlungen, saß sie da und wagte nicht aufzublicken. Glücklicherweise saß der Vater auf derselben Seite wie sie, und Onkel Pullet zwischen ihnen, so daß er sie nicht sehen konnte, wenn er sich nicht vornüber bog. Sehr zur rechten Zeit fiel ihre Mutter in das Gespräch und gab ihm eine andere Wendung. Sie erschrack nämlich jedesmal, wenn der Name Wakem in Gegenwart ihres Mannes genannt wurde. Allmälich gewann Gretchen Haltung genug um aufzublicken; ihre Augen begegneten denen Toms, aber er wandte sich sofort ab, und als sie den Abend zu Bett ging, wußte sie noch immer nicht, ob er aus ihrer Verwirrung Verdacht geschöpft habe oder nicht. Vielleicht hatte er auch nichts gemerkt; vielleicht dachte er, sie sei nur so erschrocken, weil ihr Vater den Namen Wakem habe hören müssen, und dieser Name war ihm so verhaßt, daß auch die höchste Aufregung an ihr nicht aufgefallen sein könne. So dachte Gretchen.

Aber Tom war viel zu scharfsichtig, um sich bei einer solchen Deutung zu beruhigen; er hatte zu klar gesehen, hinter Gretchens höchst auffallender Verwirrung stecke mehr als bloße Besorgniß um ihren Vater. Indem er sich alle Einzelheiten zu vergegenwärtigen suchte, welche seinem Verdachte Anhalt und Form geben konnten, fiel ihm nur ein, daß er Gretchen kürzlich von seiner Mutter hatte schelten hören, weil sie bei nassem Wetter nach dem rothen Grunde gegangen sei und sich die Schuhe ganz schmutzig gemacht habe; indeß konnte er sich, bei seinem alten Widerwillen gegen Philipps verwachsene Gestalt immer noch nicht entschließen, an die Möglichkeit zu glauben, seine Schwester fühle für eine so unglückliche Ausnahme von der allgemeinen Regel mehr als freundschaftliche Theilnahme. Es lag in Toms Natur, gegen alles außergewöhnliche einen wahrhaft abergläubischen Widerwillen zu empfinden. Eine Liebe für einen Verwachsenen wäre ihm bei jedem weiblichen Wesen widerwärtig gewesen; bei seiner Schwester war sie ihm unerträglich. Aber wenn sie irgend welchen Verkehr mit Philipp hatte, so mußte dem sofort Einhalt geschehen; sie mißachtete dann die tiefsten Empfindungen des Vaters, war den ausdrücklichen Befehlen ihres Bruders ungehorsam und stellte durch geheime Zusammenkünfte sich selbst böser Nachrede blos. Als er am andern Morgen vom Haus ging, war er in jener wachsamen Stimmung, wo einem das gewöhnlichste bedeutend wird.

Am Nachmittage gegen halb vier Uhr stand Tom auf der Werft und sprach mit Bob über die Möglichkeit, ob das Schiff, mit welchem sie ihre letzte Waarensendung fortgeschickt hatten, wohl in wenig Tagen mit guten Ergebnissen für sie beide wieder einliefe.

„I, sehn Sie mal", warf Bob dazwischen, indem er in die Felder jenseits des Flusses hinübersah, „da geht der bucklige junge Wakem. Ich erkenne ihn und seinen Schatten auf den ersten Blick; ich treffe ihn immer da drüben am Fluß."

Ein plötzlicher Gedanke schien Tom durch den Kopf zu gehen. „Ich muß fort, Bob, sagte er, ich habe was zu besorgen", und stürzte in's Packhaus, wo er bat, es möge ihn doch ein anderer ablösen, er müsse sofort in dringenden Geschäften nach Hause.

Im raschesten Schritte und auf dem kürzesten Wege kam er bald ans Hofthor, und da blieb er einen Augenblick stehen, um es gemächlich aufzumachen, damit er mit einem Anschein von vollkommener Ruhe in's Haus gehen könne, als Gretchen mit Hut und Tuch aus der Hausthür trat. Seine Vermuthung war also richtig gewesen; er blieb stehen, um die Schwester zu erwarten. Bei seinem Anblick fuhr sie heftig zusammen.

„Warum kommst Du schon so früh, Tom? Ist was vorgefallen?" fragte sie mit leiser bebender Stimme.

„Ich komme so früh, um mit Dir nach dem rothen Grunde zu gehen und Philipp Wakem zu treffen", sagte Tom, und die Falte auf der Stirn, die er immer hatte, zog sich tief und finster zusammen.

Gretchen stand hülflos, blaß und kalt. Tom wußte alles. Endlich sagte sie: „ich gehe da nicht hin", und wandte sich um.

„Doch, Du wolltest hingehen, aber erst hab' ich Dir was zu sagen. Wo ist Vater?"

„Er ist ausgeritten."

„Und Mutter?"

„Im Hofe bei den Hühnern."

„Sie sieht mich also nicht, wenn ich in's Haus gehe. So komm."

Sie gingen zusammen hinein, und Tom führte Gretchen in's Wohnzimmer, deren Thür er hinter sich abschloß.

„Nun, Gretchen, sofort sagst Du mir alles, was zwischen Dir und Philipp Wakem vorgefallen ist."

„Weiß es Vater?" fragte Gretchen noch immer zitternd.

„Nein", sagte Tom entrüstet. „Aber er soll alles erfahren, wenn Du mich noch länger zu hintergehen suchst."

„Ich will niemand hintergehen", erwiderte Gretchen und flammte vor Zorn auf, daß Tom dieses Wort auf sie anzuwenden wagte.

„Dann sag' mir die volle Wahrheit."

„Vielleicht weißt Du sie schon."

„Einerlei, ob ich's weiß oder nicht. Sag' mir genau, was vorgefallen ist, oder Vater erfährt alles."

„Dann will ich's Dir sagen, meinem Vater zu Liebe."

„Ja, es steht Dir gut, Dich auf Deine Liebe für Vater zu berufen, nachdem Du seine tiefsten Empfindungen mißachtet hast."

„Du thust nie Unrecht, Tom", sagte Gretchen höhnisch.

„Nicht mit Wissen und Willen", erwiderte Tom stolz und ehrlich, „aber ich hab' Dir nichts weiter zu sagen, als: Sag' mir, was zwischen Dir und Philipp Wakem vorgefallen ist. Wann hast Du ihn zum ersten Male im rothen Grunde getroffen?"

„Ungefähr vor einem Jahre", antwortete Gretchen ruhig; Tom's Strenge lieh ihr einen gewissen Trotz und drängte das Bewußtsein des eigenen Unrechts zurück. „Du brauchst mich weiter nichts zu fragen. Philipp und ich sind dies Jahr her gute Freunde gewesen, wir haben uns oft getroffen und sind zusammen spazieren gegangen. Er hat mir auch Bücher geliehen."

„Ist das alles?" fragte Tom und sah ihr zürnend grade in's Gesicht.

Gretchen schwieg einen Augenblick, dann war sie rasch entschlossen, sie dürfe Tom kein Recht geben, noch länger von hintergehen zu sprechen, und sagte mit stolzer Würde:

„Nein, nicht alles. Am Sonnabend gestand er mir, daß er mich liebe. Bis dahin hatte ich nie an so etwas gedacht, ich hatte ihn immer nur als einen alten Freund angesehen."

„Und Du hast ihm Hoffnung gemacht?" sagte Tom mit dem Ausdruck der Verachtung.

„Ich sagte ihm, daß ich ihn wieder liebe."

Tom schwieg einige Augenblicke, blickte zu Boden und run=
zelte die Stirn. Endlich blickte er auf und sagte kalt:

„Nun, Gretchen, hier ist nur zweierlei möglich: entweder
Du gelobst mir feierlich, die Hand auf Vaters Bibel, daß Du
mit Philipp Wakem nie wieder eine Zusammenkunft haben oder
ein einziges Wort im geheimen sprechen willst — oder Du wei=
gerst Dich dessen, und dann erfährt Vater alles, und diesen
Monat, wo er durch meine Anstrengungen noch einmal glücklich
werden sollte, trifft ihn der schwere Schlag, daß er erfährt, eine
wie ungehorsame lügnerische Tochter er hat, die durch heimliche
Zusammenkünfte mit dem Sohne des Mannes, der ihn hat
ruiniren helfen, ihren guten Ruf preisgiebt. Nun wähle!" Kalt
und bestimmt hatte Tom geendet; jetzt holte er die große Bibel
und schlug das erste Blatt auf, wo das Geschriebene stand.

Es war eine furchtbare Wahl für Gretchen. Ihr Stolz
verließ sie, und sie sagte mit flehendem Tone:

„Tom, verlang das nicht von mir. Ich will Dir ver=
sprechen, jeden Verkehr mit Philipp aufzugeben, wenn ich ihn
noch einmal sehen oder auch nur an ihn schreiben kann, um ihm
alles zu erklären, — ich will Dir versprechen, den Verkehr so
lange aufzugeben, als es unsern Vater kränken kann . . . . Ich
fühle auch für Philipp. Er ist nicht glücklich."

„Ich will von Deinen Gefühlen nichts wissen. Ich habe
Dir genau gesagt, was ich will; nun wähle und mach rasch, ehe
die Mutter hereinkommt."

„Wenn ich Dir mein Wort gebe, so ist das eine eben so
starke Verpflichtung für mich, als wenn ich die Hand auf die
Bibel lege. Es bedarf dessen nicht, um mich zu binden."

„Thu was ich Dir sage", sagte Tom. „Dir ist nicht zu
trauen, Gretchen; Du hast keine Festigkeit. Lege die Hand auf
diese Bibel und sprich: „ich entsage von dieser Stunde jedem
Verkehr mit Philipp Wakem". Sonst bringst Du Schande über
uns alle und Jammer über unsern Vater, und was hilft es,
daß ich mich abquäle und auf jedes Vergnügen verzichte, um
Vaters Schulden zu bezahlen, wenn Du ihn bis zum Wahnsinn

ärgerst, grade jetzt, wo er wieder ruhig sein und sich aufrichten könnte?"

„O Tom, werden denn die Schulden bald abbezahlt?" rief
Gretchen und schlug die Hände zusammen über diese plötzliche
Freude mitten im Elend.

„Wenn sich alles macht wie ich hoffe", antwortete Tom.
„Aber", fügte er hinzu und seine Stimme bebte vor Entrüstung,
„aber während ich mich abgequält und gearbeitet habe, damit
Vater vor seinem Tode noch einmal wieder innern Frieden
fände, während ich für den guten Namen unserer Familie ge-
sorgt habe, hast Du alles gethan, um beides zu zerstören."

Gretchen fühlte tiefe Gewissensbisse; für den Augenblick
beugte sich ihr Sinn unter die Entscheidung ihres Bruders, so
grausam und unverständig ihr dieselbe auch schien, und indem
sie sich selbst tadelte, rechtfertigte sie den Bruder.

„Tom", sagte sie mit leiser Stimme, „es war Unrecht von
mir, aber ich war so verlassen, und Philipp that mir so leid.
Und dann muß ich auch sagen, es ist schlecht, Feindschaft und
Haß zu hegen."

„Unsinn!" rief Tom. „Deine Pflicht war klar genug.
Kein Wort weiter, sondern versprich mir, was und wie ich's
Dir gesagt habe."

„Ich muß Philipp noch einmal sprechen."

„Du wirst gleich mit mir kommen und mit ihm reden."

„Ich gebe Dir mein Wort, ohne Dein Vorwissen weder
mit ihm zusammen zu kommen noch an ihn zu schreiben. Mehr
verspreche ich nicht. Und wenn Du willst, will ich dazu die
Hand auf die Bibel legen."

„Nun, dann versprich mir das."

Gretchen legte die Hand auf die aufgeschlagene Bibel und
wiederholte ihr Versprechen. Tom machte das Buch zu und sagte:
„So, nun komm."

Nicht ein Wort wurde auf dem Wege gewechselt. Gretchen
litt schon im voraus die Qual um das was Philipp leiden
sollte, und fürchtete die bittern Worte, die Tom gegen ihn

äußern würde, aber sie fühlte, es sei vergebens, sich gegen die Unterwerfung zu sträuben. Mit fürchterlichem Griff hielt Tom ihr Gewissen und ihre tiefste Angst in seiner Gewalt; sie erlag fast unter der scheinbaren Wahrheit der Deutung, die er ihrem Benehmen gegeben hatte, und doch empörte sich ihr ganzes Innere gegen deren ungerechte Einseitigkeit. Indessen wandte sich seine ganze Entrüstung auf Philipp; er ahnte nicht, einen wie großen Antheil die alte Abneigung der Knabenjahre und bloßer persönlicher Stolz und Aerger an der Bitterkeit und Strenge der Worte hatte, womit er seine Pflicht als Sohn und Bruder erfüllen wollte. Eine haarscharfe Prüfung seiner eigenen Beweggründe war seine Sache eben so wenig wie ein zu genaues Eingehen in andere nicht ganz handgreifliche Fragen; er war ganz fest überzeugt, seine eigenen Beweggründe sowohl wie seine Handlungen seien gut; sonst hätte er ja nichts damit zu schaffen gehabt.

Gretchens einzige Hoffnung war noch, zum ersten Male könnte Philipp verhindert sein, zu kommen; dann gäbe es einen Aufschub, und sie könnte von Tom die Erlaubniß erhalten, an ihn zu schreiben. Ihr Herz schlug doppelt heftig, als sie unter die Föhren kamen. Nun sei es vorbei, dachte sie, sonst war ihr Philipp immer da begegnet. Aber kaum hatten sie den schmalen Fußweg in das Gebüsch betreten, und bei der ersten Wendung standen Tom und Philipp plötzlich nur einen Schritt weit einander gegenüber. Einen Augenblick schwiegen sie, und Philipp schoß einen fragenden Blick auf Gretchens Gesicht. Wohl fand er dort Antwort — in den blassen offenen Lippen, in den angstvoll starrenden großen Augen. Im Geiste sah sie schon ihren großen, starken Bruder Philipp's schwachen Leib fassen, ihn zu Boden werfen und mit Füßen treten.

„Nennen Sie das handeln wie ein Mann, Herr, und wie ein anständiger Mann?" sagte Tom mit schneidendem Hohn, sobald Philipp die Augen auf ihn richtete.

„Was soll das heißen?" entgegnete Philipp trotzig.

„Was das heißen soll? Treten Sie weiter zurück, damit

ich nicht Hand an Sie lege; dann will ich Ihnen sagen, was
es heißen soll. Es soll heißen, daß Sie die Thorheit und Un=
wissenheit eines jungen Mädchens benutzen, um sie dahin zu
bringen, daß sie geheime Zusammenkünfte mit Ihnen hat. Es
soll heißen, daß Sie mit dem guten Ruf einer Familie zu spie=
len wagen, die auf ihren guten und ehrlichen Namen etwas
hält.“

„Das leugne ich“, unterbrach ihn Philipp ungestüm. „Nie=
mals könnte ich mit etwas spielen, woran das Glück Ihrer
Schwester hängt. Sie ist mir theurer als Ihnen; ich ehre sie
mehr, als Sie sie je ehren können; ich könnte mein Leben für
sie lassen.“

„Kommen Sie mir nicht mit so hochtrabendem Unsinn, Herr!
Wagen Sie zu behaupten, Sie hätten nicht gewußt, daß es ihrem
guten Rufe schaden könne, wenn sie hier Woche für Woche sich
mit Ihnen träfe? wollen Sie behaupten, Sie hätten ein Recht,
ihr Liebeserklärungen zu machen, selbst wenn Sie ein passender
Mann für sie wären, da weder unser Vater noch Ihr Vater
jemals in eine Heirath zwischen Ihnen beiden willigen würden?
Und Sie — Sie versuchen sich in die Neigung eines hübschen
Mädchens einzunisten, die noch nicht achtzehn Jahre alt und
durch das Unglück ihres Vaters zur Einsamkeit verurtheilt ist!
Das ist wohl Ihr verkrüppelter Begriff von Ehre! Aber ich
nenne es gemeine Verrätherei — ich nenne es, die Umstände
listig benutzen, um das zu gewinnen, was zu gut für Sie ist,
was Sie auf anständigem Wege nie erreichen würden.“

„Es ist recht mannhaft von Ihnen, mit mir so zu sprechen“,
sagte Philipp bitter und erbebte vor heftiger Aufregung am
ganzen Leibe. „Riesen haben ein unvordenkliches Recht auf
Dummheit und Uebermuth. Sie sind nicht mal fähig zu be=
greifen, was ich für Ihre Schwester fühle. Ich liebe sie so
sehr, daß ich ihr zu Liebe selbst mit Ihnen Freund sein möchte.“

„Es thäte mir sehr leid, wenn ich Ihre Gefühle begriffe“,
sagte Tom mit schneidender Verachtung. „Ich wünsche nur,
daß Sie mich begreifen, daß Sie sich merken, ich werde für

meine Schwester sorgen, und wenn Sie den geringsten Versuch wagen sollten, sich ihr zu nähern, oder ihr zu schreiben, oder sich ihr auch nur entfernt in's Gedächtniß zu rufen, dann soll Ihr schwacher, armseliger Leib, der Sie etwas bescheidener machen müßte, Sie nicht mehr schützen. Ich werde Sie durchprügeln, ich werde Sie dem öffentlichen Spott preisgeben. Sie der Geliebte eines hübschen Mädchens — wer wird nicht darüber lachen?!"

„Tom, das ertrag' ich nicht; länger höre ich's nicht mit an", brach Gretchen mit halb erstickter Stimme heraus.

„Bleib, Gretchen!" sagte Philipp mit äußerster Anstrengung. Dann wandte er sich an Tom: „Sie haben augenscheinlich Ihre Schwester hergeschleppt, damit sie's mit anhöre, wie Sie mir drohen und mich beleidigen. Ihnen schien das natürlich das rechte Mittel, auf mich einzuwirken. Aber Sie irren sich. Lassen Sie Ihre Schwester reden. Wenn sie sagt, daß sie mich aufgeben muß, — ihren Wünschen werde ich mich fügen."

„Um meines Vaters Willen muß es sein, Philipp", sagte Gretchen mit flehender Stimme. „Tom droht, er wolle alles an Vater sagen, und der könnte es nicht ertragen; darum habe ich versprochen und feierlich gelobt, ohne Vorwissen meines Bruders keinen weitern Verkehr mit Dir zu haben."

„Das ist genug, Gretchen. Ich werde mich nicht ändern, aber ich wünschte wohl, Du hättest Dir Deine volle Freiheit bewahrt. Indeß vertraue mir, erinnere Dich, daß ich nie etwas anderes als Dein bestes suchen kann."

„Ja wohl", sagte Tom, den diese Haltung Philipp's auf's äußerste reizte; „Sie haben gut reden, daß Sie ihr bestes suchen; haben Sie das bisher auch gethan?"

„Gewiß habe ich das, vielleicht freilich mit einiger Gefahr. Aber ich wollte ihr einen Freund für's Leben geben, der sie hegte und pflegte, der ihr mehr Gerechtigkeit widerfahren ließe, als ein plumper engherziger Bruder, für den sie immer ihre Liebe vergeudet hat."

„Ja, meine Liebe für sie ist anders als Ihre, und ich will

7*

Ihnen sagen, worin sie besteht. Ich will sie davor schützen, daß sie ihrem Vater ungehorsam ist und Schande bringt; ich will sie davor schützen, daß sie sich an Sie wegwirft, daß sie sich zum Gespött der Welt macht, daß sie von einem Menschen wie Ihr Vater mit Verachtung behandelt wird, weil sie für seinen Sohn nicht gut genug ist. Sie wissen recht gut, welche Art von Gerechtigkeit und zärtlicher Liebe ihrer gewartet hätte, wenn's nach Ihnen gegangen wäre. Schöne Redensarten richten bei mir nichts aus; ich halte mich an die Handlungen. Komm, Gretchen!"

Bei diesen Worten faßte er Gretchen am rechten Arm und sie streckte ihre linke Hand aus. Philipp ergriff sie, drückte sie einen Augenblick mit leidenschaftlichem Blick und eilte dann fort.

Schweigend gingen Tom und Gretchen einige Schritte weiter. Noch immer hielt er sie fest am Arm, als führe er einen Verbrecher mit Gewalt fort. Endlich entriß ihm Gretchen mit einem heftigen Ruck die Hand, und ihre lang zurückgehaltene Aufregung fand einen Ausdruck.

"Rede Dir nicht ein, Tom, daß ich glaube, Du habest Recht, oder daß ich mich Deinem Willen füge. Ich verachte die Gesinnung, die Du eben gegen Philipp gezeigt hast; ich verabscheue Deine schnöden unwürdigen Anspielungen auf seine verwachsene Gestalt. Dein Leben lang hast Du immer andere Leute getadelt, bist Du immer überzeugt gewesen, Du habest Recht, und blos weil Du zu engherzig bist, um zu sehen, daß es noch etwas besseres giebt als Dein eigenes Thun und Deine eigenen kleinlichen Ziele."

"Gewiß", gab Tom kühl zur Antwort. "Nur sehe ich nicht, daß Dein Thun besser ist und Deine Ziele auch nicht. Wenn Dein Benehmen und Philipp Wakem's Benehmen recht ist, warum schämst Du Dich denn, es bekannt werden zu lassen? Das beantworte mir doch. Ich weiß, was ich mit meinem Thun gewollt habe, und ich habe es durchgesetzt; aber was ist denn bei Deinem Thun für Dich oder andere gutes herausgekommen?"

"Ich will mich nicht vertheidigen", antwortete Gretchen immer noch heftig; "ich weiß, ich habe Unrecht gethan — oft, immerwährend. Und doch, bisweilen wenn ich Unrecht gethan habe, ist's aus einer Empfindung geschehen, die Du nicht kennst und die Dir doch sehr gut anstände. Wenn Du je im Unrecht wärest, wenn Du etwas recht schlimmes gethan hättest, — mir thäten die traurigen Folgen für Dich leid, und ich würde Dir keine Strafe dafür wünschen. Aber Du hast immer Deine Freude daran gehabt, mich zu strafen; immer bist Du hart und grausam gegen mich gewesen; selbst als ich noch ein kleines Mädchen war und Dich immer lieber hatte als sonst wen auf der Welt, selbst da konntest Du mich weinend zu Bett gehen lassen, ohne mir zu vergeben. Du kennst kein Erbarmen; Du hast kein Bewußtsein von Deinen eigenen Mängeln und Sünden. Denn so hartherzig zu sein, das ist Sünde und ziemt sich für keinen Sterblichen, für keinen Christen. Du bist nichts als ein Pharisäer; Du dankst Gott nur für Deine eigene Tugend, Du glaubst, sie sei groß genug, um alles damit zu erreichen. Du hast nicht einmal eine Ahnung von Empfindungen, neben denen Deine glänzenden Tugenden schwarz sind wie die Nacht!"

„Gut", sagte Tom mit kaltem Hohn, „wenn Deine Ge=sinnungen so viel besser sind als meine, bitte, so gieb sie doch durch etwas anderes zu erkennen, als durch ein Benehmen, welches leicht Schande über uns alle bringt, durch etwas anderes als indem Du lächerlicher Weise von einem Extrem in's andere fällst. Sag' mir doch, bitte, wie hast Du denn die Liebe, von der Du so viel sprichst, gegen mich oder den Vater bewiesen? Dadurch, daß Du uns nicht gehorcht, daß Du uns hintergangen hast. Meine Art, Liebe zu beweisen, ist eine andere."

„Weil Du ein Mann bist, Tom, und Kraft hast und etwas in der Welt thun kannst."

„Nun, wenn Du nichts thun kannst, dann unterwirf Dich denen, die es können."

„Ich will mich auch unterwerfen, aber nur dem, was ich für recht erkenne. Von Vater will ich mir auch unverständiges gefallen lassen, aber nicht von Dir. Du prahlst mit Deiner Tugend, als wenn sie Dir ein Recht gäbe, grausam und un=

männlich zu sein, wie Du heute gewesen bist. Rede Dir nicht ein, daß ich Philipp aus Gehorsam gegen Dich aufgebe. Sein körperliches Leid, das Du ihm vorwirfst, würde mich nur um so fester an ihn knüpfen und mir ihn noch lieber machen."

„Sehr gut, das ist also Deine Ansicht von der Sache", sagte Tom kälter als je; „Du brauchst mir nichts weiter zu sagen, um mir zu zeigen, wie groß der Abstand zwischen uns ist. Laß uns das für die Zukunft bedenken und schweigen."

Damit ging Tom nach der Stadt zurück, um sich mit Onkel Deane über eine Geschäftsreise zu besprechen, die er am andern Morgen antreten sollte.

Gretchen ging nach Hause in ihr Zimmer und strömte da alle Entrüstung, für die Tom keinen Sinn hatte, in bittere Thränen aus. Als der erste Ausbruch ihres Zornes vorüber war, stieg die Erinnerung an jene ruhige Zeit in ihr auf, ehe das Glück, das heute zu so traurigem Ausgang gekommen war, die Klarheit und Unbefangenheit ihres Lebens gestört hatte. Damals hatte sie geglaubt, sie habe große Eroberungen gemacht und auf heitern Höhen hoch über den Versuchungen und Kämpfen dieser Welt festen Fuß gefaßt. Und nun war sie wieder herunter gekommen und stand mitten im Getümmel eines heißen Kampfes mit eigenen und fremden Leidenschaften. Das Leben war also doch nicht so kurz und vollkommene Ruhe nicht so nahe, wie sie vor zwei Jahren geträumt hatte. Sie mußte noch mehr kämpfen. Hätte sie gefühlt, sie sei vollständig im Unrecht und Tom vollständig im Recht, so hätte ihre Seele eher wieder Ruhe gefunden, aber jetzt stieß ihre Reue und Ergebung sich immer wieder an das bittre Gefühl einer gerechten Entrüstung. Ihr Herz blutete um Philipp; unaufhörlich rief sie sich die schmachvollen Beleidigungen, mit denen Tom ihn überhäuft hatte, in's Gedächtniß zurück und empfand so lebhaft, was er dabei gelitten haben müsse, daß es ihr fast vorkam wie ein stechender körperlicher Schmerz, daß sie vor Jammer den Fuß auf den Boden stieß und die Finger krampfhaft zusammen zog.

Und doch, wie kam es, daß sie ab und zu bei ihrer er-

zwungenen Trennung von Philipp etwas empfand wie Erleich=
terung? Gewiß nur, weil das Gefühl, nun die Heimlichkeit los
zu sein, durch nichts zu theuer erkauft sein konnte.

Sechster Abschnitt.

Der schwer errungene Sieg.

Drei Wochen nachher, als die rothe Mühle am hübschesten
war im ganzen Jahre, die großen Kastanien in der Blüthe
standen, und das üppige Gras ganz mit Maßlieb übersät war,
kam Tom Tulliver des Abends früher nach Hause als gewöhn=
lich, und als er über die Brücke ging, sah er mit der alten,
tiefgewurzelten Liebe das stattliche rothe Haus von Ziegelsteinen
an, welches ihm von außen immer heiter und einladend aussah,
mochten drinnen die Zimmer noch so kahl und die Herzen noch
so traurig sein. Ein angenehmes Licht spielt in seinen blau=
grauen Augen, als er nach den Fenstern des Hauses blickt; die
Falte auf seiner Stirn geht nie ganz fort, aber sie steht ihm
nicht schlecht, sie deutet auf einen starken Willen, der möglichen
Falls seine rauhen Seiten abstreifen kann, wenn Augen und
Mund grade besonders freundlich aussehen. Sein fester Schritt
wird schneller und seine Mundwinkel wollen sich das Zusammen=
ziehen nicht recht gefallen lassen, womit er ein Lächeln unter=
drücken will.

Die Augen im Wohnzimmer waren um die Zeit nicht
gerade auf die Brücke gerichtet, und die Familie Tulliver saß
schweigend und trübe bei einander — der Vater im Lehnstuhl,
von einem langen Ritt ermüdet und den hohlen Blick nach=
denklich auf Gretchen gerichtet, die bei der Arbeit saß und
nähte, während die Mutter Thee machte. Alle blickten über=
rascht auf, als sie draußen den wohlbekannten Schritt hörten.

„I, was ist denn nun los, Tom?" fragte der Vater; „Du kommst ja etwas früher als sonst."

„O, ich hatte nichts mehr zu thun, darum ging ich weg. Nun, Mutter, wie steht's?"

Damit trat Tom an seine Mutter heran und gab ihr einen Kuß, was bei ihm ein Zeichen ungewöhnlich guter Laune war. Mit Gretchen hatte er in all den drei Wochen kaum ein Wort oder einen Blick gewechselt, aber bei seiner gewöhnlichen Schweigsamkeit zu Hause war das den Eltern nicht weiter aufgefallen.

„Vater", sagte Tom nach dem Thee, „weißt Du genau, wie viel Geld in dem Blechkasten ist?"

„Blos hundertdreiundneunzig Pfund", antwortete Tulliver. „In der letzten Zeit hast Du mir weniger gebracht, aber junge Leute behalten ihr Geld gern für sich. Ich freilich durfte mit meinem Gelde nicht thun, was ich wollte, als ich noch nicht großjährig war". Er war mit Tom in der letzten Zeit nicht ganz zufrieden, wagte sich aber nicht recht damit heraus.

„Weißt Du ganz bestimmt, daß es so viel ist, Vater?" sagte Tom; „ich möchte Dich wohl bitten, den Blechkasten herunter zu holen, wenn's Dir nicht zu viel Mühe macht. Vielleicht hast Du Dich doch versehen."

„Wie sollte ich mich wohl versehen?" rief der Vater gereizt. „Ich hab's oft genug gezählt, aber wenn Du mir nicht glauben willst, kann ich auch nachsehen."

Es war nämlich für Tulliver immer ein frohes Ereigniß in seinem traurigen Leben, wenn er den Blechkasten holen und das Geld zählen konnte.

„Geh' nicht fort, Mutter!" sagte Tom, da sie aufstand, als der Vater hinaus war.

„Und darf Gretchen auch nicht fortgehen?" fragte die Mutter; „einer muß doch die Sachen hinausbringen."

„Das kann sie halten wie sie will", erwiderte Tom gleichgültig.

Das Wort schnitt Gretchen in's Herz. Sie hatte vor Freude gezittert, weil sie ahnte, Tom würde jetzt dem Vater sagen, er könne seine Schulden abbezahlen, und so etwas konnte Tom sagen wollen, wenn sie nicht dabei war! Aber sie brachte die Sachen hinaus und kam sogleich zurück. In einem solchen Augenblicke mußte das Gefühl eigener Kränkung zurückstehen.

Als der Vater den Blechkasten auf den Tisch stellte und öffnete, setzte sich Tom nahe bei ihm an den Tisch, und in dem rothen Abendlichte trat das abgezehrte, kummervolle Antlitz des schwarzäugigen Vaters und die verhaltene Freude in dem Gesicht des blonden Sohnes neben einander deutlich hervor. Die Mutter und Gretchen saßen am andern Ende des Tisches, jene still und geduldig, diese zitternd vor Erwartung.

Der Vater nahm das Geld heraus, zählte es in Reihen auf den Tisch und sagte dann, indem er Tom scharf ansah:

„Da! siehst Du, daß ich Recht hatte?" Er hielt inne und sah das Geld mit tiefer Niedergeschlagenheit an.

„Fehlen immer noch über dreihundert Pfund und das wird eine gute Zeit dauern, ehe ich so viel sparen kann. Die zweiundvierzig Pfund, die ich am Korn verlor, das war eine böse Geschichte. Es waren ihrer zu viel gegen einen. Vier Jahre hat's gedauert, daß wir dies ersparten, und ich werde wohl keine vier Jahre mehr leben. Du wirst bezahlen müssen, mein Junge", fuhr er mit zitternder Stimme fort, „und das erwarte ich auch von Dir, wenn Du nach Deiner Großjährigkeit so bleibst. Aber Du wirst mich wohl noch vorher begraben."

Er blickte zu seinem Sohne auf, als suche er bei ihm Trost und Beruhigung.

„Nein, Vater", sagte Tom mit nachdrücklicher Bestimmtheit, obschon auch ihm die Stimme etwas bebte; „noch bei Deinen Lebzeiten werden die Schulden alle bezahlt. Mit eigener Hand sollst Du sie bezahlen."

In seinem Tone lag mehr als bloße Hoffnung oder Entschluß. Ein leises Zucken durchbebte den Vater und er hielt die Augen mit eifrig forschendem Blick auf Tom geheftet, während Gretchen unfähig sich zu halten zu ihrem Vater hinstürzte und neben ihm hinkniete. Tom schwieg eine kleine Weile, ehe er fortfuhr.

„Vor längerer Zeit hat mir Onkel Glegg etwas Geld geliehen; damit habe ich Geschäfte auf eigene Rechnung gemacht und Glück gehabt. Ich habe dreihundertzwanzig Pfund in der Bank.“

Kaum hatte er die letzten Worte geäußert, als die Mutter ihn mit beiden Armen umschlang und halb weinend rief:

„O, mein Junge! das wußte ich vorher, Du machtest alles wieder gut, wenn Du erst groß würdest.“

Aber der Vater sagte kein Wort; seine Bewegung war zu stark, er konnte nicht sprechen. Tom und Gretchen überkam schon die Furcht, ob das Uebermaß der Freude ihm nicht schaden werde. Aber da kam der köstliche Segen der Thränen. Die breite Brust hob sich, die Muskeln des Gesichts verloren ihre krampfhafte Strenge, und der alte Mann mit dem grauen Haar brach in lautes Schluchzen aus. Allmälich ließ die Aufregung nach, er saß wieder ruhig und athmete wie gewöhnlich. Endlich sah er seine Frau an und sagte mit sanfter Stimme:

„Betty, komm und gieb mir einen Kuß. Der Junge hat's für mich mit gut gemacht. Nun siehst Du doch wieder gute Tage.“

Als sie ihn geküßt und er ihre Hand einen Augenblick gehalten hatte, wanderten seine Gedanken wieder nach dem Gelde.

„Ich wollte, Du hättest mir das Geld mit gebracht, Tom, damit ich's ansehen könnte“, sagte er und befühlte die Goldstücke auf dem Tische; „es wäre doch sicherer.“

„Du sollst es morgen sehen“, erwiderte Tom. „Onkel Deane hat die Gläubiger auf morgen in den goldenen Löwen zur Besprechung eingeladen und um zwei Uhr Essen für sie bestellt. Onkel Glegg und er wollen beide hinkommen. Am Sonnabend hat es im Wochenblatt gestanden.“

„Dann hat's Wakem gelesen!“ rief der Vater und seine Augen leuchteten vor Freude wie Feuer. „Aha!“ fuhr er fort und der Ton kam aus tiefster Brust, „jetzt komme ich doch aus seinen

Klauen, wenn ich auch aus meiner alten Mühle weg muß. Ich glaubte, ich könnte es aushalten bis an meinen Tod, aber ich kann's nicht . . . Haft Du was zu trinken im Hause, Betty?"

"Ja", antwortete die Frau und holte ihr Schlüsselbund hervor, welches gegen früher sehr mager aussah; "es ist noch etwas Cognac da von Schwester Deane, als ich unwohl war."

"Hol' mir den, — schnell. Ich fühle mich ein bischen schwach."

"Mein Junge", sagte er mit etwas kräftigerer Stimme, nachdem er etwas Cognac mit Wasser getrunken hatte, "Du sollst ihnen eine Rede halten. Ich will ihnen sagen, daß das meiste Geld von Dir kommt. Sie werden sehen, daß ich recht= schaffen bin bis an's Ende und daß ich einen rechtschaffenen Sohn habe", und dabei nahm er seine Schnupftabacksdose her= aus — es war der einzige Luxus, den er sich noch gestattete — und klopfte mit einem Anfluge seines alten Selbstvertrauens darauf. "O, Wakem würde sich freuen, wenn er solchen Sohn hätte wie ich, einen hübschen, schlanken Burschen und nicht so 'nen armseligen, verwachsenen Krüppel. Du wirst vorwärts kommen in der Welt, mein Junge; Du erlebst vielleicht noch den Tag, wo Wakem und sein Junge tief unter Dir sind. Bekommst gewiß bald Deinen Antheil am Geschäft wie Deane in früherer Zeit, — bist ganz auf dem rechten Wege und dann hindert Dich nichts, ein reicher Mann zu werden. Aber wenn Du je reich wirst, dann merke Dir, mein Junge, sieh zu, daß Du die alte Mühle wieder kriegst."

Tulliver lehnte sich im Stuhle zurück; sein Geist, in wel= chem so lange nichts als bittere Unzufriedenheit und trübe Ahnun= gen gehaust hatten, füllte sich plötzlich durch die Zauberkraft der Freude mit herrlichen Bildern von Glück und Reichthum. Aber ein feines Gefühl hielt ihn ab, diese lockenden Bilder auf sich selbst zu beziehen.

"Gieb mir die Hand, mein Junge", sagte er plötzlich und streckte seine Hand aus. "Es ist etwas großes, wenn einer stolz sein kann auf einen guten Sohn. Und das Glück habe ich gehabt."

Einen so köstlichen Augenblick erlebte Tom nicht wieder, und Gretchen vergaß unwillkürlich ihr eigenes Leid. Tom war doch gut, und in der süßen Demuth, die wir alle in Augenblicken wahrer Bewunderung und Dankbarkeit empfinden, fühlte sie, er mache seine Fehler wieder gut, während sie ihre Fehler, die er ihr nachsehen müsse, noch nicht gut gemacht habe. Es kränkte sie heute Abend nicht und sie empfand keine Eifersucht, daß sie zum ersten Male bei dem Vater hinter Tom zurück zu treten schien.

Es gab noch mancherlei zu bereden, ehe man zu Bett ging. Der Vater wollte natürlich alle Einzelheiten von Tom's Unternehmungen wissen und hörte seine Erzählungen mit steigender Aufregung und Freude an. Er war neugierig, alles zu erfahren, was man bei jeder Gelegenheit gesprochen — wo möglich, was man gedacht habe, und die Rolle, die Bob bei der Geschichte gespielt hatte, riß ihn zu den eigenthümlichsten Aeußerungen von Theilnahme für die siegreiche Schlauheit dieses merkwürdigen Hausirers hin. Er ging bis auf Bob's Jugendgeschichte zurück, soweit er sie kannte, und wies nach, wie er erstaunlich viel versprochen habe — eine nachträgliche Beweisführung aus Erinnerungen der Kindheit, die sich schon größere Leute als Bob haben gefallen lassen müssen.

Es war recht gut, daß dieses Interesse an der Erzählung das unbestimmte, aber wilde Gefühl des Triumphes über Wakem zurück hielt; sonst würde seine Freude mit gefährlicher Stärke sich in dieser Richtung ergossen haben, und selbst so verkündeten von Zeit zu Zeit drohende Zeichen, schließlich würde dies Gefühl doch die Oberhand behalten.

Es dauerte lange, ehe Tulliver in der Nacht Schlaf fand, und als der Schlaf kam, störten ihn lebhafte Träume. Um halb sechs des Morgens, als Frau Tulliver schon aufstand, fuhr er zu ihrem Schrecken mit einem halb unterdrückten Schrei aus dem Schlaf und sah sich ganz verwirrt in der Kammer um.

„Was haſt Du, Tulliver?" fragte die Frau. Er ſah ſie
an, noch immer ganz verwundert und wie außer ſich, und ſagte
endlich:

„O — ich habe geträumt — hab' ich was geſagt? — ich
glaubte, ich hätte ihn."

Siebter Abſchnitt.

Abrechnung.

Tulliver war ein durchaus nüchterner Menſch; er trank
wohl ſein Glas Wein und trank es gern, aber nie überſchritt er
die Schranken der Mäßigung. Er hatte von Natur ein reges,
heißblütiges Temperament, welches nicht erſt flüſſigen Feuers
bedurfte, um aufzuflammen, und ſein Wunſch nach der Stärkung
von Cognac und Waſſer deutete an, daß die zu plötzliche Freude
ſeinem Körper, der durch vier Jahre lange Trübſal und ungewohnte ſchlechte Nahrung heruntergekommen war, einen gefährlichen Stoß verſetzt hatte. Aber nachdem der erſte bedenkliche Augenblick vorüber war, ſchien mit der wachſenden Aufregung auch ſeine Kraft zu wachſen, und als er am nächſten
Tage mit ſeinen Gläubigern zu Tiſche ſaß und ihm in dem Be-
wußtſein, er könne wieder mit Ehren in der Welt auftreten, das
Auge leuchtete und die Wangen brannten; da ſah er mal wieder
ſo ſehr wie der ſtolze, ſelbſtvertrauende, offenherzige und heißblütige
Tulliver von ehemals aus, wie es ſchwerlich jemand für möglich
gehalten hätte, der ihn noch vor einer Woche geſenkten Hauptes, den
Blick zur Erde gerichtet und die Vorübergehenden mit ſcheuem Gruße
kaum beachtend hatte reiten ſehen; denn das war in den letzten vier
Jahren ſeine Gewohnheit geweſen, ſeit das Gefühl ſeines Unglücks und ſeiner Schulden ihn niederdrückte. Bei Tiſch hielt
er eine kleine Rede, betonte darin mit alter Lebhaftigkeit ſeine
Grundſätze als ehrlicher Mann, machte eine ſehr verſtändliche

Anspielung auf die Schurken und das Unglück, womit er zu
kämpfen gehabt habe, erklärte, durch große Anstrengung und mit
Hülfe eines guten Sohnes sei er wieder etwas empor gekom=
men, und schloß mit der Erzählung, wie Tom den größten Theil
des nöthigen Geldes zusammengebracht habe. Aber seine gereizte
Stimmung und der Stolz des Triumphs schienen für einen
Augenblick in das reinere Gefühl echter Vaterfreude hinzuschmel=
zen, als Tom's Gesundheit ausgebracht wurde und, nachdem
Onkel Deane Gelegenheit genommen hatte, einige lobende Worte
über seinen Charakter und seine Aufführung zu sagen, Tom
selbst aufstand und die erste und einzige Rede seines Lebens
hielt. Sie hätte kaum kürzer sein können; er dankte den Herren
für die Ehre, die sie ihm erwiesen hätten; er sprach seine Freude
aus, daß es ihm vergönnt gewesen, dem Vater den Beweis sei=
ner Rechtschaffenheit führen und seinen ehrlichen Namen einlösen
zu helfen, und schloß mit der Erklärung, er seinerseits hoffe,
von diesem Wege nie abzuweichen und dem Namen seines Va=
ters keine Schande zu machen. Aber der Beifall, der nun folgte,
war so groß, und Tom sah so stattlich und hübsch aus, daß sich
Tulliver verpflichtet fühlte, seinen Tischnachbarn erläuternd zu
bemerken, die Erziehung seines Sohnes habe ein hübsches Stück
Geld gekostet.

Recht solide brach die Gesellschaft um fünf Uhr auf. Tom
blieb in Geschäften in der Stadt, und Tulliver bestieg sein Pferd,
um nach Hause zu reiten und alles merkwürdige, was gesprochen
und sonst vorgefallen war, der armen Betty und dem kleinen
Mädel zu erzählen. Die Aufregung, die man ihm ansah, kam
nur zum geringsten Theil vom guten Essen und Trinken und
von der heitern Gesellschaft her; Freude und Triumph — das
war der starke Trank, der ihm durch die Adern rollte. Heute
schlug er keine Nebenstraße ein, sondern langsam, den Kopf stolz
gehoben und mit freiem Blick ritt er die ganze Hauptstraße entlang
bis zur Brücke. Warum begegnete er Wakem nicht? Es är=
gerte ihn, daß sich das nicht so traf; sein Geist fing an unruhig
zu arbeiten. Vielleicht war Wakem heute absichtlich aus der

Stadt gegangen, damit er von einer ehrlichen Handlung nichts sähe oder höre, die ihn allerdings mit Recht unangenehm berühren müsse, aber wenn er Wakem begegnete, so wolle er ihm gerade in's Gesicht sehen, und dann würde dem Schurken seine kalte hochnasige Unverschämtheit schon etwas vergehen. Er sollte nun erfahren, daß ein ehrlicher Mann ihm nicht länger zu dienen gedenke und seine Ehrlichkeit nicht dazu ergebe, um andern Leuten die Taschen zu füllen, die von unrechtem Gut schon übervoll waren. Vielleicht wandte sich das Glück überhaupt wieder zu den ehrlichen Leuten, vielleicht hatte der Teufel doch nicht immer die besten Karten.

So vor sich hinbrütend war Tulliver nahe an das Hof= thor der Mühle gekommen, nahe genug, um eine wohlbekannte Gestalt zu erkennen, die auf einem hübschen Rappen aus dem Thore ritt. Ungefähr fünfzig Schritt von dem Hofe begegneten sie sich, zwischen den großen Kastanien und Ulmen und dem hohen Rande des Flusses.

„Tulliver", rief Wakem barsch und außergewöhnlich hoch= fahrig, „was haben Sie da wieder für einen dummen Streich gemacht, daß Sie so schwere Erdklumpen auf das Gartenland genommen haben? Ich habe Ihnen vorhergesagt, was davon käme, aber ihr Leute nehmt bei eurer Wirthschaft nie Ver= stand an."

„Oho!" antwortete Tulliver, plötzlich aufbrausend. „Suchen Sie sich einen andern Pächter, der Sie erst fragt, wie er wirth= schaften soll."

„Sie haben wohl getrunken?!" rief Wakem, der wirklich glaubte, das sei der Grund von Tulliver's rothem Gesicht und flammenden Augen.

„Nein, Herr!" antwortete Tulliver; „ich brauche nicht erst zu trinken, um zu dem Entschluß zu kommen, daß ich bei einem Schurken nicht länger in Dienst bleiben will."

„Meinetwegen; dann können Sie morgen im Tage aus= ziehen; halten Sie Ihr unverschämtes Maul und lassen Sie mich vorbei". Tulliver hatte sich nämlich mit seinem Pferde quer über den Weg gestellt.

„Nein, ich lasse Sie nicht vorbei", rief Tulliver noch wüthender. „Erst will ich Ihnen meine Meinung sagen. Sie sind ein zu großer Schuft, als daß Sie an den Galgen kämen — Sie sind . . ."

„Lassen Sie mich vorbei, Sie dummes Vieh, oder ich reite über Sie weg."

Tulliver spornte sein Pferd und sprengte mit gehobener Reitpeitsche vorwärts, so daß Wakem's Pferd zurückscheute und seinen Reiter seitwärts zur Erde warf. Wakem hatte die Geistes-gegenwart, sofort den Zügel los zu lassen, und da sein Pferd nur ein paar Schritte zurücktaumelte und dann stehen blieb, so hätte er, ohne großen Schaden genommen zu haben, wieder auf-stehen und aufsteigen können. Aber ehe er sich erheben konnte, war Tulliver seinerseits vom Pferde gesprungen. Der Anblick, daß der verhaßte, übermüthige Gegner zu Boden lag und in seiner Gewalt war, machte ihn förmlich fieberhaft vor Rachlust, und dieses Gefühl schien ihm übernatürliche Behendigkeit und Stärke zu geben. Er stürzte auf Wakem los, der eben im Be-griff war, wieder auf die Beine zu kommen, packte ihn am lin-ken Arm, so daß er sein ganzes Gewicht auf den rechten Arm drückte, mit dem Wakem sich auf die Erde stützte, und schlug ihn mit der Reitpeitsche wüthend über den Rücken. Wakem schrie um Hülfe, aber keine Hülfe kam, bis endlich eine Frauen-stimme in der Nähe laut aufschrie: „Vater! Vater!"

Plötzlich merkte Wakem, daß jemand Tulliver's Arm halte, denn das Peitschen hörte auf und der schwere Griff an seinem eigenen Arm ließ nach.

„Fort, fort! losgelassen!" sagte Tulliver ärgerlich. Aber die Worte waren nicht an Wakem gerichtet. Langsam stand der Advokat auf und als er den Kopf wandte, erkannte er, daß Tul-liver's Arme von einem Mädchen gehalten wurden, oder viel-mehr von der Furcht, das Mädchen zu verletzen, welches sich mit aller Gewalt an ihn klammerte.

„O Lukas — Mutter — kommt doch rasch und helft Herrn Wakem!" rief Gretchen, als sie die ersehnten Schritte endlich hörte.

„Helft mir auf das kleine Pferd!" sagte Wakem zu Lukas, „dann kann ich schon selbst fertig werden; aber, hol's der Henker! ich glaube, ich habe mir den Arm verrenkt."

Mit einiger Schwierigkeit gelang es dem Advokaten, Tulliver's Pferd zu besteigen. Dann wandte er sich mit verbissener Wuth gegen diesen und rief: „Das soll Ihnen schlecht bekommen; Ihre Tochter kann bezeugen, daß Sie mich mißhandelt haben."

„Ist mir einerlei", erwiderte Tulliver ingrimmig; „packen Sie sich und erzählen Sie's weiter, daß ich Sie durchgeprügelt habe. Sagen Sie nur, ich hätte das Gleichgewicht ein bischen wieder hergestellt in der Welt."

„Reitet mein Pferd nach Haus", sagte Wakem zu Lukas, „aber dahinter über die Fähre, nicht durch die Stadt."

„Komm herein, Vater!" sagte Gretchen mit flehender Stimme. Dann, als sie sah, daß Wakem fortgeritten und weitere Gewaltthätigkeit nicht mehr zu befürchten sei, ließ sie des Vaters Arm los und brach in ein krampfhaftes Schluchzen aus, während die arme Frau Tulliver schweigend und bebend vor Furcht dastand. Aber mit einem Male merkte Gretchen, daß der Vater, während sie ihn los ließ, sie fest zu halten und sich an sie zu lehnen begann. Die Ueberraschung hemmte ihr Schluchzen.

„Ich fühle mich etwas schwach", sagte er. „Hilf mir in's Haus, Betty — ich werde schwindlig — es thut mir so weh hier im Kopfe."

Langsam, von Frau und Tochter unterstützt, kam er in's Haus und wankte nach dem Lehnstuhl. Die Purpurröthe in seinem Gesicht war einer Todesblässe gewichen und seine Hand war kalt.

„Sollen wir nicht lieber nach dem Doktor schicken?" fragte die Frau.

Er schien zu schwach und leidend, um sie zu hören, aber als sie gleich darauf zu Gretchen sagte: „Geh und schicke nach dem Doktor", da blickte er mit voller Geistesklarheit zu ihr auf und sagte: „Doktor? Nein — kein Doktor. 's ist blos mein Kopf — mehr nicht. Helft mir zu Bett." So traurig sollte der Tag enden, der für sie alle wie der Anfang einer bessern Zeit aufgegangen war. Doch wie die Saat, muß auch die Ernte sein.

Eine halbe Stunde, nachdem sich der Vater zu Bett gelegt hatte, kam Tom nach Haus. Bob war bei ihm; er wollte dem alten Herrn seinen Glückwunsch bringen, nicht ohne einigen wohl erklärlichen Stolz, daß er an der glücklichen Wendung von Tom's Schicksal seinen Antheil habe, und Tom meinte, der Vater würde keinen bessern Abschluß des festlichen Tages wünschen, als ein Gespräch mit Bob. Aber nun mußte Tom den Abend in düsterer Erwartung der bösen Folgen verbringen, welche auf diesen wahnsinnigen Abbruch eines lange verhaltenen Hasses nothwendig folgen mußten. Nachdem er den traurigen Bericht gehört hatte, saß er schweigend da; er war nicht in der Stimmung, seiner Mutter und Schwester etwas von dem Mittagsessen zu erzählen; sie dachten kaum daran, ihn danach zu fragen. Offenbar war der Faden im Gewebe ihres Lebens so wunderbar verschlungen, daß sie keine Freude erleben konnten, der nicht das Leiden auf dem Fuße folgte. Tom war ganz niedergeschlagen bei dem Gedanken, daß seine beispiellose Aufopferung durch das Unrecht andrer stets vereitelt werde, und Gretchen durchlebte immer wieder die Qual jenes Augenblicks, wo sie auf ihren Vater zugestürzt und ihm in den Arm gefallen war, und sie schauderte vor Angst und böser Ahnung wegen dessen, was noch kommen sollte. Aber weder die Mutter noch die Kinder waren für die Gesundheit des Vaters besorgt; sein Zustand erinnerte nicht an den frühern gefährlichen Anfall und es schien ihnen nur eine ganz natürliche Folge, daß die Heftigkeit seiner Leidenschaft und Kraftanstrengung nach der ungewöhnlichen Aufregung der letzten vierundzwanzig Stunden ihn etwas angegriffen habe. Ruhe und Schlaf würden ihn schon wieder herstellen.

Müde wie immer von der Arbeit des Tages, fiel Tom

bald in Schlaf und schlief gesund; es schien ihm, als sei er eben erst zu Bett gegangen, als er aufwachte und im ersten Morgengrauen die Mutter an seinem Bett stehen sah.

„Mein Junge, Du mußt gleich aufstehen; ich habe nach dem Doktor geschickt, und Vater verlangt nach Dir und Gretchen.“

„Ist's denn schlimmer geworden, Mutter?“

„Die ganze Nacht hat ihm der Kopf sehr weh gethan, aber daß es schlimmer wäre, sagte er nicht, er sagte blos auf einmal: „Betty, hol' mir den Jungen und das Mädel; sag' ihnen, sie sollten rasch machen.“

Schnell warfen sich Gretchen und Tom in die Kleider und traten ziemlich zur selben Zeit in des Vaters Zimmer. Er wartete auf sie mit schmerzlich verzogener Stirn, aber mit gesteigerter Klarheit im Blick. Seine Frau stand zu den Füßen des Bettes, ganz erschrocken und zitternd, blaß und gealtert von der gestörten Nachtruhe. Gretchen stellte sich zunächst an's Bett, aber der Blick des Vaters war auf Tom gerichtet, der dicht hinter ihr stand.

„Tom, mein Junge, es hat mich so überkommen, als wenn ich nicht wieder aufstände . . . Es waren ihrer zu viele gegen einen, mein Junge, aber Du hast gethan, was Du konntest, um die Geschichte wieder in's Geleise zu bringen. Gieb mir noch mal die Hand, mein Sohn, ehe ich von Dir gehe.“

Vater und Sohn schüttelten sich die Hand und sahen einander an. Dann sagte Tom mit so fester Stimme, als es ihm möglich war:

„Hast Du irgend einen Wunsch, Vater, den ich erfüllen kann, wenn . . .“

„Ja, mein Junge . . . Du mußt suchen, daß Du die alte Mühle wieder kriegst.“

„Gewiß, Vater.“

„Und denn Deine Mutter — sieh zu, daß Du ihr soviel als möglich ersetzest, was mein Unglück ihr gekostet hat . . . Und mein kleines Mädel . . .“

Mit noch lebhafterem Blick richtete der Vater die Augen auf Gretchen; ihr wollte das Herz brechen; sie sank neben dem Bett auf die Knie, um dem theuren, abgezehrten Gesichte noch näher zu sein, welches lange Jahre hindurch für sie der Ausdruck ihrer tiefsten Liebe und schwersten Prüfung gewesen war.

„Du mußt für sie sorgen, Tom . . . jammere nicht so, mein kleines Mädel . . . Du wirst schon einen finden, der Dich liebt und beschützt . . . und Du mußt gut gegen sie sein, mein Junge. Ich war auch gut gegen meine Schwester. Gieb mir einen Kuß, Gretchen . . . Komm zu mir, Betty . . . Du mußt ein gemauertes Grab kaufen, Tom, wo Mutter und ich zusammen liegen können."

Als er das gesagt hatte, wandte er den Blick von ihnen ab und lag einige Minuten schweigend, während sie dastanden, ihn beobachteten und sich nicht zu rühren wagten. Das Morgenlicht draußen wurde immer heller, und sie konnten sehen wie sein Gesicht immer starrer wurde und seine Augen immer trüber. Aber endlich blickte er auf und sagte zu Tom:

„Ich habe doch meinen Willen gekriegt — ich habe ihn durchgeprügelt. Das war nicht mehr als recht und billig, und ich habe niemals was andres verlangt, als was recht und billig war."

„Aber, Vater, lieber Vater!" rief Gretchen, und eine unaussprechliche Angst drängte für den Augenblick ihren Jammer zurück; „Du vergiebst ihm doch? — Du vergiebst doch jetzt allen Menschen?"

Er bewegte die Augen nicht, um sie anzusehen, sondern sagte nur:

„Nein, Mädel. Ich vergebe ihm nicht . . . was soll das Vergeben? Ich kann doch keinen Schuft lieb haben . . ."

Seine Stimme war immer schwerer geworden, aber er wollte noch mehr sagen und bewegte vergebens immer wieder die Lippen. Endlich preßte er die Worte heraus:

„Vergiebt Gott den Schuften? . . . Aber wenn er's thut, dann wird er nicht hart sein gegen mich."

Unruhig fuhr er mit den Händen hin und her, als wollte er ein Hinderniß entfernen, welches auf ihm lastete. Zwei oder drei mal entfielen ihm abgebrochene Laute:

„Zu viele . . . gegen einen . . . ehrlicher Mann . . . schlimme Welt . . .“

Bald hörte man ihn nur noch stammeln; die Augen hatten aufgehört zu sehen, und dann kam das letzte Schweigen.

Aber nicht das Schweigen des Todes. Länger als eine Stunde noch hob sich die Brust und dauerte das laute schwere Athmen, bis es allmälich langsamer wurde und das Leben sich auf seiner Stirn in kalten Thau löste.

Endlich war alles still; des armen Tulliver's matt erhellte Seele hatte für immer aufgehört, sich mit dem schmerzlichen Räthsel dieser Welt abzuquälen.

Nun war auch Hülfe gekommen; Lukas und seine Frau waren da, und der Doktor — zu spät; er konnte nur noch sagen:

„Das ist der Tod.“

Tom und Gretchen gingen zusammen hinunter in das Zimmer, wo des Vaters Platz nun leer stand. Ihre Augen wandten sich auf dieselbe Stelle, und Gretchen sagte:

„Tom, vergieb mir; wir wollen einander immer lieb haben“, und sie umfaßten sich und weinten mit einander.

Sechstes Buch.

Die große Versuchung.

———

Erster Abschnitt.

Ein Duett im Paradiese.

Das hübsch meublirte Gesellschaftszimmer mit dem offenen großen Flügel und der hübschen Aussicht auf einen sanft geneigten Garten bis zum Fluß hin, gehört Herrn Deane. Das niedliche junge Fräulein in Trauer, der die hellbraunen Locken über die bunte Stickerei fallen, an der sie grade arbeitet, ist natürlich Lucie Deane, und der hübsche junge Mann, der sich auf seinem Stuhl vornüber beugt, um dem Schooßhündchen, welches der jungen Dame zu Füßen liegt, mit der Scheere in sein äußerst verkürztes Gesicht zu schnappen, ist kein andrer als Stephan Guest, dessen Diamantring, feiner Rosenduft und behagliche Faullenzerei um zwölf Uhr Mittags der anmuthige und duftige Ertrag der größten Oelmühle und der bedeutendsten Werft in St. Ogg sind. Was er mit der Scheere treibt, sieht sehr gewöhnlich aus, aber wir klugen Leute merken sofort, daß hinter dieser Beschäftigung etwas steckt, was sie eines ausgewachsenen Menschen mit einem großen Kopfe durchaus würdig macht; Lucie gebraucht nämlich die Scheere, und so ungern sie's thut, endlich muß sie ihre Locken zurückwerfen, die sanften nußbraunen Augen aufschlagen, freundlich dem Gesichte zulächeln, welches sich fast so tief herabgebeugt hat wie ihr Knie, muß die kleine rosige Hand ausstrecken und sagen:

„Bitte, meine Scheere, wenn Sie auf das große Vergnügen verzichten können, die arme kleine Minni zu ärgern."

Die dumme Scheere ist zu weit über die Knöchel gerutscht, und Herkules hält ihr verzweifelt seine gefangenen Finger hin.

„Die unselige Scheere! sie hat sich ganz verdreht. Bitte, ziehen Sie sie mir herunter.“

„Ziehen Sie sie doch selbst mit Ihrer andern Hand herunter“, sagt Fräulein Lucie schelmisch.

„Mit der linken Hand! ich bin nicht links“. Lucie lacht und zieht mit ihren feinen Fingern die Scheere so zart herunter, daß Herr Stephan natürlich eine Wiederholung wünscht. Er paßt daher genau auf, ob die Scheere nicht wieder frei wird, damit er sie wieder an sich nehmen kann.

„Nein, nein“, sagte Lucie und steckte sie in's Futteral; „meine Scheere bekommen Sie nicht wieder, Sie haben sie so schon verdorben. Nun lassen Sie aber Minni hübsch in Ruhe. Sitzen Sie still und benehmen Sie sich anständig, dann sage ich Ihnen auch was neues.“

„Was mag das sein!“ sagte Stephan, warf sich im Stuhl zurück und hielt den rechten Arm über die Lehne. Er saß da, als wenn er sich malen lassen wollte, und das soll ihm denn auch werden: ein stattlicher junger Mann von fünfundzwanzig Jahren mit einer breiten tüchtigen Stirn, kurzem dunkelbraunen Haar, welches gerade in die Höhe stand und sich an den Spitzen etwas kräuselte wie ein dichtes Aehrenfeld, und mit einem halb stechenden, halb spöttischen Blick unter seinen stark markirten geraden Augenbrauen.

„Ist's was wichtiges?“ fragte er.

„Ja, sehr wichtig. Rathen Sie mal.“

„Sie werden Minni auf eine andere Diät setzen wollen und ihr alle Tage einen Fingerhut voll Liqueur in ihren Eßlöffel voll Sahne geben.“

„Völlig falsch.“

„Nun, dann hat Doktor Kenn gegen die Reifröcke geprediget, und die Damen haben ihm eine gemeinsame Beschwerde gegen seine Grausamkeit zugeschickt.“

„Wie schändlich!“ sagte Lucie und verzog ernsthaft den

Mund. „'s ist nicht gerade scharfsinnig, daß Sie nicht rathen können, wovon ich spreche; erst ganz kürzlich hab' ich's Ihnen gesagt.“

„Aber Sie haben mir kürzlich so vielerlei gesagt. Verlangt Ihre weibliche Thrannei, daß ich das alles behalten soll und sofort rathen, welches von diesen vielerlei Dingen Sie gerade jetzt meinen?“

„Ja so, ich weiß ja, Sie finden mich albern.“

„Ich finde Sie wahrhaft bezaubernd.“

„Und meine Albernheit gehört vielleicht so mit dazu?“

„Das hab' ich nicht gesagt.“

„Aber ich weiß, für Sie dürfen die Frauen nicht zu ge= scheut sein. Philipp Wakem hat Sie verrathen; er sagte es mir mal, als Sie nicht hier waren.“

„Ja ja, Philipp ist ganz wild in diesem Stück; er nimmt's förmlich persönlich. Ich glaube beinahe, der arme Junge ist verliebt in irgend eine schöne Unbekannte, so'ne stolze Beatrice, die er auf seinen Reisen getroffen hat.“

„Apropos“, sagte Lucie und blickte von der Arbeit auf, „da fällt mir ein, daß ich noch garnicht weiß, ob Cousine Gret= chen auch soviel gegen Philipp hat wie ihr Bruder. Tom geht nie in ein Zimmer, wo er mit Philipp zusammen trifft; viel= leicht ist Gretchen auch so, und dann können wir nie zusammen singen.“

„Wie! Ihre Cousine kommt zum Besuch her?“ fragte Stephan einigermaßen verdrießlich.

„Jawohl, das ist das Neue, was ich Ihnen sagen wollte. Sie giebt ihre Stelle auf, wo sie die zwei Jahre seit ihres Vaters Tode gewesen ist, das arme Ding, und sie bleibt ein oder zwei Monate bei uns — wenn's nach mir ginge, viele, viele Monate.“

„Und über die Nachricht soll ich mich freuen?“

„O nein, durchaus nicht“, erwiderte Lucie etwas gereizt. „Ich freue mich, aber das ist natürlich für Sie kein Grund, sich auch zu freuen. Gretchen ist meine liebste Freundin auf der ganzen Welt."

„Und wenn sie erst hier ist, dann werden Sie beide ganz unzertrennlich sein, und ich sehe Sie dann nie mehr unter vier Augen, wenn wir nicht einen Verehrer für Ihre Cousine auf= treiben, der sich bisweilen mit ihr zusammen thut. Was hat sie gegen Philipp? der hätte uns sonst helfen können."

„Die beiden Väter haben Streit mit einander gehabt. Ich glaube, es war eine recht peinliche Geschichte. Ich hab' sie nie recht verstanden und vielleicht nicht mal ganz gehört. Onkel Tulliver hatte viel Unglück und verlor sein ganzes Vermögen, und ich glaube, er gab Philipps Vater die Schuld. Der alte Wakem kaufte die rothe Mühle, das alte Besitzthum meines Onkels. Sie erinnern sich doch an Onkel Tulliver?"

„Nein", erwiderte Stephan mit souverainer Gleichgültig= keit. „Ich mag ihn wohl gesehen haben und habe auch den Namen wohl gehört, aber mir geht's bei allen Leuten hier in der Gegend so; bei dem einen kenne ich das Gesicht, bei dem andern den Namen, und in den wenigsten Fällen kommen beide zusammen."

„Er war ein sehr jähzorniger Mann. Ich erinnere mich noch, wenn ich als kleines Mädchen dort zum Besuch war, dann machte er mich immer bange, indem er that als wäre er böse. Papa hat mir erzählt, Onkel habe den Tag vor sei= nem Tode einen fürchterlichen Streit mit Wakem gehabt, aber die Geschichte wurde beigelegt. Sie waren damals in London. Papa meint, Onkel habe in vielen Stücken Unrecht gehabt; er war so sehr verbittert. Aber für Tom und Gretchen ist's na= türlich sehr peinlich, wenn sie an so etwas erinnert werden. Es ist ihnen ja so schlecht gegangen — so sehr schlecht! Vor sechs Jahren war Gretchen mit mir in einer Schule; da mußte sie nach Haus, weil ihr Vater in Noth war; und seitdem hat sie wohl nicht mehr erfahren was Freude ist. Seit Onkels Tode hat sie eine dürftige Stelle als Lehrerin gehabt, weil sie unab= hängig bleiben will und nicht bei Tante Pullet wohnen mag, und ich konnte sie damals nicht einladen, weil die liebe Mama so krank war und bei uns alles so traurig aussah. Darum kommt sie jetzt her und soll bei mir lange, lange Ferien haben."

„Sehr liebenswürdig von Ihnen; die reine Engelsgüte!" sagte Stephan und sah sie mit bewunderndem Lächeln an; „um so bewundernswerther, wenn sie so unterhaltend und gesprächig ist wie ihre Mutter."

„Die arme Tante! 's ist recht grausam von Ihnen, so über sie zu spotten. Mir ist sie doch viel werth. Sie hält das Haus vortrefflich in Ordnung, viel besser als es eine Fremde könnte, und während Mama's Krankheit war sie mir ein rechter Trost."

„Das mag sein, aber was ihre geselligen Talente angeht, so wär' es besser, sie ließe sich durch ihre eingemachten Kirschen und Rahmkuchen vertreten. Ich denke schon mit Schaudern dran, daß ihre Tochter keinen solchen Ersatz hat, sondern immer in höchsteigener Person auftreten wird — ein dickes, blondes Mädchen, das uns aus seinen runden, blauen Augen immer schweigend anstarrt."

Lucie lachte schelmisch, schlug die Hände zusammen und rief: „Ja wirklich, das ist Gretchen, wie sie leibt und lebt. Sie müssen sie schon gesehen haben."

„Nie im Leben; ich vermuthe nur, Frau Tulliver ihre Tochter muß so aussehen, und wenn sie uns den Philipp auch noch vertreibt, unsern einzigen Ersatz für einen Tenor, dann ist's doppelt langweilig."

„Aber hoffentlich ist das nicht der Fall. Sie könnten wohl zu Philipp gehen und ihm sagen, daß Gretchen morgen kommt. Er weiß recht gut, wie Tom gegen ihn gesonnen ist, und vermeidet ihn immer. Er wird daher auch begreifen, wenn Sie ihm sagen, ich ließe ihn bitten, nicht zu kommen, bis ich ihn einlade."

„Wär's nicht besser, Sie schrieben ein niedliches Billet und gäben's mir mit? Philipp ist sehr empfindlich, wissen Sie; die geringste Kleinigkeit könnte ihn ganz verscheuchen, und es hat Mühe genug gekostet, ihn her zu bringen. Ich kann ihn nie bewegen, mit nach unserm Hause zu kommen; ich glaube, er mag meine Schwestern nicht leiden. Nur Ihrer zauberhaften Berührung gelingt es, sein rauhes Gefieder zu glätten."

Damit ergriff Stephan die kleine Hand, die eben wieder nach der Stickerei greifen wollte, und berührte sie leise mit den Lippen. Die kleine Lucie fühlte sich ganz stolz und glücklich. Sie und Stephan waren in dem Stadium der Verliebtheit, welches der köstlichste Augenblick der Jugend, die frischeste Blüthe- zeit der Leidenschaft ist, wo jeder der Liebe des anderen sicher ist ohne eine förmliche Erklärung, wo man sich gegenseitig er- räth und das unbedeutendste Wort, die leiseste Bewegung das jugendliche Herz mit zartem und köstlichem Wonnebeben erfüllt.

„Es ist aber wirklich komisch, daß Sie Gretchens Erschei- nung und Manieren so genau getroffen haben", fing die listige Lucie wieder an; „sie hätte doch auch ihrem Bruder ähnlich sehen können, und Tom hat keine runden Augen und thut nichts weniger als die Leute anstarren."

„O, ich glaube, der gleicht seinem Vater: er scheint mir so stolz wie Lucifer. Uebrigens, ein glänzender Gesellschafter ist er doch auch grade nicht."

„Ich habe Tom gern. Er hat mir Minni geschenkt als ich Lolo verlor, und Papa hält große Stücke auf ihn; er sagt, Tom hätte ganz vorzügliche Grundsätze. Es war sein Ver- dienst, daß sein Vater vor dem Tode noch alle Schulden be- zahlen konnte."

„Nun ja, davon habe ich gehört. Neulich sprachen Ihr Vater und meiner nach Tisch mal davon, in einem ihrer end- losen Gespräche über das Geschäft. Sie wollen für den jungen Tulliver was thun, glaube ich; er hat sie vor einem beträcht- lichen Verlust bewahrt, indem er einen wahren Teufelsritt ge- macht hat, um die Nachricht von der Zahlungseinstellung einer Bank her zu bringen, oder so was. Ich war halb eingeschlafen, als sie sich's erzählten."

Stephan stand auf, schlenderte nach dem Klavier und sang im Falset die Arie aus der Schöpfung „Holde Gattin, Dir zur Seite."

„Kommen Sie", sagte er, „und singen Sie das mit mir."

„Wie! Holde Gattin? das paßt ja nicht für Ihre Stimme."

„Das thut nichts, es paßt für meine Stimmung, und das ist ja, nach Philipp, die Hauptsache beim Singen. Leute mit mittelmäßigen Stimmen sind übrigens fast alle der Ansicht."

„Philipp hatte neulich mal wieder viel auszusetzen an der Schöpfung", sagte Lucie und setzte sich an's Klavier; „er sagt, sie sei so zuckersüß und so trügerisch einschmeichelnd, als wäre sie für den Geburtstag irgend eines deutschen Großherzogs geschrieben."

„Ei was! er ist der gefallene Adam, ein rechter Griesgram. Wir sind Adam und Eva vor dem Fall im Paradiese. Und nun, bitte, das Recitativ; es liegt so'ne gute Moral drin; Sie singen die ganze Pflicht einer Frau her: „Und Dir gehorchen bringt mir Freude, Glück und Ruhm."

„O nein, ich respektire keinen Adam, der das Tempo so verschleppt wie Sie", sagte Lucie und fing die Begleitung an.

Sicherlich kann das einzige Liebesverhältniß, welches keine Zweifel noch Befürchtungen trüben, nur das sein, wo die Liebenden zusammen singen können. Wenn die tiefen Töne grade im rechten Augenblicke in den Gesang des Silbersoprans einfallen, wenn Terzen- und Quintenläufe vollkommen harmonisch zusammenklingen, wenn in einer Fuge die beiden Stimmen in reizendem Wechsel sich jagen und haschen, so giebt das ein Gefühl von Zusammengehörigkeit, bei dem man gern auf jede leidenschaftslose Form der Uebereinstimmung verzichtet. Der Contra-Alt mäkelt nicht am Baß, und der Tenor weiß vorher, daß es ihm den Abend an Stoff zur Unterhaltung mit dem lieblichen Sopran nicht fehlen wird. In der Provinz noch dazu, wo es damals so wenig Musik gab, konnten musikalische Leute kaum umhin, sich in einander zu verlieben. Selbst politische Parteiungen müssen damals unter dem Einfluß der Musik gestanden haben; eine reaktionäre Violine war gewiß in Versuchung, mit einem Cello von der Reformpartei in bedenk-

licher Weise zu fraternisiren. Im vorliegenden Falle glaub=
ten der vogelstimmige Sopran und der volltönende Baß an
ihren Text:

> Mit Dir erhöht sich jede Freude,
> Mit Dir genieß' ich doppelt sie —

um so mehr als sie ihn sangen.

„Und nun Raphaels große Arie!" sagte Lucie, als sie mit
dem Duett fertig waren. „Die mächtigen Thiere gelingen Ihnen
vortrefflich."

„Das klingt schmeichelhaft", sagte Stephan und sah nach
der Uhr. „Wahrhaftig, 's ist fast halb zwei. Das kann ich
gerade noch singen."

Mit bewunderungswürdiger Geläufigkeit sang Stephan die
tiefen Töne, in denen der Meister den Tritt der großen Thiere
darstellt; dann knöpfte er sich den Rock zu und lächelte von sei=
ner Höhe mit einem halb verliebten, halb patronisirenden Blick
zu der kleinen Dame auf dem Klavierstuhl herab. „Adieu,
holde Gattin! Mein Glück ist nicht ohn' Ende, ich muß jetzt
nach Haus galoppiren; ich habe versprochen, zum zweiten Früh=
stück da zu sein."

„Dann können Sie also nicht bei Philipp vorsprechen?! Aber
schadet nichts; ich habe schon alles in dem Billet gesagt."

„Morgen haben Sie wohl mit Ihrer Cousine zu thun,
nicht wahr?"

„Ja, wir haben eine kleine Familiengesellschaft. Vetter
Tom ißt bei uns, und die arme Tante hat zum ersten Male
wieder ihre beiden Kinder bei sich. Es wird sehr hübsch, ich freue
mich schon recht darauf."

„Aber übermorgen darf ich doch kommen?"

„Gewiß! kommen Sie, dann will ich Sie meiner Cousine
Gretchen vorstellen; Sie kennen sie freilich eigentlich schon, so
genau haben Sie sie geschildert."

„Nun denn, für heute adieu." Und nun folgten die leisen
Händedrücke und das freundliche Begegnen der Augen, die auf
dem Gesichte einer jungen Dame oft ein zartes Erröthen und

Lächeln zurücklassen, welches sich nicht sogleich verliert, wenn die
Thür zugeht; sie muß erst noch im Zimmer ein wenig auf= und
abgehen und kann sich nicht gleich wieder ruhig an ihre Stickerei
oder sonst eine sinnige Beschäftigung setzen. Wenigstens bei
Lucie war's so, und der Leser wird hoffentlich kein Uebermaaß von
Eitelkeit darin finden, daß sie rasch einen Blick in den Spiegel
warf, als sie gerade daran vorbeikam. Der Wunsch sich zu
überzeugen, daß man in Gesellschaft nicht geradezu scheußlich
ausgesehen hat, läßt sich ja auch so deuten, daß er innerhalb
der Grenzen einer lobenswerthen wohlwollenden Rücksicht für
andere liegt. Und in Luciens Natur lag so viel von diesem
Wohlwollen, daß ich gern annehme, auch die kleinen Reste
von Selbstsucht seien damit gesättigt gewesen, wie es umgekehrt
andere Leute giebt — und der Leser kennt vielleicht einen oder
den andern, — bei denen die kleinen Reste von Wohlwollen
sehr stark und sehr übel nach Selbstsucht schmecken. Selbst jetzt
wo sie im Zimmer auf= und abgeht und ihr junges Herz voll
stolzer Freude zittert, weil sie sich von dem angesehensten Mann
in ihrer kleinen Welt geliebt weiß, glänzt in den nußbraunen
Augen der unverlöschliche Sonnenblick der Güte, in welchem das
vorübergehende harmlose Aufflackern persönlicher Eitelkeit ganz
verschwimmt, und wenn sie in dem Gedanken an ihren Gelieb=
ten glücklich ist, so geschieht's, weil dieser Gedanke sich so leicht
mit all den sanften Neigungen und den gutherzigen Gefälligkei=
ten vereinigt, mit denen sie ihr friedliches Leben ausfüllt. Selbst
jetzt wandert ihr Geist in dem raschen Wechsel, welcher zwei
Gefühlsströmungen des Menschenherzens gleichzeitig erscheinen
läßt, unaufhörlich von ihrem lieben Stephan zu ihrem lieben
Gretchen hinüber und zu den Vorbereitungen, die sie zum
Empfang im Gastzimmer begonnen hat. Sie will ihr Gretchen
empfangen, als käme die vornehmste Dame zum Besuch, und
noch besser; ihre besten Bilder und Zeichnungen will sie ihr in's
Schlafzimmer hängen und die schönsten Blumen auf den Tisch
stellen. Wie wird sich Gretchen darüber freuen! sie mag ja
hübsche Sachen so gern leiden. Und die arme Tante Tulliver,

aus der sich sonst niemand was macht, soll mit einer ganz wun=
derbar schönen Haube überrascht und ihre Gesundheit bei Tisch
getrunken werden; das will Lucie noch heute Abend mit dem
Vater besprechen. Es ist offenbar, sie hat garnicht die Zeit,
ihren Liebesträumen nachzuhängen. Mit diesem Gedanken
geht sie nach der Thür, bleibt aber stehen, wie sie gerade das
Thürschloß berührt.

„Nun, was giebt's denn, Minni?" fragte sie als Antwort
auf ein leises Gewinsel des kleinen Thierchens, nahm es auf
und legte sich den seidenhaarigen Kopf an die zarte Wange.
„Glaubst wohl, ich wollte Dich hierlassen? Komm mit, wir
wollen zu Sindbad."

Sindbad war Luciens kastanienbraunes Pferd, welches sie
immer mit eigener Hand fütterte, wenn es draußen im Hofe in
seiner Umzäunung war. Sie fütterte gern abhängige Geschöpfe
und kannte genau den Geschmack aller Thiere im Hause und
hatte ihre Freude daran, wenn ihre Canarienvögel mit den
Schnäbeln den frischen Saamen knisperten und wenn die kleinen
Kätzchen an zarten Hühnerknochen knabberten.

Hatte nicht Stephan Guest Recht mit seiner Ansicht, dieses
schlanke achtzehnjährige Ding sei recht eine Frau zum Heirathen?
— dieses Mädchen, welches so liebevoll und besorgt für andere
Mädchen war, sie nicht mit Judasküssen empfing, während ihre
Blicke stillvergnügt ihre Fehler willkommen hießen, die vielmehr
für die halbversteckten Leiden und Kränkungen ihrer Freundinnen ein
offnes Auge und einen warmen Sinn hatte, ihnen lange vorher
kleine Ueberraschungen bereitete und im voraus sich darauf freute?
Möglich, daß seine stärkste Bewunderung nicht grade dieser seltensten
Eigenschaft seiner Geliebten galt; möglich daß ihm seine Wahl
darum am besten gefiel, weil sie nicht gerade eine Seltenheit
ihres Geschlechts war. Eine Frau muß hübsch sein — nun,
Lucie war hübsch, aber nicht grade zum Tollwerden. Eine Frau
muß sein gebildet, sanftmüthig, zärtlich und nicht dumm sein, —
nun, alle diese Eigenschaften hatte Lucie. Stephan war daher
nicht überrascht, als er fand, er sei in sie verliebt, und freute

sich seines eigenen Urtheils, daß er sie einer vornehmeren Partie vorzog — denn Luciens Vater war doch kein ebenbürtiger Compagnon seines Vaters; — außerdem hatte er bis zu einem gewissen Grade den Widerspruch seines Vaters und seiner Schwestern zu überwinden, und dieser Umstand giebt einem jungen Manne immer ein sehr angenehmes Bewußtsein von Unabhängigkeit und Würde. Stephan erkannte mit Freuden, er habe Verstand und Selbständigkeit genug, unbehindert durch jede andere Rücksicht gerade die Frau zu wählen, die ihn glücklich zu machen versprach. Er wollte Lucie nehmen; sie war ein liebes Herzchen und genau eins von den Mädchen, die er immer am meisten bewundert hatte.

Zweiter Abschnitt.

Erste Eindrücke.

„Er ist sehr gescheut, Gretchen!" sagte Lucie. Sie hatte ihre dunkle Cousine in den großen rothsammetnen Lehnstuhl gesetzt und kniete vor ihr auf einer Fußbank. „Er wird Dir gewiß gefallen; ich hoffe, er wird Dir gefallen."

„Ich werde sehr schwer zu befriedigen sein", erwiderte Gretchen lächelnd und hielt eine von Luciens langen Locken in die Höhe und ließ das Sonnenlicht darin spielen. „Da er zu glauben scheint, er sei für meine Lucie gut genug, so muß er sich auf eine scharfe Kritik gefaßt machen."

„Ach, Gretchen, für mich ist er viel zu gut. Und bisweilen, wenn ich allein bin, kommt's mir ganz unmöglich vor, daß er mich wirklich liebt. Aber wenn er bei mir ist, dann zweifle ich wieder garnicht — das darf aber kein andrer wissen, als Du, Gretchen."

„Nun, dann kannst Du ihn ja aufgeben, wenn er mir nicht

9*

gefällt; verlobt seid Ihr ja noch nicht", sagte Gretchen mit komischer Würde.

„Von verloben will ich nichts wissen. Wenn man verlobt ist, dann geht's gleich an's Heirathen", antwortete Lucie, die zu sehr mit ihren Gedanken beschäftigt war, um auf Gretchens Scherz zu achten, „und mir wär's am liebsten, wenn wir noch lange so weiter lebten. Bisweilen bin ich ordentlich bange, daß Stephan mal zu mir sagt, er habe mit Papa gesprochen, und aus einer Andeutung, die Papa neulich fallen ließ, weiß ich bestimmt, daß er und der alte Guest so was erwarten. Stephans Schwestern sind jetzt auch ganz freundlich gegen mich. Zu Anfang war's ihnen, glaub' ich, nicht recht, daß er mir den Hof machte, und das war auch ganz natürlich. Es scheint ganz außer der Ordnung, daß ich je in so'nem großen Hause wie Park-Haus wohnen soll — so'n unbedeutendes kleines Ding wie ich bin."

„Aber man braucht doch nicht in sein Haus so zu passen wie eine Schnecke in ihres", meinte Gretchen lachend. „Sind denn Stephans Schwestern Riesinnen?"

„O nein, und hübsch sind sie auch nicht — ich meine, nicht so sehr hübsch", sagte Lucie, und die erste kleine Lieblosigkeit that ihr schon wieder leid. „Aber er ist hübsch — wenigstens gilt er allgemein für sehr hübsch."

„Obschon Du diese Meinung nicht theilen kannst?"

„O, das weiß ich nicht", sagte Lucie und wurde über und über roth. „Man soll nie Erwartungen erregen, man wird zu leicht getäuscht. Aber für ihn habe ich eine reizende Ueberraschung vor; ich will ihn gehörig auslachen. Aber Du darfst's noch nicht wissen."

Lucie stand auf und trat ein wenig zurück, indem sie ihr hübsches Köpfchen auf die Seite neigte, als solle Gretchen für ihr Portrait sitzen und sie wolle nun den allgemeinen Eindruck beurtheilen.

„Steh mal auf, Gretchen."

„Was ist nun Dein hohes Begehren?" sagte Gretchen mit

mattem Lächeln, indem sie aufstand und auf ihre schlanke, luftige Cousine niederblickte, deren Gestalt sich ganz in der tadellosen Umhüllung von Seide und Krepp verlor.

Lucie blieb in ihrer betrachtenden Stellung einige Augenblicke stehen und sagte dann:

„Wenn ich doch nur wüßte, was für 'ne Zauberkraft Du an Dir hast, Gretchen, daß Du in schlechten Kleidern immer am besten aussiehst? Gestern Abend versuchte ich Dich mir in einem hübschen, modischen Kleide zu denken; aber ich mochte mich anstellen wie ich wollte, immer kam das alte dünne Merinokleid wieder und stand Dir am besten. Ich möcht' wohl wissen, ob Marie Antoinette nicht noch herrlicher ausgesehen hat, als ihr Kleid am Ellbogen geflickt war. Wenn ich mal ein schlechtes Kleid anzöge, ich sähe nach gar nichts aus, ich wär' ein reiner Lumpen."

„O zuverlässig", erwiderte Gretchen mit spöttischem Ernst. „Es könnte Dir dann passiren, daß man Dich mit Staub und Spinnweben aus der Stube kehrte und daß Du Dich plötzlich in einer Ecke wiederfändest wie Aschenbrödel. Darf ich mich jetzt wieder setzen?"

„Jawohl, jetzt darfst Du's", antwortete Lucie lachend. Dann machte sie mit einer Miene ernsthafter Ueberlegung ihre große Lava-Brosche los und sagte: „aber Deine Brosche mußt Du mir geben, Gretchen; der kleine Schmetterling steht Dir recht albern."

„Aber Du störst doch nicht den reizenden Eindruck meines schlechten Aufzuges?" sagte Gretchen und nahm ganz gehorsamst Platz, während Lucie vor ihr hinkniete und den unglücklichen Schmetterling losmachte. „Ich wollte, Mutter dächte wie Du; gestern Abend jammerte sie, daß dies mein bestes Kleid ist. Ich habe all mein Geld gespart, um noch ein paar Stunden nehmen zu können; wenn ich mich nicht mehr ausbilde, bekomme ich keine bessere Stelle" — und dabei seufzte Gretchen leise.

„Nicht wieder den traurigen Blick, Gretchen!" sagte Lucie und steckte ihr die große Brosche unter dem schönen Halse an.

„Du vergißt, daß Du nicht mehr in der traurigen Schule bist und keine Kleider für die kleinen Mädchen auszubessern hast."

„Wohl wahr", antwortete Gretchen; „aber es geht mir, wie ich's mir neulich bei dem armen, unruhigen Eisbären dachte, den ich in der Menagerie sah. Ich dachte, von dem ewigen Hinundherdrehen in dem engen Käfig müßte er so dumm geworden sein, daß er bei dem Drehen auch bliebe, wenn man ihn in Freiheit setzte. Wer mal unglücklich ist, dem wird es zur schlechten Gewohnheit."

„Aber ich will Dich in eine solche Zucht von Vergnügen geben, daß Du mir die böse Gewohnheit schon ablegst!" erwiderte Lucie und steckte sich gedankenlos den schwarzen Schmetterling an, während ihre Blicke zärtlich auf Gretchen ruhten.

„Du liebes kleines Ding", sagte Gretchen mit einem Ausdruck liebevoller Bewunderung; „Du freust Dich so über andrer Leute Glück, ich glaube, Du könntest eigenes entbehren. Ich wollte, ich wäre so wie Du."

„Das Schicksal hat mich noch nicht auf die Probe gestellt", antwortete Lucie; „ich bin immer so glücklich gewesen, daß ich garnicht weiß, ob ich viel Trübsal ertragen könnte; bis jetzt hab' ich keine gekannt als Mama's Tod. Du hast was durchgemacht, Gretchen, und Du fühlst gewiß eben so gut für andere wie ich."

„Nein, Lucie", sagte Gretchen und schüttelte langsam mit dem Kopf, „ich freue mich nicht über andrer Glück so wie Du, sonst wär' ich zufriedner. Wem es schlecht geht, mit dem hab' ich Mitleid, und unglücklich machen könnt' ich keinen, aber ich muß mich oft selbst hassen, weil ich mich ärgere, wenn ich andre glücklich sehe. Es ist mir bisweilen, als würde ich mit den Jahren schlechter, selbstsüchtiger. Der Gedanke ist mir ganz schrecklich."

„Höre, Gretchen", antwortete Lucie abweisend, „davon glaube ich kein Wort. Das ist nur eine düstere Einbildung, blos weil Dein trübes, langweiliges Leben Dich drückt."

„Gut, Du sollst Recht haben", sagte Gretchen und scheuchte

die Wolken von ihrer Stirn entschlossen mit einem hellen Lächeln
fort und lehnte sich behaglich im Stuhl zurück. „Vielleicht kom=
men solche Gedanken von dem schlechten Essen in der Schule,
von dem wässrigen Reispudding ohne Zuthat, und hoffentlich
gehen sie von Mutter ihren süßen Speisen und diesem reizenden
Album wieder fort" — und dabei griff sie nach einem Skizzen=
buch, welches vor ihr auf dem Tisch lag.

„Kann ich mich mit dieser kleinen Brosche sehen lassen?"
sagte Lucie und trat vor den Spiegel.

„Nein, Kind, Signor Stephan wird wieder weg gehen
müssen, wenn er Dich darin sieht. Steck Dir schnell 'ne
andre vor."

Lucie eilte hinaus, aber Gretchen benutzte die Gelegenheit
nicht, das Buch zu öffnen; sie ließ es auf dem Schooße liegen,
während ihre Blicke nach dem Fenster wanderten, wo sie den
Sonnenschein auf die Fülle der Frühlingsblumen und die lange
Lorbeerhecke fallen sah, und darüber hinaus die silberne Fläche
des lieben alten Floß, der in der Ferne im Morgenschlummer
zu schlafen schien. Vom Garten her kam ein süßer, frischer
Duft durch das offene Fenster, und die Vögel hüpften und
sprangen, sangen und zwitscherten. Und doch traten Gretchen
die Thränen in die Augen. Der Anblick der alten Heimath
hatte so schmerzliche Erinnerungen in ihr geweckt, daß sie am
Tage vorher über das Wiedersehen mit ihrer Mutter und über
Tom's brüderliche Freundlichkeit sich nicht gefreut hatte wie
über ein Glück welches sie theilte, sondern nur wie man sich in der
Ferne über gute Nachrichten von Hause freut. Erinnerungen
und Einbildungskraft hatten ihr das Gefühl der Entbehrung so
lebhaft aufgedrängt, daß sie keinen Sinn für das hatte, was
ihr der flüchtige Augenblick bot; ihre Zukunft, fürchtete sie,
würde noch schlimmer als die Vergangenheit, denn nach Jahren
zufriedener Entsagung war sie wieder in Verlangen und Sehn=
sucht versunken; die freudlosen Tage einer unangenehmen Be=
schäftigung wurden ihr schwerer und schwerer, und das Bild
des vollen, ganzen, reichen Lebens, welches sie herbeisehnte,

aber je zu erlangen verzweifelte, drängte sich ihr immer mäch=
tiger auf. Das Geräusch der sich öffnenden Thür erweckte sie
aus ihrer Grübelei; schnell trocknete sie sich die Thränen und
blätterte in dem Buche.

„Ein Vergnügen hab' ich für Dich, Gretchen, dem all
Dein Trübsinn nicht widerstehen soll“, begann Lucie, als sie
kaum im Zimmer war. „Ich meine die Musik, und damit will
ich Dich fürchterlich traktiren. Du mußt Dein Klavierspielen
wieder aufnehmen; als wir zusammen in der Pension waren,
spieltest Du viel besser als ich.“

„Du hättest recht gelacht, wenn Du mich den kleinen Mäd=
chen ihre Uebungen hättest vorspielen sehen, blos um die lieben
alten Tasten mal wieder zu berühren. Aber ich fürchte, das
schwerste was ich jetzt noch kann ist: „Als ich noch im Flügel=
kleide.“

„Ich erinnre mich noch, wie aufgeregt Du immer warst,
wenn die herumziehenden Sänger kamen“, sagte Lucie und nahm
ihre Stickerei zur Hand, „und all die alten Lieder, die Du so
gern hattest, können wir jetzt wieder hören, wenn ich erst weiß,
daß Du über gewisse Dinge etwas anders denkst als Tom.“

„Nun, das könnt'st Du doch auch so wissen, sollt' ich mei=
nen“, antwortete Gretchen lächelnd.

„Ich hätte sagen sollen: über eine gewisse Sache. Denn
wenn Du darüber gerade so denkst wie er, dann fehlt uns die
dritte Stimme. Es ist hier in der Stadt jämmerlich bestellt
mit den Herren, die singen können. Wirklich, die einzigen, die
was von Musik verstehen und mitsingen können, sind Stephan
und Philipp Wakem.“

Bei diesen letzten Worten blickte Lucie auf und sah, daß
sich Gretchen's Gesicht verfärbte.

„Thut's Dir weh, daß ich den Namen nenne, Gretchen?
Dann will ich nie wieder davon sprechen. Ich weiß, Tom geht
ihm aus dem Wege, wo er nur kann.“

„Ich theile Tom's Ansichten über diesen Punkt durchaus
nicht“, sagte Gretchen und ging an's Fenster, als wollte sie die

Aussicht genießen. „Ich habe Philipp Wakem immer sehr gern gemocht, seit ich ihn zuerst in Lorton sah. Er war so gut gegen Tom, als er sich den Fuß verletzt hatte."

„O, wie mich das freut!" rief Lucie; „dann hast Du gewiß nichts dagegen, daß er bisweilen kommt, und wir können recht viel Musik machen. Ich habe den armen Philipp so gern, nur müßt' er sich sein körperliches Leiden nicht so zu Herzen nehmen. Ich glaube, das macht ihn so traurig und bisweilen so bitter. Es ist zwar ein rechter Jammer, seine kleine, verkrüppelte Gestalt neben großen, kräftigen Männern zu sehen."

„Aber, Lucie", fiel Gretchen ein und suchte den leichten Redefluß zu unterbrechen.

„Ah, da klingelts draußen. Das ist gewiß Stephan", fuhr Lucie fort, ohne Gretchens Unterbrechung zu beachten. „Was ich an Stephan mit am meisten bewundere, ist seine große Freundschaft für Philipp."

Es war zu spät für Gretchen, jetzt noch etwas zu sagen; die Thür ging auf, und Minni stimmte schon ihr zartes Gebell an, als ein großer Herr eintrat, auf Lucie zuging und ihr mit einem halb höflichen, halb zärtlichen Blick die Hand reichte, ohne sich weiter umzusehen, ob sonst jemand im Zimmer sei.

„Darf ich Sie meiner Cousine Fräulein Tulliver vorstellen?" sagte Lucie und wandte sich mit schelmischer Freude zu Gretchen, die jetzt vom Fenster heran kam. „Meine Cousine — Herr Stephan Guest."

Im ersten Augenblick konnte Stephan sein Erstaunen über den Anblick dieser junonischen Gestalt mit den dunkeln Augen und dem vollen rabenschwarzen Haar nicht unterdrücken; im nächsten Augenblicke empfing Gretchen zum ersten Mal in ihrem Leben die Huldigung eines sehr tiefen Erröthens und einer sehr tiefen Verbeugung von einem Manne, vor dem sie selbst eine gewisse Schüchternheit empfand. Das war ihr so neu wie angenehm — so angenehm, daß es ihre vorherige Aufregung wegen Philipps fast unterdrückte. Ein neuer Glanz war in ihren Augen und eine leise Gluth, die ihr sehr gut stand, auf ihren Wangen, als sie sich setzte.

„Ich hoffe, Sie sehen jetzt selbst, wie ähnlich das Bild war, welches Sie vorgestern entwarfen", sagte Lucie mit einem hübschen Lächeln des Triumphs. Sie freute sich über die Verlegenheit ihres Geliebten; sonst war der Vortheil gewöhnlich auf seiner Seite.

„Ihre schelmische Cousine hat mich ganz getäuscht, Fräulein Tulliver", sagte Stephan, in dem er sich zu Lucie setzte und sich bückte, um Minni zu streicheln, wobei er nur verstohlen auf Gretchen hinblickte. „Sie sagte mir, Sie hätten helles Haar und blaue Augen."

„Nein, Sie haben das gesagt", entgegnete Lucie. „Ich habe bloß nicht Ihr Vertrauen auf Ihre eigene Weisheit stören wollen."

„Ich wünsche nur, ich möchte immer so irren", sagte Stephan, „und die Wirklichkeit so viel schöner finden als meine Erwartung."

„Das heißt sich gut herausziehen", erwiderte Gretchen; „Sie haben gesprochen wie Sie unter den Umständen nicht anders konnten". Dabei warf sie ihm einen etwas höhnischen Blick zu; es war klar, er hatte kein zu schmeichelhaftes Bild von ihr entworfen. Von Lucie wußte sie schon, er sei leicht ein bischen spöttisch, und sie hatte gleich damals für sich hinzugesetzt: „wohl auch etwas eingebildet."

„Die hat den Teufel im Leibe", war Stephan's erster Gedanke, und sein zweiter, als sie sich wieder über ihre Arbeit bückte: „ich wollte, sie sähe mich wieder an". Dann antwortete er laut:

„Ich sollte meinen, höfliche Wendungen könnten auch mal wahr sein. Wer „Danke" sagt, ist bisweilen wirklich dankbar, und es kommt ihm hart an, daß er das in denselben Worten ausdrücken muß, womit man sonst eine unangenehme Einladung ablehnt, für die man nichts weniger als dankbar ist. — Ist das nicht auch Ihre Ansicht, Fräulein Tulliver?"

„Nein", antwortete Gretchen und ſah ihm grade in's Geſicht; „wenn man bei großen Gelegenheiten eine gewöhnliche Redensart gebraucht, dann macht ſie um ſo mehr Eindruck, weil man ſofort fühlt, daß ſie etwas beſonderes ſagen will, grade wie alte Banner oder alltägliche Kleider, die an geweihter Stätte hängen."

„Dann muß mein Kompliment beredt geweſen ſein", antwortete Stephan, der, während Gretchen ihn anſah, wirklich nicht recht wußte, was er ſagte; „meine Worte blieben ja hinter der Sache ſo weit zurück."

„Ein Kompliment iſt nie beredt, außer als Ausdruck der Gleichgültigkeit", ſagte Gretchen und erröthete ein wenig.

Lucie erſchrak; ſie fürchtete, Stephan und Gretchen würden nicht gute Freunde. Sie war immer bange geweſen, Gretchen wäre für das ſtrenge Urtheil dieſes Herrn zu eigenthümlich und zu geſcheut. „Aber, liebes Gretchen", fiel ſie ein, „Du haſt ja immer behauptet, Du wärſt ſo empfänglich für Bewunderung, und jetzt ſcheint mir, Du ärgerſt Dich, weil einer Dich zu bewundern wagt."

„Durchaus nicht", erwiderte Gretchen; „ich laſſe mich nur zu gern bewundern, aber bei Komplimenten habe ich dieſe Empfindung nie."

„Dann werde ich Ihnen nie wieder ein Kompliment machen, Fräulein Tulliver", ſagte Stephan.

„Ich danke Ihnen; das iſt ein Beweis von Achtung."

Das arme Gretchen! ſie war ſo wenig an den Ton der Geſellſchaft gewöhnt, daß ſie ſich bei allem was dachte und nie im Leben über dem Herzen her geſprochen hatte; ſie mußte daher erfahrneren Damen nothwendig etwas abgeſchmackt erſcheinen, weil ſie auch das kleinſte und unbedeutendſte zu ernſthaft nahm. Im vorliegenden Falle kam ſie ſich ſogar ſelbſt etwas abgeſchmackt vor. Allerdings hatte ſie im allgemeinen einen Widerwillen gegen Komplimente, das war richtig, und einmal hatte ſie zu Philipp ungeduldig geſagt, ſie ſähe nicht ein, warum ſich Frauen mit ſüßlicher Stimme ſagen laſſen müßten, daß ſie hübſch ſeien,

eben so wenig wie sich alte Leute sagen ließen, daß sie ehrwür=
dig seien; indeß über eine so gewöhnliche Wendung eines frem=
den Herrn wie Stephan Guest sich zu ärgern und es so schwer
zu nehmen, daß er leichtfertig von ihr gesprochen habe, ehe
er sie gesehen hatte, das war doch sicher unverständig, und so=
bald sie schwieg, fing sie an, sich ihrer selbst zu schämen. Es
kam ihr nicht in den Sinn, daß sie sich nur deshalb geärgert
habe, weil sie sich vorher so angeregt gefühlt hatte — grade wie
uns im Zustande behaglicher Wärme ein harmloser Tropfen kal=
tes Wasser, der uns plötzlich trifft, verletzt und weh thut.

Stephan war zu wohl erzogen, um sich merken zu lassen,
die vorherige Unterhaltung könne den Damen peinlich gewesen
sein, und er fing daher sogleich von andern Sachen zu sprechen
an, indem er Lucie fragte, ob sie wisse, wann denn der Bazar
endlich stattfände; dann dürfe man doch hoffen, sie werde ihre
Blicke dankbareren Gegenständen zuwenden als den wollenen
Blumen, die jetzt unter ihren Fingern wüchsen.

„Nächsten Monat, glaub' ich", sagte Lucie. „Aber Ihre
Schwestern thun mehr dafür als ich; ihr Laden wird gewiß der
größte."

„Das mag sein, aber sie machen ihre Arbeiten in ihrem
eigenen Zimmer, wo ich sie nicht störe. Wie ich sehe, sind Sie
der modischen Untugend des Stickens nicht ergeben, Fräulein Tul=
liver", bemerkte Stephan und sah Gretchens einfache Näherei an.

„Nein", antwortete Gretchen, „ich kann höchstens Hemden
nähen."

„Aber Du nähst so wunderhübsch, Gretchen", sagte Lucie;
„ich werde Dich noch um ein paar Arbeiten für meinen Laden
bitten. Es ist mir förmlich ein Räthsel, daß Du so wunder=
hübsch nähst; früher hattest Du gar keine Lust dazu."

„Das Räthsel löst sich leicht, liebes Kind", sagte Gretchen
und blickte ruhig von der Arbeit auf. „Nähen war das einzige,
womit ich etwas Geld verdienen konnte; da hab' ich's wohl ler=
nen müssen."

So gutmüthig und natürlich Lucie war, erröthete sie doch

ein wenig; das brauchte Stephan ja nicht zu wissen und Gretchen
hätte es nicht zu sagen brauchen. Vielleicht lag in dem Ge=
ständniß etwas Stolz, der Stolz der Armuth, die sich ihrer
selbst nicht schämt. Aber wenn Gretchen die erste Koquette der
Welt gewesen wäre, sie hätte kaum etwas ersinnen können, was
ihrer Schönheit in Stephan's Augen größeren Reiz gegeben
hätte. Ich will zwar nicht behaupten, das ruhige Zugeständniß
ihrer Armuth und ihrer Näherei würde allein genügt haben,
aber mit der Schönheit zusammen gaben sie Gretchen etwas noch
eigenthümlicheres, als es zu Anfang schien.

„Aber ich kann stricken, Lucie", fuhr Gretchen fort, „wenn
Du davon für Deinen Bazar Gebrauch machen kannst."

„Gewiß, sehr gut kann ich das. Morgen im Tage sollst
Du mir was in rother Wolle stricken. Aber" — damit wandte
sich Lucie zu Stephan — „Ihre Schwester ist die beneidenswer=
theste von allen, daß sie modelliren kann. Sie macht eine Büste
von Doktor Kenn, ganz aus dem Gedächtniß."

„Nun, das ist nicht so schwer; wenn sie nur nicht vergißt,
die Augen recht nahe an einander und die Mundwinkel recht
weit von einander zu setzen, dann wird die Aehnlichkeit für die
Leute in unsrer Stadt wohl schlagend genug sein."

„Das ist nicht hübsch von Ihnen", sagte Lucie etwas ver=
letzt. „Ich habe nicht geglaubt, daß Sie so respektwidrig von
Doktor Kenn sprechen würden."

„Ich respektwidrig von Doktor Kenn? davor bewahre mich
der Himmel! aber ich bin doch nicht verpflichtet, jede schändliche
Büste von ihm zu respektiren. In meinen Augen ist Kenn ein
ganz vortrefflicher Mensch. Zwar nach den großen Leuchtern
frage ich nicht viel, die er auf den Kommunionstisch gesetzt hat,
und mit dem früh aufstehen für die Morgenandacht ver=
derbe ich mir nicht gern den Tag. Aber er ist der ein=
zige Mensch von meiner persönlichen Bekanntschaft, der wirk=
lich etwas von einem Apostel hat. Trotz seiner achthundert
Pfund jährlich begnügt er sich mit tannenen Möbeln und ge=
kochtem Rindfleisch, da er zwei Drittel seines Einkommens für

Wohlthaten ausgiebt. Wie hübsch war das nicht von ihm, daß er neulich den armen Burschen in's Haus nahm, dem das Unglück passirt war, aus Versehen seine Mutter todt zu schießen. Er läßt es sich viel Zeit kosten, den armen Jungen vor Trübsinn und Verzweiflung zu bewahren; fortwährend hat er ihn bei sich, wo er geht und steht."

„Das ist schön", sagte Gretchen, die ihre Arbeit hatte fallen lassen und aufmerksam zuhörte. „Ich wüßte keinen andern, der so was thäte."

„Und bei Kenn fällt so was um so mehr auf", bemerkte Stephan, „als er gewöhnlich so kalt und streng ist. Er hat nichts zuckersüßes, weichliches an sich."

„O, in meinen Augen ist er ganz vollkommen!" rief Lucie mit einer Begeisterung, die ihr so hübsch stand.

„Dem möcht' ich doch nicht ganz beistimmen", sagte Stephan und schüttelte mit spöttischem Ernst den Kopf.

„Nun, und was finden Sie an ihm auszusetzen?"

„Er ist ein Anglikaner."

„Das sind doch aber die rechten Ansichten", bemerkte Lucie mit weisem Tone.

„Wenn das auch im allgemeinen richtig wäre", antwortete Stephan, „so steht doch die Frage vom parlamentarischen Gesichtspunkte aus ganz anders. Er hat die Dissenters und die Leute von der Hochkirche gegen einander gehetzt, und einem angehenden Staatsmann, wie ich bin, dessen Dienste das Land so nöthig bedarf, wird das sehr unbequem sein, wenn er um die Ehre nachsucht, unsere gute Stadt im Parlament zu vertreten."

„Haben Sie das wirklich vor?" fragte Lucie und ihre Augen glänzten vor stolzer Freude.

„Ganz entschieden, sobald unser jetziger Herr Vertreter vor lauter Gicht nicht mehr kann. Mein Vater hat seinen Kopf darauf gesetzt, und Gaben wie die meinigen" — dabei reckte Stephan sich in die Höhe und fuhr sich in komischer Selbstbewunderung mit der weißen Hand durch's Haar — „Gaben

wie die meinigen dürfen nicht so verrosten. Finden Sie nicht
auch, Fräulein Tulliver?"

„Gewiß", sagte Gretchen lächelnd, aber ohne aufzusehen;
„so viel Gewandheit und Selbstbeherrschung darf nicht lediglich
im Privatleben verbraucht werden."

„Aha, ich sehe, Sie sind scharfsinnig", sagte Stephan,
„Sie haben schon heraus, daß ich geschwätzig und unverschämt
bin. Oberflächliche Leute kommen nie dahinter, vermuthlich
wegen meiner Art und Weise."

„Sie sieht mich nicht an, wenn ich von mir selbst spreche",
dachte er, während seine Zuhörerinnen lachten. „Ich muß von
was anderm sprechen."

Seine nächste Frage war, ob Lucie in der kommenden
Woche der Versammlung der Lesegesellschaft beiwohnen werde.
Dann empfahl er ihr Cowper's Leben von Southey, wenn sie
nicht etwa vorzöge, sich auf das naturwissenschaftliche Fach zu
werfen und die Abhandlungen der geologischen Gesellschaft vor-
zuschlagen. Natürlich wollte Lucie gern wissen, was das für
fürchterlich gelehrte Bücher seien, und da es immer angenehm
ist, junge Damen dadurch zu bilden, daß man ihnen ganz munter von Dingen erzählt, wovon sie nichts wissen, so erging
sich Stephan mit glänzender Beredsamkeit in einem Berichte über
Buckland's Abhandlung, die er eben gelesen hatte. Er wurde
für seine Geschicklichkeit reichlich belohnt: Gretchen ließ ihre
Arbeit fallen und vertiefte sich allmälich in seinen wundervollen
geologischen Bericht so sehr, daß sie ihn starr ansah, sich mit
übergeschlagenen Armen vorbeugte und sich selbst ganz vergaß,
als wär' er die gelehrteste alte Perücke und sie ein fleißiger
Student mit dem ersten Flaum auf der Oberlippe. Er wurde
von ihrem klaren großen Blick so bezaubert, daß er zuletzt ganz
vergaß, bisweilen auch Lucie anzusehen, aber dies herzige Kind
freute sich nur, daß Stephan Gretchen bewies, wie klug er sei,
und daß sie schließlich sich doch ganz gut vertragen würden.

„Ich will Ihnen das Buch herbringen, Fräulein Tulliver,
darf ich?" sagte Stephan, als er merkte, daß sein Gedächtniß

zu verfiegen drohte. „Es sind viele Abbildungen dabei, die Sie gewiß gern sehen.“

Bei dieser direkten Anrede kam Gretchen wieder zu sich, wurde roth und nahm ihre Arbeit wieder auf, aber auf sein Anerbieten ging sie mit Freuden ein.

„Nein, nein“, sagte Lucie dazwischen, „Sie dürfen Gretchen nicht so in die Bücher stürzen, dann ist sie nicht davon wegzubringen; wir wollen hübsch faullenzen, nichts thun als im Kahn fahren und plaudern und reiten und fahren; solche Ferien hat sie nöthig.“

„Apropos“, sagte Stephan und sah nach der Uhr. „Wie wär's, wenn wir jetzt ein bischen Kahn führen? Die Ebbe nimmt uns stromabwärts mit bis zur Fähre, und zurück können wir gehen.“

Für Gretchen war das ein köstlicher Vorschlag; seit Jahren war sie nicht auf dem Flusse gefahren. Als sie hinaus ging, um sich den Hut aufzusetzen, blieb Lucie noch zurück, um dem Bedienten etwas aufzutragen, und benutzte die Gelegenheit, Stephan zu sagen, Gretchen sei garnicht abgeneigt, Philipp zu sehen, und es sei recht schade, daß sie ihm vorgestern das Billet geschrieben habe. Aber morgen wollte sie wieder an ihn schreiben und ihn einladen. Stephan versprach, ihn den nächsten Abend mit zu bringen.

„Ja, bitte, thun Sie das“, sagte Lucie. „Und nicht wahr, Sie haben Gretchen gern?“ fügte sie in flehendem Tone hinzu. „Ist sie nicht ein liebes, stolzes Geschöpf?“

„Zu groß“, sagte Stephan und lächelte auf sie herab, „und auch ein bischen zu viel Feuer hat sie. Es ist nicht mein Genre, das wissen Sie ja.“

Wie den Lesern bekannt sein wird, theilen Herren gewissen Damen leicht solche unvorsichtige Geständnisse über ihre ungünstige Meinung von andern Schönen mit. Darum haben denn auch viele Frauen den Vortheil, genau zu wissen, daß sie Männern, die ihnen mit großer Aufopferung den Hof machen, im Stillen zuwider sind. Und kaum konnte es etwas bezeichnenderes für Luciens Wesen geben, als daß sie nicht nur unbedingt glaubte, was Stephan sagte, sondern auch sofort beschloß, Gretchen nichts davon zu sagen. Wer aber etwas tiefer blickt, der wird aus jener ungünstigen Meinung Stephan's unmittelbar den Schluß gezogen haben, daß er auf dem Wege nach dem Flusse sich ganz klar berechnete, Gretchen müsse ihm bei dieser Partie mindestens zweimal die Hand geben, und ein Herr, der gern einen Blick von einer Dame haben wolle, habe beim Rudern einen sehr vortheilhaften Platz. Aber wie? hatte er sich denn in diese schöne Tulliver gleich beim ersten Anblick verliebt? Gewiß nicht; im wirklichen Leben kommen solche Leidenschaften nicht vor. Zudem, er war ja schon verliebt und halb verlobt mit dem süßesten kleinen Geschöpf von der Welt, und er war nicht der Mann dazu, sich zum Narren zu machen. Aber mit fünfundzwanzig Jahren sind unsere Fingerspitzen keine Kieselsteine und die Berührung eines hübschen Mädchens durchaus nicht gleichgültig. Es war ganz natürlich und ohne Gefahr, an einer solchen Schönheit seine Freude und Bewunderung zu haben — wenigstens unter den gegenwärtigen Umständen. Dies Mädchen hatte so was interessantes, mit ihrer Armuth und ihrem ganzen Schicksal, und es war so erbaulich, die Freundschaft zwischen den beiden Cousinen zu sehen. Im allgemeinen liebte Stephan die Frauen nicht, welche was apartes hatten, aber hier schien das aparte zugleich etwas wirklich bedeutendes, und wenn man ein solches Mädchen nicht zu heirathen braucht, — nun, sie ist doch sicher eine Abwechselung in der Gesellschaft.

In der ersten Viertelstunde ging Stephan's Hoffnung nicht in Erfüllung; Gretchen sah ihn garnicht an; ihre Augen hatten mit den alten wohlbekannten Ufern zu viel zu thun. Sie fühlte sich einsam, getrennt von Philipp, dem einzigen Menschen, der sie je mit solcher Hingebung geliebt hatte, wie sie sich immer gesehnt hatte, geliebt zu werden. Aber bald zog sie der Takt des Ruderschlages an, und es fiel ihr ein, sie möchte auch gern rudern lernen. Das weckte sie aus ihrer Träumerei und sie fragte, ob sie nicht auch ein Ruder nehmen könne. Es fand sich indeß, daß sie noch viel zu lernen hatte, und nun wurde sie ehrgeizig. Von der Arbeit des Ruderns stieg ihr das warme Blut in die Wangen und sie nahm ihren Unterricht lustig.

„Ich werde nicht eher ruhen, als bis ich beide Ruder führen und Sie und Lucie fahren kann", sagte sie vergnügt, als sie aus dem Boot trat. Wie wir wissen, bedachte Gretchen oft nicht was sie that und hatte für ihre Bemerkung einen ungünstigen Augenblick gewählt; sie glitt aus, aber glücklicherweise war Stephan bei der Hand und hielt sie mit festem Griff.

„Sie haben sich doch nicht verletzt?" fragte er und beugte sich mit ängstlichem Blick zu ihr nieder. Es war doch recht hübsch, daß ein großer, starker Mann sich so freundlich und zierlich ihrer annahm. Gretchen hatte das noch nie so gefühlt.

Als sie wieder nach Haus kamen, fanden sie Onkel und Tante Pullet mit Frau Tulliver im Gesellschaftszimmer, und Stephan eilte fort, nachdem er um Erlaubniß gebeten hatte, auf den Abend noch einmal zu kommen.

„Und, bitte, bringen Sie die Noten wieder, die Sie neulich mitgenommen haben", sagte Lucie; „Gretchen muß Ihre schönsten Lieder hören."

Da Tante Pullet vorhersah, Gretchen würde mit Lucie ausgebeten werden und wahrscheinlich eine Einladung zu Guest's erhalten, so entsetzte sie sich sehr über ihre dürftige Toilette; die vornehmen Leute in der Stadt durften das nicht sehen, das wäre eine Schande für die Familie, und darum mußte gründlich und rasch abgeholfen werden. An der Berathung, was von Tante Pullet's Kleidern zu gebrauchen sei, nahmen sowohl Lucie wie Frau Tulliver eifrig Theil. Die Größe paßte so ungefähr, „aber", bemerkte Tante Pullet, „sie ist so sehr viel breiter in den Schultern als ich, das ist recht fatal, sonst könnte sie mein schönes schwarzes Brokatkleid tragen wie es da ist, und ihre Arme — das geht erst recht nicht", fügte sie betrübt hinzu und hob Gretchens vollen runden Arm auf; „meine Aermel kriegt sie nie an."

„O, das thut nichts, Tante; schick uns nur das Kleid",

sagte Lucie. „Gretchen soll keine langen Aermel tragen, und ich habe eine Menge schwarzer Spitzen zum Besatz. Ihre Arme werden sehr schön aussehen.“

„Gretchens Arme haben eine hübsche Form“, bemerkte Frau Tulliver. „Sie sind wie meine früher waren, blos meine waren nicht so braun; ich wollte, sie hätte so 'ne Haut wie unsre Familie.“

„Unsinn, Tantchen!“ rief Lucie und klopfte ihre Tante Tulliver auf die Schulter, „das verstehst Du nicht; für einen Maler hat Gretchen eine wunderschöne Hautfarbe.“

„Mag sein, liebes Kind“, erwiderte die Tante kleinlaut. „Du mußt das besser wissen. Aber als ich noch jung war, da hielten anständige Leute nicht viel von einer braunen Haut.“

„Nein“, bemerkte Onkel Pullet, der dem Gespräch der Damen mit hohem Interesse zuhörte, während er seine Pastillen lutschte. „Sie hatten damals freilich so'n Lied von dem nuß=braunen Mädel; ich glaube, sie war toll — das tolle Käthchen hieß sie — aber ich kann mich auch irren, ich weiß es nicht recht mehr.“

„O Du lieber Himmel!“ sagte Gretchen lachend, aber un=geduldig, „das wird von meiner braunen Haut auch noch kom=men, wenn man immer so viel davon spricht.“

Dritter Abschnitt.

Vertrauliche Mittheilungen.

Als Gretchen den Abend in ihr Schlafzimmer ging, fühlte sie durchaus keine Neigung, sich zu entkleiden. Sie setzte das Licht auf den ersten besten Tisch und ging in dem großen Zim=mer mit festem, regelmäßigen, etwas raschen Schritte auf und ab, daß man sah, es sei ihre Gewohnheit, bei starker Aufregung

10*

sich Bewegung zu machen. Augen und Gesicht glänzten fast fieberhaft; den Kopf hatte sie zurück geworfen, die Hände hielt sie mit den Flächen nach auswärts verschlungen und ihre Arme waren angespannt, wie sie wohl zu sein pflegen, wenn man in Gedanken verloren ist.

War denn was besonderes vorgefallen?

Nicht das geringste, was nicht jeder für höchst unbedeutend halten würde. Sie hatte schöne Musik von einer schönen Baßstimme gehört, hatte bemerkt, daß ein Paar Augen unter scharfgezeichneten graden Augenbrauen hervor sie sehr oft und sehr verstohlen mit einem Blick angesehen hatten, in welchem die Schwingungen des Gesanges nachzuzittern schienen. Auf eine wohlerzogene junge Dame mit vollkommen harmonischer Stimmung, die alle Vortheile des Glücks, der Erziehung und der guten Gesellschaft genossen hatte, würde so etwas gar keinen merklichen Eindruck gemacht haben. Aber wenn Gretchen so eine junge Dame gewesen wäre, wüßten wir wahrscheinlich nichts von ihr; ihr Leben wäre dann so gleichmäßig verflossen, daß sich's kaum schreiben ließe, denn die glücklichsten Frauen wie die glücklichsten Nationen haben keine Geschichte.

Das arme Gretchen kam eben erst aus einem kleinen Mädcheninstitut mit all seinen Mißtönen und seinem kleinlichen Einerlei, und bei ihrer hochgespannten, hungrigen Natur hatten diese scheinbar nichtssagenden Ursachen die Wirkung, ihre Einbildungskraft in einer Weise zu wecken und aufzustacheln, die sie selbst nicht begriff. Sie dachte nicht etwa bestimmt an Stephan oder verweilte bei den Andeutungen, daß er sie mit Bewunderung angesehen habe; sie fühlte vielmehr die Nähe einer Welt voll Liebe und Schönheit und Glück, in der die unbestimmten Bilder aus aller Poesie und Romantik, die sie in Büchern gefunden oder in ihren Träumereien ausgesonnen hatte, sich verwirklichten. Einige Male blickte sie im Geist auf die Zeit zurück, wo sie die Philosophie der Entbehrung getrieben und geglaubt hatte, alles Sehnen, alle Ungeduld sei überwunden, aber dieser Seelenzustand schien unwiederbringlich dahin und sie bebte vor der bloßen Erinnerung daran zurück. Jetzt konnte kein Gebet, kein Ringen, kein Mühen ihr jenen negativen Frieden wiederbringen; der Kampf des Lebens sollte für sie nicht so kurz und leicht durch vollständige Entsagung auf der Schwelle der Jugend entschieden werden. Die Musik zitterte noch in ihr nach, und sie konnte nicht verweilen bei der Erinnerung an jene öde, einsame Vergangenheit. Schon war sie wieder in ihrer lichten luftigen Welt, als leise an die Thür geklopft wurde; natürlich war es ihre Cousine, die in einem faltigen, weißen Nachtkleide hereintrat.

„Ei, Gretchen, Du unartiges Kind, hast Dich noch nicht ausgezogen?" sagte Lucie erstaunt. „Ich hatte Dir versprochen, ich wollte Dich nicht stören, weil ich glaubte, Du wärst müde. Aber Du bist ja noch grade wie vorher und siehst aus, als könnt'st Du eben auf 'nen Ball gehen. Nun, mach' rasch, zieh' Dein Nachtkleid an und mach' Dir's Haar los."

„Nun, Du bist auch noch nicht sehr weit", entgegnete Gretchen, indem sie eilig ihren Nachtrock von rosa Kattun zur Hand nahm und Luciens hellbraunes Haar ansah, welches in lockiger Unordnung nach hinten gekämmt war.

„O, ich bin bald fertig. Ich setze mich zu Dir und plaudere, bis Du mir unter den Händen einschläfst."

Während Gretchen dastand und sich das lange schwarze Haar losmachte, setzte sich Lucie neben den Toilettentisch und beobachtete sie mit zärtlichem Blick, den Kopf ein wenig seitwärts geneigt, wie ein hübsches Wachtelhündchen.

„Du hast doch wirklich heut Abend Deine Freude gehabt an der Musik, nicht wahr, Gretchen?"

„Ja, große Freude, und darum bin ich jetzt nicht schläfrig. Ich glaube, wenn ich immer Musik hören könnte, würde ich keine andern Bedürfnisse haben; es ist mir immer, als gäbe die Musik meinen Gliedern Kraft und meinem Gehirn Gedanken. Das Leben scheint mir so leicht, wenn ich voll Musik bin. Zu andern Zeiten fühlt man seine Last."

„Und Stephan hat 'ne prächtige Stimme, nicht wahr?"

„Nun, darüber sind wir beide wohl nicht Richter", sagte Gretchen lachend, indem sie sich setzte und ihr langes Haar zu= rückwarf; „Du bist zu sehr Partei, und ich finde jede Dreh= orgel herrlich."

„Aber, sag mir, was Du von ihm denkst — sag mir alles ganz genau, gutes und böses."

„Ich glaube, Du müßtest ihn ein bischen mehr ducken; für einen Geliebten hat er zu viel Selbstvertrauen. Er müßte mehr Furcht und Respekt haben und vor Dir zittern."

„Unsinn, Gretchen! als wenn einer vor mir zittern könnte! Du hältst ihn für eingebildet — ja ja, das seh' ich. Aber er mißfällt Dir doch nicht?"

„Mißfallen! Nein. Bin ich denn mit liebenswürdigen Leuten so verwöhnt, daß ich so sehr schwer zu befriedigen wäre? und zudem, wie sollte mir einer mißfallen, der Dich glücklich zu machen verspricht, Du liebes Ding!" — und dabei kniff sie Lucie in ihr reizendes Grübchenkinn.

„Morgen Abend machen wir wieder Musik", sagte Lucie, und die Freude lachte ihr aus den Augen; „Stephan bringt Philipp mit."

„O Lucie, ich kann ihn nicht sehen", rief Gretchen er= blassend. „Wenigstens müßte ich erst Tom's Erlaubniß haben."

„Ist Tom so'n Tyrann?" fragte Lucie überrascht. „Dann übernehme ich die Verantwortung; sag ihm, es sei meine Schuld."

„Aber, liebste", stammelte Gretchen, „ich habe Tom feier= lich gelobt — schon vor Vaters Tode — ich wollte ohne sein Wissen und Willen nie mit Philipp sprechen. Und ich ängstige mich recht, wieder mit ihm davon anzufangen; ich bin bange, wir erzürnen uns wieder."

„Aber so was verrücktes ist mir noch nicht vorgekommen! Was hat denn der arme Philipp nur verbrochen?! Darf ich nicht mit Tom davon sprechen?"

„O nein, auf keinen Fall", antwortete Gretchen; „ich will selbst morgen zu ihm und ihm sagen, daß Du Philipp einladen möchtest. Ich hab' ihn immer schon bitten wollen, mich meines Versprechens zu entbinden, aber ich konnte nie so recht Muth dazu fassen."

Einige Augenblicke schwiegen beide, dann sagte Lucie:

"Gretchen, Du hast Geheimnisse vor mir und ich sage Dir alles."

Gretchen sah weg und überlegte; dann wandte sie sich zu Lucie und sagte: "ich möchte Dir alles von Philipp erzählen, aber Du darfst es Dir gegen niemand merken lassen, daß Du davon weißt, am allerwenigsten gegen Philipp selbst oder gegen Stephan."

Die Erzählung dauerte lange, denn Gretchen hatte bisher noch nicht erfahren, welch eine Herzenserleichterung in solcher Mittheilung liegt; bisher hatte sie Lucien noch nichts von ihrem innern Leben mitgetheilt, und das süße Gesicht, welches sich mit herzlichem Antheil zu ihr neigte, und die liebe kleine Hand, welche die ihre drückte, ermuthigten sie, alles zu sagen. Nur in zwei Punkten war sie etwas zurückhaltend. Die schweren Beleidigungen, mit denen Tom Philipp überhäuft hatte — sie hatte diese schwere Sünde immer noch nicht vergeben — deutete sie nur an; so sehr die Erinnerung sie quälte, so konnte sie doch sowohl um Tom's als Philipp's willen den Gedanken nicht ertragen, daß ein anderer es erführe. Und eben so wenig konnte sie's über sich gewinnen, von dem letzten Vorfall zwischen ihrem Vater und Wakem zu erzählen, obschon derselbe als ein weiteres schweres Hinderniß ihrer Vereinigung mit Philipp für die Erzählung von Bedeutung war. Sie sagte nur; daß Tom im ganzen doch Recht habe, wenn er jede Aussicht auf eine Heirath mit Philipp wegen der beiderseitigen Familienverhältnisse für unmöglich erkläre; denn natürlich würde Philipp's Vater nie einwilligen.

"Da hast Du meine Geschichte, Lucie", schloß Gretchen unter Thränen lächelnd. "Du siehst, es geht mir wie Junker Andreas Bleichenwang: "ich wurde auch mal angebetet."

"Aha, jetzt begreif' ich, wie's zugeht, daß Du Shakespeare

kennst und alles und seit der Schule so viel zugelernt hast; früher hielt ich das immer für Hexerei, wie Du überhaupt eine Zauberin bist."

Dabei sah die kleine Lucie nachdenklich vor sich hin und meinte: „es ist so hübsch, daß Du Philipp liebst; ich hätte nie geglaubt, daß ihm solches Glück blühe. Und nach meiner Meinung brauchst Du ihn durchaus nicht aufzugeben. Es sind wohl Hindernisse da, aber mit der Zeit lassen sich die über= winden."

Gretchen schüttelte den Kopf.

„Ja ja", fuhr Lucie tapfer fort, „ich gebe die Hoffnung nicht auf. Es ist was romantisches drin, so was ungewöhn= liches, grad' wie es bei Dir sein muß. Und Philipp wird Dich vergöttern wie ein Ehemann in einem Märchen. O, ich werde meinen kleinen dummen Kopf schon anstrengen und mir einen Plan ausheden, daß alles hübsch in Ordnung kommt und daß Du Philipp heirathest, wenn ich — jemand anders heirathe. Wär' das nicht ein hübsches Ende für alle Trübsal meines armen, armen Gretchens?"

Gretchen versuchte zu lächeln, aber sie bebte wie vor plötz= licher Kälte.

„Dich friert, liebes Kind", sagte Lucie. „Du mußt zu Bett und ich auch. Ich mag garnicht dran denken, wie spät es ist."

Sie küßten einander und Lucie ging fort, um ein Geständ= niß reicher, welches auf ihre späteren Eindrücke von großem Einfluß war. Gretchen war durchaus aufrichtig gewesen, wie sie es ihrer Natur nach nicht anders sein könnte. Aber ver= trauliche Geständnisse haben bisweilen etwas blendendes, auch wenn sie ganz aufrichtig sind.

Vierter Abschnitt.

Bruder und Schwester.

Am folgenden Tage um die Tischzeit suchte Gretchen ihren
Bruder auf. Er wohnte bei bekannten Leuten. Unser Freund
Bob hatte vor acht Monaten, unter der schweigenden Zustim-
mung seines Hundes Mumps, nicht nur eine Frau genommen,
sondern auch eins von den komischen alten Häusern mit über-
raschenden Durchgängen unmittelbar am Fluß bezogen, wo seine
Frau und Mutter, wie er bemerkte, mit dem Vermiethen zweier
Kähne zu Lustfahrten und zweier Zimmer an einen einzelnen
Herrn genug zu thun hatten, um weiter keinen Unsinn zu machen.
Unter diesen Umständen war es natürlich für alle Betheiligten
das beste, daß Tom der einzelne Herr war, der die beiden Zimmer miethete.

Bob's Frau öffnete. Sie war ein schmächtiges kleines
Ding mit einem Puppenkopfe und sah im Vergleich zu Bob's
Mutter, die hinten im Korridor stand, so ziemlich aus wie ein
Mensch neben einer kolossalen Statue, der einem die Verhältnisse
deutlicher macht. Die kleine Frau machte Gretchen ihren Knix
und sah mit einiger Scheu zu ihr auf, aber bei den Worten:
„Ist mein Bruder zu Haus?" wandte sie sich plötzlich um
und rief:

„He, Mutter, Mutter — ruf Bob — es ist Fräulein Gretchen! Bitte, kommen Sie 'rein, Fräulein!" und dabei öffnete
sie die Thür des Wohnzimmers und drückte sich gegen die Wand,
um ihrem Gaste möglichst viel Platz zu lassen.

Trübe Erinnerungen drangen auf Gretchen ein, als sie
das kleine Wohnzimmer betrat. Das war jetzt alles, was der
arme Tom seine Heimath nennen konnte. Seine Heimath! Vor
langen Jahren hatte dieser Name für sie beide denselben In-
begriff von lieben, alten, bekannten Dingen bezeichnet. Indeß,
auch in diesem neuen Zimmer war ja nicht alles fremd; ihr

erster Blick fiel auf die große alte Bibel, und der Anblick war nicht geeignet, ihre trüben Erinnerungen zu verscheuchen. Sie blieb stehen, ohne ein Wort zu sprechen.

„Wollen Sie nicht so frei sein und sich setzen?" sagte die kleine Frau und fuhr mit der Schürze über einen vollkommen reinen Stuhl und hielt sich dann mit verlegener Miene den Zipfel an's Kinn, während sie verwundert zu Gretchen auf- blickte.

„Bob ist also zu Haus?" sagte Gretchen, indem sie sich faßte und die schüchterne Puppe anlächelte.

„Ja, Fräulein, aber ich glaube, er wäscht sich und zieht sich an; ich will mal nachsehen", erwiderte die kleine Frau und verschwand.

Aber sogleich kam sie zurück und ging etwas muthiger hin- ter ihrem Mann her, der aus seinen blauen Augen lachte und mit vergnügtem Grinsen seine weißen Zähne zeigte, während er ein tiefes Kompliment machte.

„Wie geht's Euch, Bob?" sagte Gretchen und reichte ihm die Hand; „ich wollte Eurer Frau immer schon meinen Besuch machen und ich komme auch noch mal expreß darum her, wenn sie nichts dagegen hat. Aber heute muß ich mit meinem Bru- der sprechen."

„Er wird bald hier sein, Fräulein. Es geht ihm recht gut, Ihrem Herrn Bruder; der wird noch mal einer von den ersten Leuten der Stadt, das sollen Sie erleben."

„Nun, Bob, dann hat er's Euch mit zu verdanken; das sagte er noch neulich selbst, als er von Euch sprach."

„Ih, Fräulein, das ist mal so seine Ansicht. Aber wenn er was sagt, darauf kann man was geben; seine Zunge geht nicht so mit ihm durch wie meine mit mir. Du liebe Zeit! ich bin immer wie 'ne Flasche, die schief liegt, wahrhaftig — wenn die mal zu laufen anfängt, da ist auch kein Halten mehr. Aber Sie sehen prächtig aus, Fräulein; es thut einem ordentlich gut, Sie zu sehen. Was sagst Du nu', Frau?" — dabei wandte er sich an seine Ehehälfte — „ist nicht alles so wahr, wie ich gesagt habe? wenn ich auch sonst wohl übertreiben kann."

Die kleine Nase von Frau Bob schien dem Beispiel ihrer Augen zu folgen und wandte sich ehrfurchtsvoll zu Gretchen empor, aber sie konnte doch jetzt lächeln und knixen und sagen: „ich hab' mich so unbändig darauf gefreut Sie zu sehen, Fräulein; mein Mann hat gar kein Ende finden können, wenn er von Ihnen sprach; er war ganz wie verrückt, gleich zuerst wie wir uns kennen lernten."

„Na, 's is gut", meinte Bob etwas verlegen. „Geh und sieh nach den Kartoffeln, damit Herr Tom nachher nicht zu warten braucht."

„Mumps ist doch gut Freund mit Eurer Frau, Bob?" sagte Gretchen lächelnd; „ich erinnere mich noch, daß Ihr sagtet, ihm würd' es nicht recht sein, wenn Ihr mal heirathetet."

„Ih, Fräulein", erwiderte Bob grinsend, „er fand sich drin, als er sah, wie klein sie war. Meist thut er, als ob er sie nicht sähe, oder als hielt' er sie nicht für voll. Aber was Herrn Tom angeht, Fräulein", sagte Bob, indem er leiser sprach und ernsthaft aussah, „der ist so verschlossen wie der Wasserkessel in der Maschine, aber ich bin nich' dumm und nun ich nicht mehr hausiren gehe un' wenig zu thun habe, da weiß ich garnicht mehr, wo ich mit meinen Gedanken hin soll, und ich muß mich in andere Leute ihre Sachen mischen. Un' es quält mich recht, daß Herr Tom immer so trübe allein vor sich hinbrütet un' die Stirn kraus zieht un' den ganzen Abend in's Feuer guckt. Er müßt' ein bischen lustiger sein, so'n hübscher junger Herr wie er ist. Meine Frau geht bisweilen herein, un' denn merkt er's garnicht, un' sitzt immer un' guckt in's Feuer un' zieht die Stirn kraus, als säh' er da was."

„Er denkt zu viel an's Geschäft", sagte Gretchen.

„Ih, wenn's bloß das wäre!" meinte Bob und sprach immer leiser, „aber glauben Sie nicht, daß noch sonst was dahinter steckt? Er ist verschlossen, der Herr Tom, aber ich bin nicht auf'n Kopf gefallen — ne, ich nich', und letzte Weihnach=

ten, da war's mir ganz so, als hätt' ich's 'raus, wo ihn der Schuh drückt. Es war was mit dem kleinen schwarzen Wachtel= hund — so'n Thier findet man nicht alle Tage — da machte er 'ne Wirthschaft drum, das können Sie sich gar nicht denken. Aber seit der Zeit ist was über ihn gekommen, und er ist wie= der so verbissen, wie was sein kann, un' doch hat er immer Glück im Geschäft. Das wollt' ich Ihnen doch sagen, Fräu= lein, weil Sie's ihm wohl 'n bischen ausreden können, nun Sie mal hier sind. Er ist zuviel allein und geht nicht genug in Gesellschaft."

"Ich fürchte, ich habe sehr wenig Gewalt über ihn, Bob", erwiderte Gretchen, sehr ergriffen von Bob's Andeutung. Es war ihr ein ganz neuer Gedanke, daß Tom eine unglückliche Liebe haben sollte. Der arme Schelm, und noch dazu eine un= glückliche Liebe für Lucie! Aber vielleicht war's ein bloßer Ein= fall von Bob; daß er ihr den Hund geschenkt hatte, war doch nur verwandschaftliche Freundlichkeit und Dankbarkeit. Aber in dem Augenblick ging draußen die Thür auf, und Bob sagte, da sei ihr Bruder.

"Es ist keine Zeit mehr zu verlieren", sagte Gretchen zu Tom, als sie allein waren. "Ich muß Dir gleich sagen, wes= halb ich hier bin, sonst halte ich Dich vom Essen ab."

Tom stand mit dem Rücken gegen das Kamin und Gret= chen saß gegen das Licht. Er bemerkte, daß sie zitterte, und eine Ahnung ging ihm auf, worüber sie sprechen wollte. Seine Stimme war daher kalt und rauh, als er sagte: "Was willst Du?"

Dieser Ton regte den Geist des Widerspruchs in Gretchen auf, und sie brachte ihre Bitte in einer ganz andern Weise vor, als sie ursprünglich beabsichtigt hatte. Sie stand auf, sah Tom grade in's Gesicht und sagte:

"Ich wollte Dich bitten, mich von meinem Versprechen wegen Philipp's zu entbinden. Oder vielmehr, ich hatte Dir doch ver= sprochen, ich wollte ihn nicht wiedersehen, ohne es Dir zu sagen. Ich komme nun, Dir zu sagen, daß ich ihn wiedersehen will."

„Gut", sagte Tom noch kälter.

Aber kaum hatte Gretchen so trotzig gesprochen, als sie's auch schon bereute und eine neue Spannung mit ihrem Bruder befürchtete.

„Nicht meinetwegen will ich ihn sehen, lieber Tom. Sei doch nicht gleich böse. Ich würde nicht mit Dir darüber sprechen, aber Philipp ist mit Deane's befreundet, und Lucie hat ihn auf heute Abend eingeladen, und da hab' ich ihr gesagt, ich könnte ihn nicht sehen, ohne daß Du darum wüßtest. Ich werde ihn nur sehen, wo andre Leute dabei sind. Wir werden nichts geheimes unter einander haben."

Tom blickte weg und zog die Stirn in finstre Falten. Dann wandte er sich zu ihr und sagte langsam und mit Nachdruck:

„Meine Ansicht über diese Sache kennst Du, Gretchen. Ich brauche Dir nicht zu wiederholen, was ich Dir vor einem Jahr gesagt habe. So lange Vater noch lebte, hielt ich mich für verpflichtet, meinen ganzen Einfluß auf Dich aufzubieten, damit Du Dir und uns allen keine Schande machtest. Jetzt muß ich Dir alles selbst überlassen. Du willst unabhängig sein, das hast Du mir ja schon bei Vaters Tode gesagt. Meine Ansicht ist heute noch dieselbe. Wenn Du Philipp Wakem wieder zum Geliebten haben willst, dann mußt Du mich aufgeben."

„Das will ich ja nicht, lieber Tom — wenigstens nicht wie die Dinge stehen. Ich sehe ja, daß nur Elend draus käme. Aber ich werde bald fortgehen und eine neue Stelle annehmen, und so lang' ich hier bin, möcht' ich mit Philipp gut Freund sein. Lucie wünscht es auch."

Der strenge Ausdruck in Tom's Gesicht wurde etwas milder.

„Bei Deane's kannst Du ihn meinetwegen bisweilen sehen, und brauchst überhaupt nicht so viel Wesens von der Geschichte zu machen. Aber ich habe kein Vertrauen zu Dir, Gretchen. Du läßt Dich hinreißen — zu allem."

Das war grausam gesprochen. Dem armen Gretchen beb=
ten die Lippen.

„Wie kannst Du so was sagen, Tom? es ist sehr hart von
Dir. Hab' ich nicht alles gethan und erduldet, was in meinen
Kräften stand? Und ich habe Dir mein Wort gehalten, als
— als . . . . . Mein Leben ist so wenig glücklich gewesen wie
Deins.‟

Sie war wieder wie ein Kind, die Thränen kamen ihr in die
Augen. Wenn Gretchen nicht zornig war, so hing sie ganz von
freundlichen oder kalten Worten ab, grad' wie ein Marienblümchen
vom Sonnenschein oder vom bewölkten Himmel; ihre Liebes=
bedürftigkeit beherrschte sie dann ganz wie früher in den Tagen
der Kindheit, als sie noch auf der alten Bodenkammer saß.
Ihre Worte drangen Tom in's Herz, aber seine Gutherzigkeit
konnte sich doch nur so zeigen, wie er einmal war. Er legte
ihr die Hand sanft auf den Arm und sagte im Ton eines liebe=
vollen Lehrers:

„Hör' mich an, Gretchen. Ich muß Dir meine Meinung
sagen. Du bewegst Dich immer in Extremen. Du hast kein
Urtheil und kannst Dich nicht beherrschen, und doch meinst Du, Du
wüßtest alles am besten, und willst Dich nicht leiten lassen. Wie
Du weißt, war ich nicht damit einverstanden, daß Du eine
Stelle annahmst. Bei Tante Pullet hätt'st Du eine Heimath
finden können, wo Du anständig bei Verwandten gelebt hättest,
bis ich Dich und die Mutter zu mir nehmen konnte. Und das
wär' mir auch jetzt noch das liebste. Meine Schwester soll auf=
treten wie eine Dame, und ich würde immer für Dich sorgen,
wie Vater gewünscht hat, bis Du Dich gut verheirathetest. Aber
Deine Ansichten stimmen nie mit meinen überein, und Du willst
nicht nachgeben. Du solltest aber doch Verstand genug haben
und einsehen, daß ein Bruder, der die Welt sieht und mit
Männern verkehrt, nothwendig besser wissen muß, was sich für
seine Schwester ziemt, als sie es selbst wissen kann. Du meinst,
ich sei unfreundlich gegen Dich, aber meine Freundlichkeit wird
nur durch die Rücksicht auf Dein Bestes bestimmt.‟

„Jawohl — das weiß ich, lieber Tom", erwiderte Gret=
chen halb schluchzend mit mühsam verhaltenen Thränen. „Ich
weiß, Du thätest viel für mich; ich weiß, wie Du arbeitest und
Dich nicht schonst, und ich bin Dir auch so dankbar dafür.
Aber Du kannst doch nicht alles für mich entscheiden, dazu sind
unsre Naturen zu verschieden. Du ahnst nicht, wie verschieden
wir viele Dinge ansehen."

„Doch, ich weiß es, nur zu gut. Ich weiß, wie ganz
anders Du über unsre Familienangelegenheiten und Deine
eigene Würde als Mädchen denken mußtest, ehe Du Dich her=
beilassen konntest, geheime Zusammenkünfte mit Philipp Wakem
zu haben. Wär' mir diese Geschichte nicht schon sonst wider=
wärtig, es würde mich empören, den Namen meiner Schwester
mit einem jungen Manne zusammen nennen zu hören, dessen
Vater den bloßen Gedanken an uns hassen muß und Dich
mit Füßen treten würde. Bei jedem andern wäre ich ganz sicher,
daß der Vorfall, den Du kurz vor Vaters Tode mit angesehen
hast, für immer jeden Gedanken an Philipp Wakem vertreiben
müßte. Aber bei Dir bin ich dessen nicht sicher, bei Dir bin
ich überhaupt in keiner Beziehung sicher. Heute gefällst Du
Dir plötzlich in einer sehr thörichten Entsagung, und morgen
hast Du nicht die Kraft des Widerstandes gegen etwas, was
Du selbst als unrecht erkennst."

Es war eine fürchterliche schneidende Wahrheit in Tom's
Worten — nicht der Kern der Wahrheit, aber die harte Rinde,
welche phantasielose Naturen so leicht herausfinden. Gretchen
krümmte sich förmlich vor Schmerz unter dem Urtheil ihres
Bruders; sie empörte sich dagegen und fühlte sich zugleich ge=
demüthigt; er schien ihr einen Spiegel vorzuhalten, worin er
ihr die eigene Thorheit und Schwäche und die Folgen derselben
zeigte, und doch wieder wehrte sie sich dagegen und fällte auch
über ihn ihr Urtheil, sagte sich, er sei engherzig und ungerecht
und stehe nicht hoch genug, um die geistigen Bedürfnisse nach=
zufühlen, aus denen so oft das Unrecht oder die Thorheit ent=
sprang, welche ihm ihr Leben zu einem unlösbaren Räthsel machte.

Sie antwortete nicht sogleich; ihr Herz war zu voll, sie setzte sich nieder und stützte den Arm auf den Tisch. Vergebens hätte sie in Tom das Gefühl zu erwecken gesucht, daß sie ihm nahe stehe; er hatte sie ja immer zurückgestoßen. Jetzt mischte sich in den Eindruck seiner Worte die Anspielung auf den letzten Vorfall zwischen ihrem Vater und Wakem, und diese peinliche feierliche Erinnerung überwog endlich den Schmerz des Augenblicks. Nein! gegen so etwas war sie doch nicht kalt und gleichgültig, dessen durfte sie Tom nicht beschuldigen. Schwer und ernst blickte sie zu ihm auf und sagte:

„Du wirst doch nicht besser von mir denken, Tom, was ich auch sage. Aber nicht allen Deinen Empfindungen stehe ich so fern, wie Du glaubst. Ich sehe so gut ein wie Du, daß es wegen unserer Stellung zu Philipp's Vater — aber aus keinem andern Grunde — unverständig, ja unrecht wäre, an eine Heirath zu denken, und ich sehe ihn nicht mehr als meinen Geliebten an ... ich sage Dir die Wahrheit, und Du hast kein Recht, mir nicht zu glauben; ich habe Dir mein Wort gehalten und Du kannst mir keine Falschheit vorwerfen; jeden Verkehr mit Philipp, der nicht auf ruhiger Freundschaft beruhte, würde ich nicht nur nicht befördern, sondern sorgsam vermeiden. Glaube immerhin, ich sei nicht fähig, meinen Entschlüssen treu zu bleiben, aber Du solltest mich doch wenigstens nicht mit harter Verachtung behandeln für Fehler, die ich noch nicht begangen habe."

„Nun, Gretchen", erwiderte Tom, den diese verständige Vorstellung weicher stimmte, „ich will nichts übertreiben. Alles in allem, ist's wohl das beste, daß Du Philipp siehst, wenn ihn Lucie einladet. Ich glaube, was Du sagst; wenigstens weiß ich, daß Du es selbst glaubst. Ich kann Dich nur warnen. Ich will ja ein so guter Bruder gegen Dich sein, wie Du mir die Freiheit dazu läßt."

Tom's Stimme bebte ein wenig, als er diese letzten Worte sagte, und Gretchens Herzlichkeit flammte so rasch wieder auf wie damals, wo sie noch Kinder waren und in einem Stück

Kuchen Versöhnung aßen. Sie stand auf und legte Tom die
Hand auf die Schulter.

„Lieber Tom, ich weiß, Du willst mein bestes. Ich weiß,
Du hast viel zu tragen gehabt und hast viel gethan. Ich möchte
um alles Dir Freude machen, nicht Dich ärgern. Du hältst
mich doch auch nicht für ganz unartig, nicht wahr, Tom?"

Tom lächelte über ihr aufgeregtes Gesicht; sein Lächeln
war hübsch, wenn es mal kam; die grauen Augen konnten zärtlich blicken, trotz der düstern Stirn.

„Nein, Gretchen."

„Ich mache mich vielleicht besser als Du denkst."

„Wollen's hoffen."

„Und ich darf doch mal herkommen und Dir den Thee
machen und diese wunderbar kleine Frau von Bob wieder ansehen?"

„Jawohl, aber jetzt zieh ab, ich habe keine Minute mehr
übrig", sagte Tom und sah nach der Uhr.

„Nicht mal für 'nen Kuß?!"

Tom küßte sie auf die Backe und sagte:

„Da! nun sei artig. Ich habe heut viel zu bedenken; nach
Tisch steht mir eine lange Unterhandlung mit Onkel Deane
bevor."

„Du kömmst doch morgen zu Tante Glegg? wir wollen
früh essen, damit wir zum Thee hingehen können. Du mußt
kommen; Lucie läßt Dir's sagen."

„Pah! ich habe viel was anderes zu thun", antwortete
Tom und riß so heftig am Klingelzug, daß er ihm in der
Hand blieb.

„Ich werde bange, ich laufe fort", rief Gretchen und zog
lachend ab, während Tom mit männlicher Fassung den Klingelzug weit von sich warf — und doch nicht sehr weit; denn Tom
war nicht der erste und der letzte Mensch auf dieser Welt, der
zu Anfang seiner Laufbahn sehr große Hoffnungen in einem sehr
kleinen Zimmer hegte.

Fünfter Abschnitt.

Worin sich zeigt, dass Tom die Auster geöffnet hat.

„So, das hätten wir abgemacht, Tom", sagte Herr Deane denselben Nachmittag, als sie in seinem Privatzimmer auf der Bank zusammen saßen; „nun hab' ich noch was andres mit Dir zu besprechen. Die nächsten Wochen wirst Du wohl viel im Rauch und Schmutz stecken, und da wird's Dir eine angenehme Erheiterung sein, wenn ich Dir eine gute Aussicht mit auf den Weg gebe."

Mit mehr Gemüthsruhe als bei einer frühern Gelegenheit, die wir kennen, wartete Tom auf weitere Mittheilung, während der Onkel seine Dose heraus nahm und jede Nasenhälfte mit abgemessener Unparteilichkeit versorgte.

„Siehst Du, Tom", sagte der Onkel endlich und legte sich im Sessel zurück, „heut zu Tage geht's rascher in der Welt als zu meiner Zeit, wo ich noch jung war. Vor vierzig Jahren, als ich noch so'n strammer Bursch war wie Du, da mußte man darauf gefaßt sein, seine besten Jahre an der Deichsel zu gehen, ehe man die Peitsche in die Hand kriegte. Die Webstühle gingen langsam, und die Moden änderten sich nicht so rasch; seinen Sonntagsrock hatte man volle sechs Jahre. Alles war damals auf einem beschränkteren Fuß, ich meine was Geschwindigkeit angeht. Der Dampf hat so'nen Unterschied gemacht in der Welt; jedes Rad dreht sich jetzt doppelt so schnell, und das Glücksrad dazu, wie Herr Stephan neulich beim Jahresessen bemerkte — er hat manchmal 'nen guten Treffer, wenn man bedenkt, daß er vom Geschäft nichts versteht. Ich will über die Veränderung nicht klagen wie viele Leute; Handel und Wandel öffnen einem die Augen, und wenn die Bevölkerung dichter wird, da muß der Mensch seinen Witz anstrengen zu nützlichen Erfindungen. Ich hab' auch mein Theil gethan, für einen gewöhnlichen Geschäftsmann genug, das weiß ich. 's hat mal einer gesagt, es sei 'ne schöne Sache, wenn einer zwei Kornähren wachsen ließe wo bisher nur eine wuchs, aber 's ist auch 'ne schöne Sache, den Handel und Wandel zu befördern und den Hungrigen das Korn zuzuführen. Und das ist unser Geschäft, und ich halte das für einen so ehrenvollen Beruf, wie ein Mensch nur haben kann."

Tom wußte, die Sache, von der sein Onkel zu sprechen hatte, sei nicht eilig. Seit einigen Wochen hatte man gegen ihn Andeutungen fallen lassen, aus denen er schließen durfte, man werde ihm einen günstigen Vorschlag machen. Er war daher auch jetzt auf eine längere Auseinandersetzung über Handel und Wandel gefaßt, über Onkel Deane's persönliche Verdienste, die ihn in der Welt weiter gebracht hätten, und über die jungen Leute heut zu Tage, deren eigene Schuld es sei, wenn sie's nicht weiter brächten. Um so mehr war er überrascht, als der Onkel gleich darauf ihm gradezu die Frage stellte:

"Laß doch mal sehen, es sind ja jetzt wohl sieben Jahre, daß Du mich um eine Stelle batest — nicht wahr, Tom?"

"Ja, Onkel, ich bin jetzt dreiundzwanzig."

"So? dreiundzwanzig — aber davon wollen wir lieber nicht reden; Du giltst für viel älter, und beim Geschäft kommt's sehr auf die Jahre an. Ich weiß noch recht gut, wie Du zu mir kamst; ich sah gleich, in Dir steckte was, und darum sprach ich Dir Muth ein. Und es freut mich, sagen zu können, daß ich Recht hatte. Natürlich war ich 'n bischen ängstlich bei Deiner Empfehlung, weil Du mein Neffe warst, aber es freut mich, Dir sagen zu können, daß Du mir Ehre gemacht hast; und wenn ich einen Sohn hätte, so sollt's mir recht sein, wenn er Dir gliche". Dabei klopfte Onkel Deane auf seine Dose und öffnete sie und wiederholte mit einer gewissen Empfindung:

"Sollte mir wirklich recht sein, wenn er Dir gliche."

"Ich freue mich, daß Du zufrieden bist, Onkel; ich habe mein möglichstes gethan", erwiderte Tom mit seiner stolzen unabhängigen Art.

11*

„Ja, Tom; ich bin mit Dir zufrieden. Ich spreche nicht davon, was Du als Sohn gethan hast, obschon das in meinen Augen schwer genug wiegt. Was mich als Kaufmann angeht ist, wie Du Dich als Kaufmann gemacht hast. Wir haben ein schönes Geschäft — ein glänzendes Geschäft, junger Herr, — und es ist nicht abzusehen, warum es sich nicht noch immer mehr ausdehnen sollte; unser Kapital wächst, unsre Verbindungen wachsen: fehlt nur eins, was bei jedem Geschäft nöthig ist, es mag groß oder klein sein, und das sind Leute, die das Geschäft führen — Leute vom rechten Schlage, nicht so 'ne flotte Jungens, sondern solide Leute, auf die man sich verlassen kann. Das sehen Herr Guest und ich klar genug. Vor drei Jahren haben wir Gell in's Geschäft genommen und ihm einen Antheil an der Oelmühle gegeben. Und weißt Du auch warum? Weil Gell ein Mensch ist, dessen Dienste eine solche Auszeichnung werth sind. So wird's immer sein, mein Junge. So war's mit mir auch. Und obschon Gell beinahe zehn Jahre älter ist als Du, für Dich sprechen noch andere Gründe."

Tom wurde ein wenig nervös, als sein Onkel immer weiter sprach; er hatte selbst etwas auf dem Herzen, was seinem Onkel möglicherweise nicht angenehm war; er wollte nämlich was ganz neues vorschlagen und nicht etwa den Vorschlag annehmen, den er kommen sah.

„Es versteht sich von selbst", fuhr der Onkel fort, nachdem er eine Prise genommen, — „es versteht sich von selbst, daß Dir die Verwandtschaft mit mir zu gute kommt, aber ich leugne nicht: wenn Du auch garnicht mit mir verwandt wärst, so würde doch Dein Benehmen in der Geschichte mit der Bank Herrn Guest und mich bestimmen, Dir unsern Dank für den geleisteten Dienst zu beweisen, und zusammen mit Deiner sonstigen Auf= führung und Deiner Tüchtigkeit im Geschäft hat es uns ver= anlaßt, Dir einen Antheil am Geschäft zu geben — einen An= theil, den wir im Laufe der Zeit mit Freuden erhöhen werden. Alles in allem scheint uns das besser, als wenn wir Dein Ge= halt erhöhten. Du erhältst dadurch eine angesehnere Stellung und gewöhnst Dich mit der Zeit, mir etwas von der Sorge der Verantwortlichkeit abzunehmen. Jetzt kann ich zwar noch mein gut Stück Arbeit thun, aber ich werde älter, das läßt sich nicht leugnen. Ich habe Herrn Guest versprochen, ich wollte Dir die Sache mittheilen, und wenn Du aus dem Norden zurückkommst, wollen wir die Einzelheiten besprechen. Für einen jungen Menschen von dreiundzwanzig Jahren ist das was großes, aber Du hast's verdient, das muß ich sagen."

„Ich bin Herrn Guest und Dir sehr dankbar, natürlich Dir am meisten, weil Du mich in's Geschäft eingeführt und Dir alle Zeit so viel Mühe mit mir gegeben hast."

Tom sprach mit bebender Stimme und hielt inne, als er das gesagt hatte.

„Ja ja", erwiderte der Onkel, „ich scheue keine Mühe, wo ich sehe, daß es was hilft; auch bei Gell hab' ich das gethan, sonst wär' er noch nicht so weit."

„Aber mir liegt etwas am Herzen, Onkel, das möcht' ich Dir doch sagen. Bisher hab' ich Dir noch kein Wort davon gesagt. Wie Du Dich noch wohl erinnerst, wart ihr um die Zeit, wo Vater sein Vermögen verlor, halb und halb Willens, die Mühle zu kaufen. Ich weiß, Du hieltest es für kein schlechtes Geschäft, namentlich wenn Dampfkraft angewendet würde."

„Gewiß, gewiß. Aber Wakem überbot uns; er hatte sich das mal vorgenommen. Er nimmt immer gern andern Leuten die Sache über dem Kopf weg."

„Vielleicht nützt es nichts, daß ich die Sache jetzt zur Sprache bringe", fuhr Tom fort, „aber ich möchte Dir doch gern sagen, was ich mit der Mühle vorhabe. Die Sache liegt mir sehr am Herzen. Es war der letzte Wunsch meines Vaters, daß ich die Mühle wieder an mich bringen sollte, sobald ich nur könnte; seit fünf Generationen hat unsere Familie darin gewohnt. Das habe ich Vater versprechen müssen und ich habe auch selbst eine besondere Anhänglichkeit an meine Heimath. Ich werde mich nirgend anders so wohl fühlen. Und wenn es jemals Deinen Ansichten entspräche, daß ihr die Mühle für's Geschäft kauftet, so würd' es mir viel leichter, Vaters Wunsch zu erfüllen. Nur ungern erwähn' ich diesen Plan, aber Du bist ja so gütig gewesen zu sagen, meine Dienste seien euch von Werth gewesen. Und wenn ich die Mühle wieder bekommen könnte, so gäb' ich jede andere noch so gute Aussicht auf; ich würde dann die Mühle selbst bewirthschaften und das Kaufgeld mit der Zeit abverdienen."

Onkel Deane hatte aufmerksam zugehört und sah nachdenklich aus.

„Ja, ja", sagte er nach kurzem Stillschweigen; „die Sache wäre nicht so unmöglich und die Geschichte ließe sich wohl machen, wenn nur einige Aussicht wäre, daß Wakem die Mühle verkauft. Aber die seh' ich noch nicht. Er hat seinen jungen Sausewind in die Mühle gesetzt, und hat gewiß seine Gründe gehabt, warum er sie kaufte, darauf kannst Du Dich verlassen."

„'s ist ein rechter Galgenstrick, der Bastardjunge", sagte Tom. „Er hat sich an's Trinken gegeben, und die Leute sagen, er vernachlässige das Geschäft ganz. Lukas hat's mir neulich erzählt, unser alter Müllerknecht. Er sagte, er bliebe da nicht länger, wenn's nicht anders würde. Ich glaube beinah, wenn die Dinge so weiter gehen, wird Wakem schon eher geneigt werden, die Mühle zu verkaufen. Lukas meinte, die Geschichte ginge ihm sehr im Kopfe 'rum, so schlecht ist die Wirthschaft."

„Nun, ich will's mir überlegen, Tom. Erst muß ich mich erkundigen wie's steht, und dann will ich's mit Herrn Guest besprechen. Aber, siehst Du, 's ist eine ganz neue Branche, und wir müßten Dich hineinsetzen, statt Dich zu behalten wo Du jetzt bist."

„O, Onkel, wenn die Sache mal erst recht im Zuge ist, dann nimmt die Mühle nicht meine ganze Zeit in Anspruch. Ich möchte recht viel zu thun haben. Das ist das einzige, wonach ich was frage."

Es war etwas wehmüthiges in diesen Worten, für einen

dreiundzwanzigjährigen Menschen, und selbst so'n Geschäftsmann wie Onkel Deane fühlte sich betroffen.

„Ih, Unsinn! bald nimmst Du 'ne Frau, wenn das mit Dir in der Welt so weiter geht. Aber was die Mühle betrifft, das ist jetzt noch so 'ne Taube auf dem Dache; indeß versprech' ich Dir, ich will dran denken, und wenn Du zurückkommst, reden wir weiter davon. Jetzt muß ich zu Tisch. Komm morgen früh zu uns zum Frühstück, und nimm vor der Reise von Mutter und Schwester Abschied."

Sechster Abschnitt.

Beiträge zur Lehre von den Gesetzen der Anziehungskraft.

Gretchen war augenscheinlich an dem Punkte ihres Lebens angekommen, den alle klugen Leute als eine höchst günstige Gelegenheit für eine junge Dame ansehen. Mit einer stattlichen Persönlichkeit, die noch dazu den Vortheil hatte, den meisten ganz neu zu sein, und mit der bescheidenen Hälfe einer Toilette, wie man sie sich nach der Vorberathung zwischen Lucie und Tante Pullet denken kann — so eingeführt in die vornehme Gesellschaft von St. Ogg, stand Gretchen unzweifelhaft an einem neuen Wendepunkt ihres Lebens. In der ersten Abendgesellschaft bei Lucie ließ der junge Torry keinen Augenblick den Kneifer von der Nase und Gretchen aus den Augen, und verschiedene junge Damen nahmen sich auf dem Heimwege vor, auch kurze Aermel mit schwarzem Besatz zu tragen und das Haar in breiten Flechten um den Kopf zu legen; Luciens Cousine hätte gar zu gut darin ausgesehen. Kurz, das arme Gretchen, mit all ihren trüben Erinnerungen an die traurige Vergangenheit und ihrer bösen Ahnung von künftiger Trübsal, war auf dem besten Wege, ein Gegenstand des Neides zu werden, ein Thema der Unterhaltung in dem neugegründeten Klub und unter Freun=

dinnen, die kein Geheimniß vor einander hatten in Sachen des Besatzes: Die Fräulein Guest's, die mit den andern Familien der Stadt mehr auf dem Fuße der Herablassung standen und in der ganzen Umgegend ein wahrer Modenspiegel waren, machten bei Gretchen eine Ausnahme. Sie hatte eine Art, den Bemerkungen, die in der guten Gesellschaft gang und gebe sind, nicht sofort beizustimmen und zu erklären, sie wisse doch nicht, ob diese Bemerkungen auch ganz wahr seien oder nicht, die ihr etwas linkisches gab und den glatten Fluß der Unterhaltung störte, aber es ist eine Thatsache — und ich empfehle sie milder Deutung —, daß Damen gegen eine neue Bekanntschaft von ihrem eigenen Geschlecht nicht grade ein ungünstiges Vorurtheil hegen, wenn sie ihre Schwächen und Mängel hat. Und Gretchen hatte so durchaus nichts von jener hübschen Koquetterie, welche von Alters her in dem Rufe steht, die Männer zur Verzweiflung zu bringen, daß sie bei einigen Frauen förmlich Mitleid fand, weil sie trotz ihrer Schönheit so gar wenig Eindruck mache. Es war ihr ja nicht leicht geworden in der Welt, dem armen Ding, und zugeben mußte man doch, daß sie höchst anspruchslos sei; ihre ungleichen, etwas abstoßenden Manieren kamen offenbar vom eingezogenen Leben und von den kümmerlichen Verhältnissen. Es war nur zu verwundern, daß so gar nichts gewöhnliches oder gar gemeines an ihr war, wenn man bedachte was sie für Verwandte habe — eine Anspielung, bei der es die Fräulein Guest's immer etwas schauderte. Eine Verschwägerung mit solchen Leuten wie Glegg's und Pullet's war gewiß kein angenehmer Gedanke, aber wenn Stephan sich mal etwas vorgenommen hatte, so half kein Widerspruch, und gegen Lucie selbst ließ sich doch unmöglich etwas einwenden; jeder mußte sie lieb haben. Natürlich sah sie es gern, daß die Fräulein Guest's gegen ihre Cousine, die sie so lieb hatte, freundlich waren, und Stephan, fürchteten sie, würde gewiß Lärm machen, wenn sie's an Höflichkeit fehlen ließen. Unter diesen Umständen fehlte es nicht an Einladungen in die besten Häuser der Stadt, und so sah sich Gretchen zum ersten Mal in das Leben einer jungen

Dame eingeführt und erfuhr, was es heißen will, des Morgens aufzustehen, ohne daß man etwas bestimmtes zu thun hat.

Dies neue Gefühl von Muße und unbegränztem Genuß im sanften Hauch und süßen Duft der Frühlingstage, in einer Schwelgerei von Musik und Herumschlendern im Sonnenschein und köstlichem träumerischen Hingleiten auf dem Flusse, mußte nach so jahrelanger Entsagung wahrhaft berauschend auf sie wirken, und gleich in der ersten Woche wichen ihre trüben Erinnerungen und Ahnungen. Das Leben war jetzt wirklich sehr angenehm; sie hatte Freude daran, des Abends Toilette zu machen und zu fühlen, daß sie mit zu den Schönheiten des Frühlings gehöre. Und bewundernde Blicke warteten ihrer jetzt immer; sie war nicht länger unbeachtet, mußte nicht auf Schelte gefaßt sein, nicht mehr fortwährend andern Aufmerksamkeiten erweisen, während niemand sich verpflichtet hielt, gegen sie aufmerksam zu sein. Ebenso war's angenehm, wenn Stephan und Lucie ausgeritten waren, sich allein an's Klavier zu setzen und die Finger ihre alte Bekanntschaft mit den Tasten erneuern zu lassen, die Melodieen vom Abend vorher nachzuspielen und so lange zu wiederholen, bis sie sie in einer Weise spielen konnte, daß sie ihr eine stärkere leidenschaftliche Sprache wurden. Der bloße Zusammenklang der Oktaven war für sie eine Lust, und sie nahm oft Uebungen statt wirklicher Melodien vor, um den einfachen Genuß an den musikalischen Intervallen desto stärker zu empfinden. Nicht als ob ihre Freude an der Musik auf ein besonderes Talent hätte schließen lassen; diese Empfänglichkeit für die höchste Aufregung der Musik war vielmehr nur eine Form der leidenschaftlichen Erregbarkeit ihrer ganzen Natur, die alle ihre Fehler und Tugenden in einander aufgehen ließ, aus ihren Neigungen bisweilen ein heftiges Verlangen machte, aber auch wiederum ihrer Eitelkeit die Form bloßer weiblicher Koquetterie benahm und dafür die Poesie des Ehrgeizes gab. Aber der Leser kennt Gretchen schon lange genug und braucht nicht mehr ihren Charakter, sondern nur ihre Geschichte zu erfahren, und diese läßt sich selbst aus der genauesten Kenntniß ihres

Charakters nicht vorher sagen. Denn die Tragödie unseres Le=
bens entwickelt sich nicht lediglich von innen heraus. „Der Cha=
rakter", sagt Novalis in einem seiner sehr bestreitbaren Apho=
rismen — „der Charakter ist das Schicksal". Aber nicht unser
ganzes Schicksal. Prinz Hamlet war ein Grübler ohne That=
kraft, und in Folge dessen haben wir eine große Tragödie.
Aber wenn sein Vater hübsch zu Jahren gekommen und sein
Onkel früh gestorben wäre, so können wir uns wohl denken,
er habe Ophelia geheirathet und sein Leben lang für einen
leidlich verständigen Menschen gegolten — trotz vieler Monologe
und mancher mürrischer Spöttereien gegen die schöne Tochter
des Polonius, der rücksichtslosesten Unhöflichkeit gegen seinen
Schwiegervater ganz zu geschweigen.

Gretchens Schicksal ist uns also für jetzt noch verborgen,
und wir müssen warten, bis es sich uns enthüllt wie der Lauf
eines Flusses, der noch nicht auf der Karte verzeichnet steht; wir
wissen nur, der Fluß ist voll und reißend und alle Flüsse finden
schließlich dieselbe — Ruhestatt. Unter dem zauberischen Ein=
fluß ihrer neuen Freuden hörte Gretchen selbst auf, mit lebhafter
Einbildungskraft sich die Zukunft auszumalen, und ihre gespannte
Erwartung auf das erste Wiedersehen mit Philipp ließ etwas
nach; ohne sich dessen bewußt zu sein, bedauerte sie vielleicht so=
gar nicht, daß das Wiedersehen sich verzögerte.

Philipp war nämlich den Abend, wo man ihn erwartete,
nicht gekommen, und Stephan brachte die Nachricht, er sei an
die See gegangen, vermuthlich um zu zeichnen; wann er zurück=
komme, sei ungewiß. Es sähe Philipp recht ähnlich, meinte er,
so fort zu gehen, ohne einem Menschen etwas zu sagen. Erst
am zwölften Tage kehrte er zurück und fand nun die beiden
Billets von Lucie auf einmal. Er war abgereist, ehe er von
Gretchens Ankunft gehört hatte.

Man müßte wieder neunzehn Jahr alt sein, um die Ge=
fühle ganz zu begreifen, die sich für Gretchen in diese zwölf
Tage zusammen drängten, — um zu verstehen, welch eine Ewig=
keit sie bei der Neuheit ihrer Lage und den wechselnden Stim=

mungen ihres Innern für sie wurden. Die ersten Tage einer
Bekanntschaft haben fast immer eine solche Bedeutung für uns
und nehmen in der Erinnerung einen größern Raum ein, als
längere Perioden aus späterer Zeit, wo neue Entdeckungen und
Eindrücke sich nicht so drängten. Die Stunden ließen sich in
diesen Tagen zählen, wo Stephan nicht an Luciens Seite saß
oder am Klavier neben ihr stand oder sie auf einem Ausfluge
im Freien begleitete; er wurde immer beständiger in seinen Auf=
merksamkeiten, und das hatte ja auch jeder erwartet. Die kleine
Lucie war sehr glücklich, um so mehr, als Stephan seit Gret=
chens Anwesenheit immer interessanter und unterhaltender ge=
worden zu sein schien. Gespräche leichteren und ernsteren In=
halts waren im Gange, in denen beide, Stephan und Gretchen,
die Bewunderung der sanften Lucie erregten, und mehr als ein=
mal ging ihr der Gedanke durch den Kopf, welch ein reizendes
Quartett es gäbe, wenn Philipp und Gretchen sich heiratheten.
Ist es so unerklärlich, daß ein Mädchen sich der Gesellschaft
ihres Geliebten in Gegenwart eines Dritten mehr erfreut und
nicht die leiseste Eifersucht empfindet, wenn er seine Worte zu=
meist an die dritte Person richtet? Gewiß nicht unerklärlich,
wenn das Mädchen solchen Herzensfrieden hat wie Lucie, so
durch und durch den Seelenzustand der beiden andern zu kennen
glaubt und nicht von Natur zu den Empfindungen hinneigt,
welche auch in Ermangelung eines positiven Gegenbeweises einen
solchen Glauben erschüttern. Zudem, es war immer Lucie, neben
der Stephan saß, der er den Arm gab, an die er sich wandte,
um ihre stets bereite Zustimmung zu allem, was er sagte, zu
hören, und einen Tag wie den andern hatte er dieselbe zärtliche
Höflichkeit gegen sie, dieselbe Aufmerksamkeit für ihre Wünsche,
dieselbe Sorgfalt, sie zu erfüllen. Wirklich ganz dieselbe? Es
kam Lucie vor, als habe sie sich noch gesteigert, und es war kein
Wunder, daß ihr die wirkliche Bedeutung dieses Wechsels ent=
ging. Ja, es war ein Vorgang in Stephans Innerem, den
er selbst nicht einmal bemerkte. Seine persönlichen Aufmerk=
samkeiten gegen Gretchen waren verhältnißmäßig gering, und

es war sogar eine gewisse Entfremdung zwischen ihnen eingetreten, welche die Wiederkehr so leichter Galanterien verhin-
derte, wie er den ersten Tag im Kahne sich erlaubt hatte. Wenn
Stephan in's Zimmer kam und Lucie grade nicht da war, oder
wenn Lucie sie allein ließ, so sprachen sie nie miteinander; Stephan machte sich mit Büchern oder Noten zu schaffen, und Gretchen ließ die Augen nicht von der Arbeit. Bis in die Fingerspitzen hinein hatte jedes das drückende Bewußtsein von der
Nähe des andern. Und doch erwartete jedes und sehnte sich
danach, daß es am kommenden Tage wieder so würde. Keiner
von beiden dachte über die Sache nach oder fragte sich schweigend: wo will das alles hinaus? Gretchen fühlte nur, das
Leben erschließe ihr ganz etwas neues, und sie verlor sich
völlig in das unmittelbare Erlebniß selbst, ohne daß ihr die Kraft
blieb, sich davon Rechenschaft zu geben oder darüber nachzu-
denken. Stephan enthielt sich mit Absicht jeder Selbstprüfung
und gestand sich nicht, daß er unter einem Einfluß stehe, der
von entscheidender Wirkung sein könne oder werde. Und wenn
Lucie wieder in's Zimmer kam, war sofort jeder Zwang verschwunden; Gretchen konnte Stephan widersprechen und auslachen, und er konnte ihrer Erwägung das Beispiel der reizenden
Sophie Western empfehlen, die so große Achtung vor dem Verstande der Männer gehabt habe. Gretchen konnte Stephan
wieder ansehen, was sie — sie wußte selbst nicht warum —
immer vermied, sobald sie allein waren, und er konnte sie sogar
bitten, ihn auf dem Klavier zu begleiten, da Lucie soviel mit
ihrer Näherei für den Bazar zu thun habe, und dann tadelte
er sie, weil sie das Tempo übereilte, was allerdings ihre schwache
Seite war.

Eines Tages — es war der Tag wo Philipp zurückkam —
hatte Lucie plötzlich einen Besuch zu machen bei der Frau des
Doktor Kenn, die durch Krankheit verhindert war, auf dem
Bazar selbst zu erscheinen. Da Stephan dadurch um sei-
nen Abendbesuch kam, so spottete er unbarmherzig über den
Bazar, der alle Bande der Gesellschaft auflöse, aber es blieb

dabei, daß es sich stillschweigend verstand, Stephan würde den Nachmittag nicht wiederkommen, und auf Grund dieser still= schweigenden Verabredung verlängerte Stephan seinen Morgen= besuch zum äußersten und empfahl sich erst um vier Uhr.

Kurz nach Tisch saß Gretchen allein im Besuchzimmer, wäh= rend der Onkel sich zwischen trinken und schlafen und ihre Mutter sich zwischen stricken und schlafen theilte. Gretchen hatte Minni auf dem Schooß und streichelte den kleinen seidenen Schooßhund, um ihn für die Abwesenheit seiner Herrin zu trö= sten; da hörte sie draußen Schritte, blickte auf und sah Herrn Stephan Guest den Garten heraufkommen, als käme er grades= weges vom Flusse. Es war etwas ungewöhnliches, ihn so bald nach Tisch zu sehen; schon oft hatte er sich beklagt, daß man bei ihm zu Haus so spät esse. Und nun war er doch da, und sein Gesellschaftsanzug bewies, daß er zu Haus gewesen war, und sein ganzes Aussehen zeigte, er sei im Kahn gekommen. Gret= chen fühlte, wie ihr das Gesicht glühte und das Herz schlug; es war natürlich, daß sie nervös wurde, denn sie war nicht daran gewöhnt, Besuche allein zu empfangen. Mit raschem Blick hatte Stephan gesehen, sie habe ihn erkannt; die Glas= thür stand offen, und er trat sofort ein, ohne sich den Umweg durch's Haus zu machen. Er wurde auch roth im Gesicht und sah unzweifelhaft so albern aus, wie ein junger Mann von eini= gem Verstande und von einiger Selbstbeherrschung überhaupt aussehen kann; er hielt eine Rolle Noten in der Hand und sagte halb stotternd, wie aus dem Stegreif:

„Sie wundern sich, daß ich schon wieder da bin, Fräulein Tulliver — entschuldigen Sie, daß ich Sie so überrasche, aber ich mußte in die Stadt und ließ mich herrudern; da dachte ich, ich könnte gleich die Noten für Ihre Cousine herbringen. Wollen Sie so gut sein, sie ihr zu geben?"

„Jawohl", sagte Gretchen, die ganz verwirrt aufgestanden war und nun eben so verwirrt nichts besseres zu thun wußte, als sich wieder zu setzen.

Stephan legte die Noten hin und setzte sich dicht neben sie;

das hatte er bisher noch nie gethan, und er sowohl wie Gretchen empfanden sofort die Neuheit ihrer Lage.

„Nun, Du kleiner Verzug!" sagte Stephan und beugte sich
vornüber und zerrte das Hündchen an den langen seidenen Ohren,
die über Gretchens Arm hingen. Das war grade keine an-
regende Bemerkung, und da er sie nicht weiter verfolgte, so
wurde die Unterhaltung dadurch nicht besonders gefördert. Stephan kam sich vor, als liege er im Traum und müsse immer
den Hund streicheln und wundere sich dabei über sich selbst. Aber
es war doch hübsch; er wünschte nur, er hätte den Muth, Gretchen anzusehen, und sie sähe ihn wieder an, — ließe ihn einen
langen Blick in ihre tiefen, wundersamen Augen thun, dann
wollte er zufrieden sein und ganz vernünftig. Das Verlangen
nach diesem Blick war fast zum stillen Wahnsinn bei ihm geworden, und unaufhörlich strengte er seinen Scharfsinn an, um
ein Mittel zu finden, wodurch er ihn erlangen könne, ohne daß
es auffiele und Anlaß zur Verlegenheit gäbe. Gretchen ihrerseits hatte gar keinen klaren Gedanken mehr, nur das Gefühl,
als schwebe ein mächtiger Vogel im Dunkeln über ihrem Haupte;
sie vermochte nicht aufzublicken und sah nur Minni's schwarz-
haariges Fell.

Aber mal mußte das doch aufhören, — hörte vielleicht auch
sehr bald auf und schien nur lang, wie der Traum von einer
Minute lang scheinen kann, und endlich richtete sich Stephan
in seinem Stuhle auf, ließ einen Arm über die Rücklehne
hängen und sah Gretchen an. Was sollte er sagen?

„Es wird ein prächtiger Sonnenuntergang; wollen Sie ihn
sich nicht draußen ansehen?"

„Vielleicht", antwortete Gretchen; dann schlug sie muthig
die Augen auf und sah zur Glasthür hinaus, — „vielleicht,
wenn ich nicht mit Onkel Deane spielen muß."

Eine Pause; wieder wird Minni gestreichelt, hat aber nicht
Verstand genug, dankbar dafür zu sein, sondern knurrt etwas.

„Sitzen Sie gern allein?"

Ein schelmischer Zug flog über Gretchens Gesicht und mit

einem raschen Seitenblick auf Stephan erwiderte sie: „wär' es wohl höflich, wenn ich ja sagte?"

„Ich gebe zu, es war eine gefährliche Frage für einen Eindringling wie ich", sagte Stephan hoch erfreut über den Blick und entschlossen, noch einen zweiten zu erhaschen.

„Aber Sie behalten noch eine gute halbe Stunde für sich, wenn ich fort bin", fügte er hinzu, indem er nach der Uhr sah; „ich weiß, Ihr Onkel kommt immer erst nach halb acht."

Wieder eine Pause. Gretchen sah unverrückt zur Glasthür hinaus, bis sie endlich mit großer Anstrengung den Kopf bewegte und auf Minni herabblickte.

„Es thut mir leid", sagte sie „daß Lucie ausgehen mußte. Wir kommen heute um unsre Musik."

„Dafür haben wir morgen Abend eine Stimme mehr", erwiderte Stephan. — „Sagen Sie doch Ihrer Cousine, unser Freund Philipp Wakem sei wieder da. Ich habe ihn vorhin gesehen, als ich nach Haus ging."

Gretchen fuhr ein wenig zusammen; es durchzuckte sie von Kopf zu Fuß. Aber die neuen Bilder, welche Philipp's Name heraufbeschwor, lösten halb den drückenden Bann, unter dem sie stand. Mit einem plötzlichen Entschluß erhob sie sich, legte das Hündchen auf sein Kissen und nahm Luciens großen Nähkorb zur Hand. Stephan ärgerte sich und fühlte sich enttäuscht; er meinte, Gretchen sei böse, daß er den Namen Wakem so rasch hingeworfen habe, denn jetzt fiel ihm ein, was ihm Lucie über den Streit der beiden Familien erzählt hatte. Nun half kein längeres Verweilen. Gretchen saß am Tisch bei der Arbeit, und er — sah recht aus wie ein Einfaltspinsel. Ein so unmotivirter, völlig überflüssiger Besuch mußte ihn unzweifelhaft unangenehm und lächerlich machen; natürlich war es Gretchen klar, daß er ein hastiges Mahl in seinem Zimmer eingenommen habe, um rasch wieder bei ihr zu sein und sie allein zu treffen. Wie ein Junge kam er sich vor, der fein gebildete Herr von fünfundzwanzig Jahren. In diesem Augenblick fiel Gretchens Knäuel auf die Erde und sie bückte sich danach. Wie ein Pfeil schoß

Stephan darauf los, ergriff den Knäuel und sah ihr dabei mit einem so traurigen flehenden Blick in die Augen, daß es sie überraschte und ergriff.

„Adieu", sagte Stephan in einem Tone, der eben so flehend und unglücklich klang, wie sein Blick gewesen war. Er wagte nicht, ihr die Hand zu geben, sondern steckte beide Hände hinten in die Rocktasche. Gretchen glaubte, sie sei vielleicht unhöflich gegen ihn gewesen.

„Wollen Sie nicht bleiben?" sagte sie schüchtern, ohne wegzublicken, denn das wäre wieder unhöflich gewesen.

„Sie sind sehr freundlich, aber ich muß doch gehen", erwiderte Stephan und blickte immer in die halb unwilligen, halb durch Zauber gefesselten Augen, wie ein durstiger Mann auf die Spur eines fernen Baches hinsieht. „Das Boot wartet auf mich . . . . Sie werden's Ihrer Cousine doch sagen?"

„Ja."

„Daß ich die Noten hergebracht habe, mein' ich."

„Ja."

„Und daß Philipp wieder da ist?"

„Ja."

Diesesmal beachtete Gretchen Philipp's Namen nicht.

„Wollen Sie nicht etwas in den Garten kommen?" sagte Stephan mit noch sanfterer Stimme, aber im nächsten Augenblick ärgerte er sich schon, daß sie nicht nein sagte; denn nun mußte er seinen Hut nehmen und ihr in den Garten folgen, aber er dachte schon darauf, sich zu entschädigen.

„Nehmen Sie meinen Arm", sagte er leise, als wär's ein Geheimniß.

Es liegt etwas seltsam verlockendes für die meisten Frauen in einem festen Arm; sie bedürfen der Hülfe grade nicht in dem Augenblicke, aber das Gefühl der Unterstützung, die Nähe einer Kraft, die nicht die ihre ist und doch ihnen gehört, entspricht einem steten Bedürfniß ihres Innern. Ob dies der Grund war oder ein andrer, Gretchen nahm Stephans Arm. Und sie gingen mit einander um den Rasenplatz und unter den hängenden Zweigen des Goldregens in demselben traumhaften Zustande, in welchem sie die letzte Viertelstunde gewesen waren; mit dem Unterschiede nur, daß Stephan den ersehnten Blick erhascht hatte, ohne darum etwas von wiederkehrender Vernunft in sich zu spüren, und daß Gretchen helle Gedanken durch ihre Träumerei schossen, wie sie dahin gekommen? warum sie hinausgegangen? Sie sprachen kein Wort. Hätten sie's gethan, sie wären nicht so verloren gewesen ineinander.

„Hier ist 'ne Stufe, nehmen Sie sich in Acht", sagte Stephan endlich.

„Ich muß jetzt hinein", antwortete Gretchen und athmete auf wie gerettet. „Guten Abend."

Im Augenblicke hatte sie ihren Arm frei gemacht und lief in's Haus zurück. Daß dieses plötzliche Abbrechen die Erinnerungen an die letzte halbe Stunde nur noch verlegener machen würde, bedachte sie nicht. Dazu hatte sie keine Gedanken. Sie warf sich nur auf einen Stuhl und brach in Thränen aus.

„O Philipp, Philipp, ich wollte wir wären wieder allein — so ruhig allein — im rothen Grunde!"

Stephan sah ihr einen Augenblick nach, dann ging er nach seinem Boot und ließ sich zur Stadt fahren. Er verbrachte den Abend beim Billard, rauchte eine Cigarre nach der andern und verlor eine Partie nach der andern. Aber aufhören mochte er nicht. Er war entschlossen, heute nicht zu denken, keine bestimmtere Erinnerung in sich aufkommen zu lassen, als ihm die stete Nähe Gretchens aufdrängte — denn immer hing sie ihm am Arm und immer sah er sie an.

Aber endlich kam die Nothwendigkeit, sich in der kühlen Sternennacht auf den Heimweg zu machen, und damit die Nothwendigkeit, seine eigene Narrheit zu verwünschen und sich voll Ingrimm zu entschließen, er wolle es nie wieder wagen, mit Gretchen allein zu sein. Es war ja baarer Wahnsinn; er war in Lucie verliebt, ihr treu ergeben und fest an sie gebunden, wie ein Mann von Ehre nur sein kann. Er wünschte, er hätte dies Gretchen Tulliver nie gesehen; wohl möge sie für den einen oder andern eine liebe, wundersame, lästige, angebetete Frau abgeben, aber er hätte sie sich niemals gewählt. Ob sie wohl fühle wie er? Hoffentlich nicht. Er hätte heute nicht hingehen sollen. In Zukunft wolle er sich auch beherrschen, wolle ihr zu mißfallen suchen, mit ihr zanken. Mit ihr zanken? War es möglich, mit jemand zu zanken der solche Augen hatte? — so trotzige und demüthige, eigensinnige und nachgiebige, befehlende und bittende Augen voll der köstlichsten Gegensätze? Solch' ein Wesen von Liebe überwunden zu sehen, welch' ein Glück für den, der — das Glück hätte!

Als Stephan mit seinem Monolog soweit gekommen war, brummte er etwas in die Zähne. Es war kein Segen, den er sprach.

Siebter Abschnitt.

Philipp tritt wieder auf.

Am nächsten Morgen war Regenwetter; es war ganz so'n Morgen, wo die Freunde aus der Nachbarschaft, die nichts besonderes zu thun haben, ihren schönen Freundinnen ziemlich sicher einen endlosen Besuch machen. Der Regen, der auf dem Hinwege noch erträglich gewesen ist, wird während des Besuchs so stark und verspricht doch zu gleicher Zeit so bestimmt, sich später aufzuklären, daß höchstens ein offener Streit den Besuch abkürzen kann; stille Abneigung genügt in solchem Fall nicht. Und für Verliebte — was giebt's hübscheres in England als einen Regentag! Englischer Sonnenschein ist unzuverlässig; Hüte sind nie ganz sicher, und wer sich in's Gras setzt, holt sich leicht 'ne Erkältung. Aber der Regen — auf den ist Verlaß. Man hüllt sich in einen Regenmantel und galoppirt hindurch und gleich darauf sitzt man in dem behaglichen Gefühl, vor jedem störenden Damenbesuch sicher zu sein, auf dem alten Plätzchen ein wenig über oder ein wenig unter dem Sitze der angebeteten Göttin — (oben und unten sind ja nur relative Begriffe, und aus diesem Grunde blickt man zu den Frauen zugleich anbetend hinauf und mitleidig hinab).

„Heute kommt Stephan früher als sonst", sagte Lucie; „wenn's regnet, ist er immer zeitig da."

Gretchen gab keine Antwort; sie war böse auf Stephan; es schien ihr, als könne sie ihn nicht mehr leiden, und wenn's nicht geregnet hätte, so wäre sie zu Tante Glegg gegangen und hätte ihn ganz vermieden. Indeß nahm sie sich vor, unter irgend einem Vorwande bei ihrer Mutter zu bleiben und Lucie mit Stephan allein zu lassen.

Aber Stephan kam heute nicht so zeitig, und ein andrer Besuch, ein näherer Nachbar war vor ihm da. Als Philipp in's Zimmer trat, wollte er sich gegen Gretchen nur höflich verbeugen, weil er sich für verpflichtet hielt, das Geheimniß ihrer Bekanntschaft nicht zu verrathen, aber als sie auf ihn zutrat und ihm die Hand reichte, merkte er sofort, sie habe Lucie in's Vertrauen gezogen. Obschon er sich stundenlang darauf vorbereitet hatte, war es doch auch für ihn ein aufgeregter Augenblick, aber wie alle Menschen, die im Leben wenig Freundschaft gehofft oder erfahren haben, verlor er selten die Herrschaft über sich selbst und hütete sich mit der ganzen Empfindlichkeit des Stolzes, seine Gemüthsbewegung zu deutlich merken zu lassen. Eine etwas größere Blässe, ein leises Zucken um Mund und Nase und ein etwas höherer Ton beim sprechen, der für Fremde eher kalt und gleichgültig klang, das waren gewöhnlich die einzigen Zeichen, in denen sich bei Philipp ein innerer Vorgang äußerte, wenn es noch so wild in ihm tobte. Aber Gretchen, die kaum mehr Kraft hatte, ihre Empfindungen zu verbergen, als wenn sie ein Saiteninstrument gewesen wäre, fühlte sofort, daß sich ihre Augen dehnten und voll Thränen standen, als sie ihm die Hand reichte. Es waren keine Schmerzensthränen; es waren Thränen, wie sie Frauen und Kinder weinen,

12*

wenn sie Schutz und Hülfe finden und nun auf die drohende Gefahr zurückblicken. Denn während Gretchen bis vor kurzem bei dem Gedanken an Philipp immer das Gefühl gehabt hatte, Tom könne ihr doch mit Recht Vorwürfe machen, erschien er ihr jetzt, nach den Erfahrungen der letzten Zeit, wie ein zweites Gewissen, bei dem sie Hülfe und Kraft finden könne. In ihrer ruhigen, zärtlichen Neigung für Philipp, deren Wurzel bis tief in die Kindheit zurückreichte und die, instinktiv erwachsen, durch eine Reihe bestimmter Eindrücke in unvergeßlichen ruhigen Gesprächen Haltung und Dauer gewonnen hatte, sowie in dem Umstande, daß sein Anspruch sich mehr an ihr Mitleid und ihre weibliche Hingebung als an ihre Eitelkeit und die sonstige selbstsüchtige Reizbarkeit ihrer Natur wandte, glaubte sie jetzt eine geweihte Stätte, ein Heiligthum zu haben, wo sie vor einer Verlockung Zuflucht finden konnte, der ihr besseres Selbst widerstrebte, die ihr innerlich Schrecken und Verwirrung, nach außen Elend zu bereiten drohte. Diese neue Ansicht ihres Verhältnisses zu Philipp beseitigte jedes Bedenken, das sie sonst gefühlt haben würde, ob sie nicht bei dem Verkehr mit ihm über Tom's Wünsche hinaus ginge, und sie gab ihm die Hand und fühlte die Thränen in den Augen, ohne daß eine Stimme in ihrem Innern dagegen gesprochen hätte. Die Scene war genau so wie sie Lucie erwartet hatte, und sie empfand die reinste Herzensfreude, daß sie Philipp und Gretchen wieder zusammengeführt habe, ohne jedoch, bei aller Achtung vor Philipp, sich des Eindrucks erwehren zu können, Vetter Tom sei wohl zu entschuldigen, daß er sich über den äußern Gegensatz der beiden Liebenden entsetze; Vetter Tom war ja einmal so prosaisch und hatte keinen Sinn für Poesie und Märchen. Aber so rasch wie möglich ergriff sie das Wort, um ihnen über die erste Verlegenheit hinweg zu helfen.

„Es ist sehr brav und tugendhaft von Ihnen", sagte sie mit ihrem hübschen feinen Stimmchen, als wenn kleine Vögelchen leise zusammen zwitschern, „daß Sie gleich nach Ihrer Rückkehr zu uns kommen. Es soll Ihnen darum auch verziehen sein, daß Sie so zur Unzeit auf und davongegangen sind, ohne Ihren Freunden ein Wort zu sagen. Setzen Sie sich her", fuhr sie fort und suchte ihm den bequemsten Stuhl aus; „Sie sollen gnädig behandelt werden."

„Sie führen kein gutes Regiment, Fräulein Deane", erwiderte Philipp, indem er sich setzte; „an Ihre Strenge glaubt niemand. Die Gewißheit Ihrer Nachsicht treibt immer wieder zu neuen Vergehen."

Lucie erwiderte etwas scherzhaftes, aber Philipp hörte nicht darauf; er hatte sich natürlich zu Gretchen gewandt, und sie sah ihn mit dem offenen, zärtlich forschenden Blick an, mit dem wir einen Freund empfangen, von dem wir lange getrennt gewesen sind. Was war das für ein Abschied zwischen ihnen gewesen! und Philipp war's noch wie gestern. Er fühlte das so lebhaft, mit so intensiver Erinnerung aller Einzelheiten, rief sich so leidenschaftlich jedes Wort und jeden Blick aus ihrer letzten Unterhaltung wieder vor die Seele, daß er bei der Eifersucht und dem Argwohn, die sich in mißtrauischen Naturen fast unvermeidlich an eine starke Neigung knüpfen, in Gretchen's Blick und Wesen deutlich eine Veränderung zu bemerken glaubte. Der bloße Umstand, daß er so etwas befürchtete und halb erwartete, drängte ihm natürlich, in Ermangelung jedes Gegenbeweises, diesen Gedanken auf.

„Ich mache lange Ferien", sagte Gretchen; „ich hab's so gut als hätt' ich eine Fee zur Pathe; Lucie hat mich im Handumdrehen aus 'nem Aschenbrödel in eine Prinzessin verwandelt. Ich thue den ganzen Tag nichts als mich amüsiren, und sie entdeckt meine Wünsche immer noch eher als ich selbst."

„Um so glücklicher wird sie sein", erwiderte Philipp; „Sie sind ihr gewiß mehr werth als eine ganze Menagerie von Schooßhündchen. Und Sie sehen gut aus; die Aenderung bekommt Ihnen gut."

So ging das Gespräch künstlich eine Zeit lang weiter, bis Lucie, entschlossen der Sache ein Ende zu machen, mit gut erheucheltem Schreck ausrief, sie habe etwas vergessen, und

raſch aus dem Zimmer lief. Sofort neigten ſich Philipp und
Gretchen zu einander, faßten ſich bei den Händen und ſahen
ſich mit wehmüthiger Freude an, wie Freunde die ſich kurz
nach einem Verluſt wiederſehen.

„Ich habe meinem Bruder geſagt, ich wollte Dich ſehen,
Philipp; ich habe ihn gebeten, mich meines Verſprechens zu entbinden, und er hat eingewilligt.“

In ihrer raſchen Art wollte Gretchen ſofort genau ſagen,
wie ſie ſich zu einander ſtellen müßten, aber ſie hielt ſich zurück.

Was ſeit Philipp's Liebeserklärung vorgefallen, war ihr ſo
peinlich, daß ſie nicht die erſte ſein mochte, die darauf anſpielte.
Schon die Erwähnung ihres Bruders, der ihn ſo ſchwer gekränkt hatte, ſchien ihr faſt eine Beleidigung gegen Philipp. Aber
er dachte zu ſehr an ſie allein, als daß ihn etwas anders hätte
berühren können.

„Dann können wir alſo wenigſtens Freunde ſein, Gretchen? Dich hindert nichts mehr?“

„Aber Dein Vater, wird der nicht Einſprache thun?“ fragte
Gretchen, indem ſie ihre Hand zurückzog.

„Ich werde Dich nur aufgeben, wenn Du es ſelbſt willſt,
Gretchen“, antwortete Philipp und das Blut ſchoß ihm in's
Geſicht. „Es giebt gewiſſe Sachen, in denen ich meinem Vater
nicht gehorche, das hab' ich Dir ſchon früher geſagt, und dies
iſt eine davon.“

„Dann dürfen wir Freunde ſein, Philipp, dürfen einander
ſehen und ſprechen, ſo lange ich hier bin. Bald muß ich wieder
fort — recht bald; ich nehme eine neue Stelle an.“

„Muß das ſein, Gretchen?“

„Ja, ich darf hier nicht lange bleiben; ich paſſe dann nicht
mehr in das Leben, das ich doch endlich wieder anfangen muß.
Ich kann nicht abhängig ſein von andern, kann nicht bei meinem
Bruder wohnen, ſo gut er auch gegen mich iſt. Er würde gern
für mich ſorgen, aber das wär' mir unerträglich.“

Philipp ſchwieg einige Augenblicke und ſagte dann mit der

hohen, schwachen Stimme, die bei ihm die entschlossene Unterdrückung innerer Aufregung verrieth:

„Giebt's keine andere Wahl für Dich, Gretchen? Ist ein Leben fern von denen, die Dich lieben, die einzige Zukunft, die Du Dir gönnst?"

„Ja, Philipp", sagte sie und sah ihn flehend an, als wolle sie sagen, sie müsse so handeln. „Wenigstens wie die Dinge jetzt sind; später kann es vielleicht anders kommen. Aber ich fürchte allmälich, mir wird die Liebe nie viel Glück bringen; für mich hat sie immer einen starken Zusatz von Schmerz gehabt. Ich wollte, ich könnte mir eine andere Welt daneben schaffen, wie ihr Männer."

„Das ist Dein alter Gedanke in einer neuen Form, — derselbe Gedanke, den ich immer bekämpft habe", sagte Philipp mit einem leisen Anfluge von Bitterkeit. „Du verlangst nach einer Entsagung, die einer Flucht vor dem Schmerze gleichkommt. Ich wiederhole Dir, eine solche Flucht ist für den Menschen un= möglich, wenn er nicht seine Natur verdrehen oder verstümmeln will. Was würde wohl aus mir werden, wenn ich dem Schmerz entfliehen wollte? Verachtung der Welt und krasser Cynismus wäre mein einziger Schlaftrunk, oder ich müßte denn vor lauter Einbildung verrückt werden und mich für einen Liebling der Götter halten, weil ich ein Liebling der Menschen nicht bin."

Während Philipp sprach, war seine Bitterkeit immer hef= tiger geworden; seine Worte waren offenbar eben so wohl ein Ausweg für seine persönliche Empfindung als eine Antwort für Gretchen. Ein tiefer Kummer lastete auf ihm. Mit stolzem Zartgefühl enthielt er sich der leisesten Anspielung auf die Liebes= worte, auf den Bund der Liebe, der zwischen ihnen geschlossen war. Er mochte um alles nicht den Schein auf sich laden, als erinnere er Gretchen an ihr Versprechen; ihm schien das so ge= mein, als wenn er gegen sie Zwang gebrauche. Auch daß er selbst unverändert sei, mochte er nicht betonen; denn selbst das hätte wie ein Anspruch ausgesehen. Auf seiner Liebe zu Gret= chen lastete, selbst in einem höhern Grade als auf seiner son=

stigen Anschauung von Welt und Leben, das übertriebene Gefühl, er sei eine Ausnahme unter den Menschen, und in diesem
Lichte sehe ihn Gretchen so gut wie alle andern. Aber Gretchen schlug das Gewissen; so kindlich reuig wie sonst, wenn er
sie schalt, sagte sie:

„Ja, Philipp, ich weiß Du hast Recht. Ich denke immer
zu viel an meine eigenen Empfindungen, und nicht genug an
die anderer, nicht genug an Deine. Du müßtest immer bei mir
sein und mich ausschelten und belehren; ach, es ist so vieles
wahr geworden, was Du mir vorhergesagt hast.“

Gretchen stützte den Ellbogen auf den Tisch, lehnte den
Kopf in die Hand und sah Philipp mit halb reuiger, schüchterner Zärtlichkeit an, während sie so sprach; er erwiderte diesen
Blick mit einem Ausdruck, der für ihr Gewissen mehr und mehr
seine Unbestimmtheit verlor, in dem allmälich eine ganz bestimmte
Erinnerung zu liegen schien. Ging ihm vielleicht etwas durch
den Sinn was ihr jetzt einfiel? etwas von einem Geliebten
Luciens? Der Gedanke machte sie schaudern; sie erkannte nun
haarscharf ihre gegenwärtige Lage, erkannte haarscharf die Bedeutung des Vorfalls vom gestrigen Abend. Sie fühlte buchstäblich einen Druck auf dem Herzen, wie er wohl eintritt, wenn
wir plötzlich innerlich zusammenbeben; sie mußte sich aufrichten
und hob den Arm vom Tische fort.

„Was giebt's, Gretchen? Ist denn was vorgefallen?“
fragte Philipp in unaussprechlicher Angst; seine Einbildungskraft
war nur zu bereit, jede Befürchtung weiter auszuspinnen.

„Nein, Philipp, nichts“, sagte Gretchen und raffte ihre
schlummernde Kraft zusammen; Philipp durfte den schrecklichen
Gedanken nicht mit sich herumtragen; sie wollte ihn aus ihrem
eigenen Kopfe verscheuchen. „Nichts“, wiederholte sie, „außer in
meinem Innern. Du sagtest mir früher, ich würde die Wirkung meiner geistigen Verkümmerung, wie Du es nanntest, schon
spüren, und das thue ich jetzt. Ich bin zu eifrig in meiner
Freude an der Musik und allen andern Genüssen, jetzt wo ich
sie haben kann.“

Sie nahm ihre Arbeit wieder vor und nähte tüchtig darauf los, während Philipp sie beobachtete und wirklich nicht recht wußte, ob sie noch etwas anderes als dieses allgemeine Geständniß auf dem Herzen habe. Sich mit unbestimmten Selbstvorwürfen zu peinigen, war ganz in Gretchens Art. Aber gleich darauf wurde draußen die Thürklingel heftig gezogen und schallte durch das ganze Haus.

„O, welch unangenehme Störung!" sagte Gretchen, ganz wieder Herrin ihrer selbst, obschon innerlich nicht ganz ruhig. „Wo nur Lucie sein mag?"

Lucie hatte die Glocke auch gehört und nach einer Zwischenzeit, die grade zu einer kurzen freundlichen Begrüßung ausreichte, trat sie mit Stephan herein.

„Guten Tag, altes Haus", sagte er, indem er grade auf Philipp zuging und ihm herzlich die Hand schüttelte, während er sich im Vorbeigehen gegen Gretchen verbeugte; „vortrefflich, daß Sie wieder da sind; nur möcht' ich bitten, Sie benähmen sich etwas weniger wie ein Sperling, der sein Nest oben auf dem Dache hat, und gingen nicht immer ein und aus, ohne den Dienstleuten was davon zu sagen. Ziemlich zwanzig Mal hab' ich die endlosen Treppen nach Ihrem Atelier hinaufklettern müssen, und immer vergebens, weil Ihre Leute meinten, Sie wären zu Hause. Das verbittert die Freundschaft."

„Ich bekomme so wenig Besuch, daß es kaum der Mühe lohnt, von meinem Kommen und Gehen etwas zu sagen", antwortete Philipp, dem der stattliche Stephan mit seiner kräftigen Stimme grade jetzt wenig gelegen kam.

„Sie sind doch heute ganz wohl, Fräulein Tulliver?" sagte Stephan, indem er sich mit steifer Höflichkeit zu Gretchen wandte und ihr mit einer gewissen Förmlichkeit die Hand gab.

Gretchen reichte ihm eben die Fingerspitzen und antwortete stolz und gleichgültig: „Ich danke Ihnen, ganz wohl". Philipp beobachtete sie scharf, aber Lucie war schon daran gewöhnt, daß sie sich nicht immer gleichmäßig gegen einander benahmen, und dachte nur mit Bedauern, sie hätten doch eine natürliche Abnei-

gung gegen einander, die sie ab und zu beim besten Willen nicht
überwinden könnten. „Gretchen ist nicht Stephans Genre, und
sie ärgert sich bei ihm über etwas, was sie für Eitelkeit hält“ —
das war die stille Bemerkung, mit der die harmlose Lucie sich
bei jeder Gelegenheit abfand. Aber Stephan und Gretchen
waren kaum mit ihrer förmlichen Begrüßung fertig, als sich
einer durch die Kälte des andern verletzt fühlte, und während
Stephan in aller Geschwindigkeit Philipp über seinen letzten
Ausflug ausfragte, dachte er um so mehr an Gretchen, als er
sie nicht, wie er sonst immer pflegte, mit in die Unterhaltung
zog. „Gretchen und Philipp sehen so unglücklich aus“, dachte
Lucie; „ihr erstes Gespräch hat sie traurig gestimmt.“

„Sie können wohl lustig sein“, sagte sie zu Stephan, „Sie
haben sich warm geritten; wir andern sind alle etwas verklom-
men von dem Regen. Wie wär's, wenn wir etwas Musik
machten? Wir müssen die Gelegenheit benutzen, daß Sie und
Philipp zusammen hier sind. Singen Sie uns das Duett aus
der Stummen; Gretchen kennt's noch nicht; ihr wird's gewiß
gefallen.“

„Gern, nur zu“, sagte Stephan und ging an's Klavier
und brummte mit seiner tiefen Stimme den Anfang der Melodie.

„Und Philipp, wollen Sie so freundlich sein zu begleiten“,
sagte Lucie, „dann kann ich wieder an meine Arbeit. Sie thun's
doch auch gern?“ setzte sie mit einem reizenden Blick hinzu,
indem sie wie immer rücksichtsvoll besorgt war, ob die erbetene Ge-
fälligkeit dem anderen auch nicht unangenehm sei, und ihr doch
auch wieder die angefangene Stickerei am Herzen lag.

Philipp war hoch erfreut über den Vorschlag, denn außer
der höchsten Befürchtung und dem tiefsten Jammer giebt's wohl
kein Gefühl, das nicht in der Musik Erleichterung fände, das
nicht den Menschen besser spielen und singen machte, und Philipp hatte in dem Augenblick eine solche Fülle von streitenden
Empfindungen, wie sie je das verschlungenste Terzett oder Quar-

tett ausgedrückt hat — Liebe und Eifersucht und Entsagung und grimmigen Argwohn, alles auf einmal.

„O ja", antwortete er auf Luciens Frage und setzte sich an's Klavier; „man erweitert sein unvollkommenes Dasein, man wird ein dreifacher Mensch, wenn man singt und dazu spielt und beides dabei hört, oder auch wenn man singt und malt."

„Ja, Sie sind ein beneidenswerther Mensch", bemerkte Stephan. „Ich kann mit meinen Händen nichts anfangen. Das ist übrigens eine Eigenschaft, die man an allen großen Staats= männern bemerkt hat. Ein Vorwiegen der Reflexion — haben Sie das nicht auch schon an mir bemerkt, Fräulein Tulliver?"

Aus Versehen verfiel Stephan wieder in seine Gewohnheit, mit Gretchen auf scherzhaftem Fuße zu verkehren, und sie konnte ihrerseits die entsprechende Antwort nicht unterdrücken.

„Allerdings hab' ich ein gewisses Vorwiegen bemerkt", erwiderte sie lächelnd, und Philipp hoffte von ganzem Herzen, sie habe es höchst mißfällig bemerkt.

„Bitte bitte, das Duett"! fiel Lucie ein; „solche persön= lichen Bemerkungen ein ander Mal."

Wenn Musik gemacht wurde, versuchte Gretchen immer vergebens zu arbeiten. Heute gab sie sich mehr Mühe als je der Gedanke, Stephan wisse wie gern sie ihn singen höre, regte sie jetzt zu ernsthaftem Widerstande auf, und zudem hatte sie bemerkt, er stelle sich immer so, daß er sie sehen konnte. Aber es half alles nichts; bald ließ sie die Hände sinken und war ganz verloren in den weiten Strom von Empfindungen, welche das Duett in ihr hervorrief — Empfindungen, die sie zugleich stark und schwach stimmten: stark zu Freude und Ge= nuß, schwach zum Widerstande. Als die Melodie in Moll über= ging, durchfuhr sie das so, daß sie halb von ihrem Sitze auf= sprang. Das arme Gretchen; sie sah so schön aus, wenn die unerbittliche Macht der Töne in ihre Seele spielte. Ein kaum merkliches Zittern überlief ihren ganzen Leib, wie sie ein wenig vornübergebeugt dasaß und die Hände fest in einander ver= schlang, als wolle sie sich selbst halten; ihre Augen wurden groß und glänzend und trugen den offenen, kindlichen Ausdruck entzückter Verwunderung, den sie in Augenblicken der höchsten Freude immer hatten. Lucie, die sonst immer am Klavier saß, wenn Gretchen so aussah, konnte sich nicht enthalten, leise aufzustehen und sie zu küssen. Auch Philipp blickte dann und wann zu ihr hinüber und fand erstaunt, daß er sie nie so bewegt, nie so schön gesehen hatte.

„Mehr, mehr!“ rief Lucie, als das Duett zum zweiten Mal gesungen war. „Wieder so was frisches, munteres. Gretchen sagt immer, sie habe den Strom der Musik am liebsten recht voll.“

„Dann müssen wir singen: „Auf die Landstraß’ hinaus!“ sagte Stephan, „und an einem Regentage paßt das doppelt gut. Aber sind Sie denn auch bereit, die heiligsten Pflichten des Lebens zu versäumen und mit uns zu singen?“

„O ja“, erwiderte Lucie lachend. „Suchen Sie nur die Bettleroper in dem großen Notenkasten; sie hat einen schmutzig braunen Deckel.“

„Nichts leichter als das“, erwiderte Stephan; „es sind ja höchstens ein Dutzend Deckel, einer immer noch schmutzig brauner als der andere.“

„Inzwischen spielen Sie uns was vor, Philipp“, sagte Lucie, als sie merkte, daß seine Finger über die Tasten glitten. „Was ist denn das? recht hübsch, aber ich kenn’s nicht.“

„Das kennen Sie nicht?“ erwiderte Philipp und ließ die Melodie deutlicher hervortreten. „Es ist aus der Nachtwandlerin: „Ach könnt’ ich doch dich hassen!“ Die Oper selbst kenn’ ich nicht, aber ich glaube, der Liebhaber sagt seiner Geliebten, er werde sie immer lieben, wenn sie ihn auch verließe. Sie haben’s mich schon singen hören mit dem Text „Dich lieb’ ich noch.“

Nicht ohne Absicht hatte Philipp diese Arie gewählt; Gretchen sollte daraus mittelbar entnehmen, was er ihr gradezu nicht sagen mochte. Sie hatte seine Worte gehört und als er anfing zu singen, begriff sie die leidenschaftliche Klage in der Musik. Der flehende Tenor war an sich nichts besonderes, aber er war ihr nicht ganz neu; er hatte ihr mit halber Stimme abgerissene Melodien vorgesungen, als sie noch im rothen Grunde auf den Graswegen gingen und unter der Esche saßen. In den Worten schien ein Vorwurf zu liegen — war das Philipp's Absicht? Sie wünschte, sie hätte ihm vorher deutlicher gesagt, sie dürften sich gegenseitig keine Hoffnung auf Liebe machen, und zwar nur weil die Verhältnisse es nicht erlaubten, denen sie sich unweigerlich fügen müsse. Sein Gesang packte sie nicht gerade, aber er rührte sie, er regte bestimmte Erinnerungen und Ge= danken an und brachte ihr statt der vorherigen Aufregung ruhi= ges Bedauern.

„So macht ihr Herren Tenore es immer", sagte Stephan, der mit Noten in der Hand wartete, daß Philipp ausgesungen habe. „Ihr demoralisirt das schöne Geschlecht, indem ihr bei der allerschlechtesten Behandlung von sentimentaler Liebe und Treue singt. Wenn man euch nicht den Kopf abschlägt, so singt ihr ohne Aufhören von Beständigkeit in der Liebe. Ich muß ein Gegenmittel anwenden, während Fräulein Deane den schweren Abschied von der Stickerei übersteht."

Und damit ließ er keck seine Stimme erschallen:

„Soll in Verzweiflung ich vergehn,
Alldieweil ein Mädel schön?"

und seine Stimme schien das ganze Zimmer zu beleben. Lucie, immer stolz auf alles, was Stephan that, trat lachend und be= wundernden Blicks zu ihm an's Klavier, und so sehr sich Gret= chen gegen den Inhalt des Liedchens und gegen den Sänger sträubte, wurde sie doch auch mit angesteckt von der allgemeinen Lustigkeit. Aber ärgerlich und entschlossen, sich nicht zu ver= rathen, griff sie wieder zur Arbeit und fuhr mit großer Aus= dauer fort, falsche Stiche zu machen und sich in die Finger zu stechen, ohne aufzublicken oder auf die andern zu achten, bis sich alle drei Stimmen in dem lustigen Liede vereinten, „Auf die Landstraß' hinaus!"

Im Stillen hätte sie, fürcht' ich, eine große Befriedigung empfunden, wenn sie gewußt hätte, wie ausschließlich dieser kecke, ausgelassene Stephan sich mit ihr beschäftigte, mit wie raschen Uebergängen er zwischen dem Entschluß, sie mit gesuchter Gleichgültigkeit zu behandeln, und dem brennenden Verlangen wechselte, von ihr einen Beweis von Freundlichkeit zu erhalten, ein Wort oder einen Blick verstohlen mit ihr zu tauschen. Bald genug fand er eine Gelegenheit. Gretchen ging, sich eine Fußbank zu holen, und Stephan, der gerade nicht sang und alle ihre Bewegungen beobachtete, errieth ihren Wunsch und beeilte sich ihn rascher zu erfüllen als sie selbst; er nahm die Fußbank auf und blickte sie dabei so flehend an, daß sie ihm mit einem dankbaren Blick erwidern mußte. Und als er dann die Fußbank mit höflicher Sorgfalt hinsetzte — er, der sonst so übermüthige, plötzlich so bescheiden und besorgt aussah und immer noch in gebückter Haltung verweilte und fragte, ob es an der Stelle zwischen dem Fenster und dem Kamin nicht ziehe, und ob sie ihm nicht erlauben wolle, ihr den Nähtisch anderswohin zu setzen, so waren das alles Dinge, die einem noch wenig geschulten Mädchen nur zu leicht die verrätherische Zärtlichkeit in die Augen treiben. Für Gretchen waren diese kleinen Aufmerksamkeiten durchaus nichts alltägliches, sondern ganz was neues, wogegen ihr Verlangen nach Huldigung noch durchaus nicht abgestumpft war. Er sprach so zart und aufmerksam, daß sie ihm danken und in das Gesicht blicken mußte, welches sich zu ihr neigte, und wohl oder übel war's für beide eine Freude sich anzusehen — jetzt wie den Abend vorher.

Was Stephan that, war nur eine gewöhnliche Höflichkeit und rasch abgemacht, und Lucie achtete bei ihrem Singen kaum darauf, aber für Philipp, den schon eine unbestimmte Angst ergriffen hatte, die nur nach einem festen Anhaltpunkte suchte, schien dieser plötzliche Diensteifer Stephans und der veränderte Ausdruck in Gretchens Gesicht, worin offenbar ein Abglanz des seinigen wiederstrahlte, in so starkem Gegensatze mit der früheren Gleichgültigkeit zu stehen, daß es ihm peinlich war. Als Stephan wieder in den Gesang einfiel, klang ihm in seiner Reizbarkeit die Stimme so rauh und widerwärtig, als wäre sie

das Geräusch von Eisenblech, und er fühlte sich versucht, sie mit wildem Lärm auf dem Klavier zu übertönen. Zwar hatte er keinen greifbaren Grund zum Argwohn bemerkt; seine eigene Vernunft sagte ihm das, und am liebsten wäre er gleich nach Haus gegangen, um sich seine eingebildete Besorgniß ruhig zu überlegen, bis er sich von ihrer Nichtigkeit überzeugt hätte, aber andrerseits wolle er so lange bleiben wie Stephan und immer zugegen sein, wenn Stephan und Gretchen sich sahen. Es schien dem armen Philipp so natürlich, ja so unvermeidlich, daß jeder, der Gretchen nahe käme, sich in sie verliebte! Sie hatte nicht auf Glück zu hoffen, wenn sie sich verleiten ließ, Stephan zu lie=
ben, und dieser Gedanke ermuthigte Philipp, seine eigene Liebe zu ihr in einem günstigeren Lichte, als etwas doch nicht so ganz ungleiches anzusehen. Unter diesem innern Widerstreit betäuben=
der Gedanken fing er an sehr falsch zu spielen, und Lucie sah ihn erstaunt an, als die Einladung zum Frühstück einen will=
kommenen Vorwand bot, das Musiziren für heut abzubrechen.

„Ah, Herr Philipp!" sagte Deane, als sie in's Eßzimmer traten; „habe Sie ja so lange nicht gesehen. Ihr Vater ist wohl nicht zu Haus? Neulich fragte ich nach ihm auf dem Bureau und da hieß es, er sei nicht in der Stadt."

„Er ist mehrere Tage in Geschäften nach Mudport ge=
wesen", antwortete Philipp, „aber jetzt ist er wieder hier."

„Und immer noch auf seinem alten Steckenpferde, der Land=
wirthschaft?"

„Ich glaube wohl", sagte Philipp, etwas verwundert über dieses plötzliche Interesse an den Geschäften seines Vaters.

„Hat er nicht drüben am Flusse auch Ländereien sowie hier auf unserer Seite?"

„Jawohl."

„Na", fuhr Deane fort, indem er die Taubenpastete vor=
legte, „die Landwirthschaft, das ist ein theures Steckenpferd, das soll Ihr Vater schon merken. Ich habe nie ein Steckenpferd gehabt, konnte mich nicht dazu entschließen. Und die schlimmsten Steckenpferde, das sind die, wo die Leute Geld bei zu verdienen

hoffen. Das heißt sein Geld wegschütten wie Korn aus dem Sack."

Lucie wurde ein bischen verlegen bei dieser wohlfeilen Kritik ihres Vaters über Wakem's Geldvergeudung.. Aber der Vater beruhigte sich und wurde ungewöhnlich schweigsam und nachdenklich. Immer gewohnt, ihn genau zu beachten, und seit kurzem bei allen Fragen besonders lebhaft interessirt, welche das Haus Wakem betrafen, empfand Lucie eine ungewöhnliche Neugierde, weshalb ihr Vater wohl so gefragt haben möge. Sein nachheriges Schweigen ließ sie vollends vermuthen, er habe dabei seinen besondern Grund gehabt.

Mit diesem Gedanken im Kopf nahm sie zu dem gewöhnlichen Mittel ihre Zuflucht, welches sie immer anwandte, wenn sie mit dem Vater etwas zu besprechen hatte; sie beschäftigte ihre Tante Tulliver nach Tische draußen und setzte sich zu ihm auf eine Fußbank. Das waren für Deane immer die angenehmsten Augenblicke, die er sich im Leben verdient zu haben glaubte, trotzdem Lucie, die sich das Haar nicht gern mit Schnupftabak pudern ließ, meistens damit begann, sich seiner Schnupftabacksdose zu bemächtigen.

„Du willst doch nicht schon Dein Schläfchen halten, Papa?" sagte sie, indem sie ihre Fußbank heranzog und die großen Finger auseinanderbog, welche die Dose gefaßt hielten.

„Noch nicht", erwiderte der Vater und blickte nach der Flasche. „Aber was willst Du denn?" fügte er hinzu und kniff sie zärtlich in's Kinn. „Möchtest mir wohl wieder ein paar Goldfüchse ablocken für Deinen Bazar — he?"

„Nein, heute bin ich ganz unselbstsüchtig. Ich will nichts haben, nur plaudern. Ich möchte wissen, warum Du heute Philipp Wakem nach seines Vaters Landwirthschaft gefragt hast? 's war so auffallend; sonst sprichst Du fast nie mit ihm über seinen Vater, und was hast Du dabei, ob der Alte ein kostspieliges Steckenpferd hat?"

„Geschäftssachen, liebes Kind, Geschäftssachen", antwortete

Deane mit einer Handbewegung, als wolle er dies Heiligthum vor Eindringlingen schützen.

„Aber, Papa, Du sagst ja immer, Philipp sei erzogen wie ein Mädchen; wie kamst Du nun mit einmal darauf, ihn nach Geschäften zu fragen? Deine Fragen kamen so abgebrochen heraus, es war ordentlich auffallend. Philipp war recht verwundert."

„Unsinn, Kind", sagte Deane, der sich mit seinem gesellschaftlichen Benehmen zu viel Mühe gegeben hatte, um sich darüber tadeln zu lassen. „Die Leute sagen, Wakem's Mühle und Landwirthschaft da drüben am Flusse — die rothe Mühle, weißt Du, die mal Deinem Onkel Tulliver gehörte — rentirte nicht mehr so gut wie früher. Nun wollte ich mal bei Philipp auf den Busch klopfen, ob sein Vater die Geschichte noch nicht satt hat."

„Wie, möcht'st Du denn die Mühle kaufen, wenn er sie Dir lassen will?" rief Lucie eifrig. „Bitte, sag' mir alles. Da, sollst auch Deine Dose wieder haben, wenn Du's thust. 's ist bloß wegen Gretchens; sie sagte mir, sie hätten alle ihren Sinn darauf gesetzt, daß Tom die Mühle mal wieder bekäme. Es war das letzte, was ihr Vater Tom sagte, er müsse die Mühle wieder an sich bringen."

„Still, Du klein Kätzchen!" sagte Deane, indem er die wiedererlangte Dose öffnete. „Du darfst kein Wort davon sagen — hörst Du? Es ist sehr wenig Aussicht, daß sie die Mühle wieder bekommen, oder daß sonst jemand sie Wakem aus den Händen zieht. Und wenn er erführe, daß wir sie für Tulliver's wieder haben wollten, so hielte er sie nur um so fester. Nach dem was vorgefallen ist, ist das nur natürlich. Früher ist er freundlich genug gegen Tulliver gewesen, aber wenn einer was mit der Reitpeitsche gekriegt hat, denn bezahlt er nicht mit Mandeln und Rosinen."

„Hör' mal, Papa", erwiderte Lucie etwas feierlich, „willst Du mir vertrauen? Du mußt mich nicht nach meinen Gründen fra=

gen für das was ich Dir sagen will, aber ich habe sehr starke
Gründe. Und ich bin sehr vorsichtig, wirklich sehr vorsichtig.“

„Da bin ich doch neugierig.“

„Nun, ich glaube, wenn ich Philipp Wakem in's Vertrauen
ziehen dürfte, wenn ich ihm alles sagen könnte, warum Du die
Mühle kaufen willst, daß es für unsre Verwandten ist, und daß
die die Mühle wiederhaben möchten, dann, glaube ich, würde
der uns helfen. Ich weiß, er thäte es mit Freuden.“

„Ich sehe nicht ein, wie das möglich ist, Kind“, erwiderte
der Vater ganz erstaunt. „Was kann Philipp denn dabei haben?“
Dann sah er plötzlich seine Tochter mit einem durchdringenden
Blick an und rief: „Du glaubst doch nicht, der arme Junge sei
in Dich verliebt und Du könnt'st mit ihm machen was Du
willst?“

„Nein, Papa, aus mir macht er sich nicht halb so viel, als
ich mir aus ihm mache. Aber ich habe meine Gründe und bin
meiner Sache ganz sicher. Frag mich nicht mehr. Und wenn
Du's räthst, sag's mir nicht. Nur laß mich thun was mir gut
scheint.“

Damit stand Lucie von ihrer Fußbank auf, setzte sich dem
Vater auf den Schooß und küßte ihn.

„Weißt Du auch ganz gewiß, daß Du uns das Spiel nicht
verdirbst?“ sagte er, indem er sie mit väterlichem Stolz an=
blickte.

„Ja, Papa, ganz gewiß. Ich bin sehr verständig; ich habe
ganz Dein Talent für's Geschäft. Hast Du nicht mein kleines
Rechnungsbuch sehr bewundert, das ich Dir neulich zeigte?“

„Schon gut, wenn der junge Mann nur hübsch schweigt,
dann schadt's nichts. Und die Wahrheit zu gestehen, wir haben
sonst nicht viel Aussicht. Aber jetzt geh, ich bin müde.“

Achter Abschnitt.

Wakem zeigt sich in einem neuen Lichte.

Ehe noch drei Tage vergangen waren, hatte Lucie es fertig gebracht, sich mit Philipp insgeheim zu besprechen, während Gretchen bei ihrer Tante Glegg zum Besuch war. Mit rastloser Aufregung überlegte sich Philipp alles was Lucie ihm gesagt hatte; endlich war sein Plan bis in's kleinste fertig. Er glaubte, eine Möglichkeit vor sich zu haben, sein Verhältniß zu Gretchen bedeutend zu fördern und wenigstens ein Hinderniß ihrer Vereinigung zu beseitigen. Mit der fieberhaften Spannung eines angehenden Schachspielers entwarf er seinen Plan, berechnete alle Züge und war erstaunt über sein plötzliches Feldherrntalent. Sein Plan war so kühn wie gut berechnet. Er wartete einen Augenblick ab, wo sein Vater grade nichts eiligeres vorhatte als die Zeitung, trat an ihn heran, legte ihm die Hand auf die Schulter und sagte:

„Vater, willst Du nicht 'mal zu mir hinauf kommen und Dir meine neuen Skizzen ansehen? ich hab' sie jetzt geordnet."

„Ich bin schrecklich steif in den Beinen, Philipp, für Deine hohen Treppen", antwortete der Vater und sah seinen Sohn zärtlich an. „Aber meinetwegen laß uns gehen."

„Das ist doch nett hier, Philipp, nicht wahr? so vortreffliches Oberlicht!" war wie gewöhnlich seine erste Bemerkung, als er in das Atelier trat. Er liebte es, sich und seinen Sohn daran zu erinnern, daß er mit soviel Güte für ihn sorge. Es war ihm ein lieber Gedanke, daß er ein so guter Vater sei, daß ihm seine Emilie nichts vorwerfen könne, wenn sie aus dem Grabe erstände.

„Sieh mal an", sagte er, indem er sich die Brille aufsetzte und die Skizzen übersah, „das ist ja 'ne köstliche Ausstellung. Wahrhaftig, ich wüßte nicht daß der Londoner Maler,

13*

der neulich hier so viel Geld löste, bessere Sachen machte als Du."

Philipp schüttelte den Kopf und lächelte. Er hatte sich auf seinen Malerstuhl gesetzt und machte mit einem Kreidestift dicke Striche, um seine innere Aufregung zu verbergen. Er beobachtete den Vater, wie er langsam herumging und gutmüthig viel länger bei den Bildern verweilte, als er aus bloßem natürlichen Geschmack für Landschaftsmalerei gethan hätte, bis er vor einer Staffelei stehen blieb, auf der zwei Bilder standen, ein größeres und ein kleineres, das letztere in einem ledernen Etui.

„Aber was ist denn das?" sagte Wakem, überrascht durch diesen plötzlichen Uebergang von Landschaft zu Portrait. „Ich glaubte, das Portraitmalen hätt'st Du dran gegeben. Wer sind die beiden Mädchen?"

„Es ist dasselbe Mädchen in verschiedenem Alter", erwiderte Philipp ruhig.

„Und wer ist es?" fragte Wakem mit scharfem Ton, indem er seinen Blick mit steigendem Argwohn auf das größere Bild heftete.

„Es ist Fräulein Tulliver. Das kleine Bild soll sie als Kind sein, als ich mit ihrem Bruder in der Pension war; das größere ist ein schwaches Abbild, wie sie aussah, als ich von meiner großen Reise zurückkam."

Ingrimmig drehte sich Wakem herum, sein Gesicht war roth vor Zorn, er nahm die Brille ab und sah seinen Sohn einen Augenblick so wild an, als wolle er diese tollkühne Schwachheit zu Boden schlagen. Aber er warf sich in einen Lehnstuhl, steckte die Hände in die Taschen und begnügte sich damit, seinen Sohn zornig anzusehen. Philipp erwiderte den Blick nicht, sondern sah ruhig auf die Spitze seines Kreidestifts.

„Und willst Du damit sagen, daß Du seit Deiner Rückkehr mit ihr umgegangen bist?" sagte Wakem endlich mit der vergeblichen Anstrengung, welche die Wuth immer macht, durch Wort und Ton zu verletzen, wenn ihr die Schläge versagt sind.

„Ja, ich habe sie sehr oft gesehen, das ganze letzte Jahr,

ehe ihr Vater starb. Wir haben uns oft getroffen, im rothen Grunde, nahe bei der Mühle. Ich liebe sie von ganzem Her=zen. Ich werde kein anderes Mädchen je wieder lieben. Seit sie ein kleines Mädchen war, ist sie mir nicht aus dem Sinn gekommen."

„Bravo, immer weiter, und die ganze Zeit bist Du mit ihr im Verkehr gewesen?"

„Nein, Vater! meine Liebe hab' ich ihr erst kurz vor unserer Trennung gestanden und sie hat ihrem Bruder versprochen, mich nicht wieder zu sehen und auch nicht an mich zu schreiben. Ich bin nicht sicher, daß sie mich noch liebt oder in eine Heirath willigt, aber wenn sie einwilligte, wenn sie mich dazu lieb genug hätte, dann heirathete ich sie."

„Und das ist mein Dank für alle väterliche Liebe und Sorgfalt?" sagte Wakem und wurde blaß vor Wuth und fing an zu zittern bei dem Gefühl seiner Ohnmacht gegen Philipp's ruhige Entschlossenheit.

„Nein, Vater", erwiderte Philipp und blickte zum ersten Male zu ihm auf; „es ist kein Dank und keine Erwiderung. Du bist mir ein guter Vater gewesen, aber ich habe immer das Gefühl gehabt, Du thät'st das aus Zärtlichkeit, um mich so glücklich zu machen, wie mein trauriges Loos erlaubt, aber nicht als sei es eine Schuld, die ich damit bezahlen müsse, daß ich alle meine Aussichten auf Glück Gefühlen opferte, die ich nim=mermehr theilen kann."

„Ich sollte denken, die meisten Söhne würden in einem solchen Falle die Gefühle des Vaters theilen", sagte Wakem mit Bitterkeit. „Der Vater des Mädchens war eine dumme verrückte Bestie und nahe dran mich umzubringen. Das ist stadtbekannt. Und der Bruder ist grade so unverschämt, nur etwas kaltblü=tiger. Er hat ihr verboten, Dich zu sehen, sagst Du — nimm Dich in Acht, er zerbricht Dir die Knochen im Leibe. Aber Du bist ja entschlossen, wie es scheint, und hast die Folgen berechnet. Natürlich bist Du unabhängig von mir, kannst das Mädchen morgen im Tage heirathen wenn Du willst, bist ja fünfund=zwanzig Jahr alt, und so gehst Du Deinen Weg und ich meinen. Damit wären wir denn fertig und brauchen uns nicht mehr um einander zu bekümmern.“

Mit diesen Worten stand Wakem auf und ging nach der Thür, aber ein gewisses Etwas hielt ihn zurück, und statt das Zimmer zu verlassen, ging er auf und ab. Philipp zögerte mit der Antwort, und als er sprach, war in seinem Tone noch mehr einschneidende Ruhe und Klarheit als vorher.

„Nein, ich kann Fräulein Tulliver nicht heirathen, selbst wenn sie mich nähme; meine eigenen Mittel reichen dazu nicht aus. Ich bin nicht dazu erzogen, mir mein Brod zu verdienen. Ich kann ihr nicht noch Armuth bieten zu — meiner Miß= gestalt.“

„Ah, das ist also der Grund, daß Du Dich noch an mich hältst“, sagte Wakem immer noch bitter, obschon Philipp’s letzte Worte ihm einen Stich in’s Herz gegeben hatten; sie hatten eine Saite angeschlagen, die nun schon über zwanzig Jahre in seinem Herzen klang. Er warf sich wieder in den Stuhl:

„Ich habe das alles erwartet“, erwiderte Philipp. „Ich weiß, daß dergleichen oft zwischen Vater und Sohn vorkommt. Wäre ich so gestellt wie andere meines Alters, dann erwiderte ich vielleicht Deine bösen Worte mit noch böseren, wir trennten uns, ich heirathete das Mädchen, das ich liebe, und könnte so glücklich sein wie die andern. Aber wenn es Dir eine Genug= thuung gewährt, grade den Zweck, den Du bei Deinen väter= lichen Bemühungen mit mir gehabt hast, wieder zu vereiteln, dann bist Du gegen die meisten Väter im Vortheil. Das ein= zige, was mir das Leben werth machen könnte, kannst Du mir vollständig nehmen.“

Philipp hielt inne, aber sein Vater schwieg.

„Du mußt am besten wissen, was für eine Genugthuung Dir das gewähren würde, außer daß Du einen lächerlichen Haß befriedigst, der nur für Wilde paßt.“

„Lächerlicher Haß!“ rief Wakem aus. „Was soll das heißen? Hol’s der Henker! soll man sich von einem Bauern durchprügeln lassen und ihn dafür noch lieb haben? Und dazu dieser kaltblütige, stolze Teufel von Sohn, der mir neulich bei der Auseinandersetzung ein Wort gesagt hat, das ich ihm sobald nicht vergesse. Es müßte nicht übel sein, den auf's Korn zu nehmen, wenn er nur einen Schuß Pulver werth wäre."

„Ich spreche nicht von den beiden", sagte Philipp, der seine Gründe hatte, diese Ansicht über Tom nicht zu strenge zu beurtheilen, „obschon ein solches Rachegelüste überhaupt nicht der Mühe werth ist. Ich spreche aber davon, daß Du Deine Feindschaft auf ein hülfloses Mädchen ausdehnst, die zu viel Verstand und Herzensgüte hat, um die engherzigen Vorurtheile ihrer Verwandten zu theilen. Sie hat nie an dem Familienzwiste Theil genommen."

„Was will das sagen? Man fragt nicht danach, was ein Mädchen thut, sondern zu wem sie gehört. Du wirfst Dich förmlich weg, daß Du daran denkst, dem alten Tulliver seine Tochter zu heirathen."

Zum ersten Male in dieser Unterhaltung verlor Philipp ein wenig seine Selbstherrschaft und wurde roth vor Aerger.

„Fräulein Tulliver", sagte er mit bitterm Spott, „hat höhere Ansprüche auf Rang als die Narrheit der Menschen gewöhnlich anerkennt; sie ist fein gebildet, und wie ihre Verwandten auch sonst sein mögen, ihre Ehre und ihr rechtschaffener Name sind unangetastet. Die ganze Stadt wird Fräulein Tulliver wohl für mehr als ebenbürtig mit mir anerkennen."

Wakem warf seinem Sohne einen grimmigen Blick zu, aber Philipp sah ihn nicht an und fuhr nach wenigen Augenblicken mit einer fast reuigen Stimmung fort:

„In der ganzen Stadt wirst Du nicht einen finden, der Dir nicht sagt, daß ein so herrliches Wesen wie sie sich förmlich wegwirft, wenn sie ein so bejammernswürdiges Ding nimmt wie ich bin."

„Du bist verrückt", sagte Wakem, indem er wieder aufstand und alles andere in einem Ausbruch von halb väterlichem, halb persönlichem Stolze vergaß. „Es wäre eine verwünscht gute Partie für das Mädchen. Und was liegt an so'nem bischen

Verwachsensein, wenn ein Mädchen einen Mann wirklich lieb hat — das ist ja alles Unsinn."

"Aber in solchen Fällen haben einen die Mädchen nicht leicht lieb", sagte Philipp.

"Nun dann", erwiderte Wakem derbe, "wenn sie sich nichts aus Dir macht, dann hätt'st Du Dir die Mühe sparen können, mir was davon zu sagen, und mir die Mühe, meine Einwilligung zu etwas zu verweigern, was doch wahrscheinlich nie eintritt."

Damit ging er nach der Thür und warf sie, ohne sich umzusehen, hinter sich zu.

Philipp war nach dem ganzen Verlauf der Sache nicht ohne Hoffnung, der Vater werde schließlich doch nachgeben, aber die Scene hatte seine Nerven angegriffen, die so reizbar waren wie die Nerven einer Frau. Er beschloß heute nicht zu Tisch zu gehen; er mochte seinem Vater sobald nicht wieder begegnen. Wenn keine Gesellschaft im Hause war, ging Wakem des Abends aus, oft schon um halb acht, und da es bereits spät am Nachmittage war, so verließ Philipp das Haus, um nicht eher zurückzukehren, als bis der Vater fort sei. Er nahm ein Boot und fuhr den Fluß hinab nach einem Lieblingsdorfe, wo er zu Mittag aß und herumschlenderte, bis es ihm Zeit schien zur Rückkehr.

Noch nie in seinem Leben hatte er mit dem Vater Streit gehabt, und jetzt beschlich ihn eine krankhafte Furcht, der jetzige Zwist könne wohl Wochen lang dauern — und was konnte in der Zeit nicht alles vorfallen? Was er mit dieser unfreiwilligen Frage meinte, mochte er sich selbst nicht näher sagen. Aber wenn er erst einmal als Gretchens erklärter und angenommener Bräutigam aufträte, dann, fühlte er, habe er eine gewisse Sicherheit vor dem, was ihm jetzt als unbestimmte Furcht durch den Kopf ging. Er ging wieder in sein Atelier hinauf, warf sich mit einem Gefühl der Ermattung in den Lehnstuhl und blickte gedankenlos auf die Landschaften, die er dort aufgestellt hatte, bis er in einen Schlummer fiel, worin er Gretchen einen glatten, grünen Abhang hinab nach einem Wasserfalle zu gleiten sah und selbst hülflos daneben stand, als er plötzlich ein schreckliches Geräusch hörte, welches ihn weckte.

Die Thür hatte sich geöffnet und sein Vater war im Zimmer; als Philipp aufstehen wollte, um ihm einen Stuhl zu geben, sagte der Vater:

„Bleib sitzen, ich will etwas auf und ab gehen."

Einige Male durchschritt er das Zimmer, dann blieb er, die Hände in den Taschen, vor Philipp stehen und sagte, als führe er in einer Unterhaltung fort, die gar nicht abgebrochen war:

„Aber das Mädchen muß Dich doch recht lieb haben, mein Junge, sonst hätte sie Dich nicht so behandelt."

Philipp schlug das Herz mit mächtigen Schlägen, und ein Strahl von Hoffnung flog über sein Gesicht. Es wurde ihm nicht ganz leicht, sofort zu antworten.

„Früher, als sie noch kleiner war, mochte sie mich wohl leiden, weil ich mich um ihren Bruder in seiner Krankheit viel bekümmerte. Das hat sie mir nicht vergessen und mich all die Zeit in freundlicher Erinnerung behalten. Von meiner Liebe ahnte sie nichts, als ich sie nachher wiedersah."

„Nun, aber Du sprachst doch endlich mit ihr davon, und was sagte sie da?" fragte Wakem und ging wieder auf und ab.

„Sie sagte, sie liebte mich auch."

„Na, zum Henker! was verlangst Du denn noch mehr? Ist sie denn flatterhaft?"

„Sie war damals noch recht jung", sagte Philipp zögernd. „Ich fürchte, sie war sich kaum klar über ihre Gefühle, und jetzt bin ich bange, ob nicht die lange Trennung und der Gedanke, die Verhältnisse würden doch nie eine Vereinigung gestatten, eine Veränderung bei ihr hervorgebracht haben."

„Aber sie ist ja in der Stadt. Ich habe sie in der Kirche gesehen. Hast Du sie nicht gesprochen, seit Du zurück bist?"

„Doch, ja, bei Deane's, aber aus verschiedenen Gründen

konnte ich meine Anträge nicht erneuern. Ein Hinderniß fiele weg, wenn Du Deine Einwilligung gäbest, wenn Du sie als Schwiegertochter annähmst."

Wakem schwieg eine kurze Weile und blieb vor Gretchens Bilde stehen.

„Sie ist ganz anders wie Deine Mutter war, Philipp", sagte er endlich. „Ich hab' sie in der Kirche gesehen, sie ist hübscher als dies Bild — verteufelt schöne Augen und 'ne prächtige Gestalt, aber doch wohl ein bischen gefährlich und schwer zu behandeln, nicht wahr, mein Junge?"

„Sie ist sehr zärtlich und gefühlvoll, und so einfach, ganz ohne Coquetterie und die kleinen Künste der Weiber."

„So!" sagte Wakem, dann wandte er sich um und blickte seinen Sohn an: „aber Deine Mutter sah sanfter aus; sie hatte so braunes lockiges Haar und graue Augen, wie Du. Erinnerst Dich ihrer wohl nicht mehr. 's ist ewig schade, daß ich kein Bild von ihr habe."

„Und würdest Du Dich denn nicht freuen, Vater, wenn ich dasselbe Glück genösse, wenn auch mir das Leben versüßt würde? Es kann kein so starkes Band für Dich geben, als das, was Dich vor achtundzwanzig Jahren an meine Mutter knüpfte, und seitdem hast Du es immer noch mehr befestigt."

„Ja, mein Junge, Du bist der einzige, der mich wirklich kennt wie ich bin", sagte der Vater und gab Philipp die Hand. „Wir müssen zusammenhalten, so lang es geht. Und nun, wie fangen wir's an? Du mußt mit mir 'runter kommen und mir alles sagen. Soll ich hingehen und dem schwarzäugigen Fräulein meine Aufwartung machen?"

Nachdem so die Schranke zwischen ihnen gefallen war, konnte Philipp mit dem Vater alles ganz offen besprechen — das ganze Verhältniß zu der Familie Tulliver — ihren Wunsch, die Mühle und die Ländereien wieder an sich zu bringen, und das Geschäft mit Guest und Comp. als den Vermittlern. Er konnte jetzt wagen, dringend auf seinen Vater einzureden, und dieser zeigte sich über Erwarten nachgiebig.

„Ich frage nichts nach der Mühle", sagte er endlich mit einem gewissen Anfluge von Aerger. „In der letzten Zeit hat sie mir schändlich viel Schererei gemacht. Ich will blos meine Auslagen ersetzt haben. Aber eins mußt Du nicht von mir verlangen. Mit dem jungen Tulliver persönlich will ich nie etwas zu thun haben. Willst Du ihn seiner Schwester zu Liebe verdauen, so thu's, aber ich weiß keine Sauce, die ihn mir genießbar macht."

Am andern Tage ging Philipp in bester Stimmung zu Herrn Deane, um ihm mitzutheilen, sein Vater sei nicht abge= neigt, das Geschäft zu machen, und Lucie hatte einen niedlichen Triumph, als sie ihren Vater fragte, ob sie nicht ein großes kaufmännisches Talent bewiesen habe.

Deane traute seinen Ohren nicht und fing an zu argwöh= nen, zwischen den jungen Leuten gehe was vor, wozu ihm der Schlüssel fehle. Aber für Menschen seines Schlages steht alles was zwischen jungen Leuten vorgeht, dem wirklichen Leben (wie sie's nennen) so fern, wie das Thun und Treiben der Vögel und Schmetterlinge — natürlich nur so lange, als es keinen schlimmen Einfluß auf Geldangelegenheiten hat. Und in diesem Falle erwies sich ja der Einfluß als durchaus günstig.

<hr>

Neunter Abschnitt.

Wohlthätigkeit in voller Gala.

Der Höhepunkt von Gretchens gesellschaftlicher Laufbahn in St. Ogg war unzweifelhaft der Tag des Bazars, wo ihre ein= fache edle Schönheit in einem weiten weißen Mousselingewande (welches vermuthlich aus Tante Pullet's Vorräthen stammte) unter den gewöhnlichen geputzten Frauen sich glänzend hervor= hob. Wie viel künstliches in unserer Gesellschaft ist, entdecken wir vielleicht nie bis jemand auftritt, der zugleich schön und ein=

fach ist; ohne die Schönheit würden wir die Einfachheit leicht Ungeschicklichkeit nennen. Die Fräulein Guest's waren viel zu wohl erzogen, um durch Affektation oder übertriebene Vornehmheit in's gewöhnliche zu fallen, aber da ihr Laden dicht neben Luciens war, in welchem Gretchen saß, so fiel es heute von neuem auf, daß das älteste Fräulein Guest ihr Kinn zu hoch trug und daß Fräulein Laura in Worten und Geberden immer etwas auf den Effekt spielte.

Das ganze elegante St. Ogg und was sonst aus der Umgegend auf Eleganz Anspruch machte, war versammelt, und wohl hätte es sich der Mühe verlohnt, selbst einen weitern Weg zu machen, um die schöne alte Halle mit ihrem frei liegenden Dache, den geschnitzten eichenen Balken, den großen eichenen Flügelthüren und den hohen Fenstern zu sehen, durch welche das Licht auf die bunte Ausstellung hoch hereinfiel. Der Saal war etwas altmodisch; an den Wänden waren verblaßte Streifen gemalt, und hier und da einige Wappenthiere, wilde Eber mit langen Schnauzen, die ehrwürdigen Embleme eines edlen Geschlechts, welches einst in dem jetzigen Rathhause seinen Sitz gehabt hatte. Am obern Ende überragte ein großer Bogen in der Wand eine eichene Estrade, hinter der man in ein offenes Zimmer sah, wo ausländische Pflanzen aufgestellt und Erfrischungen zu haben waren, — der Lieblingsaufenthalt für Herren, die gern etwas herumlungerten und sich aus dem Gedränge im Saal auf einen bequemen Aussichtspunkt zurückziehen wollten. Kurz, das alte Gebäude paßte so durchaus zu dem modernen Zwecke eines Bazars, wo Nächstenliebe und Eleganz sich vereinigten und wo die Eitelkeit zur Deckung eines Defizits diente, daß es allgemein auffiel und jeder sich mehr als einmal darüber aussprach. Nahe bei dem großen Bogen über der Estrade war das steinerne Erkerfenster mit den gemalten Scheiben, eine von den ehrwürdigen Unregelmäßigkeiten der alten Halle, und dicht dabei hatte Lucie ihren Laden aus Rücksicht auf gewisse größere Artikel, die sie für die Pastorin Kenn zum Verkauf ausstellte. Gretchen hatte gewünscht, den Verkauf grade

dieser Sachen zu besorgen, da sie von den feinen Stickereien
und dergleichen nichts verstände, und saß daher in dem Laden
vorn an. Aber es zeigte sich bald, daß die Herren=Schlafröcke,
die bei ihr zu haben waren, die allgemeinste Aufmerksamkeit
erregten; jeder wollte das Futter sehen, die Stoffe mit einander
vergleichen, bald diesen bald jenen Schlafrock anprobiren, und
rasch war Gretchen die allergesuchteste Ladenmamsell. Die Da=
men, welche selbst etwas zu verkaufen hatten und keine Schlaf=
röcke gebrauchten, erkannten sofort, wie leichtfertig und ge=
schmacklos es von den Herren sei, sich auf solche Sachen zu
werfen, die sie bei jedem Schneider haben könnten, und es ist
wohl möglich, daß die auffallende Aufmerksamkeit, welche Fräu=
lein Tulliver bei diesem öffentlichen Anlaß erregte, ihr nachher
von manchem der Anwesenden stark angerechnet wurde. Nicht
als ob Neid und Eifersucht in den Engelsherzen wohlthätiger
Damen Platz hätten, sondern nur weil die Fehltritte von Leu=
ten, die einst sehr bewundert wurden, schon durch den Kontrast
dunkler gefärbt erscheinen, und auch wohl deshalb, weil die her=
vorragende Stellung, welche Gretchen heute einnahm, zum ersten
Male gewisse Charakterzüge an's Licht brachte, aus denen sich
später manches erklärte. Fräulein Tulliver, fanden die Frauen,
hatte doch in ihrem großen Blick etwas sehr freches, und in der
Art ihrer Schönheit etwas unsagbar derbes, so daß sie mit
ihrer Cousine Deane garnicht zu vergleichen war; allmälich
hatten nämlich die Damen von St. Ogg ihre fraglichen An=
sprüche auf die Bewunderung des Herrn Stephan Guest sammt
und sonders an Lucie abgetreten.

Die liebe kleine Lucie selbst war in Folge ihres Triumphs
wegen der rothen Mühle und all ihrer liebevollen Pläne für
Gretchen und Philipp in der besten Laune und empfand das
reinste Vergnügen an Gretchens sichtlichen Erfolgen. Freilich,
sie sah selbst sehr reizend aus, und Stephan bewies ihr bei die=
sem öffentlichen Anlaß die größte Aufmerksamkeit; eifersüch=
tig kaufte er alles an, was er sie hatte arbeiten sehen, und half
ihr lustig die Herren beschwatzen, daß sie die ausgesuchtesten

Narrheiten kauften; ja er ging so weit, seinen Hut abzulegen und sich einen rothen Fez aufzusetzen, den sie gestickt hatte.

Und von Gretchen kaufte Stephan schlechterdings garnichts, bis ihm Lucie etwas ärgerlich zuflüsterte:

„Da, sehen Sie, was Gretchen gestrickt hat, ist schon beinah alles fort und Sie haben noch nichts gekauft. Es sind noch ein Paar köstlich weiche Pulswärmer da — machen Sie rasch und kaufen sie."

„O nein", erwiderte Stephan, „die sind gewiß für Leute von großer Einbildungskraft, die sich an diesem warmen Tage dadurch abkühlen können, „daß sie den frost'gen Kaukasus sich denken". Strenge Vernunft ist meine starke Seite, das wissen Sie ja. Die Pulswärmer muß Philipp kaufen. Beiläufig, warum ist er nicht hier?"

„Er geht nicht gern hin wo viele Leute sind, obschon ich es ihm sehr eingeschärft habe, er solle kommen. Er hat mir versprochen, von meinen Sachen alles zu kaufen was die andern übrig lassen. Aber bitte, jetzt gehn Sie zu Gretchen und kaufen ihr etwas ab."

„Nein, nein, jetzt nicht, sie hat schon einen Kunden; der alte Wakem ist bei ihr."

Mit gespannter Erwartung blickte Lucie nach Gretchen hinüber, um zu sehen, wie sie dieses erste Wiedersehen — das erste nach jener schrecklichen Begegnung — mit einem Manne ertrüge, dem sie mit so widerstreitenden Empfindungen gegenüberstehen müsse, aber sie merkte mit Vergnügen, daß Wakem Takt genug hatte, sofort über die ausgestellten Waaren zu sprechen und mit großem Interesse einiges einzukaufen, wobei er bisweilen Gretchen freundlich anlächelte und meist selbst die Unterhaltung führte, als ob er merke, daß sie etwas blaß sei und zittre.

„Ei, sehen Sie mal, Wakem macht sich ja sehr liebenswürdig mit Gretchen", sagte Stephan zu Lucie; „ist das bloße Großmuth? Sie sprachen ja neulich von einem Familienzwist."

„O, der wird hoffentlich bald ganz beigelegt", erwiderte

Lucie bedeutungsvoll und wurde vor lauter Freude etwas in=
diskret. Aber Stephan schien nicht darauf zu achten, und da
jetzt einige Damen an Luciens Ladentisch traten, so ging er
langsam auf Gretchen zu, musterte hier und da eine Kleinigkeit
und hielt sich zurück, bis Wakem, der schon die Börse gezogen
hatte, mit seinen Einkäufen fertig wäre.

„Mein Sohn hat mich herbegleitet", hörte er Wakem
sagen, „aber plötzlich ist er mir von der Seite gekommen und
läßt mich allein wohlthätig und galant sein. Ich hoffe, Sie
lassen ihm das nicht so hingehen."

Sie erwiderte sein Lächeln und seine Verbeugung, ohne ein
Wort zu sprechen, und nach einem flüchtigen Gruße gegen Ste=
phan, den er erst jetzt bemerkte, ging er fort. Gretchen wußte
wohl, daß Stephan da sei, aber sie vermied es ihn anzusehen
und vertiefte sich ins Geldzählen. Sie war sehr zufrieden, daß
er sich heute ausschließlich Lucien gewidmet hatte und ihr selbst
nicht nahe gekommen war. Am Morgen hatten sie einen gleich=
gültigen Gruß gewechselt und sich beide gefreut, daß sie sich
fern blieben, grade wie ein Kranker, der nach vergeblichen Ver=
suchen es endlich fertig gebracht hat, mal kein Opium zu neh=
men. Und während der letzten paar Tage hatten sie sich schon
daran gewöhnt, daß ihre Versuche vergeblich seien, und in den
äußern Verhältnissen, die sie doch bald trennen müßten, einen
Grund gefunden, der ihnen erlaubte, sich etwas mehr gehen
zu lassen.

Langsam, als würde er wider Willen gezogen, bewegte sich
Stephan auf Gretchen zu, bis er an der offenen Seite des La=
dens vorbei war und von den Vorhängen halb verdeckt wurde.
Gretchen zählte noch immer ihr Geld, als sie plötzlich eine tiefe
sanfte Stimme sagen hörte: „Sind Sie nicht sehr müde? Ich
will Ihnen eine Erfrischung holen, etwas Obst oder Gelee —
darf ich?"

Der unerwartete Ton erschütterte sie, als sei plötzlich neben
ihr eine Harfe erklungen.

„O nein, ich danke Ihnen", antwortete sie mit matter Stimme und blickte nur halb zu ihm auf.

„Sie sehen so blaß aus", bat Stephan mit flehendem Ton; „Sie sind gewiß erschöpft; ich muß Ihnen ungehorsam sein und hole Ihnen etwas."

„Nein, gewiß nicht, ich könnt's doch nicht nehmen."

„Sind Sie mir böse? was hab' ich gethan? sehen Sie mich doch an."

„Bitte, gehen Sie fort", sagte Gretchen und blickte hülflos zu ihm auf, aber sofort schweifte ihr Auge von ihm nach der entgegengesetzten Ecke der Estrade, die von den Falten des verblaßten grünen Vorhangs halb verdeckt war. Kaum hatte sie ihm diesen flehenden Blick zugeworfen, als sie sich elend fühlte bei dem Gedanken, was er bedeute; aber Stephan wandte sich sofort um, folgte der Richtung ihres Blickes und sah Philipp Wakem in der halb verdeckten Ecke sitzen, von wo er grade nur den kleinen Fleck übersah, wo Gretchen saß. Ein ganz neuer Gedanke stieg in Stephan auf, und indem er sich an Wakems Benehmen von vorhin und an die Antwort erinnerte, welche Lucie auf seine Bemerkung darüber gegeben hatte, fühlte er sich plötzlich überzeugt, zwischen Philipp und Gretchen müsse in früherer Zeit noch ein anderes Verhältniß bestanden haben, als die bloße Jugendfreundschaft, von der er gehört hatte. Aus mehr als einem Grunde verließ er sofort die Halle und ging hinauf in das Restaurationszimmer, wo er zu Philipp herantrat, sich hinter ihn setzte und ihm die Hand auf die Schulter legte.

„Machen Sie Studien zum Portrait, Philipp?" fragte er, „oder zu 'ner Skizze von dem Erkerfenster? Wahrhaftig, aus diesem dunkeln Winkel nimmt es sich vortrefflich aus, der Vorhang schneidet so hübsch ab."

„Ich habe Physiognomien studirt", antwortete Philipp kurz ab.

„Ach so, Fräulein Tulliver! Sie sieht heut ein bischen wild aus, scheint mir; hat etwas von einer gestürzten Fürstin, die als Ladenmädchen dient. Eben schickte mich ihre Cousine zu ihr und ich bot ihr höflich eine Erfrischung an, aber ich bin gründlich abgefallen — gründlich wie immer. Wir haben eine natürliche Abneigung gegen einander; ich habe selten die Ehre ihr zu gefallen."

„Was für ein Heuchler Sie sind!" sagte Philipp und wurde roth vor Aerger.

„Wie? weil ich aus Erfahrung wissen muß, daß ich immer gefalle? Als Regel lasse ich's gelten, aber bei diesem Gestirn giebt's eine Störung."

„Ich muß gehen", sagte Philipp und stand rasch auf.

„Ich auch, ich muß in die frische Luft; hier wird's mir drückend. Für heute habe ich Frauendienst genug gethan, denk' ich."

Die beiden Freunde gingen zusammen die Treppe hinab, ohne ein Wort zu sprechen. Philipp trat durch die Hofthür ins Freie, aber Stephan wandte sich mit der Bemerkung, er habe noch etwas zu besorgen, in einen Korridor, der nach dem andern Ende des Gebäudes führte, wo die Stadtbibliothek war. Er trat in ein Zimmer — er war allein. Und allein muß jemand sein, wenn er seine Mütze auf den Tisch werfen will, sich rittlings auf einen Stuhl setzen und auf eine große Wand mit einem wüthenden Blick hinstarren, der des Python-Tödters würdig gewesen wäre. Das Benehmen, welches aus einem moralischen Konflikt hervorgeht, hat oft eine so genaue Aehnlichkeit mit dem Laster, daß der Unterschied sich jedem oberflächlichen Urtheil entzieht, welches sich lediglich auf einen Vergleich der Aeußerungen stützt. Dem Leser ist es hoffentlich klar, daß Stephan kein Heuchler, keiner absichtlichen Zweideutigkeit aus Selbstsucht fähig war, und doch hätten seine Schwankungen zwischen der Nachgiebigkeit gegen seine Leidenschaft und ihrer systematischen Verheimlichung für jene Aeußerung Philipp's manche scheinbare Bestätigung geboten.

Unterdeß saß Gretchen kalt und zitternd in ihrem Laden und unterdrückte die Thränen so herzhaft, daß ihr die Augen

weh thaten. Und sollte ihr Leben immer so bleiben? immer
neue Kämpfe in ihrem Innern aufsteigen? Mit wirrem Ge=
räusch schlug das muntre Geschwätz der Gesellschaft an ihr Ohr,
und wohl hätte sie gewünscht, ihr Inneres könnte auch in die=
sen leichten plätschernden Strom sich ergießen. In diesem Augen=
blicke trat Doktor Kenn herein und als er, die Hände auf
dem Rücken, mitten durch den Saal ging und sich umsah,
blickte er Gretchen zum ersten Mal an und war ganz be=
troffen von dem Ausdruck des Schmerzes in ihrem schönen
Gesichte. Sie saß ganz still, denn in der späten Nachmittags=
stunde hatte sich der Zudrang schon vermindert, die Herren wa=
ren fast alle in der Mittagsstunde da gewesen, und Gretchens
Laden war einigermaßen leer. Zusammen mit ihrem schmerz=
haften Ausdruck erhöhte das den Gegensatz zwischen ihr und
den andern jungen Mädchen, die alle munter und lustig waren
und eifrig zu thun hatten. Kenn fühlte sich unwiderstehlich ge=
fesselt. Ihr Gesicht hatte natürlich schon in der Kirche seine Auf=
merksamkeit erregt, da sie ihm ganz fremd war, und kürzlich bei
einem kurzen Besuch in Deane's Hause war er ihr vorgestellt,
hatte aber kaum ein paar Worte mit ihr gewechselt. Jetzt ging
er auf sie zu, und da Gretchen merkte, daß sich jemand nähere,
so nahm sie sich zusammen und blickte auf. Als sie Doktor
Kenn erkannte, fühlte sie sich wahrhaft erleichtert; das einfache,
nicht mehr ganz junge Gesicht, mit dem Ausdruck ernster und
durchdringender Herzensgüte, verkündete einen Menschen, der
das feste Land gewonnen hatte, aber mit hülfreichem Mitleid
auf die Unglücklichen blickte, die noch mit den tosenden Wellen
kämpften, und so tief ging der Eindruck, den Gretchen in diesem
Augenblick davon hatte, daß sie sich nachher daran erinnerte
wie an ein ausdrückliches Versprechen. Menschen in den mitt=
leren Jahren, die den schlimmsten Drang der Leidenschaft hinter
sich haben, aber bei denen in der Erinnerung noch die Lei=
denschaft nachklingt und nicht schon die Beschaulichkeit über=
wiegt, die sollten eigentlich eine Art natürlicher Priesterschaft
bilden, welche das Leben zu Helfern und Rettern erzogen und

geweiht hat für die strauchelnde Jugend und die Opfer der Verzweiflung. Die meisten von uns haben gewiß in ihrem jungen Leben Augenblicke gehabt, wo sie einen Priester dieses natürlichen Ordens mit oder ohne Talar von Herzen willkommen geheißen hätten; aber wir fanden keinen und mußten uns durch alle Schwierigkeiten unseres neunzehnjährigen Daseins ohne jede Hülfe durchschleppen — grade wie Gretchen.

„Ich fürchte, Ihr Posten wird Ihnen etwas sauer, Fräulein Tulliver", sagte Doktor Kenn.

„Ja, es ist etwas angreifend", war Gretchen's einfache Antwort, denn sie war nicht gewöhnt, offenkundige Thatsachen mit zimperlicher Liebenswürdigkeit zu läugnen.

„Aber ich kann meiner Frau die angenehme Nachricht bringen, daß Sie ihre Sachen sehr rasch verkauft haben; sie wird Ihnen sehr dankbar sein."

„O, ich habe dabei gar kein Verdienst; die Herren kamen alle und kauften rasch die Schlafröcke und gestickten Westen, aber ich glaube, jede andere Dame hätte mehr verkauft; ich wußte garnicht mein Wort zu machen."

Doktor Kenn lächelte. „Ich hoffe, Sie bleiben jetzt dauernd mein Pfarrkind, Fräulein Tulliver — nicht wahr? Sie sind uns bis jetzt so fern gewesen."

„Ich bin Lehrerin in einer Schule gewesen, und nächstens nehme ich wieder eine solche Stelle an."

„So? ich hoffte, Sie blieben jetzt bei Ihren Freunden, die ja alle hier in der Nähe wohnen."

„O, ich muß fort!" sagte Gretchen ernst und sah Doktor Kenn mit einem so vertrauenden Blick an, als hätte sie ihm in diesen drei Worten ihre ganze Geschichte erzählt. Es war einer von den Augenblicken schweigenden Geständnisses, wie sie bisweilen bei der flüchtigsten Begegnung vorfallen, bei dem kürzesten Zusammenreisen vielleicht, oder bei flüchtiger Rast am Wege. Das sind denn Worte oder Blicke von Fremden zu Fremden, welche das Gefühl menschlicher Verbrüderung lebendig halten.

14*

Doktor Kenn merkte auf alle Zeichen, welche dieser kurzen vertraulichen Mittheilung Gretchen's tiefere Bedeutung gaben.

„Ich verstehe", sagte er. „Sie erkennen es für Recht fortzugehen. Aber wir treffen uns doch hoffentlich wieder, und ich werde Sie noch näher kennen lernen, wenn ich Ihnen irgend nützlich sein kann."

Er reichte ihr die Hand, drückte die ihrige freundlich und ging weiter.

„Sie trägt Herzeleid", dachte er. „Das arme Kind! sie sieht aus als wäre sie eine von den Seelen

Die von Natur zu hoch gestimmt,
Vom Leid zu tief gebeugt.

Es liegt etwas wunderbar ehrliches in diesen schönen Augen."

Es mag überraschend scheinen, daß Gretchen, unter deren vielen Mängeln eine übertriebene Freude an fremder Bewunderung und der Anerkennung ihrer Ueberlegenheit jetzt so wenig fehlte, wie damals, als sie die Zigeuner belehrte und sich damit zu ihrer Königin aufzuschwingen meinte, — daß Gretchen am heutigen Tage nicht aufgeregter war, wo sie die Huldigung so vieler Blicke und Worte empfangen und dazu noch die Genugthuung gehabt hatte, daß Lucie sie vor den großen Spiegel führte und sich an dem vollen Anblick ihrer prachtvollen Gestalt, welche die Nacht ihres üppigen Haares krönte, erfreuen ließ. In dem Augenblicke hatte Gretchen sich selbst angelächelt und im Gefühl ihrer eigenen Schönheit alles andere vergessen. Hätte dieser Seelenzustand dauern können, so wäre ihr einziger Wunsch gewesen, Stephan Guest zu ihren Füßen zu sehen und sich von ihm ein Leben voll Behaglichkeit, voll täglicher Verehrung von nah und fern, mit allen Bildungsmitteln ausgestattet, bereiten zu lassen. Aber es gab stärkere Mächte in ihrem Innern als die Eitelkeit; da lebte Leidenschaft und Zärtlichkeit und lange tiefe Erinnerung an frühe Zucht und Beschränkung, an frühe Ansprüche auf Liebe und Mitleid, und der Strom der Eitelkeit verlor sich bald unmerklich in die breitere Strömung, die unter der doppelten Gewalt der Ereignisse und der innern Aufregung,

welche in der letzten Woche über sie gekommen, heute ihren
Höhepunkt erreicht hatte. Von der sicheren Einwilligung seines
Vaters hatte Philipp ihr selbst nichts gesagt, weil er das nicht
mochte, aber er hatte alles Lucien anvertraut, in der Hoffnung, Gretchen würde es von ihr erfahren und ihm dann
ein freundliches Zeichen geben, wie glücklich sie diese günstige
Wendung des Schicksals mache. Als Lucie mit einem Gesicht,
welches die süßeste Freude athmete, als wäre sie einer von Cor-
reggio's Engeln, ihr die frohe Botschaft verkündete, war der
Andrang der widerstreitenden Empfindungen für Gretchen zu
groß, als daß sie viel hätte sagen können, und es überraschte
Lucie kaum, daß sie fast nur vor Freude weinte, weil nun ihres
Vaters Wunsch in Erfüllung ging und Tom zum Lohne für
seine schwere Arbeit die Mühle wiederbekäme. Dann hatten die
vielen Vorbereitungen für den Bazar Lucien die nächsten paar
Tage in Anspruch genommen, und die beiden Cousinen hatten
über tiefer gehende Fragen nicht mit einander gesprochen. Philipp war mehrmals zum Besuch gekommen, aber Gretchen hatte
ihn nie allein gesehn und mußte so den Streit in ihrem Innern
ganz allein auskämpfen.

Aber als der Bazar nun glücklich zu Ende war und die
Cousinen wieder allein zu Haus saßen, sagte Lucie:

„Uebermorgen darfst Du noch nicht zu Tante Moß, Gretchen; schreib ihr ein paar Zeilen, Du schöbest den Besuch auf
meinen Wunsch noch etwas auf. Sie nimmt's nicht übel; Du
kannst sie ja noch immer besuchen, und ich möchte Dich grade
jetzt nicht entbehren."

„Doch, liebes Kind, ich muß zu ihr, ich kann's nicht länger
verschieben; Tante Margret möcht' ich um alles in der Welt nicht
vorbeigehen. Und ich hab' nur noch wenig Zeit, denn am fünf-
undzwanzigsten Juni trete ich meine neue Stelle an."

„Gretchen!" rief Lucie und wurde blaß vor Erstaunen.

„Ich habe Dir noch nichts davon gesagt", fuhr Gretchen
mit großer Anstrengung fort, „weil Du zu viel zu thun hattest.
Aber vor einiger Zeit habe ich an unsere alte Gouvernante ge-

schrieben, ob sie wohl eine passende Stelle für mich wüßte, und kürzlich hat sie mir geantwortet, ich könnte drei Schülerinnen von ihr während der Ferien in ein Seebad begleiten, und dann bei ihr zur Probe als Lehrerin eintreten. Gestern habe ich ihr geschrieben, daß ich das Anerbieten annehme."

Lucie fühlte sich so gekränkt, daß sie eine Zeit lang völlig unfähig war zu sprechen.

„Gretchen!" sagte sie endlich, „wie unfreundlich ist das von Dir — mir nichts zu sagen — über einen solchen Schritt — — und noch dazu grade jetzt!" Sie hielt ein wenig inne und fuhr dann fort: „Und Philipp? Ich dachte, jetzt mache sich ja alles so glücklich. Gretchen, was hast Du denn für Gründe? Gieb die Stelle wieder auf. Laß mich für Dich schreiben. Nun giebt's ja nichts mehr, was Dich und Philipp trennt."

„Doch", sagte Gretchen mit matter Stimme. „Tom's Gefühl läßt es nicht zu. Er sagte mir, wenn ich Philipp heirathete, müsse ich ihn aufgeben. Und ich weiß, er ändert sich nicht — wenigstens so bald nicht — wenn ihn nicht ganz was besonderes umstimmt."

„Aber ich werde mit ihm sprechen; in den nächsten Tagen kommt er zurück. Und die gute Nachricht wegen der Mühle wird ihn schon anderes Sinnes machen. Und ich will über Philipp mit ihm sprechen. Gegen mich ist Tom immer sehr gefällig; ich glaube nicht, daß er so hartnäckig ist."

„Aber ich muß fort", sagte Gretchen traurig. „Ich muß erst einige Zeit vorüber lassen. Dringe nicht weiter in mich, liebe Lucie."

Lucie schwieg einige Minuten, wandte sich ab und überlegte. Endlich kniete sie neben ihrer Cousine nieder, blickte ernst und besorgt zu ihr auf und sagte:

„Gretchen, liebst Du Philipp vielleicht nicht genug, um ihn zu heirathen? Ist das der Grund? sag' mir's — vertraue mir!"

Schweigend hielt Gretchen Luciens Hände eine Zeit lang

feſt umſchlungen. Ihre eigenen Hände waren ganz kalt. Aber
als ſie ſprach, war ihre Stimme klar und feſt.

„Ja, Lucie, ich könnte ihn heirathen. Ihm das Leben glücklich zu machen, wäre für mich das beſte und ſchönſte Loos. Er
war der erſte, der mich lieb hatte. Kein andrer könnte mir das
ſein, was er mir iſt. Aber ich kann mich nicht von meinem
Bruder für's Leben trennen. Ich muß fort und warten. Bitte,
ſprich mir nicht wieder davon.“

Betrübt und erſtaunt gehorchte Lucie. Sie ſagte nur noch:
„Nun, liebes Gretchen, wenigſtens wirſt Du doch morgen
zu Gueſt's auf den Ball gehen und Muſik hören und Dich
amüſiren, ehe Du dieſe langweiligen pflichtſchuldigen Viſiten an-
trittſt. Aha, da kommt Tantchen mit dem Thee.“

Zehnter Abſchnitt.

Der Zauber ſcheint gebrochen.

Die lange Reihe der Zimmer in Stephan's elterlichem
Hauſe glänzte von Lichtern und Blumen und den perſönlichen
Reizen der tanzenden Paare, von den Müttern und Ehrendamen
ganz zu ſchweigen. Der Brennpunkt all dieſer Pracht war der
große Salon, wo zum Klavier getanzt wurde; die Bibliothek,
welche auf einer Seite daran ſtieß, trug den ruhigeren Schmuck
der reiferen Jahre nebſt Hauben und Karten, und auf der andern Seite bot das hübſche Kabinet mit dem anſtoßenden Ge-
wächshauſe einen kühlen Ruheplatz. Lucie, die heute zum erſten
Male die Trauer abgelegt hatte und deren zierlich ſchlanker Ge-
ſtalt das weiße Kreppkleid ganz vortrefflich ſtand, war die anerkannte Königin des Feſtes. Gretchen wollte zuerſt nicht tanzen;
ſie ſagte, ſie habe alle Touren vergeſſen, ſeit ſie vor lieber langer Zeit zum letzten Mal in der Schule getanzt habe, und ſie

freute sich dieses Vorwandes; denn es tanzt sich schlecht mit
einem schweren Herzen. Aber zuletzt zuckte ihr die Musik durch
die jungen Glieder und die Lust erwachte — trotzdem im ent=
scheidenden Augenblick grade der unausstehliche junge Torry es
war, der zum zweiten Male sein Glück bei ihr versuchte und sie
aufforderte. Sie meinte zwar, sie könne höchstens Contretanz
tanzen, aber er war natürlich bereit, auf dies hohe Glück zu
warten, und fügte als Compliment hinzu, es sei freilich sehr
langweilig, daß sie nicht walzen könne; er hätte so gern mit ihr
gewalzt. Aber endlich kam der gute altmodische Tanz, der be=
scheidenste von allen und der lustigste dabei, und Gretchen ver=
gaß ganz ihr sorgenvolles Leben in der kindlichen Freude an
der halb ländlichen Musik und Bewegung, die jede anspruchs=
volle Ziererei auszuschließen scheint. Sie söhnte sich mit dem
jungen Torry ziemlich aus, der sie bald führte bald umher=
schwang; Augen und Wangen brannten ihr von dem Feuer
jugendlicher Lust, das nur eines anfachenden Hauches bedarf, um
in Flammen aufzulodern, und ihr einfacher schwarzer Anzug mit
dem dürftigen Spitzenbesatz schien wie die dunkle Einfassung eines
Juwels.

Stephan hatte sie noch nicht zum Tanze aufgefordert, hatte
sie überhaupt nur eben höflich begrüßt. Seit gestern war das
Bild, welches er von ihr unverlöschlich in der Seele trug, von
dem Bilde Philipp Wakem's halb verdeckt, das wie ein dunkler
Fleck darauf lag: die beiden mußten eine Neigung für einander
haben, wenigstens Philipp für sie; und sie ihrerseits fühlte sich
dadurch gebunden. Stephan sagte sich also selbst, das sei ein wei=
terer Ehrenpunkt, weswegen er der Macht widerstehen müsse,
die ihn unaufhörlich zu überwältigen drohte. Wohl sagte er
sich das, und doch hatte er schon mehr als einmal eine
gewisse Wuth oder auch einen Schauder und Widerwillen empfun=
den, daß Philipp's Bild sich so einzudrängen wägte, und diese
Empfindung hatte ihn fast noch stärker zu Gretchen hingetrieben
und das Verlangen angefeuert, sie zu besitzen. Indeß heute
Abend hatte er doch gethan, was er sich vorgenommen — hatte

sich von ihr ferngehalten, sie kaum angesehen und alle seine lie=
benswürdigen Aufmerksamkeiten auf Lucie gewandt. Aber jetzt
verschlang er Gretchen mit den Augen; er spürte Lust, den jun=
gen Torry hinauszuwerfen und seine Stelle einzunehmen. Die
Möglichkeit, auch mit Gretchen tanzen zu können, ihre Hand in
der seinigen zu fühlen, packte ihn wie Durst. Und doch, schon
in diesem Augenblick war's, als seien ihre Hände in einander
verschlungen, blieben in einander verschlungen, bis der Tanz zu
Ende ging — und waren doch einander so fern.

Stephan wußte kaum was vorging oder wie mechanisch
er inzwischen die Pflichten der Höflichkeit erfüllte, bis er frei
war und Gretchen am andern Ende des Zimmers allein sitzen
sah. Hinter den Paaren her, die zum Walzer antraten, ging er
auf sie zu, und als Gretchen merkte, sie sei es, die er suche, da
fühlte sie trotz aller vorherigen Gedanken ihr Herz vor Freude
glühen. Augen und Wangen leuchteten ihr noch von dem kind=
lichen Entzücken am Tanzen; ihr ganzes Wesen athmete Freude
und Zärtlichkeit; selbst der kommende Schmerz schien ihr nicht
bitter — diese eine Nacht noch, diese letzte Nacht wollte sie rück=
haltslos das warme Leben genießen, ohne jeden kalten nagen=
den Gedanken an Vergangenheit und Zukunft.

„Es geht wieder an's Walzen", sagte Stephan, indem er
sich zu ihr beugte, mit dem Blick und Ton heimlicher Zärtlich=
keit, wie ihn junge Träume sich schaffen in den sommerlichen
Wäldern, wo leise Liebesstimmen die Luft erfüllen. Das sind
Blicke und Töne, die den Hauch der Poesie auch in ein Zim=
mer tragen, wo man halb erstickt von heißem Gas und müh=
samer Courmacherei.

„Es geht wieder an's Walzen; da wird man schwindlig
vom Ansehen, und hier ist's so heiß. Wollen wir nicht etwas
hinausgehen?"

Er nahm ihre Hand in seinen Arm und führte sie in das
Kabinet, wo Albums und Kupferstiche auf den Tischen herum=
lagen — für Gäste, die nicht da waren — und dann weiter
in das Gewächshaus.

„Wie seltsam und wunderbar die Bäume und Blumen mit den Lichtern dazwischen aussehen!" sagte Gretchen leise. „Als wären sie aus einem Wunderlande und würden nie vergehen oder verwelken, — ich könnte mir einreden, sie wären alle aus Edelstein."

Während sie sprach, sah sie sich die Reihe von Geranien an, und Stephan antwortete nicht, aber er sah sie an — und hat nicht ein großer Dichter Licht und Klang in eins verschmolzen, das Dunkel stumm genannt, das Licht beredt?! Eine wundersame Gewalt mußte in dem langen Blicke liegen, den Stephan auf Gretchen heftete; sie wandte ihr Gesicht und blickte zu ihm auf — langsam wie eine Blume dem aufsteigenden Lichte sich zuwendet. Und schwankenden Schrittes gingen sie weiter — ohne zu merken daß sie gingen — ohne etwas anders zu merken und zu empfinden als den langen tiefen Blick, den sie einer auf den andern hefteten — einen Blick so feierlich, wie alle wahre Leidenschaft. Der stille Gedanke, daß sie einander entsagen müßten und wollten, verstärkte noch und erhöhte das Entzücken dieses stummen Liebesgeständnisses.

So waren sie an's Ende des Gewächshauses gekommen; da mußten sie stillstehen und umkehren. Dieser Wechsel in der Bewegung brachte Gretchen zu sich; sie erröthete tief, wandte den Kopf und entzog Stephan ihren Arm, indem sie an die Blumen herantrat, wie um sie zu riechen. Stephan stand regungslos und blaß.

„Die Rose möcht' ich haben!" sagte Gretchen, mit großer Anstrengung, um doch etwas zu sagen und das brennende Gefühl des unwiderruflichen Geständnisses zu übertäuben; „auf Rosen bin ich ganz versessen; ich rieche dran, bis aller Duft dahin ist."

Stephan blieb stumm; er war unfähig, einen Satz zusammenzubringen, und Gretchen hob den Arm ein wenig zu der großen halbgeöffneten Rose, die ihr so gefallen hatte. Wer hat nicht die Schönheit eines Frauenarmes empfunden? Den unnennbaren Anflug von Zärtlichkeit, der in dem Ellbogen mit seinem Grübchen liegt, und das anmuthige Spiel der sanft verlaufenden Wellenlinien zu dem zarten Handgelenk hinab mit den zierlichen, fast unmerklichen Einschnitten in der festen Weich= heit?! Die Schönheit eines Frauenarms rührte vor zwei Jahr= tausenden die Seele eines großen Bildhauers so, daß er für das Parthenon ein Abbild davon schuf, welches uns noch heute er= greift, wenn wir diesen Arm den halbverwitterten Marmor eines kopflosen Rumpfes liebend umfassen sehen. Gretchen hatte einen solchen Arm — und der warme Ton des Lebens war darauf.

Wie Wahnsinn packte es Stephan; er stürzte auf den Arm zu, faßte ihn am Handgelenk und bedeckte ihn mit Küssen.

Aber im nächsten Augenblick riß sich Gretchen von ihm los und starrte ihn an wie eine verwundete Kriegsgöttin, bebend vor Wuth und Scham.

„Wie können Sie das wagen?" sagte sie mit zitternder halberstickter Stimme. „Welches Recht hab' ich Ihnen gegeben mich zu beleidigen?"

Sie stürzte von ihm fort in das anstoßende Zimmer und warf sich zitternd und athemlos auf's Sopha.

Eine fürchterliche Strafe war über sie gekommen für die Sünde, daß sie sich das Glück eines Augenblicks gegönnt hatte, welcher Verrath war an Lucie, an Philipp, an ihrem eigenen bessern Selbst. Auf das kurze Glück war ein Gifthauch gefal= len: Stephan dachte leichtfertiger von ihr als von Lucie.

Stephan war stehen geblieben; er mußte sich anlehnen, ihn schwindelte von dem Widerstreit der Empfindungen — so wild tobten in ihm Liebe und Wuth und wirre Verzweiflung: Ver= zweiflung über seinen Mangel an Selbstbeherrschung und Ver= zweiflung, daß er Gretchen gekränkt habe.

Das letztere Gefühl überwog alle andern; ihr wieder nahe zu sein und sie um Vergebung zu bitten, war bald das einzige, wofür er noch Sinn behielt, und sie hatte nur wenige Minuten gesessen, als er zu ihr trat und sie mit flehendem Blick ansah. Aber noch war Gretchen's bittere Wuth nicht verflogen.

„Laffen Sie mich allein, wenn ich bitten darf", fagte fie leidenschaftlich und ftolz, „und vermeiden Sie mich in Zu= kunft."

Stephan wandte sich und ging am andern Ende des Zim= mers auf und ab. Er gedachte der harten Nothwendigkeit, daß er wieder in den Tanzsaal mußte. Als er hineinging, war der Walzer noch nicht vorbei — so kurz war die Ewigkeit gewesen, die er mit Gretchen verlebt hatte.

Auch Gretchen trat bald wieder in den Tanzsaal. Der ganze Stolz ihrer Natur war wachgerufen; die verhaßte Schwäche, die sie einem solchen Angriff auf ihre Achtung vor sich selbst ausgesetzt hatte, trug wenigstens die Heilung in sich. Alle Ge= danken und Verlockungen des letzten Monats wollte sie in einen entlegenen Winkel ihres Gedächtnisses verweisen; jetzt gab es nichts mehr was sie verlocken konnte; ihre Pflicht erschien ihr nun so leicht, und die alten ruhigen Vorsätze behaupteten, so hoffte sie, wieder ihre friedliche Herrschaft. Wohl glänzte ihr Gesicht noch vor Aufregung, aber das Gefühl stolzer Selbst= herrschaft bemeisterte jeden Eindruck. Tanzen wollte sie nicht mehr, aber mit jedem, der sie anredete, unterhielt sie sich ge= läufig und ruhig, und Nachts beim Schlafengehen war es ihr so leicht um's Herz, als sie Lucien küßte, und faft triumphirend gedachte sie jenes schrecklichen Augenblicks, der sie von der Mög= lichkeit befreit hatte, dieses liebe arglose Schwesterherz je wieder mit Wort oder Blick zu verrathen.

Am andern Morgen brach Gretchen nicht so früh nach Baffet zu Tante Moß auf, als sie gehofft hatte. Ihre Mutter sollte sie im Wagen hinbringen, und mit dem Haushalt konnte Frau Tulliver nicht so rasch fertig werden. Gretchen mußte warten und setzte sich in das Gärtchen am Hause. Lucie packte drinnen einige Geschenke für die Kleinen in Baffet ein, und als an der Hausthür geklingelt wurde, fürchtete Gretchen schon, Lucie würde mit Stephan herauskommen; denn gewiß war der Besuch kein anderer als er.

Aber der Besuch kam allein in den Garten und setzte sich zu ihr, Stephan war's nicht.

„Wir können grade die Spitzen der Föhren von hier sehen, Gretchen", sagte Philipp.

Schweigend hatten sie sich die Hand gegeben, aber Gretchen sah ihn wieder so ganz mit dem alten kindlichen Lächeln an, wie er es lange nicht gesehen hatte, und sein Hoffen lebte frisch auf.

„Ja", antwortete sie, „ich blicke oft nach den Föhren hinüber und wünsche, ich könnte wieder das Abendlicht auf den Stämmen sehen. Aber nur einmal bin ich dort wieder entlang gekommen, als ich mit der Mutter — nach dem Kirchhof ging."

„Aber ich", sagte Philipp, „ich bin dagewesen — ich gehe immer hin; ich lebe nur von der Vergangenheit."

Eine starke Erinnerung und ein starkes Mitleid erfaßte Gretchen; sie legte ihre Hand in die seine. Unter den Föhren waren sie ja so oft Hand in Hand gegangen!

„Ich erinnere mich an alle Stellen da", erwiderte sie; „ich weiß noch, was Du mir an jeder Stelle besonders gesagt hast — all das Schöne, wovon ich vorher nichts wußte."

„Bald gehst Du auch wieder hin, nicht wahr, Gretchen?" sagte Philipp etwas schüchtern; „die Mühle kommt ja wieder an Deinen Bruder."

„Aber ich werde nicht drin wohnen", erwiderte sie; „von dem Glück werde ich nur hören. Ich gehe wieder fort — hat Dir Lucie das nicht schon gesagt?"

„So soll denn Zukunft und Vergangenheit sich nie zusammenfügen, Gretchen? Das Buch ist zu Ende — für immer?!"

Die grauen Augen, die so oft flehend und anbetend zu ihr aufgeblickt hatten, sahen sie jetzt mit einem letzten, schon halb verlöschenden Hoffnungsschimmer an, und Gretchen begegnete ihnen mit ihrem großen, offenen Blicke.

„Das Buch geht nie zu Ende, Philipp", sagte sie ernst und wehmüthig; „mich gelüstet nach keiner Zukunft, welche die

Bande der Vergangenheit zerreißt. Das Band, welches mich an meinen Bruder knüpft, ist eins der stärksten. Ich kann freiwillig nichts thun, was mich für immer von ihm trennte."

„Ist das der einzige Grund, der uns für immer scheidet, Gretchen?" sagte Philipp mit dem verzweifelten Entschluß, eine bestimmte Antwort zu haben.

„Der einzige Grund", antwortete Gretchen ruhig und entschieden. Und sie glaubte es. In diesem Augenblick war's ihr, als sei der verzauberte Becher zur Erde geworfen und zerschmettert. Die Aufregung, welche ihr die stolze Selbstherrschaft gegeben hatte, wirkte noch nach und mit einem Gefühl ruhigen Entschlusses blickte sie in die Zukunft.

Schweigend, ohne einander anzusehen, saßen sie Minuten lang Hand in Hand; Gretchen ganz verloren in die ersten Scenen ihrer Liebe und ihrer Trennung, als sei sie mit Philipp nicht im Garten, sondern im rothen Grunde; Philipp fühlte, er müsse über ihre Antwort ganz glücklich sein, sie war ja so offen und durchsichtig wie ein klarer Gebirgssee — und doch, warum war er nicht glücklich? Die Eifersucht ist nie zufrieden ohne eine Allwissenheit, mit der sie die geheimsten Falten des Herzens ergründen kann.

Elfter Abschnitt.

Zwischen den Hecken.

Vier Tage war Gretchen bei Tante Moß gewesen, hatte dem Lichte der Junisonne einen ganz neuen Glanz gegeben in den von Sorge trüben Augen der guten Frau, und bei ihren großen und kleinen Verwandten einen Eindruck für's Leben gemacht, die was sie sagte und that auswendig lernten, als sei sie eine Verkörperung vollendeter Weisheit und Schönheit.

In der ruhigen Stunde vor dem Nachmittagsmelken stand

sie mit der Tante und einem Theil der kleinen Familie auf dem Dammwege im Hofe und fütterte die Hühner. Die großen Gebäude um den tief liegenden Hof sahen so trübselig und verfallen aus wie je, aber über die alte Gartenmauer hoben schon die Rosenbüsche ihr sommerliches Haupt, und das graue Holzwerk und die alten Ziegelsteine des Wohnhauses hatten etwas schläfriges, was zu der ruhigen Stunde gut paßte. Gretchen hatte ihren Hut am Arm hängen und lächelte herab auf die kleine Brut von Küken, da rief die Tante plötzlich:

„Ewige Güte! wer ist der vornehme Herr, der da auf den Hof geritten kommt?"

Der Herr ritt einen schönen Braunen, dem man's ansah, daß es auf dem Wege scharf hergegangen war. Gretchen schlug das Herz; es war ihr so fürchterlich zu Sinne, als sei ein wüthender Feind, der sich todtgestellt habe, plötzlich wieder zum Leben erwacht.

„Wer ist das, Kind?" fragte Frau Moß, als sie Gretchen am Gesicht ansah, sie kenne den Herrn.

„Es ist der junge Herr Guest", antwortete Gretchen mit matter Stimme. „Cousine Luciens — ein naher Bekannter von Deane's."

Mittlerweile war Stephan herangekommen und vom Pferde gesprungen; höflich zog er den Hut und trat auf sie zu.

„Halt das Pferd, Wilhelm", sagte Frau Moß zu ihrem zwölfjährigen Sohne.

„Nein, ich danke", erwiderte Stephan und riß das ungeduldige Pferd am Kopfe. „Ich muß gleich wieder fort. Ich habe etwas an Sie zu bestellen, Fräulein Tulliver — an Sie allein. Darf ich Sie bitten, ein paar Schritte mit mir zu kommen?"

Er sah halb verfallen, halb aufgeregt aus, wie ein Mann, den Sorge und Unruhe so quält, daß er nicht schlafen noch essen mag. Er sprach beinahe abgerissen, als wäre ihm sein Geschäft zu eilig, als daß er sich darum kümmern sollte, was sich Frau Moß wohl bei seinem Besuch und seiner Bitte denke.

Die gute Frau wurde etwas nervös in der Nähe dieses offen=
bar hochmüthigen Herrn und überlegte sich im stillen, ob sie ihn
wohl in's Haus nöthigen solle oder nicht; da machte Gretchen,
selbst keines Wortes fähig, ihrer Verlegenheit ein Ende, indem
sie sich den Hut aufsetzte und nach dem Hofthor ging.

Auch Stephan kehrte um und ging, sein Pferd am Zügel
führend, neben ihr her.

Sie sprachen kein Wort, bis sie draußen zwischen den
Hecken waren; nach ein paar weiteren Schritten wandte sich
Gretchen, die immerfort vor sich hin gestarrt hatte, wieder um
und sagte mit stolzem Hohne:

„Weiter gehe ich nicht mit. Ich weiß nicht, ob Sie es
für anständig und zartfühlend halten, daß Sie mich so in die
Verlegenheit setzen, mit Ihnen herauskommen zu müssen, oder
ob Sie mich noch tiefer haben kränken wollen, indem Sie sich
mir so aufdrängen!"

„Natürlich sind Sie mir böse, daß ich gekommen bin",
entgegnete Stephan bitter. „Natürlich hat es nichts zu bedeu=
ten, was ein Mann zu leiden hat — Ihnen liegt nur Ihre
Mädchenwürde am Herzen."

Leise fuhr Gretchen zusammen wie von einem leichten elek=
trischen Schlage.

„Als wenn's nicht genug damit wäre, daß ich so umstrickt
bin", fuhr Stephan fort, — „daß ich wahnsinnig bin vor Liebe
zu Ihnen, daß ich der stärksten Leidenschaft, die ein Mann füh=
len kann, mich entgegenstemme, weil ich andern Verpflichtungen
treu zu bleiben suche — nein, Sie müssen mich auch noch be=
handeln, als wäre ich ein rohes Thier, das Ihnen absichtlich
wehe thun möchte. Und doch, wenn ich frei wäre, böte ich
Ihnen Herz und Hand, mein Vermögen, mein ganzes Leben, und
bäte Sie, damit zu schalten nach Herzenslust! Ich habe mir
eine unerlaubte Freiheit genommen und ich hasse mich dafür.
Aber ich habe sofort bereut — ich bereue es unaufhörlich. Sie
sollten es nicht unverzeihlich finden: wer so mit ganzer Seele
liebt, wie ich Sie liebe, läßt sich leicht von seinen Gefühlen

für einen Augenblick hinreißen; und Sie wissen — Sie müssen
es glauben — mein schlimmster Schmerz ist, daß ich Sie ge=
kränkt habe, und ich gäbe die Welt darum, wenn ich das un=
geschehen machen könnte."

Gretchen wagte nicht zu sprechen — wagte nicht den Kopf
zu wenden. Die Kraft, die der Zorn ihr gegeben, war ganz
dahin und ihre Lippen bebten sichtlich. Sie traute sich selbst
nicht heraus mit der vollen Verzeihung, die als Antwort auf
dies Geständniß ihr auf die Zunge trat.

Inzwischen waren sie wieder nahe an's Hofthor zurück=
gekommen und zitternd blieb sie stehen.

„So was dürfen Sie nicht sagen — ich darf's nicht hö=
ren", antwortete sie und sah jammervoll zur Erde, als Stephan
sich vor sie stellte, damit sie nicht noch näher an den Hof heran=
ginge. „Es schmerzt mich recht, daß Sie meinetwegen leiden,
aber es hilft nichts, daß wir davon sprechen."

„Ja freilich hilft es!" sagte Stephan ungestüm. „Wenig=
stens würde es was helfen, wenn Sie mich mit etwas Mit=
leid und Erbarmen behandelten, statt mir im Herzen so schnöde
Unrecht zu thun. Ich könnte alles ruhiger ertragen, wenn ich
wüßte, Sie haßten mich nicht als einen unverschämten Hans=
narren. Sehen Sie mich an — sehen Sie wie ich gehetzt bin;
die halben Tage bin ich zu Pferde gewesen und wie wild herum=
geritten, um den Gedanken an Sie los zu werden."

Gretchen sah ihn nicht an — wagte nicht ihn anzusehen.
Sein gestörtes Aussehen hatte sie schon bemerkt. Aber sie
sagte sanft:

„Ich denke nichts böses von Ihnen."

„Dann, liebstes Gretchen, sehen Sie mich an", sagte Ste=
phan im tiefsten Tone zärtlichen Flehens. „Gehen Sie noch nicht
von mir. Schenken Sie mir eines Augenblickes Glück; lassen
Sie mich fühlen, daß Sie mir vergeben haben."

„Ja, ich vergebe Ihnen", sagte Gretchen, tief ergriffen
von diesem Tone und um so banger vor sich selbst. „Aber,
bitte, lassen Sie mich wieder hineingehen. Bitte, gehen Sie fort."

Eine schwere Thräne stahl sich unter ihren gesenkten Lidern hervor.

„Ich kann nicht fort von Ihnen — ich kann Sie nicht verlassen", sagte Stephan mit noch leidenschaftlicherem Flehen. „Ich komme wieder, wenn Sie mich so kalt entlassen — ich kann nicht für mich einstehen. Aber wenn Sie nur eine kurze Strecke mit mir kommen, das soll mir genug sein, davon will ich leben. Sie sehen doch klar, Ihr Zorn hat mich zehnmal unverständiger gemacht."

Gretchen kehrte um. Aber das Pferd machte allmälich so lebhafte Vorstellungen gegen diese wiederholten Wendungen, daß Stephan froh war, den kleinen Wilhelm in der Nähe zu sehen, und ihm zurief: „Du da, komm her und halt mir fünf Minuten das Pferd!"

„Nein, nein", rief Gretchen ängstlich, „das wird meiner Tante auffallen."

„Einerlei", erwiderte Stephan ungeduldig; „hier kennt man uns Leute aus der Stadt nicht. Führ' den Braunen nur auf und ab", fügte er hinzu, und damit wandte er sich wieder zu Gretchen, und sie gingen weiter. Es war klar, jetzt mußte sie mitgehen.

„Nehmen Sie meinen Arm", bat Stephan, und sie nahm den Arm, obschon ihr immer mehr zu Muthe wurde, als laste der Alp auf ihr.

„Der Jammer ist hoffnungslos — ohne Ende", fing sie an, um sich im Sprechen Luft zu machen. „Es ist schlecht — gemein — jedes Wort, jeder Blick, wovon Lucie — wovon andre nichts wissen dürfen. Denken Sie an Lucie."

„Ich denke an sie — ich segne sie. Thäte ich's nicht —"; Stephan hatte seine Hand auf Gretchens gelegt, die ihm im Arm ruhte, und beide fanden es schwer zu sprechen.

„Und mich fesseln andere Bande", fuhr Gretchen endlich mit verzweifelter Anstrengung fort, „selbst wenn Lucie garnicht in der Welt wäre."

„Sie sind mit Philpp Wakem verlobt?" fragte Stephan eifrig; „ja? wirklich verlobt?"

„Ich sehe mich für seine Verlobte an — ich werde keinen andern heirathen als ihn."

Wieder schwieg Stephan, bis sie aus der Sonne auf einen Nebenweg gekommen waren, der ganz mit Gras bewachsen und zwischen hohen Hecken verdeckt war. Dann brach er stürmisch heraus:

„Es ist unnatürlich — es ist schrecklich. Gretchen, wenn Du mich liebtest, wie ich Dich liebe, wir schleuderten alles andere in die Winde, um einander anzugehören — wir zerrissen alle diese falschen Bande, in die wir aus Blindheit hineingerathen sind, und entschlössen uns zur Heirath."

„Eher sterben als dieser Versuchung erliegen", sagte Gretchen mit tiefer langsamer Bestimmtheit, indem alle Kraft, die sich in den Jahren des Unglücks bei ihr angesammelt hatte, ihr in dieser äußersten Noth zu Hülfe kam. Und bei diesen Worten ließ sie seinen Arm los.

„Dann gestehe, daß Du nichts nach mir fragst", rief er fast heftig. „Gestehe, daß Du einen andern mehr liebst."

Es schoß Gretchen durch den Kopf, sie habe einen Ausweg, um sich aus dem äußern Kampfe zu retten: sie brauchte nur Stephan zu sagen, Philipp habe ihr ganzes Herz. Aber dazu versagten ihr die Lippen den Dienst und sie schwieg.

„Wenn Du mich liebst, Herzensgretchen", sagte Stephan sanft und faßte wieder ihre Hand und legte sie sich in den Arm, „dann ist's besser — dann ist's recht, daß wir uns heirathen. Wir können nicht dafür, daß es andern Schmerz macht. Ohne daß wir es suchten, ist es über uns gekommen; ganz von selbst hat es mich ergriffen, soviel Mühe ich mir auch gegeben habe zu widerstehen. Gott ist mein Zeuge, ich habe versucht, stillschweigenden Verpflichtungen treu zu bleiben, und nur schlimmer habe ich's damit gemacht, — lieber hätt' ich mich gleich ergeben sollen."

Gretchen schwieg noch immer. Wenn es nicht Unrecht wäre

15*

— wenn sie sich nur davon überzeugen könnte und nicht länger gegen diese Strömung zu kämpfen brauchte, die so sanft war wie der Fluß zur Sommerzeit und auch — so stark!

„Sag' ja, Liebste", sagte Stephan und beugte sich zu ihr mit liebendem Blick. „Was fragten wir nach der Welt, wenn wir einander angehörten?!"

Ihr Athem traf sein Gesicht — seine Lippen waren den ihrigen nahe — aber ein großes Schreckniß lag in seiner Liebe zu ihr.

Ihre Lippen und Augenlider bebten; einen Moment blickte sie ihm voll in die Augen, wie ein liebliches Thier des Waldes, welches unter Liebkosungen schüchtern sich sträubt; dann wandte sie sich scharf um, nach dem Hofe zu.

„Und zudem", fuhr er ungeduldig fort, um sich selbst so gut wie ihr die Bedenken auszureden, — „zudem breche ich keine bestimmten Verpflichtungen; wenn Lucie mir ihre Neigung entzogen und einem andern zugewendet hätte, so wäre ich zu keinem Anspruch berechtigt. Wenn Du nicht unbedingt an Philipp gebunden bist, dann sind wir beide frei."

„Das glauben Sie selbst nicht, das ist nicht Ihre wahre Empfindung", sagte Gretchen ernst. „Sie fühlen so gut wie ich, daß das wirkliche Band in den Gefühlen und Erwartungen liegt, die wir bei andern erregt haben. Sonst könnte ja jede Verpflichtung gebrochen werden, wo es keine äußere Strafe giebt, — sonst gäbe es ja keine Treue mehr."

Stephan schwieg; er konnte diesen Gedanken nicht weiter verfolgen; die entgegengesetzte Ueberzeugung hatte sich in dem früheren Kampfe zu stark bei ihm geltend gemacht. Aber gleich darauf kehrte der Gedanke doch in einer anderen Form wieder.

„Die Verpflichtung läßt sich nicht erfüllen", sagte er mit leidenschaftlichem Nachdruck. „Sie ist gegen die Natur; wir könnten nur heucheln, wir gäben uns andern hin. Und das ist auch Unrecht; es bringt Elend über sie so gut wie über uns. Gretchen, das mußt Du einsehen — das siehst Du ein."

Eifrig las er in ihrem Gesichte nach einem Zeichen der Zu=

stimmung; stark, fest und sanft hielt er ihre Hand umfaßt. Sie
schwieg einige Augenblicke und sah unverwandt zur Erde; dann
holte sie tief Athem und sagte, indem sie ernst und wehmüthig
zu ihm aufblickte:

„O, es ist so schwer — das Leben ist recht schwer. Bisweilen scheint's mir recht, daß wir unsern stärksten Gefühlen nach-
gehen, aber andrerseits wieder — solche Gefühle durchkreuzen
die Beziehungen unseres ganzen früheren Lebens, verstoßen
gegen die Bande, die andere an uns knüpfen, und drohen sie zu
zerreißen. Wäre das Leben ganz leicht und einfach, wie es im
Paradiese gewesen sein mag, und wir könnten immer das Wesen
zuerst sehen, für das . . . . ich meine, hätte das Leben nicht
seine Pflichten, ehe die Liebe kommt — dann wäre die Liebe ein
Zeichen, daß zwei Menschen für einander bestimmt sind. Aber
nun ist's nicht so, das sehe, das fühle ich; es giebt Dinge im
Leben, auf die wir verzichten müssen, und viele von uns müssen
auf Liebe verzichten. Manches ist mir schwer und dunkel, eins
aber sehe ich klar: ich darf und kann mein eigenes Glück nicht
auf Kosten andrer suchen. Liebe ist was natürliches, aber Mitleid und Treue und Erinnerung sind auch was natürliches, und
diese Empfindungen würden in mir fortleben und sich an mir
rächen, wenn ich ihnen ungehorsam würde. Das Leiden, welches ich andern bereitet hätte, würde mich verfolgen wie ein
Gespenst. Unsere Liebe wäre vergiftet. Drängen Sie mich
nicht; o helfen Sie mir — Stephan, hilf mir, weil ich Dich
liebe."

Immer ernster war Gretchen geworden, als sie sprach; ihr
Gesicht glühte und die Augen waren voll flehender Liebe. In
Stephan lebte der edle Sinn, an den diese Berufung sich nicht
vergebens wandte; aber zugleich — wie konnte es anders sein?
— gewann die flehende Schönheit neue Gewalt über ihn.

„Liebste", sagte er im leisesten Flüstertone, während sein
Arm sie sanft umschlang, „ich will alles thun, alles tragen was
Du wünschest. Aber — einen Kuß — einen — den letzten —
zum Abschied."

Ein Kuß, ein langer Kuß, und dann ein langer Blick, bis Gretchen zitternd sagte: „Laß mich — laß uns schnell zurück."

Sie eilte fort, und kein Wort wurde weiter gesprochen. Als sie wieder an die Stelle kamen, wo der Junge das Pferd führte, winkte Stephan ihn heran, und Gretchen ging auf den Hof. Ihre Tante stand allein vor der Hausthür; mit freundlicher Vorsicht hatte sie die Kinder hineingeschickt; es konnte eine vergnügte Geschichte sein, daß Gretchen einen reichen und hübschen Anbeter hatte, aber natürlich war sie dann bei der Rückkehr gewiß etwas verlegen — und es konnte auch keine vergnügte Geschichte sein; in jedem Falle wollte Frau Moß ihr Gretchen lieber allein empfangen. Das sprechende Gesicht sagte deutlich genug, das etwaige Vergnügen sei jedesfalls sehr aufregend und zweifelhaft.

„Setz Dich ein bischen her, liebes Kind" — mit diesen Worten zog sie Gretchen zu sich auf die Bank vor der Hausthür.

„O Tante Margret, ich bin recht elend. Ich wollte, ich wäre mit fünfzehn Jahren gestorben. Damals schien es so leicht zu entsagen — jetzt wird es so schwer."

Das arme Kind warf sich ihrer Tante um den Hals und fiel in ein langes, tiefes Schluchzen.

Zwölfter Abschnitt.

Ein Familientag.

Eine Woche blieb Gretchen bei der guten Tante Margret zum Besuch; dann ging sie verabredeter Maaßen nach dem Tannenhofe zu Tante Pullet. Inzwischen waren sehr unerwartete Dinge geschehen, und auf dem Tannenhofe sollte ein Familientag gehalten werden, um einen Wechsel in den Glücksumständen

der Tullivers zu besprechen und zu feiern, der den letzten
Schatten von Schuld endlich von ihnen zu nehmen und ihre bisher verdunkelten Tugenden wieder in vollem Glanze zu zeigen
versprach. Bei solchen Gelegenheiten macht man die angenehme
Entdeckung, daß neue Minister nicht die einzigen sind, die eine
— kurze — Zeit großer Anerkennung und vollblühender Lob-
preisung erleben; in vielen achtbaren Familien des Königreiches
Großbritannien erfahren arme Verwandte, wenn sie empor-
kommen, eine ähnliche herzliche Begegnung, deren herrliche Rück-
sichtslosigkeit gegen alle Antecedentien die hoffnungsreiche Aussicht erschließt, daß wir uns eines schönen Tages ganz unver-
merkt im tausendjährigen Reiche finden, wo weibliche Basilisken
nicht mehr beißen und männliche Wölfe ihre Zähne nur noch
aus Freundlichkeit zeigen.

Lucie kam so früh, daß sie selbst vor Tante Glegg einen
Vorsprung hatte; sie sehnte sich nach einem ruhigen Geplauder
mit Gretchen über die wunderbare Neuigkeit. Es schien förmlich — „nicht wahr, es ist doch ganz so?" meinte Lucie und sah
dabei wunderhübsch weise aus — es war ganz so, als solle jetzt
alles und jedes, selbst anderer Leute Unglück („die armen
Leute!") zusammenkommen, um die liebe gute Tante Tulliver
und Vetter Tom und das stolze Gretchen — wenn sie nur nicht
auf das Gegentheil versessen wäre — so glücklich zu machen,
wie sie es nach all ihrer Trübsal verdienten. Grade den Tag,
den ersten Tag nach Tom's Rückkehr von seiner Geschäftsreise im Norden mußte der unglückliche Taugenichts, dem
Wakem die Mühle übergeben hatte, in der Trunkenheit vom
Pferde stürzen und lag nun so gefährlich darnieder, daß Wakem
den Wunsch geäußert hatte, die neuen Eigenthümer möchten die
Mühle sofort an sich nehmen. Ein schreckliches Schicksal für
den unglücklichen jungen Menschen, aber wie wunderbar doch,
daß es ihn grade jetzt traf, damit Tom für sein musterhaftes
Benehmen — Papa hielt so große Stücke auf ihn — um so
schneller den verdienten Lohn ernte! Tante Tulliver mußte
natürlich mit in die Mühle ziehen und Tom den Haushalt

führen — ein schwerer Verlust freilich für Lucie, aber wie gut doch, daß die arme liebe Tante nun wieder in ihr altes Haus käme und es sich mit der Zeit auch behaglich einrichten könne!

In letzterer Beziehung hatte Lucie ihren kleinen listigen Anschlag, und als sie mit Gretchen die gefährliche Reise die polirte Treppe hinab glücklich überstanden hatte und in dem hübschen Wohnzimmer saß, wo selbst die Sonnenstrahlen reiner zu sein schienen als anderswo, da richtete sie sofort mit der Geschicklichkeit eines erfahrnen Feldherrn ihren Angriff gegen die schwache Seite des Feindes.

„Tante Pullet", fing sie an, indem sie sich auf's Sopha setzte und liebkosend das Haubenband der Tante zurechtlegte, „ich möchte wissen, was für Leinen und Hausgeräth Du Tom in seinen neuen Haushalt geben willst; Du bist immer so großmüthig und schenkst so hübsche Sachen, und wenn Du das Beispiel giebst, dann thut's Dir Tante Glegg nach."

„Das kann sie nicht, Kind!" erwiderte Frau Pullet mit ungewöhnlichem Nachdruck, „sie hat kein Leinen, was sich neben meinem sehen lassen kann, das glaub' mir. Wenn sie auch das Geld nicht scheute, sie hat keinen Geschmack. Großkarrirt und mit Hirschen und Füchsen und dergleichen — so ist ihr ganzes Tischzeug; nichts mit Punkten oder Sternen. Aber 's ist 'ne schlimme Geschichte, sein Leinen zu vertheilen ehe man stirbt; das hätt' ich mir nicht träumen lassen, Betty" — dabei schüttelte sie den Kopf und sah Schwester Tulliver an — „als wir beide das doppelte Sternmuster aussuchten, von dem ersten Flachs den wir gesponnen hatten, — und weiß der Himmel wo Deins hin ist."

„Ich konnte ja nicht anders, Schwester", sagte die arme Frau Tulliver, die schon daran gewöhnt war, sich immer auf der Anklagebank zu sehen; „es war doch gewiß nicht mein Wunsch, daß ich Nachts wach im Bett liegen mußte und immer dran denken, wie mein bestes gebleichtes Leinen im ganzen Lande herum ist."

„Nehmen Sie etwas Pfeffermünz, Schwägerin", fiel Onkel

Pullet ein; er hatte dabei das Gefühl, er böte eine billige und gesunde Tröstung an, die er durch sein eigenes Beispiel empföhle.

„Aber, Tante Pullet", sagte Lucie; „Du hast so viel schönes Leinen! Und wenn Du nun Töchter hättest! Dann hätt'st Du es doch bei der Aussteuer unter sie vertheilen müssen."

„Nun, ich sage ja auch nicht, daß ich nichts geben will", antwortete Frau Pullet; „da es Tom gut geht, so ist's nicht mehr als billig, daß ihm seine Verwandten unter die Arme greifen. Das Tischzeug, was ich auf eurer Auktion gekauft habe — Du weißt doch noch, Betty; es war reine Gutmüthigkeit von mir, daß ich's kaufte; es liegt noch ungebraucht in der Kiste. Aber Gretchen gebe ich nichts mehr von meinem indischen Musselin und so was, wenn sie wieder in Dienst geht; sie könnte ja bei mir bleiben zur Gesellschaft und für mich nähen, wenn sie in der Mühle nicht nöthig ist."

„In Dienst gehen" war der Dodson'sche Ausdruck für die Stellung als Lehrerin oder Erzieherin, und Gretchens Rückkehr in diese dienende Stellung, trotzdem ihr der Glückswechsel in der Familie jetzt ganz andre Aussichten bot, drohte für alle Verwandten außer Lucien ein rechter Stein des Anstoßes zu werden. In ihrer früheren abstoßenden Natürlichkeit, das Haar unordentlich im Nacken und im allgemeinen nicht viel verspre= chend, war Gretchen eine sehr bedenkliche Nichte gewesen, aber jetzt konnte sie sich sowohl angenehm wie nützlich machen.

Als Onkel und Tante Glegg gekommen waren, wurde dies Thema bei Thee und Butterbrod wieder aufgenommen.

„Ei was!" sagte der gutmüthige Glegg und klopfte Gret= chen auf die Schulter; „Unsinn, blanker Unsinn! Laß uns so was nicht wieder hören, Gretchen! Auf dem Bazar hast Du doch gewiß ein halb Dutz Liebhaber aufgegabelt; ist denn da nichts rechts darunter? Sag mal!"

„Mr. Glegg", bemerkte seine Frau mit jener feinen Schat= tirung von besondrer Höflichkeit, die sie immer zu ihrem halb kraufen Scheitel trug, „Du mußt mich entschuldigen, aber für einen Mann in Deinen Jahren bist Du viel zu leichtfertig. Was meine Nichte hätte abhalten sollen, wieder eine Stelle anzunehmen, ohne uns zu fragen, das ist Achtung und Ehrerbietung gegen ihre Tanten und die andern Verwandten, die so gut sind gegen sie — nicht Liebhaber, wenn ich solch ein Wort gebrauchen darf, das in meiner Familie noch kein Mensch gehört hat."

„I, wie nanntet ihr uns denn damals, als wir noch auf Freiersfüßen gingen — was meint Ihr, Schwager Pullet? Damals waren wir euch lieb genug, sollt' ich denken!" antwortete der Mann und blinzelte vergnüglich mit den Augen, während Pullet in süßer Erinnerung an die Zeit der ersten Liebe ein neues Bonbon lutschte.

„Glegg", meinte seine Frau, „wenn Du unzart sein willst, bitte, laß mich's wissen."

„I, Hannchen, Dein Mann spaßt ja blos", sagte Frau Pullet; „laß ihm seinen Spaß, so lange er gesund und kräftig ist. Der arme Nachbar Tilt, dem steht der Mund ganz schief; der könnte nicht mal lachen, wenn er's auch versuchte."

„Dann, bitte, reich mir die Butterbrode, Glegg", entgegnete die Frau, „wenn ich es wagen darf, Deine Späße zu unterbrechen. Ich kann freilich keinen Spaß drin finden, wenn's eine Nichte an der nöthigen Achtung fehlen läßt gegen ihrer Mutter älteste Schwester, die das Haupt der Familie ist, und blos so dann und wann auf einen kurzen Besuch hereinguckt, die ganze Zeit wo sie in der Stadt ist, und dann eine Stelle in der Fremde annimmt ohne mein Vorwissen — und die Hauben liegen schon da, die sie mir zurecht machen sollte, und mein Geld habe ich ganz gleich getheilt —"

„Schwester", fiel ihr Frau Tulliver ängstlich in's Wort, „Gretchen hat gewiß nicht daran gedacht, abzureisen ohne Dich zu besuchen so gut wie die andern Tanten. Mein Wunsch ist's auch garnicht, daß sie weggeht — ganz im Gegentheil. Ich kann nicht dafür, gewiß nicht. Hundertmal hab' ich ihr gesagt:

„Kind, Du darfst nicht fort". Aber sie hat noch zehn oder vier=
zehn Tage, bis sie weg muß; da kann sie noch recht gut bei
Dir wohnen, und ich spreche dann auch vor, wenn ich kann,
und Lucie auch."

„Betty", sagte Frau Glegg, „wenn Du nur ein bischen
Nachgedanken haben wolltest, dann könntst Du Dir doch selbst
sagen, daß es sich kaum der Mühe verlohnt, jetzt noch für die
kurze Zeit ein Bett für sie zu beziehen und alle die Umstände
zu machen, noch dazu wo es blos eine Viertelstunde zu gehen
ist von uns bis nach Deane's. Morgens ganz früh kann sie
kommen und spät wieder weg gehen, und Gott kann sie danken,
daß sie eine gute Tante so nahebei hat zum freundschaftlichen
Besuch. Ich wäre dankbar, das weiß ich, in ihrem Alter."

„Aber, Hannchen", bemerkte Frau Pullet, „es wäre Dei=
nen Betten recht gut, wenn mal einer drin schliefe. Die Kam=
mer mit den gestreiften Tapeten riecht schrecklich dumpfig und
der Spiegel ist so angelaufen wie was sein kann. Ich glaube,
ich hätte den Tod, wenn Du mich da hinein brächtest."

„O, da ist Tom!" rief Lucie und klatschte vor Freuden in
die Hände. „Er reitet Sindbad, wie ich ihm gesagt habe. Ich
fürchtete schon, er hielte sein Versprechen nicht."

Gretchen sprang auf und küßte Tom herzlich, als er herein=
trat; es war ihr erstes Wiedersehen, seit er Aussicht hatte,
wieder in die Mühle zu ziehen, und sie hielt seine Hand fest,
als sie ihn nach dem Stuhle neben sich führte. Zwischen ihr
und Tom durfte keine Wolke stehen — das war noch immer ihr
steter Wunsch, der jeden Wechsel überdauerte. Er lächelte sie
auf's freundlichste an und sagte: „Nun, Gretelchen, was macht
Tante Moß?"

„Ei, junger Herr", fiel Glegg ein und hielt ihm die Hand
hin; „Du bist so'n großer Mann geworden, Dir ist nichts
mehr zu hoch, wie's scheint. Du machst Dein Glück viel früher
als es uns Alten gelingen wollte, aber ich gönne Dir's
und wünsche Dir recht von Herzen Glück. Du bekommst die

Mühle gewiß noch mal ganz zu eigen, da möcht' ich drauf wetten. Auf halbem Wege bleibst Du nicht stehen."

„Aber er wird hoffentlich nicht vergessen, daß er das sei-nen Verwandten von mütterlicher Seite verdankt", bemerkte Frau Glegg. „Wenn er das Beispiel unsrer Familie nicht vor Augen gehabt hätte, wär' er bös dran gewesen. Bei uns hat's nie Bankrotte gegeben oder Prozesse oder Verschwendung — und ohne Testament ist keiner —"

„Nein, und plötzliche Todesfälle kennen wir auch nicht", fiel Tante Pullet ein; „immer haben wir den Doktor rufen können. Aber Tom hat 'n Dodson'sches Gesicht, das hab' ich von Anfang an gesagt. Und ich weiß zwar nicht, was Du zu thun denkst, Schwester Glegg, aber ich will ihm drei von mei-nen zweitgrößten Tischtüchern geben und Bettlaken auch noch. Ich sage nicht, daß das alles ist, aber soviel thue ich gewiß, und sollte ich morgen im Tage sterben, Pullet, dann denke dran — wenn Du auch mit den Schlüsseln Konfusion machst und Dich nicht erinnerst, daß auf dem dritten Brett in dem Schranke linker Hand hinter den Nachtmützen mit den breiten Schleifen — nicht hinter den mit den schmalen Krausen — daß da der Schlüssel ist zu dem Auszuge im blauen Zimmer, wo der Schlüssel zum blauen Kabinet liegt. Ja, versehen wirst Du Dich wohl, das sehe ich kommen; für meine Pillen und Medi-zinflaschen, da hast Du'n Gedächtniß — ganz wundervoll, das muß ich Dir lassen —, aber mit den Schlüsseln, da bist Du reinweg verloren."

„Mit den Schlüsseln, das übertreibst Du, Sophie", sagte Frau Glegg verächtlich; „so viel Wirthschaft mit dem Ver-schließen, das ist in unsrer Familie nicht Sitte. Mir kann keiner nachsagen, daß ich nicht vorsichtig bin beim Ver-schließen, aber ich thue blos was verständig ist, nicht mehr. Und was das Leinen angeht, da will ich nachsehen, was wohl passend ist für meinen Neffen; ich habe noch ungebleichtes liegen, das ist schöner als manchen Leuten ihre beste holländische Leinwand; das soll er zu Betttüchern haben, und wenn er drin liegt, wird er hoffentlich an seine Tante denken."

Tom dankte Frau Glegg, ließ sich aber in kein Versprechen ein, bei nachtschlafender Zeit an ihre guten Eigenschaften zu denken, und Glegg gab dem Gespräch eine andre Wendung, indem er Tom fragte, was Deane von Dampfkraft halte.

Lucie hatte ihre weitsehenden Pläne gehabt, als sie Tom bat, heute ihr Pferd zu reiten. Als es wieder nach Hause gehen sollte, ließ sie den Kutscher reiten, und Tom mußte sie und Tante Tulliver fahren. „Du mußt allein sitzen, Tantchen", sagte das schlaue Ding; „ich setze mich zu Tom, ich habe ihm viel zu sagen."

In ihrer zärtlichen Besorgniß für Gretchen konnte es Lucie nicht über's Herz bringen, die erste Gelegenheit zu einem Gespräche mit Tom unbenutzt zu lassen; sie meinte, bei der freudigen Aussicht auf das rasche Gelingen seines Planes wegen der Mühle werde er in Bezug auf Gretchen gewiß hübsch nachgiebig sein. Bei ihrer ganzen Art fehlte ihr jeder Schlüssel zu Tom, und es befremdete sie daher sowohl wie es sie schmerzte, als er bei ihrer Erzählung von Philipp's freundlicher Vermittlung bei seinem Vater ein sehr böses Gesicht machte. Sie hatte auf diese Mittheilung als ein Meisterstück von Politik gerechnet, welches Tom nicht allein sofort gegen Philipp freundlich stimmen, sondern ihm auch beweisen werde, daß der alte Wakem mit Freuden bereit sei, Gretchen mit allen Ehren einer Schwiegertochter aufzunehmen; es fehle also weiter nichts, als daß der liebe Tom, der seine Cousine Lucie immer mit so freundlichem Lächeln ansah, sich ganz umthue, das Gegentheil von dem sage, was er bisher immer gesagt habe, und die Erklärung abgebe, er seinerseits sei entzückt, daß alle alte Wunden geheilt würden und daß Philipp und Gretchen sich möglichst rasch heiratheten. Und in den Augen der guten Lucie konnte doch nichts leichter sein als eine solche Umwandlung.

Aber bei Menschen, die stark behaftet sind mit den positiven und negativen Eigenschaften, welche Härte erzeugen — Willens-

kraft; bewußte Entschlossenheit, Beschränktheit der Einbildungs=
kraft und Einsicht, große Selbstbeherrschung und Anlage zur
Herrschsucht — bei solchen Menschen sind Vorurtheile die na=
türliche Nahrung für die Strebungen, welche an der verwickelten,
lückenhaften, beunruhigenden Erkenntniß, die wir Wahrheit
nennen, keinen Anhalt finden. Ein Vorurtheil sei angeerbt oder
von der Luft angeweht, es stamme vom Hörensagen oder aus
dem Auge — wie es auch an sie herantrete, gleichviel, bei sol=
chen Naturen findet es eine Stätte: es läßt sich kühn und
tapfer behaupten, füllt die Lücke an eigenen Gedanken, dient
gegen andere als unantastbare Autorität, ist zugleich ein Stab
zum stützen und ein Stock zum schlagen. Jedes Vorurtheil, wel=
ches diesen Zwecken entspricht, bedarf für sie nicht erst des Beweises.

Unser guter rechtschaffner Tom Tulliver war eine solche
Natur. Der stille Tadel gegen die Fehler seines Vaters hatte
ihn nicht abgehalten, das Vorurtheil des Vaters gegen Wakem
anzunehmen, als einen Menschen von lockern Grundsätzen und
lockerm Leben. In diesem Gefühl konzentrirte sich der ganze
gekränkte persönliche und Familienstolz; andere Empfindungen
verstärkten noch seine bittre Abneigung gegen Philipp und gegen
Gretchens Verbindung mit ihm, und trotz allen Einflusses, den
Lucie sonst auf ihren hartnäckigen Vetter hatte, erreichte sie doch
nur ein kaltes Nein gegen jeden Gedanken an eine solche Hei=
rath — „aber natürlich könne Gretchen thun und lassen was
sie wolle; sie sei ja entschlossen, ihre Unabhängigkeit zu behaup=
ten; er seinerseits halte sich aus Pietät gegen das Andenken
seines Vaters und aus Mannesstolz verpflichtet, niemals in eine
Beziehung zu Wakems zu willigen."

So hatte denn die gute Lucie durch ihre eifrige Vermitt=
lung nur bewirkt, daß Tom sich gefaßt hielt, Gretchens ver=
kehrter Entschluß, wieder eine Stelle anzunehmen, werde sich,
wie das bei ihren Entschlüssen wohl zu gehen pflegte, bald in
etwas eben so verkehrtes, aber ganz verschiedenes umwandeln —
in eine Heirath mit Philipp Wakem.

Dreizehnter Abschnitt.

Stromab.

In nicht ganz einer Woche war Gretchen wieder in St. Ogg, äußerlich ziemlich in derselben Lage wie zu Anfang ihres Besuchs. In den Vormittagsstunden brachte sie es leicht fertig, Lucien fern zu bleiben, indem sie bald zu Tante Glegg zum Besuch ging, bald sich zu ihrer Mutter hielt, die sie in den letzten Wochen natürlich doppelt gern um sich hatte und auch bei den Vorbereitungen für Tom's neuen Haushalt ihrer Hülfe bedurfte. Aber Abends wollte Lucie sie unter keinem Vorwande entbehren; von Tante Glegg mußte sie immer schon vor Tisch zurückkommen; „was habe ich sonst von Dir?" schmollte Lucie so reizend, daß sie nicht widerstehen konnte. Und unbegreiflicher Weise blieb Herr Stephan Guest jetzt eben so gern bei Deane's zu Tisch, wie er es früher vermieden hatte. Zuerst faßte er Morgens den Entschluß, nicht bei Deane's zu essen — nicht mal des Abends hinzugehen, bis Gretchen weg sei; ja, er dachte sich einen Plan aus, bei dem schönen Juniwetter einen kleinen Ausflug zu machen; das Kopfweh, mit dem er fortwährend seine Schweigsamkeit und schlechte Stimmung entschuldigte, war ein hinlänglicher Vorwand dafür. Aber aus dem Ausfluge wurde nichts, und am vierten Tage hatte er über die Abende noch keinen festen Entschluß gefaßt; er sah darin nur Stunden, wo er Gretchen noch kurze Zeit sehen, einen Blick, einen Händedruck erhaschen könne. Und warum auch nicht? Jetzt war ja nichts mehr zu verbergen; sie hatten sich ihre Liebe gestanden, hatten einander entsagt, waren im Begriff Abschied zu nehmen. Ehre und Pflichtgefühl trennten sie; mit herzbrechendem Flehen hatte Gretchen das so gewollt, aber einen letzten Scheideblick durften sie einander noch über die trennende Kluft zuwerfen, den letzten bis zu jenem Wiedersehen, wenn die Liebesgluth in ihren Augen verloschen war.

Gretchen bewegte sich die ganze Zeit so gleichförmig still, daß es mit ihrer gewohnten Lebhaftigkeit und Frische auffallend kontrastirte; indeß Lucie fand in ihrer unglücklichen Stellung zwischen Philipp und Tom und der traurigen Aussicht auf die freiwillige Verbannung Grund genug zu der tiefsten Niedergeschlagenheit. Aber unter dieser äußeren Ruhe tobte im Innern ein so wilder Streit, wie ihn Gretchen in einem langen Leben des Kampfes nicht gekannt, nicht geahnt hatte; es war ihr zu Sinne, als habe der schlimmste Feind bisher im Hinterhalt gelegen und sei nun plötzlich in voller Rüstung mit fürchterlicher, überwältigender Macht hervorgebrochen! Sie erlebte Augenblicke, wo eine grausame Selbstsucht sich ihrer zu bemächtigen schien, wo ihr der Gedanke durch den Kopf ging: warum nicht Lucie, warum nicht Philipp leiden solle? sie selbst habe doch auch jahrelang gelitten und wer habe denn für sie ein Opfer gebracht? und da nun etwas von dem vollen ganzen Leben — da Liebe, Reichthum, Glück, Bildung — da alles wonach ihre Seele hungerte ihr nahe gebracht war — warum sollte sie darauf verzichten, damit es einer andern zufalle, die es vielleicht nicht so nöthig bedurfte? Aber durch all den leidenschaftlichen Tumult klangen die lieben altbekannten Stimmen mit neuer Kraft hindurch, bis von Zeit zu Zeit der Tumult sich gelegt zu haben schien. War denn das Leben, welches sie jetzt verlockte, jenes volle ganze Leben, wovon sie geträumt hatte? Wo blieben denn alle die Erinnerungen an die Kämpfe ihrer ersten Jugend? wo das tiefe Mitleid für fremdes Unglück, das in jahrelanger Hingebung und Entbehrung mit ihr erwachsen war? wo das himmlische Vorgefühl von etwas höherem als blos persönlichem Vergnügen, welches dem Leben erst seine Weihe gegeben hatte? Sie hätte ebensogut hoffen können, mit verstümmelten Füßen Freude am Gehen zu haben, als hoffen, sich eines Lebens zu erfreuen, an dessen Schwelle sie Treue und Mitgefühl, den besten Theil ihrer Seele, weggeworfen hätte! Und dann, wenn der Schmerz ihr so schwer fiel, was war er dann erst für andere? „O Gott, bewahre mich davor, andern ein Leid zu thun — gieb mir Kraft, es zu tragen!"

Aber da das süße Gefühl, vor dem es sie schauderte, sie nicht überwältigen, keinen dritten kränken, lediglich ihr eigener stiller Schmerz bleiben sollte, da war es doch erlaubt, vor dem Abschied für immer noch die flüchtigen Augenblicke des stummen verstohlenen Glückes zu genießen. Denn litt nicht Stephan auch? Sie sah es täglich — sah es an dem kranken matten Blick, an der Gleichgültigkeit, womit er sich, so oft die gesellschaftlichen Rücksichten es nur irgend gestatteten, gegen alles andere abstumpfte, nur nicht gegen die Möglichkeit, einen Blick von ihr zu erhaschen. Konnte sie es vermeiden, wenigstens bisweilen den flehenden Blick zu erwidern, der ihr zu folgen schien wie ein leises Gemurmel von Liebe und Leid? Immer seltener vermied sie's, bis zuletzt der ganze Abend für sie beide in einen raschen gegenseitigen Blick aufging, an den sie dachten, bis er kam, an den sie dachten, wenn er vorbei war. Nur eins schien Stephan sonst noch Freude zu machen, nämlich zu singen: es war eine Art, sich mit Gretchen zu unterhalten. Möglich daß er sich nicht ganz deutlich bewußt war, ein geheimes Sehnen treibe ihn dazu, das all seinen stillen Entschlüssen zuwiderlie — das Verlangen, sie noch stärker an sich zu fesseln. Das klingt wie ein Widerspruch, aber der Leser merke nur auf seine eigenen Worte und beachte, wie sehr sie von halb unbewußten Absichten beeinflußt werden, dann wird er den Widerspruch begreifen.

Philipp Wakem kam weniger oft, aber doch noch bisweilen des Abends, und einmal, wo sie grade um Sonnenuntergang draußen auf dem Rasen saßen, war er dabei, als Lucie sagte:

„Nun ist Gretchen mit ihren Besuchen bei Tante Glegg zu Ende und wir müssen jeden Tag, wo sie noch hier ist, Kahn fahren; diese langweiligen Besuche haben unser Vergnügen bös gestört und grade dies hat sie am allerliebsten — nicht wahr, Gretchen?"

„Am liebsten von allen Bewegungen, wollen Sie sagen",

bemerkte Philipp und lächelte Gretchen an, die sich in einem niedrigen Gartenstuhl hin und her wiegte; „sonst verkauft sie ihre Seele jenem gespenstischen Fährmann, der auf dem Floß spukt."

„Möchten Sie ihr Fährmann sein?" erwiderte Lucie; „dann kommen Sie nur her und nehmen ein Ruder. Wäre der Floß kein Strom, sondern nur ein ruhiger See, dann würden wir schon ohne Herren fertig, denn Gretchen rudert vorzüglich. So aber müssen wir die Dienste von Kavalieren in Anspruch nehmen, die sich nicht zu sehr beeifern, sie von selbst anzubieten."

Mit scherzhaftem Vorwurf sah sie dabei Stephan an, der auf und ab spazierte und eben im leisesten Falsett sang:

„Der Durst, der aus der Seele kommt,
„Verlangt nach Himmelstrank."

Er achtete nicht auf ihre Worte, sondern hielt sich fern, wie er in der letzten Zeit bei Philipp's Besuchen oft gethan.

„Sie scheinen sich aus dem Kahnfahren nicht viel zu machen", sagte Lucie, als er sich neben sie auf die Bank setzte. „Macht Ihnen das Rudern keinen Spaß?"

„O, eine große Gesellschaft im Kahn kann ich nicht ausstehen", antwortete er fast gereizt; „ich fahre mal mit, wenn Sie sonst keinen haben."

Lucie wurde roth vor Furcht, Philipp sei beleidigt; es war ganz was neues an Stephan, so zu sprechen, aber in der letzten Zeit war er offenbar nicht wohl gewesen. Auch Philipp erröthete, aber weniger aus einem Gefühl persönlicher Kränkung als aus einem unbestimmten Verdacht, Stephan's schlechte Laune stehe in einer gewissen Beziehung zu Gretchen, die bei seiner gereizten Antwort aufgesprungen war und sich an die Lorbeerhecke gestellt hatte, um das Abendroth auf dem Flusse zu sehen.

„Da Fräulein Deane nicht bedacht hat, daß sie durch die Einladung an mich andere ausschlösse", sagte Philipp, „so muß ich natürlich auf das Vergnügen verzichten."

„Bitte sehr, auf keinen Fall", entgegnete Lucie sehr ärger=
lich; „besonders morgen früh bitte ich recht angelegentlich um
Ihre Begleitung. Um halb elf ist volle Ebbe; da haben wir
ein paar herrliche Stunden, um nach Luckreth zu fahren und
von da zurückzugehen, ehe die Sonne zu heiß wird. Und wie
können Ihnen vier Menschen in einem Kahn zuviel sein?" fügte
sie gegen Stephan hinzu.

„Ich habe nichts gegen die Menschen, nur gegen die Zahl",
erwiderte Stephan, der sich etwas gesammelt hatte und sich sei=
ner Grobheit schämte. „Wenn ich überhaupt einen Vierten
möchte, dann wären Sie's natürlich, Philipp. Aber ich denke,
wir wollen das Vergnügen des Frauendienstes nicht theilen,
wir wollen es abwechselnd genießen. Uebermorgen bin ich dann
an der Reihe."

Dieser Vorgang lenkte natürlich Philipp's Aufmerksamkeit
mit vermehrter Sorge auf Stephan und Gretchen, aber als die
Gesellschaft gleich darauf in's Haus ging, fing man an zu
musiziren, und da sich Vater Deane und Mutter Tulliver in
ihr Kartenspiel vertieft hatten, so setzte sich Gretchen allein an
den Tisch, wo die Bücher und das Nähzeug lagen, und hörte
in Gedanken verloren dem Singen zu. Es dauerte nicht lange,
und Stephan schlug ein Duett vor, welches Lucie mit Philipp
singen solle; schon oft hatte er das gethan, aber heute witterte
Philipp hinter jedem seiner Blicke und Worte einen Hinter=
gedanken und beobachtete ihn scharf, wobei er sich freilich über
sich selbst ärgerte, daß er den Argwohn nicht loswerden könne.
Denn Gretchen hatte ja jeden Grund zur Eifersucht geleugnet,
und sie war die Wahrheit selbst; er mußte ihr glauben, was
sie ihm neulich im Garten gesagt hatte; solche Blicke und Worte
konnten nicht lügen. Wohl mochte Stephan von ihr bezaubert
sein, das war nur zu natürlich, und Philipp fand es fast ge=
mein, daß er das schmerzliche Geheimniß des Freundes so
förmlich belaure. Und doch blieb er auf der Lauer. Langsam
schlenderte Stephan vom Klavier nach dem Tische, wo Gretchen
saß, und blätterte wie zerstreut in den Zeitungen. Dann setzte

16*

er sich mit dem Rücken gegen das Klavier, nahm ein Zeitungs-
blatt vor und fuhr sich mit der Hand durch's Haar, als habe
er was interessantes gefunden. In Wirklichkeit aber sah er
Gretchen an, die seine Annäherung nicht im mindesten zu beachten schien; denn in Philipp's Gegenwart hatte sie immer
etwas mehr Widerstandsfähigkeit, grade wie man an geweihter
Stätte von selbst leiser spricht. Aber endlich hörte sie das
Wort „Geliebte" im sanftesten Tone schmerzlichen Flehens sprechen.
Seit der Unterredung in Basset, wo es Stephan unwillkürlich
wie ein inartikulirter Schrei immer wieder entfahren war, hatte
sie das Wort nicht gehört. Philipp verstand keine Silbe, aber
er war allmälich neben das Klavier getreten und konnte von da
sehen, wie Gretchen zusammenfuhr und erröthete, einen raschen
Blick zu Stephan aufwarf und dann sofort nach ihm selbst hinsah.
Es war zwar nicht unzweifelhaft, daß Philipp sie beobachtet
habe, aber über ihre Heimlichkeit überkam sie eine solche Scham,
daß sie aufstand, sich neben ihre Mutter stellte und dem Kartenspiel zusah.

Als Philipp bald darauf nach Haus ging, war er in einem
Zustande, wo schreckliche Zweifel sich mit fürchterlicher Gewißheit mischten. Unmöglich konnte er sich länger der Ueberzeugung
verschließen, daß zwischen Stephan und Gretchen ein gegensei-
tiges Verständniß obwalte, und die halbe Nacht quälte diese
schreckliche Thatsache seine reizbaren Nerven fast zum Wahnsinn;
er fand keine Erklärung, die sie mit ihrem Reden und Thun
in Einklang setzte. Endlich siegte wie gewöhnlich das Bedürfniß, an Gretchen zu glauben, und da traf er bald das Rechte:
sie kämpfte, sie trieb sich selbst in die Verbannung — das war
der Schlüssel zu allem, was er seit seiner Rückkehr gesehen.
Aber dann wieder kreuzten diesen Glauben andere Möglichkeiten,
die ihm nicht aus dem Sinn wollten. Seine Einbildungskraft
malte ihm die ganze Geschichte aus: Stephan war wahnsinnig
in sie verliebt, hatte es ihr gestanden; sie hatte ihn abgewiesen
und eilte nun fortzukommen. Aber ob er sie darum aufgäbe, da
er doch wisse — und dieses Gefühl preßte dem armen Philipp

faſt das Herz ab — daß ſie ihrerſeits durch die Neigung zu
ihm halb hülflos ſei?!

Am andern Morgen war Philipp zu unwohl, um der Verabredung wegen des Kahnfahrens nachkommen zu können. Vor
lauter Aufregung konnte er nicht zum Entſchluß kommen, ſondern ſchwankte zwiſchen widerſprechenden Wünſchen hin und her.
Erſt ſchien es ihm, er müſſe Gretchen ſprechen und ſie bitten,
ihm ganz zu vertrauen; dann wieder bebte er davor zurück, ſich
in ihr Geheimniß zu drängen. Hatte er ſich ihr nicht ſo ſchon
zuviel aufgedrängt, auf eine Zuſage hin, die ſie in jugendlicher
Unwiſſenheit gegeben?! und mußte ſie ihn nicht haſſen, daß er
ihr dieſe bindende Verpflichtung immer gegenwärtig hielt?! —
Er beſchloß, ſie erſt wiederzuſehen, wenn er ſicher ſei, nicht aus
ſelbſtſüchtigem Aerger zu handeln, ſondern aus uneigennütziger
Zärtlichkeit für ſie, und ſchrieb an Stephan ein kurzes Billet,
er möge ihn bei Deane's entſchuldigen und bei der heutigen
Partie vertreten, da er zu unwohl ſei, ſelbſt daran Theil zu
nehmen.

Inzwiſchen hatte ſich Lucie einen reizenden Plan ausgedacht,
der ſie ganz damit ausſöhnte, daß Stephan die Kahnfahrt nicht
mitmachen wollte. Ihr Vater fuhr gleich nach dem Frühſtück
in eine benachbarte Stadt; da mußte ſie mit, um nöthige
Einkäufe zu machen, und Tante Tulliver mußte auch mit, um
Rath zu geben.

„Die Kahnfahrt bleibt Dir doch", ſagte ſie zu Gretchen,
als ſie nach dem Frühſtück zuſammen hinauf gingen; „um halb
eilf kommt Philipp und der Morgen iſt herrlich. Still! daß
Du mir nicht dawider redeſt, Du liebes Jammerbild! Was
hilft's, daß ich Dich behandle wie die freundlichſte Fee, wenn
Du Dich gegen alle Wunder ſträubſt, die ich für Dich thue?
Denk' nicht an den böſen Tom; darfſt ihm wohl mal ungehor-
ſam ſein!"

Gretchen fügte ſich, ja, ſie freute ſich faſt über dieſen Plan;
vielleicht gab ihr das Alleinſein mit Philipp Ruhe und Stärke;
es war ihr, als ſolle ſie den Schauplatz eines ruhigeren Lebens

wiederjehen, wo im Vergleich zu dem täglichen Aufruhr der Gegenwart die Kämpfe selbst Ruhe gewesen waren. Sie kleidete sich zur Kahnfahrt und saß um halb eilf wartend im Wohnzimmer.

Pünktlich klingelte es an der Hausthür, und mit halbwehmüthiger, zärtlicher Freude dachte sie schon, welche Ueberraschung es für Philipp sein werde, mit ihr allein zu sein — da hörte sie draußen einen raschen festen Schritt, der nicht Philipp's war; die Thür ging auf, und Stephan trat herein.

Im ersten Augenblick waren sie beide zu aufgeregt, um zu sprechen; Stephan hatte nämlich schon von dem Diener gehört, die andern seien ausgefahren. Gretchen war aufgesprungen und hatte sich wieder gesetzt; das Herz schlug ihr heftig; Stephan legte Mütze und Handschuh ab und setzte sich schweigend zu ihr. Sie glaubte, Philipp komme auch bald, und mit großer Anstrengung, sichtlich bebend, erhob sie sich, um weiter von ihm wegzurücken.

„Er kommt nicht", sagte Stephan mit leiser Stimme. „Ich fahre heute."

„O, wir können nicht fahren", erwiderte Gretchen und sank wieder auf ihren Stuhl. „Das hat Lucie nicht erwartet — es würde sie kränken. Warum kommt denn Philipp nicht?"

„Er ist nicht wohl, er schickt mich."

„Lucie ist nach —", sagte Gretchen und nahm eilig mit zitternder Hand ihren Hut ab. „Wir dürfen nicht fort."

„Auch gut", antwortete Stephan und sah sie an wie im Traum, „dann wollen wir hier bleiben."

Er sah ihr in die tiefen, tiefen Augen — die so fern waren und geheimnißvoll wie der dunkle Sternenhimmel, und doch so nahe und voll schüchterner Liebe. Gretchen saß ganz still — Augenblicke lang, Minuten lang, sie wußte es selbst nicht, bis das Beben der Ohnmacht vorüber war und eine warme Gluth auf ihren Wangen brannte.

„Der Mann wartet; er hat die Sitzkissen geholt", sagte sie; „er muß Bescheid haben."

„Was für Bescheid?" entgegnete Stephan beinahe flüsternd und blickte ihr nach den Lippen.

Gretchen gab keine Antwort.

„Gehen wir", murmelte Stephan flehend, indem er aufstand und sie auch an der Hand emporzog. „Wir bleiben nicht lange zusammen."

Und sie gingen. Gretchen fühlte, jemand führe sie durch den Garten an den Rosen vorbei, helfe ihr mit sichrer sanfter Hand in's Boot, lege Kissen und Mantel für sie zurecht und öffne ihr den Sonnenschirm; sie ließ das alles geschehen ohne eigenen Willen, ohne Zuthun, ohne Gefühl für anderes; denken und erinnern war verbannt.

Schnell glitten sie dahin, die Ebbe trug sie stromab, Stephan ruderte — an schweigenden sonnigen Feldern und Wiesen entlang, die eine Freude zu athmen schienen, welche der in ihrem Innern keinen Vorwurf machte. Der Hauch des jungen frischen Tages, der köstliche Takt des Ruderschlags, die abgebrochenen Laute der Vögel, die dann und wann vorbeistrichen, die süße Einsamkeit eines doppelten Lebens, welches in dem tiefen unersättlichen Blick, den sie heute nicht von einander zu wenden brauchten, in eins verschmolz — das war alles, was in der ersten Stunde ihr Herz erfüllte; für anderes war nicht Platz. Von Zeit zu Zeit stieß Stephan lässig rudernd ein leises unterdrücktes, inniges Liebeswort aus; sonst sprachen sie kein Wort; die Rede wäre ein Zugang gewesen, durch die das Denken sich eingeschlichen hätte, und das Denken gehörte nicht zu dem verzauberten Lichtnebel, der sie einhüllte — gehörte zu der Vergangenheit und Zukunft draußen. Der Ufer, an denen sie entlang fuhren, war sich Gretchen nur dunkel bewußt und die Dörfer erkannte sie nicht; sie wußte, es gebe mehrere, ehe man nach Luckreth käme, wo sie immer an's Land zu steigen pflegten und das Boot zurückließen. Aber endlich hörte Stephan, der immer lässiger gerudert hatte, ganz damit auf, legte die Ruder hin, schlug die Arme über einander und sah auf das Wasser, als beobachte er, wie rasch das Boot ohne seine Hülfe

vorwärts komme. Dieser plötzliche Wechsel weckte Gretchen aus
ihrer Träumerei. Sie sah in die weit offenen Gefilde — auf
die nahen Ufer — sie waren ihr ganz fremd. Ein fürchterlicher
Schreck befiel sie.

„O, sind wir schon Luckreth vorbei — wo sollen wir an=
legen?" rief sie aus und sah sich um, ob sie den Ort noch sähe.
Aber kein Dorf war zu sehen. Sie wandte sich wieder und sah
Stephan ängstlich forschend an.

Er blickte immerfort auf's Wasser und sagte in einem selt=
samen, träumerischen Tone wie abwesend: „Jawohl, vorbei —
weit, weit vorbei."

„O, was soll ich machen?" rief Gretchen in furchtbarer
Angst; „es dauert gewiß viele Stunden, ehe wir wieder nach
Haus kommen — und Lucie — o Gott, steh mir bei!"

Sie schlang die Hände in einander und brach in Schluch=
zen aus, wie ein Kind das sich ängstigt; sie dachte nur an das
Wiedersehen mit Lucie, an ihren schmerzlich überraschten, zwei=
felnden — vielleicht gar vorwurfsvollen, mit Recht vorwurfs=
vollen Blick.

Stephan trat zu ihr, setzte sich neben sie und zog sanft die
verschlungenen Hände herunter.

„Gretchen", sagte er mit tiefer Stimme und mit dem
Ausdruck ruhigen Entschlusses — „Gretchen, wir wollen nicht
wieder nach Haus — bis uns niemand mehr trennen kann —
bis wir verheirathet sind."

Der ungewöhnliche Ton, die überraschenden Worte brach=
ten Gretchens Schluchzen zum Schweigen, und sie saß ganz
still — weniger erschrocken als verwundert, was für einen neuen
Ausweg Stephan wohl gefunden habe.

„Sieh doch, Gretchen, wie sich alles ohne unser Zuthun
gemacht hat — ja, gegen unsern Willen. Wir haben nicht mehr
darauf gerechnet, allein zusammen zu sein; es kommt alles von
andern. Sieh, wie die Strömung uns fortträgt — fort von
all den unnatürlichen Banden, die wir noch fester zu schmieden
uns vergebens bemüht haben. In wenig Stunden führt uns

die Ebbe nach Torby, da können wir an's Land gehen, und
dann so schnell es geht nach Schottland, ohne einen Augenblick
Rast, bis wir fest vereinigt sind und nur der Tod uns scheiden
kann. Es ist das einzig Rechte, Liebste — der einzige Weg
aus dieser elenden Verstrickung. Alles kommt zusammen, uns
auf diesen Weg hinzuweisen; wir haben uns nichts ausgedacht,
nichts vorbereitet."

Stephan sprach mit tief ernstem Flehen. Gretchen horchte
auf; die Ueberraschung und das Erstaunen war vorbei; jetzt
hätte sie von Grund des Herzens gern geglaubt, die Ebbe allein
sei Schuld und ruhig könne sie mit der schweigenden Strömung
dahingleiten und brauche nicht mehr zu kämpfen. Aber auf die
süße Täuschung legte sich der finstre Schatten vergangener Gedanken, und die plötzliche Angst, jetzt endlich sei der Augenblick
des verhängnißvollen Rausches nahe, regte sie zu zornigem
Widerstande gegen Stephan auf.

„Lassen Sie mich los!" rief sie heftig, indem sie ihm einen
Blick der Entrüstung zuwarf und die Hände frei zu machen
versuchte. „Sie haben mich dahin bringen wollen, daß ich keine
Wahl mehr hätte. Sie wußten, wir kämen zu weit; Sie haben
es gewagt, meine Unbedachtsamkeit zu mißbrauchen. Das ist
unmännlich, mich in solche Lage zu bringen."

Bei diesem Vorwurf ließ er ihre Hände los, setzte sich wieder auf seinen alten Platz und schlug die Arme über einander
in einer gewissen Verzweiflung über die Schwierigkeit, die ihm
Gretchens Worte vergegenwärtigt hatten. Wenn sie nicht einwilligte, mit ihm in die Welt zu gehen, so mußte er sich verwünschen, daß er sie in eine solche Lage gebracht hatte. Aber
der Vorwurf war nicht zu ertragen; daß sie glaubte, er habe
unwürdig an ihr gehandelt, war schlimmer als sich von ihr zu
trennen. Endlich sagte er in einem Tone unterdrückter Wuth:

„Zuerst merkte ich nicht, daß wir bei Luckreth vorbei
wären; erst beim nächsten Dorfe, und da kam mir der Gedanke: weiter, immer weiter. Ich kann das nicht rechtfertigen, ich
hätt's Dir sagen müssen. Nun wirst Du mich hassen — so lieb

haſt Du mich ja doch nicht, wie ich Dich, daß Du alles andere in die Winde ſchlügeſt. Soll ich das Boot wenden und hier anzulegen verſuchen? Ich will Lucie ſagen, ich ſei toll geweſen — Du verabſcheuteſt mich — und Du biſt mich für immer los. Dich kann niemand tadeln, weil ich mich unverzeihlich gegen Dich vergangen habe.‟

Gretchen war entwaffnet; es wurde ihr leichter, Stephan's Bitten zu widerſtehen, als dem Gedanken, daß er leiden ſolle, während ſie frei ausginge — leichter ſelbſt, von ſeinem zärtlichen Blick ſich abzuwenden als von dieſem Blicke voll Zorn und Jammer, der ſie mit ihrer Selbſtſucht ganz von ihm zu trennen ſchien. Nach ſeiner Darſtellung erſchien, was ſie aus Gewiſſen= haftigkeit geſprochen zu haben glaubte, lediglich von perſönlichen Rückſichten eingegeben. Das Feuer der Entrüſtung in ihren Augen war gedämpft und mit ſchüchternem Jammer ſah ſie zu ihm auf. Ihm hatte ſie Vorwürfe gemacht, daß er ſie in einen unwiderruflichen Fehler geſtürzt habe, und war doch ſelbſt ſo ſchwach geweſen!

„Als wenn ich nicht auch ſo mitfühlen würde, was Dich trifft‟, entgegnete ſie mit einem Vorwurf andrer Art, dem Vor= wurf gekränkter Liebe, und indem ihr Rechtsgefühl für andere ſo die Form des Mitleids für Stephan annahm, gab ſie die moraliſche Baſis ihres Widerſtandes halb auf.

Er fühlte an Blick und Ton, wie ſie weicher wurde — er ſah wieder den Himmel offen. Er ſetzte ſich zu ihr, nahm ihre Hand, ſtützte den Arm auf den Rand des Boots und ſagte kein Wort. Er wagte nicht zu ſprechen, wagte nicht ſich zu bewegen, um ſie nicht zu einem neuen Vorwurf, einer neuen Weigerung zu veranlaſſen. An ihrer Einwilligung hing das Leben, ſonſt war alles hoffnungsloſes, wirres, erbärmliches Elend. So glitten ſie hinab, beide in tiefem Schweigen verharrend wie in einem ſchützenden Hafen, beide beſorgt, daß ihre Empfindungen ſich wieder gegen einander ſtellten, bis ſie endlich bemerkten, daß der Himmel ſich mit Wolken bezogen hatte, daß die friſche Briſe

immer stärker anschwoll und der ganze Charakter des Tages
ein andrer geworden war.

„Du wirst ganz kalt, Gretchen, in dem dünnen Kleide. Laß
mich Dir den Mantel über die Schultern ziehen. Steh auf,
Liebste."

Gretchen gehorchte; es war unaussprechlich reizend, sich sagen
zu lassen, was man thun solle — alles durch einen andern ent=
scheiden zu lassen. In den Mantel gehüllt setzte sie sich wieder,
und Stephan fing wieder mächtig an zu rudern; er wollte so
rasch wie möglich nach Torby. Gretchen war sich kaum bewußt,
irgend was entscheidendes gesagt oder gethan zu haben. Das
Nachgeben ist immer von einem weniger lebhaften Bewußtsein
begleitet als der Widerstand; es ist ein theilweiser Gedanken=
schlaf, ist das Aufgehen unserer eigenen Persönlichkeit in eine
andre. Alles kam zusammen, sie in stille Ergebung einzuwiegen:
das träumerische Hinabgleiten des Boots, das nun schon stun=
denlang dauerte und sie ermüdet hatte, — die Abneigung, in diesem
erschöpften Zustande weit von Hause an unbekannter Stelle zu
landen und den langen Weg zurückzugehen — alles vereinigte
sich, sie vollständig dem mächtigen geheimnißvollen Zauber zu
unterwerfen, der ihr ein letztes Scheiden von Stephan zum
Ende alles Glückes machte, ihr die Möglichkeit, ihn zu verwun=
den, wie die erste Berührung mit dem Foltereisen erscheinen
ließ, vor der ihr Entschluß zurückbebte. Und dann das Glück
des Augenblicks, bei ihm zu sein — das war genug, um ihre
ganze sinkende Kraft zu verzehren.

Bald sah Stephan ein Schiff hinter ihnen her kommen.
Schon an mehreren Schiffen waren sie vorbeigefahren, aber die
letzte Stunde hatten sie keine bemerkt. Eifrig sah er jetzt nach
diesem Schiffe aus, als ginge ihm dabei ein neuer Gedanke
durch den Kopf, und zögernd blickte er dann Gretchen an.

„Gretchen, Geliebte", sagte er endlich, „wenn dies Schiff
nach Mudport oder sonst einem gelegenen Hafen nordwärts
führe, dann wär's das beste, wir stiegen an Bord. Du bist
müde — vielleicht giebt's bald Regen — und es ist eine elende

Geschichte, in diesem Boote bis Torby zu kommen. Es ist nur ein Kauffahrer, aber die nöthige Bequemlichkeit fändest Du doch. Die Kissen aus dem Boot wollen wir mitnehmen. Wirklich, es ist das beste. Die Leute nehmen uns gewiß gern auf; Geld genug habe ich bei mir, um sie gut zu bezahlen."

Bei diesem neuen Vorschlage schlug Gretchen das Herz mit neuer Angst, aber sie schwieg — ein Ausweg erschien so schwierig als der andere.

Stephan rief das Schiff an; es war ein Holländer auf der Fahrt nach Mudport; wenn der Wind sich hielt, hofften die Leute in nicht ganz zwei Tagen dort zu sein.

„Die Ebbe hat uns zu weit geführt", sagte Stephan. „Ich wollte versuchen, Torby zu erreichen. Aber ich traue dem Wetter nicht, und diese Dame — meine Frau — würde mir unterwegs krank vor Hunger. Nehmt uns an Bord und zieht unser Boot herauf. Ich will Euch gut bezahlen."

Ganz erschöpft und zitternd vor Furcht kam Gretchen auf's Deck, von dem bewundernden Schiffsvolk höchlich angestaunt. An der nöthigen Bequemlichkeit fehlte es freilich für so ungewohnte Passagiere; die einzige Privatkajüte war nicht größer als ein altmodischer Kirchenstuhl, aber eine holländische Reinlichkeit herrschte an Bord, und Speise und Trank brachten Gretchen bald wieder zu Kräften. Die Kissen aus dem Boot wurden auf's Deck gelegt; da ruhte Gretchen mit dem verhältnißmäßig behaglichen Gefühl, heute könne doch kein Entschluß gefaßt werden; damit müßten sie bis morgen warten. Stephan saß bei ihr und hielt ihre Hand in der seinigen; nur leise konnten sie mit einander sprechen, nur dann und wann sich ansehen; denn es dauerte lange, ehe die erste Neugierde der Schiffsleute befriedigt war, und die Liebenden sich selbst überlassen blieben. Aber Stephan war glücklich wie ein Sieger. Jede andere Empfindung und Sorge verschwand vor der Gewißheit, jetzt sei Gretchen sein. Der entscheidende Sprung war geschehen; er hatte sich verzehrt in Zweifeln, hatte wild gekämpft gegen seine übermächtige Leidenschaft, hatte geschwankt und gezögert, aber nun

war's geschehen und Reue war unmöglich. In abgerissenen
Sätzen murmelte er leise, wie glücklich er sei — wie er sie ver=
ehre — sie liebe — wie er überzeugt sei, ihr Zusammenleben
wäre der Himmel — ihre Nähe werde ihm jeden Tag seines
Lebens zur Seligkeit machen — ihre leisesten Wünsche zu er=
füllen sei ihm theurer als jedes Glück der Welt — für sie werde
ihm alles leicht, nur nicht sich von ihr zu trennen, und jetzt
würden sie sich auch nie mehr trennen — er gehöre ihr für ewig
— alles was er habe, gehöre ihr — und habe nur darum Werth
für ihn, weil es ihr gehöre. Solche Dinge, leise und in ge=
brochenen Lauten von jener einen Stimme geäußert, welche zuerst
die junge Leidenschaft im Herzen wach gerufen, haben nur eine
schwache Wirkung — auf erfahrene Gemüther in der Ferne.
Dem armen Gretchen waren sie recht nahe, waren ihr was
Nektar für durstige Lippen ist. Es gab also, es mußte für
die Sterblichen hienieden ein Leben geben, welches nicht hart
und kalt war, worin die Liebe nicht mehr Entsagung war.
Stephan's leidenschaftliche Worte vergegenwärtigten ihr die Vi=
sion eines solchen Lebens voller und klarer als je, und für den Augen=
blick schloß diese Vision alle Wirklichkeit aus — alle, nur nicht
den Wiederschein der untergehenden Sonne auf den Wellen, der
sich mit dem übersinnlichen Sonnenlicht künftigen Glückes vermischte
— alle, nur nicht die Hand, welche die ihrige drückte, und die
Stimme die zu ihr sprach, und die Augen, die sie mit unsäg=
licher Liebe ansahen.

Es regnete nicht den Abend; die Wolken wälzten sich zum
Horizont hinab und bildeten da den großen Purpurwall und
die langen purpurnen Inseln jenes Wunderlandes, das sich uns
beim Sonnenuntergange erschließt, — des Landes, worüber der
Abendstern wacht. Das Nachtlager für Gretchen wurde auf dem
Verdeck gemacht; es war da besser als in der Kajüte, und sie
bekam die wärmsten Decken, die auf dem Schiff zu haben wa=
ren. Es war noch früh, als die Anstrengung des Tages sie
schläfrig machte, und sie legte sich zur Ruhe, die Augen auf den
matten verlöschenden Glanz im Westen geheftet, wo der eine

goldene Stern heller und heller zu leuchten begann. Dann blickte sie zu Stephan auf, der noch immer neben ihr saß und sich über sie neigte. Hinter all den köstlichen Visionen der letzten Stunden, die wie ein sanftes Rauschen sie überströmt und in ruhiges Vergessen eingewiegt hatten, stand das unbestimmte Bewußtsein, daß dieser Zustand nur ein vorübergehender sei, daß der kommende Tag den alten Kampf wieder erneuern werde, daß es Gedanken gebe, die sich für diese Vergessenheit bald rächen würden. Aber jetzt stand das alles nur unbestimmt vor ihrer Seele; der Schlaf wiegte sie ein, und jenes sanfte Rauschen überströmte sie noch immer, und jene köstlichen Visionen verschwammen und schwanden dahin wie das Wunderland der Himmelsluft im Westen.

Vierzehnter Abschnitt.
Das Erwachen.

Als Gretchen schlafen gegangen war, fühlte sich Stephan von der Anstrengung und Aufregung des Tages zwar auch angegriffen, war aber zu ruhelos zum schlafen und ging noch bis spät in die Nacht auf dem Verdeck auf und ab, kaum gewahr der Sterne am Himmel und der dunklen Wellen zu seinen Füßen; er lebte nur in der nahen und fernen Zukunft. Endlich übermannte auch ihn die Müdigkeit, er wickelte sich in ein Stück Segeltuch und lagerte sich zu Gretchens Füßen.

Sie war schon vor neun Uhr eingeschlafen, und als sie die Augen aufschlug, war kaum die leiseste Andeutung von Tagesanbruch zu sehen. Sie erwachte aus einem jener lebhaften Träume, die unsern festesten Schlaf einfassen: Sie war mit Stephan in einem Boote auf weiter offener See, und in der zunehmenden Dunkelheit erschien etwas wie ein Stern, der immer heller und heller wurde, bis sie sahen, es sei die Jungfrau Maria im Nachen des heiligen Ogg, und als es näher und näher kam, war die Jungfrau Lucie und der Fährmann Philipp

— und wieder nicht Philipp, sondern ihr Bruder Tom, der an ihr vorbei fuhr, ohne sie anzusehen; sie erhob sich und rief ihm zu und streckte die Arme nach ihm aus, und von der Bewegung schlug ihr eigenes Boot um, und sie begann mit Stephan zu versinken; da glaubte sie vor Angst zu erwachen und fand sich als Kind im Wohnzimmer des elterlichen Hauses; es war Abenddämmerung, und Tom saß bei ihr und war lieb und freundlich. Auf die köstliche Beruhigung dieses geträumten Erwachens folgte das wirkliche Erwachen, wo sie die Wellen gegen das Schiff plätschern hörte und den ahnungsvollen Sternenhimmel über sich sah. Einen Augenblick war sie wie außer sich, ehe ihr Geist sich aus dem wirren Gewebe der Träume zu lösen vermochte, aber bald drängte sich ihr die ganze furchtbare Wahrheit wieder auf. Stephan war jetzt nicht bei ihr; sie war allein mit ihrer Erinnerung und ihrer Qual. Das unwiderrufliche Unrecht, das für immer ihr Leben befleckte, war geschehen; sie hatte andern das Leben verbittert — andern, an die sie durch Vertrauen und Liebe geknüpft war. Eine Leidenschaft von wenigen kurzen Wochen hatte sie in die Sünden gestürzt, vor denen ihre Natur sonst am meisten zurückbebte — Treubruch und grausame Selbstsucht; sie hatte die Bande zerrissen, welche ihrer Pflicht Bedeutung gaben, sie hatte sich selbst geächtet, und nur von der launenhaften Eingebung ihrer eigenen Leidenschaft leiten lassen. Und wohin versprach sie diese zu führen? wohin war sie schon gekommen? Sie hatte gesagt, sie wolle lieber sterben als dieser Versuchung erliegen. Daran dachte sie jetzt, wo die Folgen des Falles eingetreten waren, ehe noch die Handlung selbst sich äußerlich vollzogen hatte. Das jahrelange Ringen nach dem Höchsten und Besten hatte wenigstens die Frucht getragen, daß ihre Seele, obschon verrathen, verführt und umstrickt, nie mit Bewußtsein in etwas Gemeines willigen konnte. Und hier — o Gott! — nicht um Glück handelte es sich hier, sondern um bewußte Grausamkeit und Härte; mußten ihr nicht Lucie und Philipp mit ihrem gemordeten Vertrauen und Hoffen ewig vor der Seele stehen? Ihrem Leben mit Stephan mußte die Weihe fehlen; von unsichern Trieben geleitet ging sie dann ewig in der Irre, im Labyrinth des Lebens ohne den rettenden Faden, an den sie einst in weitentlegenen Jahren, in der Hülfsbedürftigkeit der Jugend sich so fest gehalten hatte. Damals hatte sie allen Freuden entsagt, ehe sie sie kannte, ehe sie ihr erreichbar waren; damals hatte ihr Philipp — wie sie nun einsah, mit Recht — gesagt, sie wisse nichts von Entsagung; sie hatte gemeint, Entsagung sei ruhige Verzückung; jetzt sah sie ihr Aug' in Auge — jener wehmüthigen, geduldigen, lebendigen Kraft, welche den leitenden Faden des Lebens festzuhalten versteht; jetzt sah sie die Dornen, die unablässig die Dulderstirn der Entsagung drücken.

Während die Vergangenheit sie so mit festem Griff gepackt hielt, brach der Tag an und im Osten schimmerte das erste Frühroth. Sie erkannte Stephan, der vor ihr auf dem Verdeck im festen Schlafe lag, und bei seinem Anblick entrang sich ihrer Brust vor Jammer und Noth ein lang verhaltenes Schluchzen. Das bitterste Leid der Trennung war der Schmerz, den sie ihm bereiten mußte, und der Gedanke daran preßte ihrer Seele den heftigsten Nothschrei ab. Aber alles überwog doch die Angst, daß sie selbst vielleicht in dem Kampfe erläge, die Furcht, daß ihr Gewissen sich wieder einschläfern ließe und sich nicht zur Thatkraft erhöbe, als bis es zu spät sei. — Zu spät! Schon war es zu spät, andern Schmerz zu ersparen — war vielleicht für alles zu spät, nur nicht zur Umkehr vor dem letzten, verworfensten Schritt — dem Genusse eines Glückes, das gebrochenen Herzen entrissen war.

Die Sonne stieg herauf, und Gretchen erhob sich mit dem Bewußtsein, ein Tag des Widerstandes sei angebrochen. Noch hingen die Thränen an ihren Wimpern; sie zog sich den Shawl über den Kopf und sah in die aufgehende Sonne, die sich langsam rundete. Auch Stephan erwachte; er verließ sein hartes Lager und setzte sich neben sie. Mit dem scharfen Instinkt besorgter Liebe sah er beim ersten Blick etwas, das ihn erschreckte. Er hatte eine stille Angst vor einer Widerstandsfähigkeit in Gretchens Natur, die er nicht würde bemeistern können. Sein unruhiges Gewissen sagte ihm, er habe sie gestern zum Theil ihrer Freiheit beraubt, und er hatte zu viel Ehre, als daß er nicht hätte fühlen sollen, sie habe ein Recht zu Vorwürfen.

Aber Gretchen hielt das nicht für recht; sie war sich der eigenen Schwäche zu bewußt — war zu voll von der Zärtlich= keit, die sich immer regt, wenn man die Nothwendigkeit kommen sieht, andern eine Wunde zu schlagen. Als er sich zu ihr setzte, ließ sie ihm ihre Hand und lächelte ihn an — nur daß ihr Lächeln wehmüthig war; sie mochte ihn mit keinem Worte krän= ken, bis der Augenblick des Scheidens näher heranrückte. Und so frühstückten sie zusammen und wanderten auf dem Verdeck auf und nieder und ließen sich von dem Kapitän erzählen, um fünf Uhr hoffe er in Mudport zu sein — und jedem lag dabei eine Last auf der Seele; bei ihm war's eine unbestimmte Furcht, welche die kommenden Stunden schon verscheuchen sollten, wie er hoffte; bei ihr war's ein bestimmter Entschluß, den sie schwei= gend zu befestigen suchte. Den ganzen Morgen sprach Stephan sein Bedauern aus, daß sie so viel Ungemach zu erdulden habe, und wies auf die baldige Landung hin und die angenehme Be= wegung und die behagliche Ruhe, die sie im Wagen haben würde; er wollte sich selbst beruhigen, indem er die Ausführung seines Planes als so gewiß voraussetzte. Lange Zeit begnügte sich Gretchen mit der Versicherung, sie habe eine gute Nacht gehabt und aus der Seefahrt mache sie sich nichts; es sei garnicht wie auf der offenen See, es sei nur nicht ganz so angenehm wie in einem Nachen auf dem Floß. Aber ein verhaltener Entschluß verräth sich durch die Augen, und je weiter der Tag vorrückte, desto mehr beunruhigte Stephan die Bemerkung, wie gesammelt und selbständig Gretchen sei. Er wünschte so sehnlichst, und wagte doch nicht von ihrer Heirath zu sprechen, und wo sie nach= her hingehen wollten und, was er für Schritte zu thun gedenke, um seinen Vater und die andern von allem zu benachrichtigen. Ihn verlangte nach einem Zeichen schweigender Einwilligung von ihr. Aber jedesmal, daß er sie ansah, empfand er eine stärkere

Angst vor der ungewohnten, ruhigen Wehmuth in ihren Augen. Und immer tiefer versanken sie in Schweigen.

„Da sind wir vor Mudport", sagte er endlich. „Jetzt, lieb= stes Herz" — dabei wandte er sich mit flehendem Blick zu ihr — „jetzt hast Du das schlimmste überstanden. Zu Lande soll's schneller gehn. In anderthalb Stunden sitzen wir zusammen im Wagen — da wirst Du Dich ausruhen."

Gretchen fühlte, es sei Zeit zu reden; längeres Schweigen sei unfreundlich. Leiser als er selbst, aber fest und entschieden sagte sie:

„Wir bleiben nicht zusammen — wir scheiden."

Stephan stürzte das Blut in's Gesicht.

„Wir scheiden nicht", brach er los; „eher sterb' ich."

Es war so wie er befürchtet hatte; ein Kampf stand bevor. Aber keins von beiden wagte ein Wort weiter zu sprechen, bis sie glücklich am Ufer waren. Am Landungsplatze stand ein dich= ter Haufen von Gaffern und Reisenden, die auf das Dampf= schiff nach St. Ogg warteten. Indem Gretchen an Stephan's Arm hindurch eilte, hatte sie das unbestimmte Gefühl, als käme jemand aus der Menge auf sie zu und wolle sie anreden. Aber es ging zu rasch vorwärts, und sie dachte nur an die schwere Prüfung, die ihrer wartete.

Im nächsten Gasthof bestellte Stephan sofort einen Wagen. Gretchen achtete nicht darauf und sagte nur: „Ich bitte um ein Zimmer, wo wir uns setzen können."

Stephan führte sie; sein Gesicht hatte den Ausdruck ver= zweifelter Entschlossenheit; als sie eingetreten waren, setzte Gret= chen sich nicht, sondern sagte mit fester Stimme:

„Ich gehe nicht weiter; wir scheiden hier."

„Gretchen", erwiderte er im Tone eines Mannes, der einen qualvollen Kampf beginnt, „willst Du mich tödten? Was hilft das jetzt? wir sind zu Ende."

„Nein, nicht zu Ende", sagte Gretchen. „Zu weit freilich sind wir gegangen, weiter — Gott sei's geklagt! — als gut

ist. Aber nun gehe ich nicht noch weiter. Versuche mich nicht
zu bereden. Gestern hatte ich keine Wahl."

Was sollte er thun? Ihr nahe zu kommen wagte er nicht;
ihr Zorn konnte sich regen und eine neue Scheidewand aufrich=
ten. In einer Verwirrung, die an Wahnsinn grenzte, ging er
auf und ab.

„Gretchen", sagte er endlich, indem er vor ihr stehen blieb
und im Tone flehenden Jammers sprach; „habe Mitleid mit mir
— hör' mich an — vergieb mir, was ich gestern gethan. Jetzt
will ich Dir gehorchen — will nichts ohne Deine volle Einwil=
ligung thun. Aber vergifte nicht unser Leben für immer durch
einen übereilten und verkehrten Entschluß, der niemandem nutzt
— der nur zu neuem Unheil führt. Setz' Dich, Geliebte; warte
noch — überlege Dir was Du thun willst. Behandle mich nicht,
als könntest Du mir nicht trauen."

Er hatte das wirksamste Mittel ergriffen, aber unbeirrt
blieb Gretchens Wille fest auf das Scheiden gerichtet; sie war
entschlossen, zu dulden.

„Wir dürfen nicht warten", sagte sie mit leiser, aber fester
Stimme; „gleich jetzt müssen wir scheiden."

„Wir können nicht scheiden", gab Stephan ungestüm zur
Antwort. „Ich kann's nicht ertragen. Was hilft es Dir, mich
so elend zu machen? Der Schlag ist einmal gefallen. Wem
kann es noch frommen, wenn Du mich zur Verzweiflung
treibst?!"

„Ich will mich auf keine Bahn begeben, selbst für Dich
nicht", erwiderte Gretchen mit zitternder Stimme, „die mit einem
wissentlichen Unrecht anfängt. Was ich Dir in Basset sagte,
fühle ich noch: ich wäre lieber gestorben als in diese Versuchung
gefallen. Hätten wir uns damals getrennt, es wäre besser ge=
wesen. Aber jetzt müssen wir scheiden."

„Wir werden uns nicht trennen", fuhr Stephan heraus und
stellte sich mit dem Rücken gegen die Thür, halb unbewußt
und ohne zu bedenken, was er noch eben gesagt hatte; „ich

17*

leide es nicht. Du treibst mich zur Verzweiflung; ich werde nicht wissen was ich thue."

Gretchen zitterte; sie fühlte, die Trennung werde nicht so rasch vor sich gehen; dazu bedurfte es einer langsameren Ein= wirkung auf Stephan's besseres Selbst; sie mußte gefaßt sein, nicht so mit einer raschen Flucht abzukommen, so lange der Ent= schluß noch frisch war. Sie setzte sich. Verzweiflung und lauernde Angst im Blick, ging Stephan auf sie zu, setzte sich dicht neben sie und faßte sie bei der Hand. Das Herz klopfte ihr wie einem bangen Vögelchen; aber der halbe Zwang, den Stephan ihr an= that, gab ihr Muth und steigerte ihre Entschlossenheit.

„Erinnere Dich, wie's Dir vor Wochen um's Herz war", fing sie ernst und bittend an, — „erinnere Dich, wie wir beide fühlten, wir gehörten andern an und müßten jede Neigung über= winden, die uns dieser Verpflichtung untreu machen könnte. Wir haben unsern Entschluß nicht gehalten, aber das Unrecht bleibt dasselbe."

„Nein, nicht dasselbe", sagte Stephan. „Wir haben bewie= sen, daß es unmöglich war, unserm Entschluß treu zu bleiben. Wir haben bewiesen, daß das Gefühl, welches uns zu einander zieht, zu mächtig ist für jeden Widerstand; dies Naturgesetz gilt mehr als jedes andere; wenn's einem andern widerstreitet, dafür können wir nicht."

„So steht die Sache nicht, Stephan — ich bin gewiß, was Du sagst, ist falsch. Ich habe auch versucht, mich dabei zu be= ruhigen, oft genug versucht, aber ich sehe ein, diese Ansicht wäre ein Deckmantel für alle Verrätherei und Grausamkeit — eine Rechtfertigung für den Bruch der heiligsten Bande, die es auf Erden giebt. Wenn die Vergangenheit uns nicht bindet, wo bleibt dann die Pflicht? Dann gäbe es kein Gesetz für uns als die Laune des Augenblicks."

„Aber es giebt Verpflichtungen, die sich nicht durch einen bloßen Entschluß erfüllen lassen", sagte Stephan, indem er auf= sprang und wieder auf und ab ging. „Was heißt äußerliche

Treue? Hätten die andern uns gedankt für etwas so hohles,
wie Beständigkeit ohne Liebe?"

Gretchen antwortete nicht gleich; sie kämpfte einen innern
und äußern Kampf. Endlich sagte sie, ihre Ueberzeugung so gut
gegen sich selbst wie gegen ihn leidenschaftlich verfechtend:

„Das scheint wohl recht — auf den ersten Blick, aber sieht
man weiter, dann ist's gewiß nicht recht. Treue und Beständigkeit bedeuten ganz was anderes, als daß man thut, was einem
im Augenblick am leichtesten und bequemsten ist; sie bedeuten,
daß man auf alles verzichtet, was dem Vertrauen zuwiderläuft,
welches andre in uns setzen, — auf alles, was denen Kummer
macht, die durch den Gang unseres Lebens auf uns angewiesen
sind. Wären wir — wäre ich besser, edler gewesen, dann wären
mir diese Ansprüche so lebhaft gegenwärtig geblieben — ich hätte
sie so unablässig auf der Seele gefühlt, grade wie sie mich jetzt
in den Augenblicken drücken, wo mein Gewissen wach ist, — daß
das entgegengesetzte Gefühl nie in mir hätte aufkommen können;
es wäre sofort erstickt worden — ich hätte so ernstlich um Hilfe
gebetet — ich wäre davor geflohen, wie vor einer furchtbaren
Gefahr. Ich habe keine Entschuldigung, das weiß ich — keine.
Niemals hätte ich mich so gegen Lucie und Philipp vergangen,
wäre ich nicht schwach, selbstsüchtig und grausam — wäre ich
nicht fähig gewesen, den Gedanken an ihren Schmerz zu ertragen,
ohne selbst so zu leiden, daß es jede Versuchung zerstört hätte.
O, was muß Lucie empfinden?! Sie glaubte an mich — sie
liebte mich — sie war mir so gut. Denke an sie, Stephan...."
— und bei diesen Worten erstickte ihr die Stimme.

„Ich kann nicht an sie denken", sagte Stephan und stampfte
krampfhaft mit dem Fuß. „Ich kann nur an Dich denken
Gretchen. Du forderst von einem Mann, was unmöglich ist.
Früher hab' ich auch so gefühlt; jetzt kann ich nicht mehr dahin
zurück. Und was hilft's Dir, daß Du daran denkst, außer daß
Du mich damit quälst? Jetzt kannst Du ihnen keinen Schmerz
mehr ersparen; Du kannst Dich blos von mir losreißen und
meinem Leben seinen Werth rauben. Und selbst, wenn wir zurück

könnten und beide unsere Verpflichtungen erfüllten — selbst wenn das jetzt noch möglich wäre — der Gedanke wäre abscheulich, wäre schrecklich, daß Du je Philipp's Frau würdest — Du die Frau eines Mannes, den Du nicht liebst. Wir sind beide vor einer Verirrung gerettet."

Eine tiefe Röthe überzog Gretchens Gesicht, und sie konnte kein Wort sagen. Stephan bemerkte das; er setzte sich nieder, nahm ihre Hand und sah sie mit heißflehendem Blicke an.

„Gretchen! Geliebte! wenn Du mich liebst, dann bist Du mein. Wer hat so viel Recht auf Dich als ich? Mein Leben ist Deine Liebe. Die Vergangenheit hat nichts, was unser Recht auf einander aufheben könnte; es ist das erste Mal, daß wir von ganzem Herzen und ganzer Seele lieben."

Einen Augenblick schwieg Gretchen und blickte zu Boden. Schon fühlte Stephan seine Hoffnung sich neu beleben und glaubte, er habe gesiegt — aber als sie die Augen aufschlug, da lag Jammer und Trauer in ihrem Blick, nicht Nachgiebigkeit.

„Nein, Stephan, nein — nicht von ganzem Herzen und ganzer Seele", sagte sie mit schüchterner Entschlossenheit. „Niemals bin ich ganz in diese Liebe aufgegangen. Erinnerungen und Neigungen und die Sehnsucht nach Vollkommenheit im Guten haben große Gewalt über mich; nie sind sie lange von mir gewichen; immer kamen sie wieder und mit ihnen Schmerz und Reue. Mein Frieden wäre dahin, wenn ich den Schatten einer wissentlichen Sünde zwischen mich und Gott treten ließe. Schon hab' ich Elend über andere gebracht — das weiß, das fühl' ich, aber nie habe ich wissentlich drein gewilligt, habe nie gesagt: „sie sollen leiden, damit ich Freude habe". Nie ist es mein Wille gewesen, Dich zu heirathen, und wenn mich ein augenblickliches Gefühl für Dich fortrisse, ich wäre doch nicht Dein von ganzem Herzen und ganzer Seele. Könnte ich das Gestern ungeschehen machen, wieder erwachen zu der Zeit vorher, so wäre meine Wahl entschieden: ich würde meinen ruhigeren Neigungen treu bleiben und auf das Glück der Liebe verzichten."

Stephan ließ ihre Hand los, stand heftig auf und ging mit unterdrückter Wuth im Zimmer umher.

„Großer Gott!" brach er endlich aus, „wie erbärmlich ist die Liebe des Weibes gegen des Mannes Liebe! Ich könnte für Dich zum Verbrecher werden, und Du sitzest da und wägst ruhig das Für und Wider gegen einander ab. Aber Du liebst mich nicht; wenn Du den zehnten Theil dessen für mich fühltest, was ich für Dich, dann könntest Du unmöglich einen Augenblick daran denken, mich zu opfern. Aber daß Du mir das Glück meines Lebens raubst, hat bei Dir kein Gewicht."

Fast krampfhaft preßte Gretchen die Finger zusammen, die sie auf dem Schooße verschlungen hielt. Ein großer Schrecken lag auf ihr; es war, als wenn von Zeit zu Zeit mächtige Blitze sie umflammten und sie dann wieder die Hände in's Dunkle strecke.

„Nein — ich opfre Dich nicht — ich könnte Dich nicht opfern", sagte sie, sobald sie die Sprache wiederfand, „aber ich kann nicht glauben, was ich — was wir beide für Unrecht gegen andere erkennen, das sei für Dich ein Glück. Das Glück können wir weder für uns noch für andere wählen; wir wissen nicht, was es und wo es ist. Wir können nur wählen, ob wir jetzt unserer Leidenschaft folgen oder ihr entsagen wollen, — aus Gehorsam gegen die Stimme Gottes in unserm Innern — aus Treue gegen alles Fühlen und Empfinden, was unser Leben heiligt. Wohl weiß ich, solche Treue ist schwer; oft genug hat sie mich verlassen, aber ich fühle, wenn ich für immer davon ließe, dann hätte ich kein Licht, was mir leuchtete im Dunkel dieses Lebens."

„Aber, Gretchen", sagte Stephan und setzte sich wieder zu ihr, „ist es denn möglich, daß Du garnicht einsiehst, wie der gestrige Tag die ganze Lage der Dinge durchaus geändert hat? Welche Verblendung — welche hartnäckige Verstocktheit, das nicht einzusehen! Was wir hätten thun können oder thun müssen, davon ist keine Rede mehr, dazu ist's zu spät. Nehmen wir das Geschehene, so schlimm wir wollen — es ist eine Thatsache, auf der wir weiter fußen müssen; unsere Lage hat sich geändert; was bisher Recht war, ist jetzt nicht mehr Recht. Was wir gethan, bindet uns. Nimm an, wir hätten uns gestern geheirathet — ungefähr ist's dasselbe. Für andere wäre die Wirkung dieselbe. Für uns hätte es nur den Unterschied gemacht", fügte er bitter hinzu, „daß Du dann vielleicht anerkenntest, Du seiest an mich mit stärkeren Banden geknüpft, als an andre."

Wiederum überzog eine tiefe Röthe Gretchens Gesicht, und sie saß schweigend. Wiederum glaubte Stephan, endlich winke ihm der Sieg — noch hatte er keinen Augenblick gezweifelt, er werde schließlich gewiß siegen; denn es giebt Möglichkeiten, vor denen wir uns zu sehr fürchten, als daß wir sie eigentlich befürchteten.

„Geliebte", sagte er in seinem tiefsten, zärtlichsten Tone und schlang den Arm um sie, „Du bist schon mein — in den Augen der Welt bist Du mein — das bindet uns; in wenig Stunden bist Du auch gesetzlich mein, und die sonst Ansprüche auf uns hatten, werden sich fügen — sie werden einsehen, daß es eine Macht gab, die gegen ihr Recht entschied."

Entsetzt öffnete Gretchen weit die Augen und blaß wie der Tod sprang sie auf.

„O, ich kann's nicht, ich darf's nicht", sagte sie mit fast ersterbender Stimme, — „Stephan — verlang' das nicht — dränge mich nicht. Streiten kann ich nicht länger — ich weiß nicht, was klug ist und verständig, aber mein Herz sagt nein. Ich sehe, ich fühle ihren Jammer, als wäre er mir in die Seele gebrannt. Ich habe leiden müssen und hatte niemand, der mich bemitleidete, und jetzt habe ich andre in's Leid gebracht. Der Gedanke würde mich nie verlassen, würde mir Deine Liebe verbittern. Ich sorge um Philipp — anders als um Dich; ich erinnere mich an alles, was wir einander sagten; ich weiß, wie er in mir das Glück seines Lebens sah. Er war mir übergeben, daß ich ihm sein Loos erleichtern sollte, und ich habe ihn verlassen. Und Lucie — die habe ich getäuscht — und mir traute sie vor allen andern. Stephan, ich kann Dich nicht heirathen!

Ich kann mir kein Gut aneignen, das ihrem Jammer entrissen ist. Was wir für einander fühlen, darf uns nicht beherrschen; es risse mich fort von allem, was mein vergangenes Leben mir theuer und heilig gemacht hat. Ich kann kein neues Leben anfangen und das alte vergessen; in dieses muß ich zurück, an dieses muß ich mich halten, sonst verlöre ich den Boden unter den Füßen."

„Gretchen, Gretchen!" rief Stephan aufspringend und faßte sie am Arm — „Du rasest. Wie kannst Du zurück, ohne mich zu heirathen? Du bedenkst nicht, was die Welt sagt; Du siehst nichts wie es wirklich ist."

„Doch, Stephan. Aber man wird mir glauben. Ich will alles gestehen. Lucie wird mir glauben — sie wird Dir vergeben, und — und — etwas gutes kommt gewiß vom Rechtthun. Lieber, lieber Stephan, laß mich fort! stürze mich nicht noch tiefer in Reue und Leid. Von ganzer Seele habe ich nie ja gesagt — kann ich's jetzt nicht sagen."

Stephan ließ ihren Arm los und sank, halb betäubt vor Verzweiflung, auf den Stuhl zurück. Einige Augenblicke schwieg er und sah sie nicht an, während ihre Blicke sehnsüchtig an ihm hingen und erschrocken diesen plötzlichen Wechsel bemerkten. Endlich sagte er, immer noch ohne sie anzusehen:

„Dann geh' — laß mich — quäl' mich nicht länger — ich kann's nicht ertragen."

Unwillkürlich neigte sie sich zu ihm und hielt ihm die Hand hin. Aber er zuckte zusammen wie vor einem glühenden Eisen und sagte wieder:

„Geh — laß mich."

Ohne zu wissen, was sie that, wandte sich Gretchen und verließ das Zimmer; der Körper vollzog, was der Geist nicht mehr wußte. Wie im Traume ging sie die Treppe hinunter — über den Hof — an einer angespannten Kalesche vorbei — auf die Straße — immer weiter, bis sie an eine Postkutsche kam, wo die Reisenden eben einstiegen. Vielleicht fuhr die Post nach der Heimath! Aber fragen konnte sie noch nicht; sie stieg nur ein.

Daheim — wo Mutter und Bruder waren — und Philipp — und Lucie — wo sie ihre Sorgen erlebt, ihre Prüfungen bestanden. — das war der Rettungshafen, nach dem ihr der Sinn stand. Der Gedanke an Stephan durchzuckte sie mit heftigem Schmerz und regte all ihr Denken auf; was die Welt sagen würde, daran dachte sie nicht, dazu ließen Liebe und tiefes Erbarmen und reuiger Jammer nicht Raum.

Die Post fuhr nach York, weiter von der Heimath fort, aber sie merkte es erst, als sie um Mitternacht in der alten Stadt ankamen. Auch war's ihr einerlei; ihre kleine Baarschaft hatte sie bei sich; sie konnte die Nacht dort schlafen und am folgenden Tage nach Haus reisen.

Als sie sich schlafen legte in dem öden großen Zimmer, war da ihr Wille immer noch ohne Wanken auf den Pfad reumüthiger Entsagung gerichtet?! — So leicht sind die großen Kämpfe des Lebens nicht, so klar nicht die großen Räthsel des Lebens. Im Dunkel der Nacht sah sie Stephan's Gesicht mit vorwurfsvollem Jammer auf sich gerichtet und durchlebte wieder das Wonnebeben seiner Nähe, bei der ihr das Dasein ein sanftes Wiegen auf einem Strome von Glück war, kein ruhig entschlossenes Dulden und Mühen. Die Liebe, der sie entsagt hatte, kehrte mit grausamem Zauber wieder; sie fühlte, wie sie die Arme öffnete, um sie noch einmal an's Herz zu drücken; da schien sie zu entweichen und zu verschwinden und nur den verhallenden Laut einer tiefen klagenden Stimme zu hinterlassen, welche sprach: „Dahin — für immer dahin!"

Siebtes Buch.

Die endliche Rettung.

———

Erster Abschnitt.

Die Rückkehr nach der Mühle.

Am fünften Tage, nachdem Stephan und Gretchen die Stadt verlassen hatten, stand Tom Tulliver Nachmittags zwischen vier und fünf Uhr in der heißen stillen Sonne vor der Hausthür der rothen Mühle. Jetzt war er da Herr; er hatte den Wunsch seines sterbenden Vaters zur Hälfte erfüllt und durch jahrelange unabläſſige Selbstbeherrschung und ausdauernde Arbeit die alte Achtung, welche das stolze Erbtheil der Dodson's und Tullivers gewesen war, vollauf wiedererrungen.

Aber in seinem Gesichte war kein glückliches Behagen, keine Siegesfreude. Sein Mund hatte den bittersten Ausdruck, seine strenge Stirn trug ihre härteste und tiefste Falte; er zog den Hut tiefer über die Augen, um sich vor der Sonne zu schützen, steckte die Hände tief in die Taschen und ging in dem Kieswege am Hause auf und ab. Seit Bob Jakin auf dem Dampfschiff von Mudport zurückgekommen war und allen unwahrscheinlichen Vermuthungen über einen Unfall Gretchens im Kahn durch die Aussage ein Ende gemacht hatte, er habe sie mit dem jungen Herrn Stephan aus einem Segelschiffe ans Land steigen sehen, war keine weitere Nachricht gekommen. Was war jetzt zu erwarten? Die Nachricht, daß sie verheirathet sei — oder? Wahrscheinlich daß sie nicht verheirathet sei; Tom war auf das schlimmste gefaßt — nicht auf ihren Tod, sondern auf Schande.

Während er dem Hofthor den Rücken zuwandte und mit

dem Gesichte nach dem stürzenden Mühlbach stand, näherte sich
eine dunkle, große Gestalt, die uns wohl bekannt ist, dem Thore
und blieb mit hochklopfendem Herzen stehen, um ihn anzusehen.
Ihr Bruder war das menschliche Wesen, vor dem sie am meisten
Angst hatte von den Tagen der Kindheit an, — vor dem sie die
Furcht empfand, die man empfindet, wenn man jemand liebt,
der unerbittlich, unbeugsam, unveränderlich ist, nach dessen Sinn
man sich nie bilden und den man sich doch nicht entfremden mag.
Diese tiefgewurzelte Furcht hielt jetzt Gretchen gepackt, aber fest
blieb ihr Sinn darauf gestellt, zu dem Bruder, als ihrer natür=
lichen Zuflucht, zurückzukehren. Tief gedemüthigt wie sie sich
unter dem Rückblick auf ihre eigene Schwäche — in ihrem Jam=
mer über die Kränkung anderer fühlte, sehnte sie sich beinahe
nach dem strengen Vorwurf ihres Bruders, nach der geduldigen
schweigenden Unterwerfung unter den harten Tadel, gegen den
sie sich so oft empört hatte; jetzt schien er ihr nicht mehr als
gerecht — denn wer war schwächer gewesen als sie? Sie sehnte
sich nach der äußeren Hülfe, welche offenes, demüthiges Ge=
ständniß — welche die Nähe derer ihrem besseren Selbst leihen
mußte, in deren Worten und Blicken ihr eigenes Gewissen sich
spiegelte.

Einen Tag hatte Gretchen in York das Bett hüten müssen;
ein furchtbares Kopfweh war natürlich dem schrecklichen Drucke
der letzten anderthalb Tage gefolgt. An Stirn und Augen sah
man ihr das körperliche Leiden noch an; ihre ganze Erscheinung
in der Kleidung, die sie so lange nicht gewechselt, war abgehärmt
und jammervoll. Sie öffnete das Thor und trat langsam ein.
Tom hörte das Thor nicht gehen, er stand eben nahe an dem
tosenden Wassersturze, aber gleich darauf wandte er sich um und
als er die Augen aufschlug, sah er die Gestalt, deren abgehärm=
ter Blick und einsames Kommen ihm seine schlimmsten Vermu=
thungen zu bestätigen schien. Er blieb stehen, zitternd und blaß
vor Abscheu und Entrüstung.

Auch Gretchen blieb stehen, wenige Schritte von ihm. Sie

sah den Haß auf seinem Gesicht, fühlte, wie es sie durchrieselte, aber sprechen mußte sie.

„Tom", hob sie mit matter Stimme an, „ich komme zurück zu Dir — zurück in meine Heimath — ich suche Schutz und Obdach — ich will Dir alles sagen."

„Bei mir findest Du keine Heimath", antwortete er bebend vor Wuth. „Du hast Schande gebracht über uns alle — den Namen unseres Vaters hast Du geschändet. Ein Fluch bist Du geworden für Deine besten Freunde. Du bist schlecht gewesen — hinterlistig; keine Rücksicht war stark genug Dich zurückzuhalten. Ich sage mich von Dir los — für immer. Du gehörst mir nicht mehr an."

Inzwischen war die Mutter in die Hausthür getreten; wie gelähmt blieb sie stehen, als sie Gretchen sah und zugleich Tom's Worte hörte.

„Tom", sagte Gretchen etwas muthiger, „vielleicht bin ich doch nicht so schuldig wie Du meinst. Ich dachte nicht, mich von meinen Gefühlen hinreißen zu lassen. Ich habe gegen sie angekämpft. Am Dienstag war ich in dem Boot zu weit stromab getrieben und konnte nicht mehr zurück. Sobald ich konnte, bin ich zurückgekehrt."

„Ich kann nicht mehr an Dich glauben", erwiderte Tom, der allmälich von der fieberhaften Aufregung des ersten Augenblicks zu kalter Härte überging. „Du hast im Stillen mit Stephan Guest ein Verhältniß gehabt — wie früher mit einem andern. Er hat Dich bei Tante Moß besucht; Du bist allein mit ihm spazieren gegangen; Du mußt Dich gegen ihn benommen haben, wie kein bescheidenes Mädchen gegen den Geliebten ihrer Cousine gekonnt hätte, sonst wäre das nicht möglich gewesen. Die Leute in Luckreth haben Euch vorbeifahren sehen — alle andern Dörfer seid Ihr auch vorbeigefahren; Du wußtest recht gut was Du thatest. Philipp Wakem hast Du benutzt, um Lucie zu hintergehen — Lucie, die beste Freundin, die Du je gehabt hast. Geh hin und sieh wie Du ihr gelohnt hast —

sie ist krank — kann nicht sprechen — Mutter darf nicht zu ihr, weil sie sonst an Dich erinnert würde."

Gretchen war halb betäubt — war zu gebeugt von ihrem Jammer, um auch nur einen Unterschied zwischen ihrer eigenen Schuld und den Beschuldigungen ihres Bruders zu erkennen, geschweige denn sich zu rechtfertigen.

„Tom", sagte sie und preßte unter dem Mantel die Hände zusammen, vor lauter Anstrengung des Sprechens — „Tom, was ich auch gethan haben mag, ich bereue es bitterlich. Ich will es wieder gut zu machen suchen, ich will alles ertragen. Ich suche Schutz, daß ich nicht weiteres Unrecht thue."

„Was kann Dich davor schützen?" antwortete Tom mit grausamer Bitterkeit. „Religion nicht, die natürlichen Gefühle der Dankbarkeit und Ehre auch nicht. Und er — er verdiente, daß man ihm eine Kugel durch den Leib schösse, wenn's nicht — Aber Du bist zehnmal schlechter als er. Ich verabscheue Deinen Charakter und Dein Benehmen. Du hättest gegen Deine Gefühle angekämpft, sagst Du. Wohl, ich habe auch so zu kämpfen gehabt, aber ich habe meine Empfindungen bezwungen. Mein Leben ist schwerer gewesen als Deins, aber ich habe darin Trost gesucht, daß ich meine Pflicht that. Ich kann Dich nicht in Schutz nehmen; die Welt soll erfahren, daß ich den Unterschied zwischen Recht und Unrecht fühle. Wenn Du in Noth bist, will ich für Dich sorgen — laß es die Mutter nur wissen. Aber unter mein Dach sollst Du mir nicht. Es ist schon genug, daß ich den Gedanken an Deine Schande zu tragen habe; Dein Anblick ist mir ein Gräuel."

Langsam wandte sich Gretchen um wegzugehen, Verzweiflung im Herzen. Aber nun siegte die Liebe der armen bangen Mutter über alle Angst.

„Mein Kind! Ich gehe mit Dir. Du hast noch eine Mutter!"

Welch ein seliger Friede war in der Umarmung für das gebrochene Gretchen! Ueber alle Weisheit dieser Welt geht das Mitleid eines einfältigen Menschenherzens, das nicht von uns lassen will.

Tom wandte sich ab und ging in's Haus.

„Komm herein, Kind!" flüsterte die Mutter; „er läßt Dich bleiben und bei mir schlafen; das schlägt er mir nicht ab, wenn ich ihn darum bitte."

„Nein, Mutter", sagte Gretchen leise, als ob sie stöhne; „da hinein gehe ich nie mehr."

„Dann warte hier draußen auf mich; ich mache mich rasch fertig."

Als die Mutter sich den Hut aufgesetzt hatte, trat Tom im Flur zu ihr und steckte ihr Geld in die Hand.

„Mein Haus ist Deins, Mutter, und bleibt es", sagte er; „komm' her und sag' mir, wenn Du was nöthig hast — komm wieder zu mir."

Die arme Frau nahm das Geld und konnte vor lauter Herzensangst nicht reden. Ihrer mütterlichen Empfindung war nur das eine klar, daß sie ihr unglückliches Kind begleiten wolle.

Gretchen wartete draußen vor dem Hofthor; sie nahm die Mutter bei der Hand, und eine kurze Strecke gingen sie schweigend neben einander.

„Mutter", sagte Gretchen endlich, „wir wollen zu Lukas. Der nimmt mich gewiß auf. Er war immer so gut gegen mich, als ich noch klein war."

„Jetzt hat er keinen Platz für uns; sie haben so viele Kinder. Ich weiß nicht, wo wir hin sollen, wenn's nicht zu einer von den Schwestern ist, und das wage ich kaum", erwiderte die arme Frau, der in dieser Noth jeder Gedanke verging.

Gretchen schwieg eine Weile und sagte dann: „Wir wollen zu Bob Jakin, Mutter; da finden wir Platz, wenn sie nicht sonst vermiethet haben."

So gingen sie nach der Stadt, nach dem alten Hause am Flusse.

Bob war selbst zu Haus; das Herz war ihm so schwer, daß selbst die Freude und der Stolz über den Besitz eines zwei Monate alten Mädchens, eines so lebendigen Dinges, wie je

einem Fürsten oder Hausirer geboren worden, ihn nicht erhei=
tern konnte. Als er Tom die Nachricht gab, er habe Gretchen
mit Stephan in Mudport landen sehen, war ihm aus dem Ein=
druck, den das auf Tom machte, erst recht klar geworden, wie
bedenklich eigentlich ein solches Benehmen sei, und seitdem waren
die näheren Umstände, die dieser Entführungsgeschichte jedenfalls
einen sehr unglücklichen Schein gaben, bei hoch und nie=
drig Stadtgespräch geworden. Als er daher jetzt Gretchen in
Kummer und Noth vor sich sah, verging ihm alles Fragen, und
das einzige, was er hätte wissen mögen — wo nämlich der junge
Herr Guest sei — wagte er nicht zu fragen. Wohin er ihn
wünschte, war freilich etwas anderes.

Die Zimmer waren frei, und beide Frau Jakin, die größere
und die kleinere, erhielten sofort Befehl, alles in beste Ordnung
zu bringen — „für die alte Frau und das junge Fräulein" —
leider noch „Fräulein". Wie das gekommen, wie der junge
Herr sich von ihr habe trennen oder sie habe von sich lassen
können, da er doch die Möglichkeit hatte, sie bei sich zu behal=
ten — das konnte sich der pfiffige Bob garnicht denken. Aber
er schwieg und legte auch seiner Frau Schweigen auf; er wollte
nicht einmal in's Zimmer kommen, weil ihm das aufdringlich
und neugierig aussah — so ritterlich feinfühlend war er noch
jetzt gegen das dunkeläugige Gretchen, grade wie damals als er
ihr das denkwürdige Geschenk mit den Büchern gemacht hatte.

Nach ein paar Tagen ging Frau Tulliver mal wieder nach
der Mühle, um für Tom etwas im Haushalt zu besorgen.
Gretchen hatte es selbst gewünscht; nach dem ersten heftigen
Ausbruch ihrer Empfindung bedurfte sie der Nähe und Hülfe
der Mutter weniger; ja, sie wünschte mit ihrem Gram allein
zu sein. Aber nur kurze Zeit hatte sie einsam in dem alten
Wohnzimmer, das nach dem Flusse ging, gesessen, als leise an
die Thür geklopft wurde und auf ihr wehmüthiges „Herein" Bob
mit dem Kindchen auf dem Arm und Mumps an den Fersen
hereintrat.

„Wenn wir stören, Fräulein, gehen wir gleich wieder fort", sagte Bob.

„Ihr stört mich nicht", erwiderte Gretchen mit leiser Stimme und versuchte zu lächeln.

Bob machte die Thür zu und stellte sich vor sie.

„Das ist unser Kleines, Fräulein; ich möchte, Sie sähen sich's mal an und nähmen's auf'n Arm, wenn Sie so gut sein wollten. Wir sind so frei gewesen und haben's nach Ihnen genannt, un' es thäte ihm recht gut, wenn Sie sich 'n bischen drum kümmerten."

Sprechen konnte Gretchen nicht, aber sie nahm das zarte kleine Ding auf den Arm, während Mumps ängstlich schnüffelte, um sich zu vergewissern, ob diese Uebertragung auch ganz in der Ordnung sei. Bei Bob's Reden und Thun schwoll ihr das Herz; sie wußte recht gut, daß er ihr damit seine Theilnahme und Hoch=achtung bezeugen wollte.

„Setzt Euch, Bob", sagte sie, und er nahm schweigend Platz, da er seine Zunge auf eine ganz neue Art unlenksam fand; sie weigerte ihm nämlich den Dienst für etwas, was er sagen wollte.

Einige Augenblicke sah sie das Kind an und hielt es ängst=lich fest, als fürchte sie, es könne ihr aus dem Sinn und aus den Händen zugleich kommen; dann sagte sie: „Bob, ich habe eine Bitte an Euch."

„Sprechen Sie nicht so, Fräulein", antwortete Bob und packte Mumps am Nacken in's Fell; „wenn ich was für Sie thun kann — es soll mir sein wie der beste Verdienst."

„Ich möchte, Ihr ginget zu Doktor Kenn und sagtet ihm, ich wäre hier und würde ihm sehr dankbar sein, wenn er her=käme, so lange Mutter fort ist. Vor Abend kommt sie nicht wieder."

„Ei, Fräulein — das könnte im Augenblick geschehen — 's ist blos ein Katzensprung; aber Kenn seine Frau ist todt — morgen wird sie begraben — sie starb grade den Tag, wo ich von Mudport zurückkam. 's ist doppelt schade, daß sie grade jetzt gestorben ist, wo Sie ihn sprechen möchten. Ich mag ihm noch nicht nahe kommen."

„Nein, Bob", sagte Gretchen, „dann müssen wir's lassen — nach ein paar Tagen vielleicht — wenn Ihr hört, daß er wieder ausgeht. Aber vielleicht verreist er — weit weg", fügte sie betrübt hinzu.

„Der un' verreisen? Ne, Fräulein, der nich! Er ist keiner von den vornehmen Leuten, die in's Seebad gehen und weinen, wenn ihnen die Frau stirbt; er hat was anderes zu thun. Er sieht sich gehörig im Kirchspiel um, das können Sie glauben. Unser Kleines hat er getauft, un' da nahm er mich tüchtig vor, was ich Sonntags machte — weil ich doch nicht in die Kirche gehe. Aber ich sagt'm, Sonntags wär' ich fast immer auf Rei- sen — un' denn bin ich's so gewöhnt auf den Beinen zu sein, daß ich das lange Sitzen nicht aushalte — „und Herrjes", sagt ich, „Herr Pastor, so'n Hausirer kommt mit'n klein Stück Kirche aus; 's hat'n starken Geschmack", sagt' ich, „man braucht nicht viel aufzulegen". — Da, sehn Sie mal, Fräulein, wie wohl sich das Kleine bei Ihnen fühlt. Grade als ob's Sie kennte, und das mag's auch wohl — wie die Vögel den Morgen!"

Offenbar war Bob's Zunge nunmehr ihrer ungewohnten Fessel ganz wieder ledig und drohte sogar, mehr zu thun als verlangt wurde. Aber, was er gern wissen mochte, war so schwer zu erreichen, daß seine Zunge wahrscheinlich noch lange hätte fortrennen können, ehe sie sich daran wagte. Er fühlte das und verstummte wieder auf einige Zeit, indem er sich hin und her überlegte, wie in aller Welt er wohl seine Frage stelle. Endlich sagte er, schüchterner als gewöhnlich:

„Dürft' ich mir wohl die Freiheit nehmen, Sie eins zu fragen, Fräulein?"

Gretchen fuhr zusammen, aber sie antwortete doch: „Ja- wohl, Bob, wenn es mich selbst betrifft — aber fragt mich nicht nach andern."

„Nun, Fräulein, 's ist dies: haben Sie mit einem 'n Schin- ken im Salz?"

„Nein, mit niemand", sagte Gretchen und blickte neugierig zu ihm auf. „Wie so?"

„I, herrje, Fräulein", erwiderte Bob und kniff Mumps wüthend in's Fell, „ich wollte, Sie hätten's — un' sagten's mir — ich wollte ihn durchwalken, bis er windelweich wäre, un' denn könnte der Friedensrichter mit mir machen was er wollte."

„O Bob", sagte Gretchen mit mattem Lächeln, „Ihr seid wirklich mein guter Freund. Aber ich möchte niemand strafen, selbst wenn er mir Unrecht gethan hätte. Ich habe selbst zu oft Unrecht gethan."

Diese Anschauung war für Bob gradezu räthselhaft und machte ihm das Verhältniß zwischen Stephan und Gretchen noch dunkler. Aber weitere Fragen wären zu aufdringlich gewesen, selbst wenn er einen passenden Ausdruck dafür gehabt hätte, und wohl oder übel mußte er sich entschließen, seine Kleine zu der wartenden Mutter zurückzubringen.

„Möchten Sie vielleicht Mumps zur Gesellschaft behalten, Fräulein?" fragte er, als er das Kind wieder auf dem Arme hatte. „Als Gesellschaft ist er wundervoll, der Mumps — er versteht alles un' macht kein Aufhebens davon. Wenn ich's ihm sage, denn liegt er so still, als wenn er meinen Packen bewachte. Behalten Sie'n etwas hier — er gewöhnt sich dann an Sie un' mag Sie leiden. Herrje, 's ist viel werth, wenn man so'n Thier hat, was einen lieb hat; der ist treu und schwatzt nicht."

„Ja, bitte, laßt ihn hier", antwortete Gretchen; „ich möchte wohl mit Mumps gut Freund sein."

„Da, Mumps, leg Dich hin", sagte Bob und zeigte auf eine Stelle zu Gretchens Füßen, „und rühr' Dich nicht, als bis das Fräulein Dir's sagt."

Sofort legte Mumps sich nieder und gab kein Zeichen von Unruhe, als sein Herr das Zimmer verließ.

Zweiter Abschnitt.

St. Ogg sitzt zu Gericht.

Bald war es in der Stadt bekannt, Fräulein Tulliver sei wieder da; sie war also mit dem jungen Herrn Guest nicht durchgegangen um ihn zu heirathen — jedenfalls hatte der junge Herr Guest sie nicht geheirathet — und für ihre Strafbarkeit kam das auf dasselbe hinaus. Wir beurtheilen andere nach den Erfolgen; wie könnten wir auch anders, da wir ja die Entwicklung nicht kennen, die dazu geführt hat? Wäre Fräulein Tulliver nach einer schicklichen Reise von einigen Monaten als Frau Stephan Guest zurückgekommen, mit einem nachträglichen glänzenden Hochzeitsgeschenke von ihrem galanten jungen Manne u. s. w., so hätte sich die öffentliche Meinung in St. Ogg so gut wie anderswo nach diesem Erfolge gerichtet. In solchen Fällen ist die öffentliche Meinung in That und Wahrheit weiblichen Geschlechts. Sie hätte dann gefunden, die beiden hübschen jungen Leute seien in einer schiefen Position gewesen, hätten zwar sehr bedenklich gehandelt, er gegen die reizende Lucie, sie gegen den armen jungen Wakem, aber was können junge Leute für die Liebe? und der verwachsene Philipp gegen den bezaubernden Stephan — und sie war doch unschuldig — er hatte sie ja ganz gegen ihren Willen, förmlich mit Gewalt entführt — und jetzt sei ihm nichts zu gut für sie — und wie vortrefflich ihr das maisfarbige Moiree-Kleid stehe — und was für eine glänzende Partie es doch für die Müllerstochter sei — u. s. w. u. s. w. Die arme Lucie freilich sei recht zu bedauern, aber eigentlich verlobt sei sie doch noch nicht mit ihm gewesen, und die Seeluft würde ihr schon gut thun. Auch der junge Wakem habe sich die Sache recht zu Herzen genommen, sei fast von Sinnen gewesen — ein bischen sonderbar war er ja immer — aber nun sei er wieder außer Landes gegangen — das gescheuteste was er thun konnte —!

Aber nun war die Sache anders gekommen, wie wir wissen; Gretchen war nicht als Frau Stephan Guest zurückgekehrt, und über „Fräulein Tulliver" urtheilte die Welt ganz anders. Konnte es etwas abscheulicheres geben als ihr Benehmen? Macht ihrer Cousine, ihrer Freundin, ihrer Schwester unter ihrem eigenen Dache den Bräutigam abspänstig! weiß ihn durch die unweiblichsten Avancen, die zügelloseste Leidenschaft zu kirren! Aber ihre sehr bedenklichen Seiten hatte sie ja immer; ein feiner Sinn hatte längst geahnt, das könne nicht gut enden. Der arme Herr Stephan war lediglich zu bedauern; gegen einen jungen Menschen von fünfundzwanzig Jahren durfte man nicht so hart sein; er war offenbar der Verführte, war den Listen des verschmitzten Mädchens erlegen, hatte sie abzuschütteln gesucht — das bewies der rasche Abschied; der sprach doch sehr, sehr — gegen sie. Zwar hatte er einen Brief an seinen Vater ge= schrieben, worin er alle Schuld auf sich nahm und die Geschichte so romantisch erzählte, daß sie ganz rein dastand. Aber so ließ der „feine Sinn" der öffentlichen Meinung sich nicht fangen — Gottlob nicht! was würde auch sonst aus der Gesellschaft?! Ihr eigener Bruder hatte sie aus dem Hause gewiesen: „ehe einer so was thut, muß die Sache doch gründlich schlimm stehen!" Ein tüchtiger, achtungswerther Mensch, der junge Tulliver, dem die Aufführung seiner Schwester schwer zu Herzen ging. Hoffent= lich machte sie sich bald wieder fort — in die Fremde — nach Amerika — und befreite die Töchter der Stadt von ihrer ge= fährlichen Nähe. Gut könne es ihr nicht wieder gehen; es sei nur zu hoffen, daß sie ernstlich bereue und daß Gott sich ihrer erbarme: er hatte ja nicht für die Gesellschaft zu sorgen — wie die öffentliche Meinung.

Beinahe vierzehn Tage gebrauchte der „feine Sinn" der Welt, um sich diese Eingebungen ganz klar zu machen; die erste Woche war hingegangen, bis Stephan's Brief kam, in welchem er von dem ganzen Vorgange Rechenschaft ablegte und hinzu= fügte, er sei nach Holland gegangen, habe bei seines Vaters

Agenten in Mudport Geld erhoben und sei augenblicklich noch
zu jedem Entschlusse unfähig.

Gretchen war die ganze Zeit zu sehr von einer peinlicheren
Angst erfüllt, als daß sie sich um die Meinung der Welt hätte
bekümmern können; die Angst um Stephan — Lucie — Philipp
— bedrängte ihr armes Herz unablässig mit einem schweren
Sturme von Liebe, Reue und Mitleid. Hätte sie überhaupt
noch an Ungerechtigkeit und abstoßende Härte gedacht, so wäre
es gewiß nur in dem Gefühle gewesen, daß sie ihr Aeußer=
stes schon an ihr gethan hätten — daß sie in dieser Beziehung
für jeden Schlag unempfindlich sei, seit sie jene Worte von
ihrem Bruder hatte hören müssen. Durch alle Sorge um die
Geliebten und Gekränkten schossen immer wieder diese Worte
wie ein furchtbarer Schmerz, der selbst in einen Himmel von
Entzücken Elend und Entsetzen gebracht hätte. Der Gedanke,
daß sie je wieder glücklich werden könne, leuchtete nie in ihrer
Seele auf; jede Faser in ihr schien so von Schmerz zu zucken,
als könne keine andere Macht je wieder auf sie wirken. Wie
eine lange Buße lag das Leben vor ihr, und wenn sie über
ihre Zukunft nachdachte, so ging ihr Sehnen nur nach einem
Schutze gegen weiteres Fallen; ihre eigene Schwachheit verfolgte
sie gespenstisch wie eine Vision schrecklicher Möglichkeiten, vor
der sie nur in dem Bewußtsein einer sichern Zuflucht Frieden
finden könne.

Indeß war sie dabei nicht ohne praktischen Blick; ihr an=
geborner Unabhängigkeitssinn war durch Gewohnheit zu mächtig
geworden, als daß sie hätte vergessen können, sie müsse sich selbst
ihr Brod verdienen; und bei der Unbestimmtheit aller sonstigen
Aussichten nahm sie wieder zu dem einfachen Nähen ihre Zuflucht
und verdiente sich damit genug, um das geringe Kostgeld bei
Bob zu bezahlen. Ihre Mutter wollte sie allmälich bewegen,
nach der Mühle zurückzukehren und wieder bei Tom zu wohnen;
sie selbst wollte sich schon in St. Ogg durchschlagen. Dabei
rechnete sie auf Doktor Kenn's Rath und Hülfe. Sie hatte
nicht vergessen, was er ihr beim Abschied auf dem Bazar gesagt

und wie erleichtert sie sich gefühlt hatte, als er mit ihr sprach); mit wahrhafter Sehnsucht wartete sie daher auf eine Gelegenheit, ihm alles zu vertrauen. Ihre Mutter erkundigte sich jeden Tag bei Deane's nach Luciens Befinden; die Nachrichten waren immer traurig; noch hatte sie nichts aus der Mattheit und Hinfälligkeit zu wecken vermocht, in die sie beim ersten Schlage gesunken war. Aber von Philipp erfuhr Frau Tulliver nichts; natürlich mochte ihr niemand etwas sagen, was auf ihre Tochter Bezug hatte. Endlich faßte sie sich ein Herz und beschloß, Schwester Glegg aufzusuchen, die gewiß alles wußte und sogar bei Tom in der Mühle gewesen war, ohne daß er freilich seiner Mutter erzählte, was bei der Gelegenheit vorgefallen sei.

Sobald die Mutter fort war, machte sich Gretchen auf den Weg zu Doktor Kenn. Es war das erste Mal seit ihrer Rückkehr, daß sie sich aus dem Hause wagte, aber ihr Sinn stand so fest auf den Zweck ihres Besuches gerichtet, daß ihr die Unannehmlichkeit, unterwegs Leuten zu begegnen und angegafft zu werden, garnicht einfiel. Kaum war sie indeß in die breiteren und belebteren Straßen gekommen, als sie sich beobachtet und angestarrt fand, und das Bewußtsein davon trieb sie eilig vorwärts, und sie wagte nicht rechts noch links zu blicken. Gleich darauf begegnete sie einigen Damen, alten Bekannten ihrer Familie; die thaten fremd und wandten sich ab, ohne ein Wort zu sagen. Jeder unfreundliche Blick schmerzte Gretchen, aber ihr eigenes Gewissen verbot ihr das Gefühl der Kränkung: „kein Wunder, dachte sie, daß sie nicht mit mir sprechen mögen — sie haben Lucie so lieb". Nicht lange und sie bemerkte, daß sie an einigen Herren vorbei ging, die vor dem Klubhause standen, und unwillkürlich sah sie, wie der junge Torry vortrat und, seinen Kneiser im Auge, sie so leichtfertig grüßte, als sei sie eine Biermamsell seiner Bekanntschaft. Gretchens Stolz war zu mächtig, als daß sie nicht, trotz ihres Kummers, diesen Stich hätte fühlen sollen, und zum ersten Male bemächtigte sich ihrer der Gedanke, ihre Treulosigkeit gegen Lucie sei nicht das einzige, worüber böse Nachrede gegen sie laut wurde. Aber schon war sie an der Pfarrwohnung; da hoffte sie etwas anderes zu finden als bloße Vergeltung. Vergeltung kann jeder üben, der härteste, grausamste, verthierteste Bummler an der Straßenecke; Beistand und Mitleid sind seltner — um so mehr muß der Rechtschaffene sie geben.

Kenn saß zwischen seinen Büchern, für die er jetzt wenig Sinn hatte, und lehnte die Wange an den Kopf seines jüngsten Kindes, eines dreijährigen Mädchens; er schickte das Kind hinaus, lud Gretchen zum Sitzen ein und sagte:

„Ich wollte Sie schon aufsuchen; Sie sind mir zuvor= gekommen; das ist mir lieb.“

Gretchen sah ihn so kindlich grabezu an, wie auf dem Ba= zar und sagte: „ich möchte Ihnen alles erzählen“; aber die dicken Thränen traten ihr dabei in die Augen und die Aufregung der Demüthigung, die sie auf dem Herwege unterdrückt hatte, mußte sich erst Luft machen, ehe sie weiter reden konnte.

„Erzählen Sie mir alles“, sagte Doktor Kenn mit ruhiger Güte in seiner ernsten festen Stimme; „betrachten Sie mich als einen Mann, dem eine lange Erfahrung zur Seite steht, die Ihnen nützlich werden kann.“

In abgebrochenen Sätzen und zuerst mit einiger Anstren= gung, bald aber durch das Vertrauen erleichtert und daher mit größerer Ruhe erzählte Gretchen die kurze Geschichte eines Kam= pfes, der der Anfang eines langen Schmerzes werden sollte. Erst am Tage vorher hatte Kenn den Inhalt von Stephan's Briefe erfahren und demselben sofort Glauben geschenkt, ohne erst der Bestätigung durch Gretchen zu bedürfen. Jener un= willkürliche Nothschrei: „O, ich muß fort!“ war ihm im Ge= dächtniß geblieben als ein Beweis, daß sie einen inneren Kampf zu bestehen habe.

Am längsten verweilte Gretchen bei dem Gefühle, welches sie zu Mutter und Bruder zurückgetrieben hatte, welches sie an die Erinnerungen der Vergangenheit fesselte. Als sie zu Ende war, schwieg Kenn einige Minuten; ihm lastete etwas auf der Seele. Er stand auf und ging, die Hände auf dem Rücken, einige Male im Zimmer auf und ab. Endlich setzte er sich wieder und sagte, indem er Gretchen ansah:

„Ihr Entschluß, zu Ihren nächsten Freunden zurückzukehren und da zu bleiben, wo alle Bande Ihres Lebens geknüpft sind, ist ein rechter Entschluß, dem die Kirche nach ihrer ursprünglichen Verfassung und Zucht entgegenkommt, indem sie dem Bußfertigen die Arme öffnet, über ihre Kinder wacht bis an's Ende und sie nie aufgiebt, als bis sie unrettbar dem Verderben verfallen sind. Und in der Kirche müßte sich das Gefühl der Gemeinde darstellen, so daß jedes Kirchspiel eine Familie wäre, die durch christliche Brüderlichkeit unter einem geistlichen Vater zusammengehalten würde. Aber die Gedanken christlicher Zucht und Brüderlichkeit haben ganz ihre Gewalt verloren, sind für das große Publikum kaum noch vorhanden, leben höchstens noch in der verkümmerten Gestalt fort, die sie in den kleinen Gemeinden der Schismatiker angenommen haben, und hielte mich nicht der feste Glaube aufrecht, daß die Kirche schließlich die volle Kraft der Verfassung doch wieder gewinnen muß, die allein den Bedürfnissen schwacher Menschen entspricht, so verlöre ich oft den Muth, wenn ich den Mangel an Gemeinsinn und an dem Gefühl gegenseitiger Verantwortlichkeit unter meinen eigenen Pfarrkindern sehe. Heutzutage scheint alles darauf hinzugehen, die natürlichen Bande zu lösen — willkürliche Wahl an die Stelle der Pflichttreue, der Anhänglichkeit an die Vergangenheit des Menschen zu setzen. Ihnen, Fräulein Tulliver, hat Herz und Gewissen das rechte Licht gegeben, und ich habe dies alles gesagt, um Ihnen zu zeigen, was ich für Sie wünschen — was ich Ihnen rathen würde, wenn ich lediglich meinen Gefühlen ohne Rücksicht auf entgegenstehende Verhältnisse folgen dürfte.“

Wieder schwieg Kenn eine kurze Zeit. Er hatte nichts von überströmender Herzensgüte; in dem Ernst seines Blicks und seiner Stimme lag eher eine gewisse Kälte. Hätte Gretchen nicht gewußt, seine Herzensgüte sei so dauernd wie zurückhaltend, so hätte sie wohl bange sein mögen; so aber hörte sie nur er=

wartungsvoll zu, in der festen Gewißheit, er wisse Rath und Hülfe für sie. Er fuhr fort:

„Bei Ihrer Unbekanntschaft mit der Welt, Fräulein Tulliver, werden Sie sich schwerlich vorstellen, wie ungerecht die Welt wahrscheinlich über Sie urtheilen wird und wie schlimme Folgen das für Sie haben kann, so triftig und allgemein bekannt die Gegenbeweise auch sein mögen."

„O doch — doch — ich fange schon an, es zu erfahren", antwortete Gretchen, unfähig diese Aeußerung ihres frischen Schmerzes zu unterdrücken. „Ich weiß, man wird mich beleidigen, man wird schlechter von mir denken als ich bin."

„Vielleicht wissen Sie noch nicht", sagte der Pastor mit einem Anfluge von persönlichem Mitleid, „daß ein Brief gekommen ist, welcher für jeden, der Sie nur einigermaßen kennt, vollständig beweist, daß Sie den steilen und schwierigen Pfad der Rückkehr zum Guten in dem Augenblick betraten, als diese Rückkehr am allerschwersten war."

„O — wo ist er?" rief das arme Gretchen, bebend vor Aufregung.

„Er ist außer Landes; er hat seinem Vater alles geschrieben, hat Sie vollständig gereinigt, und ich hoffe, die Mittheilung dieses Briefes an Ihre Cousine wird wohlthätig auf sie wirken."

Der Pastor wartete einen Augenblick, daß Gretchen sich wieder beruhigte, und fuhr dann fort:

„Der Brief, wie gesagt, müßte vernünftiger Weise jeden falschen Eindruck beseitigen. Aber ich fühle mich verpflichtet, Ihnen zu sagen, Fräulein Tulliver, daß nicht nur die Erfahrung meines ganzen Lebens, sondern meine Beobachtung in den letzten drei Tagen mich befürchten läßt, es wird kaum einen Beweis geben, der Sie vor den peinlichen Folgen falscher Nachrede retten kann. Die Leute, die zu einem gewissenhaften Kampfe, wie der Ihrige, am unfähigsten sind, sind genau die, welche sich am ersten von Ihnen zurückziehen — weil sie einen solchen Kampf nicht kennen und nicht an ihn glauben. Ich fürchte, Ihr Leben hier wird nicht nur von vielem Kummer, sondern auch von vielen Hindernissen begleitet sein. Aus diesem Grunde — und aus diesem Grunde allein — bitte ich Sie zu überlegen, ob es nicht besser wäre, wenn Sie auswärts eine Stelle annähmen, wie Sie das früher wollten. Ich würde mir alle Mühe geben, Ihnen eine zu verschaffen."

„Wenn ich doch nur hier bleiben könnte!" sagte Gretchen. „Mir fehlt das Herz, wieder ein Leben in der Fremde anzufangen. Ich hätte keinen Halt. Ich käme mir vor wie ein einsamer Wandrer — wie abgeschnitten von meiner Vergangenheit. Der Dame, die mir eine Stelle angeboten hatte, habe ich abgeschrieben. Wenn ich hierbliebe, könnte ich's vielleicht wieder gut machen — an Lucie — an andern, könnte ihnen beweisen, wie leid mir's thut. Und" — dabei flammte wieder etwas von dem alten Stolze auf — „ich will nicht fort, weil die Leute die Unwahrheit von mir sagen. Sie sollen lernen, sie zurückzunehmen. Wenn ich am Ende doch fort muß, weil — weil andre es wünschen, dann will ich wenigstens nicht jetzt fort."

„Gut", erwiderte Kenn nach einiger Ueberlegung „wenn Sie darauf bestehen, Fräulein Tulliver, so können Sie auf allen Einfluß rechnen, den mir meine Stellung giebt; denn grade als Geistlicher dieses Orts fühle ich mich verpflichtet, Ihnen zu helfen, Sie zu unterstützen. Ich will hinzufügen, daß ich auch persönlich an Ihrem Seelenfrieden und Wohlergehen tiefes Interesse nehme."

„Ich habe weiter nichts nöthig als eine Beschäftigung, um mir etwas zu verdienen und unabhängig zu bleiben", sagte Gretchen; „viel brauche ich nicht; ich kann in meiner jetzigen Wohnung bleiben."

„Ich muß mir's reiflich überlegen", antwortete der Pastor, „und in wenig Tagen werde ich besser beurtheilen können, wie die Stimmung in der Stadt ist. Ich werde Sie aufsuchen; ich werde immer an Sie denken."

Als Gretchen fort war, stand der Pastor lange Zeit still, die Hände auf dem Rücken, die Augen zu Boden gerichtet, von

Zweifeln und Bedenken schmerzlich bewegt. Der Ton in Stephans Briefe, den er gelesen hatte, und das ganze Verhältniß aller betreffenden Personen drängte ihm unwiderstehlich den Gedanken auf, eine Heirath zwischen Stephan und Gretchen sei schließlich doch das geringste Uebel, und die Unmöglichkeit, daß sie unter einer andern Voraussetzung in St. Ogg zusammen lebten — außer nach jahrelanger Trennung —, schien ihm ein ganz un-übersteigliches Hinderniß für Gretchens Verbleiben. Andrerseits ging er mit dem ganzen Verständniß eines Mannes, der See-lenkämpfe erlebt und jahrelang seinen Mitmenschen mit Hin-gebung gedient hatte, in Gretchens innern Zustand ein und ver-gegenwärtigte sich, wie eine solche Heirath ihrem Herzen und Gewissen eine Entweihung sein müsse; mit ihrem Gewissen durfte man nicht spielen; der Grundsatz, nach dem sie gehandelt hatte, war ein sichrerer Führer als jedes Abwägen der Folgen. Seine Erfahrung sagte ihm, in solchen Fällen sei die Dazwischenkunft eines Dritten zu bedenklich, als daß man die Verantwortlichkeit dafür so leichthin auf sich nehmen könnte, und der mögliche Ausgang — sei es eines Versöhnungsversuches mit Lucie und Philipp, sei es eines Rathes nach der andern Seite — lag in einer um so undurchdringlicheren Dunkelheit verborgen, als sich jeder sofortigen Entscheidung ein Uebel an die Fersen heftete.

Das große Räthsel des wechselnden Verhältnisses zwischen Leidenschaft und Pflicht ist niemandem klar, der befähigt ist es zu begreifen; für die Frage, ob der Augenblick schon eingetreten sei, wo einer über die Möglichkeit einer erfolgreichen Entsagung hinaus ist und dem Zuge einer Leidenschaft sich hingeben muß, gegen die er sich als eine Sünde gewehrt hat — dafür giebt es keinen Hauptschlüssel, der auf alle Fälle paßt. Die Kasuisten sind zum Schimpfwort geworden, aber in ihrer verkehrten Haar-spalterei war der Schatten einer Wahrheit, gegen die unsere Augen und Herzen leider zu oft verschlossen sind — der Wahr-heit nämlich, daß moralische Urtheile falsch und hohl sein müssen, wenn ihnen nicht die stete Beziehung zu den besonderen Umstän-den des einzelnen Falles Maaß und Licht giebt.

Alle Menschen von tüchtigem, derben Sinn haben eine natürliche Abneigung gegen die Leute von abstrakten Grundsätzen; sie erkennen nämlich sehr bald, daß unserm geheimnißvoll verschlungenen Menschenleben sich nicht mit Grundsätzen beikommen läßt und daß sich in solche Formeln „wohl einzuschnüren" nur alle göttlichen Triebe und Eingebungen unterdrücken hieße, die aus wachsender Einsicht und Liebe hervorgehen, während jene mit ihren allgemeinen Regeln Recht und Gerechtigkeit zu üben meinen nach einer fix und fertigen, patentirten Methode, ohne die Mühe, auch Geduld und Unparteilichkeit zu üben, ohne sich erst zu vergewissern, ob sie auch die Einsicht haben, die eine sauer erworbene Schätzung der Versuchung oder ein Leben giebt, welches bewegt und tief genug ist, um ein weitumfassendes Mitgefühl für alles Menschliche hervorzubringen.

Dritter Abschnitt.

Wie einen alte Bekannte überraschen können.

Als Gretchen wieder nach Haus kam, erzählte ihr die Mutter ganz wunderbare Dinge von Tante Glegg. In den Tagen, wo Gretchen verschollen gewesen, hatte Frau Glegg die Läden halb geschlossen und die Vorhänge herniedergelassen; sie glaubte bestimmt, Gretchen sei ertrunken; das war ihr viel wahrscheinlicher, als daß ihre Nichte und theilweise Erbin etwas gethan haben sollte, was die Ehre der Familie in ihrem zartesten Punkte verwundete. Als sie dann endlich von Tom den wirklichen Sachverhalt und ihre Rückkehr erfuhr, erging sie sich in den heftigsten Vorwürfen gegen ihn, daß er von seiner Schwester gleich ohne Noth das schlimmste glaube. Wenn man nicht zu seiner „Verwandtschaft" stehen wolle, so lange noch ein

Fetzen Ehre daran sei, zu wem solle man denn stehen?! Von einem Verwandten leichthin böse Nachrede zu glauben, meinte sie, sei niemals Dodson'sche Art gewesen, und obschon sie immer vorausgesagt habe, an Gretchen würden sie noch mal was erleben, — ehrlich Spiel müsse sein, und ihre eigenen Freunde dürften ihr nicht den guten Namen rauben helfen und sie aus dem Schutze der Familie in die böse Welt verstoßen, so lange sie nicht ganz unzweifelhaft ihnen zur Schande gereiche. So etwas hatte freilich weder Frau Glegg selbst je erlebt noch war es unter den Dodson's sonst je vorgekommen, aber es war ein Fall, wo die angeborne Gradheit und Tüchtigkeit ihres Charakters mit ihren Grundanschauungen von Verwandtschaft Hand in Hand ging. Sie zankte mit ihrem Manne, der aus lauter Mitleid mit Lucie über Gretchen so hart urtheilte, wie Deane selbst, wüthete gegen Schwester Tulliver, daß sie nicht sofort bei ihr Rath und Hülfe suchte, und schloß sich mit Baxters „Ruhe der Heiligen" den ganzen Tag in ihrem Zimmer ein, bis ihr Mann die Nachricht von Stephan's Brief brachte; da fühlte sie sich jedem Angriff gewachsen, legte die „Ruhe der Heiligen" beiseit und erwartete was etwa an Feinden sich zeigen möchte. Während die gute Frau Pullet nichts that als den Kopf schütteln und weinen und ausrufen: wenn doch Vetter Abbot gestorben wäre und wer sonst noch wolle, lieber als daß sie dies erleben müßte, was noch nie bei ihnen erlebt sei, so daß man gar nicht wisse, was man thun solle, und in der Stadt könnte sie sich nie wieder sehen lassen, weil alle Bekannten drum wüßten — währenddem meinte Frau Glegg, sie hoffe nur, die Nachbarin so und so und die und die würden mit ihrem Klatsch zu ihr kommen; denen wollte sie schon gehörig dienen.

Mit Tom hatte sie noch einmal eine tüchtige Scene, die um so heftiger war, als sie sich jetzt in einer so viel günstigeren Position befand. Aber Tom schien wie alle unbeweglichen Dinge in der Welt nur um so hartnäckiger fest zu sein, je mehr man an ihm rüttelte. Der arme Tom! Sein Urtheil ging, so weit und so tief er sehen konnte, und für ihn selbst war es peinlich genug. Aus jahrelanger Beobachtung glaubte er die Gewißheit seiner eigenen — wie er meinte — unantastbar zuverlässigen Augen zu haben, daß Gretchen äußerst unzuverlässig und zu tief mit bösen Neigungen behaftet sei, als daß man gegen sie milde sein dürfe; nach dieser Gewißheit wollte er um jeden Preis handeln, aber der Gedanke daran verbitterte ihm jede Stunde seiner Tage. Gleich uns allen lag Tom in den Banden seiner eigenen Natur, und was er an Erziehung gehabt hatte, war nur eben mit fast unmerklicher Wirkung über ihn weggeglitten; wer hart sein will gegen seine Härte, der bedenke, daß Duldung von denen gefordert wird, die den weitesten Blick haben. Eine Abneigung gegen Gretchen war in Tom aufgestiegen, deren Stärke grade aus der innigen Liebe der Kinderjahre sich erklärte, wo sie noch ihre kleinen Händchen in einander verschlungen hatten, und aus der späteren Gemeinschaft in Noth und Kindespflicht. So fand denn Tante Glegg in diesem Sproß der Dodsons eine stärkere Natur als sie selbst war — eine Natur, in der der Familiensinn den Charakter der Stammverwandtschaft verloren und die tiefere Färbung des persönlichen Stolzes angenommen hatte. Daß Gretchen Strafe verdiente, leugnete Frau Glegg nicht — dazu war sie wahrlich nicht die Frau und wußte zu gut, was sich schickte, aber die Strafe sollte im Verhältniß zu den erwiesenen Thatsachen stehen, nicht zu dem, was andere Leute ihr nachsagten, vielleicht nur nachsagten, um ihre eigene Familie in ein besseres Licht zu stellen.

„Schwester Glegg hat mich so fürchterlich ausgescholten, Kind", sagte die arme Frau Tulliver bei der Rückkehr, „daß ich sie nicht gleich aufgesucht habe; sie meinte, sie solle doch wohl nicht zuerst kommen. Aber recht wie eine Schwester hat sie gesprochen; rechthaberisch ist sie wohl immer gewesen und schwer zu befriedigen — das weiß der liebe Himmel! — aber über Dich hat sie so freundlich gesprochen, wie was sein kann. Sie machte zwar nicht gern Umstände, meinte sie, und gäbe nicht gern mehr Löffel heraus und alles, aber ihr Haus stände Dir

II. 19

offen, wenn Du ordentlich zu ihr kämest, und gegen die fremden Leute wollte sie Dir schon beistehen. Und als ich ihr sagte, ich glaubte nicht, daß Du außer mir jemand sehen und sprechen möchtest, so hätte Dich die unglückliche Geschichte angegriffen, da meinte sie: „Von mir soll sie kein böses Wort hören; die kriegt sie schon genug von andern Leuten; blos guten Rath will ich ihr geben, und demüthig muß sie sein". Es ist ganz wunderbar von Hannchen; mir hat sie früher immer alles vorgeworfen, wenn was nicht recht war — ob's der Johannisbeerwein war, wenn er mal nicht so gut ausfiel, oder wenn die Pasteten zu heiß waren, oder 's mochte sonst was sein."

Das arme Gretchen bebte vor dem bloßen Gedanken an jede Berührung ihres kranken Gemüthes zurück und erwiderte daher: „Ach, Mutter! sag' der Tante lieber, ich wäre ihr recht dankbar — ich will sie auch besuchen, sobald ich kann, aber jetzt kann ich noch keinen Menschen sehen, außer Pastor Kenn. Eben bin ich bei ihm gewesen; er will mir rathen und helfen, daß ich Beschäftigung finde. Bei andern wohnen mag ich nicht; ich will unabhängig bleiben — das sag' der Tante; ich muß mir selbst mein Brod verdienen. Aber, Mutter, hast Du nichts von Philipp gehört — von Philipp Wakem? hat Dir keiner was von ihm gesagt?"

„Nein, Kind; aber bei Deane's bin ich gewesen und habe den Onkel gesprochen, und er sagte, sie hätten Lucien den Brief vorgelesen und sie hätte ordentlich zugehört, nähme auch wieder Notiz von Fräulein Guest und fragte nach manchem, und der Doktor meint, sie wäre auf der Besserung. Was das für 'ne Welt ist! was wir für Noth erleben! Mit dem Prozessiren da fing's an, und grade als das Glück sich zu wenden schien, da wurd's mit einem Male am allerschlimmsten!"

Dem armen Gretchen schnitt das in's Herz; es war die erste Klage, die der Mutter entschlüpfte; der Besuch bei Schwester Glegg hatte die alte Gewohnheit wieder wach gerufen.

„Du gute, arme Mutter!" rief Gretchen und fiel ihr leidenschaftlich um den Hals, „ich bin immer eine rechte Last und

Plage für Dich gewesen. Wie glücklich könntest Du jetzt sein, wenn ich nicht wäre!"

„Ei, Kind", sagte die Mutter und lehnte sich an die warme junge Wange, „seine Kinder muß man nehmen wie sie sind; ihr seid die einzigen, die ich habe, und wenn ihr mir Unglück bringt, liebhaben muß ich euch doch; was sollte ich sonst wohl liebhaben — meine Möbel sind schon lange in die weite Welt. Und früher dachte ich auch, Du würdest recht gut; ich kann's nicht begreifen, wie es so verkehrt gekommen ist."

Noch zwei oder drei Tage vergingen, und Gretchen hörte noch immer nichts von Philipp; endlich faßte sie in ihrer Herzensangst Muth, sich bei Pastor Kenn zu erkundigen; aber dieser wußte nicht einmal, ob Philipp in der Stadt sei, und konnte ihr nur sagen, der alte Wakem fühle sich in seinem Stolze schwer gekränkt, da er unvorsichtig genug gewesen, in der Stadt von den Heirathsaussichten seines Sohnes zu sprechen, und werde jetzt bei jeder Nachfrage förmlich wild. Krank sei Philipp schwerlich; davon würde man durch den Arzt gehört haben; wahrscheinlich sei er verreist. Gretchen litt tief unter dieser Ungewißheit, und ihre Einbildungskraft war unaufhörlich geschäftig, sich auszumalen, was er wohl litte. Und was mochte er von ihr denken?!

Endlich brachte ihr Bob einen Brief ohne jedes Postzeichen, die Adresse in einer wohlbekannten Handschrift — vor langer Zeit hatte dieselbe Hand ihren eigenen Namen in eine Taschenausgabe von Shakespeare geschrieben, die sie noch besaß. In heftiger Aufregung eilte Gretchen auf ihr Zimmer und las mit klopfendem Herzen:

„Gretchen, ich glaube an Dich — ich weiß, Du hast mich nicht täuschen wollen — ich weiß, Du hast treu sein wollen, mir — uns allen. Ich habe das geglaubt, ehe ich einen andern Beweis hatte als Deine eigene Natur.

„Die Nacht, nachdem ich Dich zuletzt gesehen, habe ich furchtbare Qualen erlitten. Aus eigener Anschauung hatte ich mich überzeugt, Du seist nicht frei — die Nähe eines andern hatte eine Gewalt über Dich, welche die meinige nie besaß, aber durch alle Raserei der Eifersucht, die fast zu Mordgedanken sich verstieg, bahnte mein Geist sich den Weg zu dem Glauben an Deine Treue. Ich fühlte, Du wolltest mir treu bleiben, wie Du mir gesagt hattest — ich war gewiß, Du hattest ihn ab= gewiesen, Du hattest gerungen, um Luciens und um meinet= willen ihm zu entsagen. Aber ich sah keinen Ausweg, der für Dich nicht schlimm wäre, und diese Besorgniß verwehrte jeden Gedanken an Entsagung. Ich sah vorher, er würde nicht von Dir lassen, und ich glaubte damals, wie ich's jetzt glaube, daß die starke Anziehung, die euch zu einander führte, nur von einer Seite eures Wesens ausging und sich aus der getheilten Thätig= keit unserer Natur erklärt, welche an der Tragödie des Menschen= lebens die halbe Schuld trägt. Ich habe Saiten in Deinem Wesen anklingen hören, die ich bei ihm immer vermißte. Aber vielleicht irre ich mich; vielleicht fühle ich bei Dir, was der Künstler bei einer Scene fühlt, über die seine Seele mit ganzer Liebe nachgedacht hat: er würde zittern, sie andern Händen an= vertraut zu sehen, würde nie glauben, daß sie für einen andern die Bedeutung, die Schönheit haben könne, wie für ihn selbst.

„Ich wagte nicht — ich getraute mir's nicht, Dich den Morgen zu sehen, so erfüllt war ich von selbstischer Leidenschaft, so zerschlagen von der bewußten Raserei jener Nacht. Wie ich Dir schon früher sagte, habe ich mich nicht einmal in die Mittel= mäßigkeit meiner Fähigkeiten ergeben; wie hätte ich mich in den Verlust des Einzigen ergeben können, was mir je auf Erden so hohe Freude versprach, daß sie dem früheren Leid einen neuen und köstlichen Sinn gab — mir ein zweites Selbst versprach, welches mein krankes Empfinden zu der himmlischen Entzückung eines ewig quellenden, ewig gestillten Sehnens erheben sollte?!

„Aber die Qualen jener Nacht hatten mich auf das vor= bereitet, was der nächste Tag brachte. Mich überraschte es nicht. Ich war gewiß, er habe Dich überredet, ihm alles zu opfern, und mit gleicher Gewißheit wartete ich auf die Nachricht, ihr wäret verheirathet. Ich maß Deine Liebe und seine nach meiner eigenen. Aber ich hatte Unrecht, Gretchen. Es giebt in Deinem Innern eine stärkere Macht, als die Liebe zu ihm.

„Was ich in der Zwischenzeit durchgemacht habe, davon laß mich schweigen. Aber selbst im tiefsten Jammer — selbst in den schrecklichen Todesqualen, welche die Liebe bestehen muß, ehe sie alles selbstischen Verlangens sich entäußern kann — war meine Liebe zu Dir mächtig genug, mich vom Selbstmord zurück zu halten. Mitten in meiner Selbstsucht konnte ich doch den Gedanken nicht ertragen, daß mein düstrer Schatten Deine Freude störe — konnte ich es nicht über mich gewinnen, aus der Welt zu gehen, in der Du noch lebtest und mich vielleicht nöthig hättest; auszuhalten, auszuharren — das gehörte für mich zu der Treue, die ich Dir gelobt. Gretchen! das sei Dir ein Beweis dessen, was ich Dir nun versichre — daß mir kein Schmerz, den ich um Dich habe tragen müssen, ein zu hoher Preis für das neue Leben gewesen ist, welches mir die Liebe zu Dir erschlossen hat. Allen Kummer, den Du um meinen Kummer gehabt hast, den laß fahren. In dem Gefühl der Entbehrung bin ich aufgewachsen, habe nie auf Glück gerechnet, und in der Bekanntschaft mit Dir, in der Liebe zu Dir habe ich gefunden und habe ich noch, was mich mit dem Leben versöhnt. Du bist mir gewesen, was Licht und Farbe dem Auge, Musik dem Ohr ist; was trüb und unstet in mir war, hast Du zu lebensvoller Klarheit erhoben. Das neue Leben, welches ich in der Sorge um Deine Freude und Dein Leid gefunden, hat den Geist widerspänstigen Murrens in die völlige Ergebung verwandelt, aus der das ächte Mitgefühl hervorgeht. Ich glaube, nur so vollkommene und tiefe Liebe hat mich in das erweiterte Leben einführen können, welches wächst und wächst, indem es fremdes Leben in sich aufnimmt; denn vorher hielt mich immer das heimliche Selbstbewußtsein danieder, welches mich nie verließ. Ja, bisweilen glaube ich sogar, daß dieser Gewinn an fremdem Leben, den mir die Liebe zu Dir gebracht hat, eine neue Kraft für mich werden kann.

„Und so — Gretchen, einzig Geliebte, — bist Du mir trotz alledem zum Segen geworden. Um mich darf kein Vorwurf Dich drücken. Vielmehr müßte ich mir Vorwürfe machen, daß ich Dir meine Gefühle aufgedrängt und Dich zu einem übereilten Versprechen verleitet habe, welches Dir eine Fessel geworden ist. Du wolltest diesem Versprechen treu bleiben — bist ihm treu geblieben. Dein Opfer kann ich nach der Erfahrung einer einzigen halben Stunde ermessen, wo ich träumte, Du liebtest mich mehr als die ganze Welt. Aber, Gretchen, ich habe an Dich keinen Anspruch als den auf freundliches Gedenken.

„Eine Zeit lang habe ich Dir nicht schreiben mögen, weil ich selbst den Schein nicht auf mich nehmen mochte, ich wolle mich Dir aufdrängen und fiele wieder in meinen früheren Irrthum. Aber Du wirst mich nicht mißverstehen. Ich weiß, wir müssen lange einander fern bleiben; wenn nichts anderes, würden uns böse Zungen fern halten. Aber fort gehe ich nicht. Wohin ich auch wanderte, mein Geist ist nur da wo Du weilst. Und vergiß nicht: ich bin unveränderlich Dein — Dein, nicht mit selbstischen Wünschen, sondern mit einer Hingebung, die solche Wünsche ausschließt.

„Gott tröste Dich — mein liebevolles, mein hochherziges Gretchen. Wenn alle Welt Dich falsch beurtheilt, erinnere Dich, daß der nie an Dir gezweifelt hat, dessen Herz Dich vor zehn Jahren erkannte.

„Glaub' niemandem, ich sei krank, weil man mich nicht außer dem Hause sieht. Ich habe nur an Kopfschmerzen gelitten, und nicht schlimmer als sonst. Aber bei der drückenden Hitze halte ich mich bei Tage gern ganz ruhig. Ich bin kräftig genug, um jedem Winke zu folgen, daß ich Dir in Wort oder That dienen kann.

„Dein bis ans Ende

„Philipp Wakem."

Lautschluchzend, den Brief krampfhaft gefaßt, kniete Gretchen an ihrem Bett, und ihre Empfindungen machten sich immer wieder und wieder in dem einen leisen Aufschrei Luft:

„Gott, Gott! hat die Liebe ein Glück, bei dem ich ihren Jammer vergessen konnte?"

Vierter Abschnitt.

Gretchen und Lucie.

Gegen Ende der Woche hatte Kenn eingesehen, es gebe nur einen Weg, um Gretchen ein passendes Unterkommen in St. Ogg zu verschaffen. Selbst mit seiner zwanzigjährigen Erfahrung als Geistlicher stand er entsetzt über die Hartnäckigkeit, mit der trotz aller Gegenbeweise die Beschuldigungen gegen sie sich behaupteten. Bisher war er immer — mehr als ihm lieb war — verehrt worden und hatte als Orakel gegolten, aber jetzt wo er das Ohr der Frauen der Vernunft und ihr Herz der Gerechtigkeit zu erschließen versuchte, fand er sich plötzlich so machtlos, als hätte er die Mode der Hüte verändern wollen. Widersprechen konnte man ihm nicht; man hörte ihn schweigend an, aber sobald er fort war, stand die Sache genau so wie vorher. Bestenfalls — freilich allerbesten Falls — wenn auch an dem Gerede über Fräulein Tulliver nichts dran wäre — sie war doch mal in's Gerede gekommen und hatte sich in so bösen Ruf gebracht, daß sich jede Frau von ihr zurückziehen mußte, der ihr eigener Ruf und die Gesellschaft am Herzen lagen. Die Gesellschaft! Das war der beliebte allgemeine Begriff, hinter den man sich bequem stecken konnte, um mit ruhigem Gewissen seine Selbstsucht zu befriedigen — von Gretchen Tulliver das schlimmste zu denken und zu reden und ihr den Rücken zu kehren. Natürlich war es für Kenn nach der bisherigen übertriebenen Verehrung doppelt schmerzlich, daß seine weiblichen Pfarrkinder sich ihm plötzlich so hartnäckig widersetzten, aber mehr als das: sie setzten sich wider eine höhere Autorität, der sie schon länger Verehrung erwiesen. Diese Autorität hatte allen denen, die etwa fragten, wo die gesellschaftlichen Pflichten anfingen, und es mit dem Ausgangspunkte nicht eben genau nahmen, längst die deutlichste Antwort gegeben. Die Antwort dreht sich freilich nicht um das Beste der Gesellschaft, sondern um „einen Menschen", der am Wege lag.

In jeder Richtung stieß Kenn mit seinen Bemühungen für Gretchen auf Widerstand und erlebte eine Enttäuschung nach der andern. Als Mann von Festigkeit beharrte er natürlich nur um so mehr auf seinem Willen, ja, er ging ein wenig über's Ziel hinaus. Er bedurfte eine Aufsicht für seine kleinen Kinder, und obgleich er zuerst geschwankt hatte, ob er diese Stelle Gret= chen anbieten solle, jetzt war er entschlossen, die ganze Kraft seines persönlichen Charakters und seiner geistlichen Würde gegen die Verläumdung böser Zungen einzusetzen. Dankbar nahm Gretchen eine Beschäftigung an, die ihr sowohl Pflichten auf= erlegte als eine Stütze gab; bei Tage hatte sie nun zu thun, und ihre einsamen Abende boten willkommene Ruhe. Ihre Mutter brauchte sich nicht mehr für sie zu opfern und ließ sich leicht bereden, wieder nach der Mühle zu ziehen.

Mit Staunen entdeckte nun die Welt, Kenn sei doch auch nicht so ganz taktfest und habe seine Schwächen. Die Herren in der Stadt lächelten vergnügt; „es wunderte sie garnicht", daß ein Pastor auch gern ein Paar schöne Augen sehe und über die Vergangenheit den Schleier christlicher Liebe werfe; die Frauen nahmen die Sache ernster. Wenn sich Pastor Kenn verleiten ließe, diese Tulliver zu heirathen —!! Man sei doch elbst bei dem besten Mann nie sicher; auch ein Jünger des Herrn sei gefallen und habe dann bitterlich geweint, und obschon die Ver= läugnung Petri hier nicht ganz zutreffe, seine Reue werde wahr= scheinlich sehr zutreffen. Als es nach einigen Wochen gar soweit kam, daß man sich in der Stadt erzählte, der Pastor wohne täglich den Unterrichtsstunden seiner Kinder bei und habe Gret= chen nach Haus begleitet, bringe sie fast täglich nach Haus und besuche sie sonst des Abends — da war vollends kein Halten mehr. Was für ein listiges Geschöpf diese Tulliver doch war! was für eine Mutter drohte sie zu werden! Die arme Frau Pastorin würde sich im Grabe umdrehen, wenn sie blos wüßte, ihre Kinder seien so bald nach ihrem Tode der Obhut eines solchen Mädchens anvertraut — und nun gar dies!! Ob er wohl so weit gegen die Sitte verstieße und sie heirathete, ehe das Trauerjahr um sei?! Die Männer machten ein spöttisches Gesicht und meinten: nein.

Für die Fräulein Guest's hatte der Kummer, eine solche Unvernunft an ihrem Pastor zu erleben, seine gute Seite: sie gewährte Sicherheit für Stephan, und bei ihrer Kenntniß von seiner Hartnäckigkeit waren sie in steter Angst, er könne mal zurückkommen und Gretchen doch noch heirathen. Zwar zu denen, welche die Wahrheit seines Briefes bezweifelten, gehörten sie nicht, aber sie hatten kein Vertrauen zu Gretchens Beständigkeit in der Entsagung und glaubten im Stillen, ihr sei mehr die Entführung zuwider gewesen als die Heirath, und sie bleibe nur deshalb in St. Ogg, weil sie auf seine Rückkehr rechne. Unangenehm war sie ihnen immer gewesen; jetzt hielten sie sie für berechnet und stolz — mit ungefähr eben so gutem Grunde, wie wahrscheinlich Du, lieber Leser, und ich selbst in ähnlichen Fällen. Auch an der beabsichtigten Heirath ihres Bruders mit Lucie hatten sie früher keine reine Freude gehabt, aber jetzt kam die Furcht vor einer Verschwägerung mit Gretchen dem herzlichen Mitleid mit dem sanften verlassenen Mädchen zu gute und machte sie wünschen, er kehre wieder zu ihr zurück. Sobald Lucie reisen konnte, sollte sie mit den Fräulein Guest's an die See, und da, hofften sie, würde auch Stephan sich bewegen lassen, mit ihnen zusammenzutreffen. Das erste Geschwätz über Gretchen und Pastor Kenn fand seinen Weg zu Stephan in einem Briefe seiner Schwester.

Von Luciens allmäliger Genesung hatte Gretchen von verschiedenen Seiten gehört, und ihre Gedanken waren unaufhörlich nach Onkel Deane's Hause gerichtet; sie verlangte recht von Herzen nach einer Unterredung mit Lucie, und wenn's nur auf Minuten wäre — nur so lange, um ein Wort der Reue zu äußern, um von Luciens eigenen Augen und Lippen die Gewißheit zu erhalten, daß sie nicht an absichtlichen Verrath ihrer Treue und Liebe glaube. Aber selbst wenn ihr der Onkel nicht

sein Haus verschlossen hätte, durfte sie an eine solche Unter=
redung nicht denken; sie wäre für Lucie zu aufregend gewesen.
Ach, sie nur zu sehen, wäre Trost und Erquickung gewesen!
Denn ein Gesicht verfolgte Gretchen, das grade in seiner Milde
grausam war — ein Gesicht, das seit dem ersten Aufdämmern
der Erinnerung mit glücklichem süßem Blick voll Vertrauen und
Liebe ihr zugewandt gewesen und nun vom ersten Herzeleid
trübe und matt war. Und immer deutlicher wurde das blasse
Bildniß, wie die Tage vergingen — immer sprechendere Be=
stimmtheit gab ihm die Rächerhand des Gewissens — die sanf=
ten nußbraunen Augen waren mit ihrem schmerzlichen Blick
immerfort auf Gretchen gerichtet und schauten sie um so durch=
bringender an, als sie keinen Groll darin sehen konnte. Aber
Lucie durfte noch nicht zur Kirche gehen oder an einen andern
Ort, wo Gretchen sie hätte sprechen können, und die letzte Hoff=
nung schwand, als Tante Glegg erzählte, in wenig Tagen gehe
Lucie wirklich mit den Fräulein Guest's an die See, und wie
diese geäußert, werde Stephan auch dort erwartet.

Nur wer erfahren hat, was der härteste innere Kampf ist,
nur der kann verstehen, was Gretchen empfand, als sie am
Abend darauf in ihrer Einsamkeit saß — nur wer erfahren hat,
meine ich, was die Angst vor der eigenen Selbstsucht heißt.

Sie saß im Zwiedunkel, die Fenster nach dem Fluß weit
offen, von der äußeren Schwüle und der inneren Noth
gleichmäßig bedrückt. Auf einem Stuhl am Fenster sitzend, den
Arm auf die Fensterbank gestützt, starrte sie mit leerem Blick
auf den fließenden Strom — im Geiste immer das süße Gesicht
mit seiner vorwurfslosen Wehmuth vor Augen, welches dann wie=
der im raschen Wechsel zu verschwinden und von einer dazwischen=
tretenden Gestalt verdeckt und verdunkelt schien. Sie hörte die
Thür gehen und meinte, es sei die kleine Frau Bob mit dem
Abendessen; in der Abneigung gegen alltägliches Geschwätz, welche
Ermattung und Abspannung zu begleiten pflegt, mochte sie sich
nicht umwenden und mit der guten Frau sprechen, die immer
einige wohlmeinende Bemerkungen machte. Aber im nächsten

Augenblicke, ohne daß sie schon einen Fußtritt gehört hatte, fühlte sie eine leichte Hand auf ihrer Schulter und hörte dicht neben sich eine Stimme sagen: „Gretchen!"

Da war das Gesicht — verändert, aber nur um so süßer; da waren die nußbraunen Augen mit ihrer herzzerreißenden Güte.

„Gretchen!" sagte die sanfte Stimme; „Lucie!" antwortete eine Stimme, die vor Jammer scharf klang, und Lucie fiel Gretchen um den Hals und lehnte ihre blasse Wange an die brennende Stirn.

„Ich bin heimlich hier", sagte Lucie fast flüsternd, indem sie sich neben Gretchen setzte und ihre Hand gefaßt hielt; „Papa und die andern sind ausgegangen. Else ist mitgekommen; sie wartet draußen; aber lange darf ich nicht bleiben, es ist schon so spät."

Für den schweren Anfang eines solchen Gesprächs war dies am leichtesten gewesen; sie saßen und sahen einander an; das Sprechen war so schwer; es schien, als solle das Wiedersehen ohne weiteres Reden enden. Beide fühlten, jedes Wort werde tief schmerzen, welches an das unwiderrufliche Unrecht er=innere. Aber bald fühlte Gretchen jeden ihrer Gedanken von liebender Reue überströmt und schluchzend brach sie aus:

„Gott segne Dich, daß Du zu mir kommst, Lucie" — und in tiefem Geschluchze erstickte ihre Stimme.

„Gretchen, liebstes Gretchen, fasse Dich", sagte Lucie und lehnte wieder ihre Wange an die der Freundin. „Jammere nicht so" — und in der Hoffnung, durch ihre sanfte Liebkosung sie zu beruhigen, blieb sie still sitzen.

„Ich wollte Dich nicht betrügen, Lucie", fuhr Gretchen fort, sobald sie wieder sprechen konnte. „Immer hat's mich elend gemacht, daß ich fühlte, was ich Dir nicht sagen mochte . . . . Ich glaubte, es ließe sich alles überwinden und Du er=führest nie was Dich verletzen könnte."

„Ich weiß das, Liebste", sagte Lucie. „Ich weiß, Du hast mich nicht unglücklich machen wollen . . . . Es ist eine Heim=

suchung, die über uns gekommen ist — Du hast schwerer zu tragen als ich — und Du gabst ihn auf, als .... o, Du hast gethan, was so schwer gewesen sein muß."

Wieder saßen sie eine Zeit lang schweigend, die Hände verschlungen, Wange an Wange gelehnt.

„Lucie", begann Gretchen wieder, „er hat auch gekämpft. Er wollte Dir treu bleiben. Er kommt auch wieder zu Dir. Vergieb ihm .... dann wird er glücklich."

Diese Worte entrangen sich ihrer tiefsten Seele mit einer Gewalt, wie der krampfhafte Griff eines Ertrinkenden. Lucie bebte und schwieg. Ein leises Klopfen an der Thür ließ sich hören. Es war Else, Luciens Mädchen, die hereintrat und sagte:

„Fräulein, länger mag ich nicht bleiben; sie merken's zu Hause und dann giebt's Verdruß."

Lucie stand auf und sagte: „Gut, Else — noch einen Augenblick."

„Am Freitag verreise ich, Gretchen", fügte sie hinzu, sobald das Mädchen hinaus war. „Wenn ich wieder komme und mich erholt habe, dann darf ich thun was ich will, und ich komme dann recht oft."

„Lucie", sagte Gretchen, abermals mit großer Anstrengung, „ich flehe unablässig zu Gott, daß ich Dir nie mehr Kummer bereiten möge."

Sie drückte die kleine Hand, die sie in ihrer hielt, und blickte zu dem Gesicht auf, welches sich über sie beugte. Lucie vergaß den Blick nie.

„Gretchen", antwortete sie leise und feierlich, als wenn sie beichte, „Du bist besser als ich. Ich kann nicht ..."

Da brach sie ab und verstummte. Aber sie umfaßten sich noch einmal, — in einer letzten Umarmung.

Fünfter Abschnitt.

Der letzte Kampf.

In der zweiten Woche des September saß Gretchen wieder allein in ihrem einsamen Stübchen, wieder im Kampf mit dem Geisterheere, das immer erschlagen wurde und sich immer wieder erhob. Mitternacht war vorbei, und vom tosenden Winde gepeitscht schlug der Regen heftig gegen das Fenster. Den Tag nach Luciens Besuch war das Wetter plötzlich umgeschlagen; der Hitze und Dürre waren kalte wechselnde Winde gefolgt und von Zeit zu Zeit heftige Regengüsse, und Lucie hatte nicht abreisen dürfen, sondern sollte auf beständigeres Wetter warten. Höher hinauf am Floß hatte es unaufhörlich geregnet und die Ernte war unterbrochen worden. In den letzten beiden Tagen regnete es nun auch hier unten am Flusse fortwährend, und die alten Leute fingen schon an den Kopf zu schütteln und sprachen von vor sechzig Jahren, wo um die Tag- und Nachtgleichen dasselbe Wetter die große Ueberschwemmung gebracht hatte, welche die Brücke über den Floß wegriß und die Stadt in schlimmes Unglück stürzte. Aber das jüngere Geschlecht, welches nur einige kleine Ueberschwemmungen erlebt hatte, verachtete diese düsteren Erinnerungen und Ahnungen, und Bob Jakin, der von Natur heiter und guter Dinge war, lachte seine Mutter förmlich aus, als sie bedauerte, daß ihr Haus grade am Flusse läge, und hielt ihr entgegen, sonst hätten sie ja keine Boote und im Fall einer Ueberschwemmung seien die ein rechter Segen, wenn man sich das Essen weit her holen müsse.

Aber jetzt waren die Sorglosen und die Besorgten alle zu Bett und schliefen. Es war Hoffnung, morgen würde der Regen nachlassen; schon bösere Vorzeichen, wie plötzliches Thauwetter nach mächtigem Schneefall, waren in den letzten Jahren oft ohne Schaden vorübergegangen und im schlimmsten Falle rissen die Uferdeiche gewiß mehr stromabwärts, so daß die Wasser sich verlaufen konnten.

Alle waren jetzt zu Bett, denn Mitternacht war vorüber — alle, nur nicht wer so einsam wachte wie Gretchen. Sie saß in ihrem Stübchen nach dem Flusse hin, bei einem einzigen Lichte, dessen matter Schein das Zimmer dunkel ließ und nur einen Brief beleuchtete, der vor ihr auf dem Tische lag. Der Brief, den sie erst heute bekommen hatte, war eine von den Ursachen, die sie bis tief in die Nacht wach hielten — unbewußt der Flucht der Stunden — auf Ruhe nicht bedacht — kein Bild von Ruhe im Herzen, außer der fernen, fernen Ruhe, von der es kein Erwachen mehr gäbe zu diesem Leben des Kampfes.

Zwei Tage, ehe Gretchen diesen Brief erhielt, war sie zum letzten Mal bei Pastor Kenn gewesen. Nicht der heftige Regen allein hatte sie seitdem zu Hause gehalten; es gab noch einen andern Grund. Von der neuen Wendung, welche das verläumderische Stadtgeschwätz über Gretchen genommen hatte, waren dem Pastor zuerst nur einige Andeutungen zugekommen; kürzlich aber hatte ihm einer der angesehensten Bürger der Stadt alles ganz genau mitgetheilt und eine ernstliche Vorstellung daran geknüpft, wie gewagt es für ihn sei, der herrschenden Stimmung in der Gemeinde sich zu widersetzen. Kenn fühlte sich in seinem Gewissen viel zu ruhig, um nicht auf dem Widerstande zu beharren, aber endlich schlug die Erwägung bei ihm durch, in seiner amtlichen Stellung habe er eine besondere Verantwortlichkeit und müsse selbst den bösen Schein meiden. Wie alle gewissenhaften Leute hielt er leicht das für seine Pflicht, was ihm am schwersten wurde, und nachgeben wurde ihm immer schwer. Er entschloß sich also, Gretchen zu rathen, sie möge lieber St. Ogg auf einige Zeit verlassen, und er erfüllte diese schwere Aufgabe mit möglichster Zartheit, indem er nur in unbestimmten Ausdrücken erklärte, er sehe zu seinem Bedauern, daß der Schutz, den er ihr gewähre, eine Quelle der Zwietracht zwischen ihm und seinen Pfarrkindern sei, die seiner Wirksamkeit als Geistlicher schädlich zu werden drohe. Zugleich bat er

sie um Erlaubniß, in ihrem Interesse an einen befreundeten
Geistlichen zu schreiben, der ihr entweder in seinem eigenen Hause
eine Stelle geben oder sonst ein passendes Unterkommen ver=
schaffen könne.

Mit bebendem Munde hörte ihn das arme Gretchen an;
sie konnte nur ein schwaches: „ich danke — Sie sind sehr gütig"
sagen und ging durch den strömenden Regen mit einem neuen
Gefühl von Verlassenheit nach ihrer Wohnung. Einsam also
hinaus auf die Wanderschaft — unter fremde Gesichter, die sie
verwundert ansehen würden, weil das Leben ihr nicht lustig
schien — hinaus in ein neues Leben, wo sie sich aufrassen müsse,
neue Eindrücke zu empfangen — und sie fühlte sich doch so un=
säglich, so jämmerlich müde! Für den Irrenden gab's also keine
Heimath, für den Strauchelnden keine Hülfe; selbst die Mitleid
empfanden, wurden zur Härte gezwungen. Aber durfte sie denn
klagen? durfte sie so zurückweichen vor der langen Buße des
Lebens, dieser einzigen Möglichkeit, die ihr blieb, andern Dul=
dern die Last zu erleichtern und so den Fehltritt der Leidenschaft
in eine neue Kraft selbstloser Nächstenliebe umzuwandeln?!
Den ganzen folgenden Tag saß sie in ihrem einsamen Zimmer,
das die Wolken und der strömende Regen verdunkelten, nur in
die Zukunft hinausdenkend und ringend nach Geduld — denn
welche Ruhe hätte das arme Gretchen sich nicht erst erringen
müssen?!

Und am dritten Tage — dem Tage, den sie eben zu Ende
gewacht hatte — war der Brief gekommen, der vor ihr auf
dem Tische lag.

Der Brief war von Stephan. Er war aus Holland zurück
wieder in Mudport, ohne daß von seinen Freunden jemand es
wußte, und hatte ihr von da aus durch die Vermittelung einer
Vertrauensperson in St. Ogg geschrieben. Von Anfang bis zu
Ende war der Brief ein leidenschaftlicher Nothschrei — eine Be=
schwörung, nicht nutzlos ihn zu opfern — sich selbst zu opfern,
ein Protest gegen das verkehrte Rechtsgefühl, aus dem sie einer
bloßen Idee zu Liebe und ohne wahrhaften guten Zweck seine

Hoffnungen zerstöre — seine Hoffnungen, den sie liebe, und der sie liebe mit der einzigen übermächtigen Leidenschaft und Anbetung, die ein Mann einer Frau nur einmal im Leben widmet.

„Man schreibt mir, Du würdest Kenn heirathen. Als wenn ich das glauben könnte! Vielleicht hat man Dir auch solche Fabeln von mir erzählt. Vielleicht sagt man Dir, ich sei auf Reisen. Wohl, mein Leib hat sich hie und da herumgeschleppt, aber ich habe nie die schreckliche Stelle verlassen, wo Du mich verließest — wo ich aus der Betäubung ohnmächtiger Wuth nur erwachte, um zu sehen, Du seiest fort.

„Gretchen! wer kann solche Qualen erduldet haben wie ich? wer so tief gelitten wie ich? wen außer mir hat der lange Blick voll Liebe getroffen, der sich mir in die Seele gebrannt hat, so daß hinfort kein andres Bild da eine Stelle findet? Gretchen, ruf mich zurück zu Dir! — ruf mich zurück in's Leben! Zwei Monate haben nur die Gewißheit vertieft, daß ich nach dem Leben ohne Dich nichts frage. Schreib' mir ein Wort — sag' „Komm!" und in zwei Tagen bin ich bei Dir. Gretchen, hast Du vergessen, was es heißt, zusammen sein — dem Blick erreich= bar sein — dem Klang der Stimme?"

Beim ersten Lesen dieses Briefes war es Gretchen gewesen, als finge die wahre Versuchung nun erst an. Im Eingang einer kalten dunkeln Höhle wenden wir uns mit frischem Muthe von dem warmen Lichte ab, aber wie, wenn wir im feuchten Dunkel lange gegangen sind und zu ermatten beginnen — wie, wenn es sich da plötzlich über uns öffnet und uns wieder emporlockt zu dem lebenspendenden Tage?! Die Menschennatur hat einen so mächtigen Drang, sich dem Drucke des Schmerzes zu entziehen, daß alle andern Triebe leicht daneben schweigen, bis wir dem Schmerze entronnen sind.

Stundenlang fühlte Gretchen, als sei all ihr Kämpfen ver= geblich gewesen. Stundenlang verdrängte das Bild Stephans, wie er sehnsüchtig des einen Wortes harrte, jeden andern Ge= danken, den sie festzuhalten strebte. Sie las den Brief nicht, sie hörte ihn von seinem Munde, und die Stimme durchbebte sie mit der alten wunderbaren Gewalt. Noch gestern hatte das Bild einer einsamen Zukunft sie erfüllt, wo sie die Last der Reue zu tragen hatte und nur der treue Glauben sie aufrecht hielt. Und jetzt — so nahe, daß sie nur die Hand danach aus= zustrecken brauchte — so berechtigt, daß es sich ihr gar als ein Gebot der Pflicht aufdrängte — winkte ihr eine andere Zukunft, wo statt schwerer Entbehrung und Anstrengung die liebende Kraft eines andern sich ihr zur behaglichen, köstlichen Stütze bot! Und doch, was der Versuchung die furchtbare Gewalt gab, war nicht die Aussicht auf Freude und Glück — es war Stephan's Jammerton, es war der Zweifel an der Gerechtigkeit ihres eige= nen Entschlusses, was die Waage so schwanken machte, daß sie einmal schon von ihrem Sitze aufsprang und nach der Feder griff, um zu schreiben „Komm!"

Aber grade vor diesem entscheidenden Schritte sträubte sich ihr Geist, und das Gefühl des inneren Widerspruchs mit ihrer früheren Kraft und Klarheit überkam sie wie das Entsetzen einer bewußten Erniedrigung. Nein — sie mußte warten — mußte beten — das Licht, welches jetzt von ihr gewichen, würde schon wiederkommen; sie würde wieder füh= len, was sie empfunden hatte, als sie einer Eingebung fol= gend, die mächtig genug war, die Qual des Todes — ja, die Liebe zu überwinden, von Stephan geflohen war; sie würde wie= der fühlen, was sie gefühlt hatte, als Lucie neben ihr gestanden, als Philipp's Brief alle Fasern ihres Innern aufgeregt hatte, die sie an die ruhigere Vergangenheit knüpften.

Bis tief in die Nacht saß sie ganz still, ohne Trieb, ihre Stellung zu wechseln, ohne Kraft selbst, im Geist zu beten — immer nur auf das Licht wartend, welches gewiß wieder käme. Und es kam — mit den Erinnerungen, die keine Leidenschaft lange unterdrücken konnte; die Vergangenheit stieg wieder herauf, und damit strömten wieder die Quellen des selbstvergessenen Mitleids und der Hingebung, der Treue und des Entschlusses. Die Worte, welche die liebe Hand in dem kleinen alten Buche bezeichnet und welche sie vor langer Zeit auswendig gelernt hatte, drängten sich ihr auf die Lippen und machten sich in einem leisen Ge= murmel Luft, welches in dem lauten Fallen des Regens und dem lauten Stöhnen und Heulen des Windes ganz verhallte: „Ich habe das Kreuz empfangen, empfangen von Deiner Hand; ich will es tragen bis zum Tode, weil Du es mir auferlegt hast.“

Aber bald traten ihr andere Worte auf die Lippen, die nur unter Schluchzen laut wurden: „Vergieb mir, Stephan! Es wird vorübergehen. Du kehrst zu ihr zurück.“

Sie nahm den Brief, hielt ihn an's Licht und ließ ihn langsam verbrennen. Morgen wollte sie Stephan das letzte Scheidewort schreiben.

„Ich will's tragen, tragen bis zum Tode . . . . Aber wie lange noch, bis der Tod kommt! Ich bin so jung, so gesund. Woher nehme ich Geduld und Stärke? werde ich wieder käm= pfen müssen und erliegen und bereuen? — hat das Leben noch mehr so schwere Prüfungen für mich?“ Mit diesem Schrei der Verzweiflung sank Gretchen auf die Kniee und verbarg ihr gram= zerstörtes Gesicht in den Händen. Ihre Seele erhob sich zu dem unsichtbaren Erbarmer, der bis an's Ende bei ihr sein wollte. Sie fühlte, sie solle etwas lernen aus der Erfahrung dieser großen Noth — ein Geheimniß von Liebe und Langmuth, das die weniger strauchelnden nicht wissen konnten. „O Gott“, rief sie endlich, „wenn mein Leben lang sein soll, dann laß mich leben andern zum Trost und Segen!“

In diesem Augenblicke fühlte Gretchen plötzlich eine Kälte an Füßen und Knieen: es war Wasser. Sie sprang auf — das Wasser floß unter der Thür durch, die nach dem Flur ging. Sie war keinen Augenblick überrascht und verwirrt; sie wußte, was das war. — Ueberschwemmung!

Der Aufruhr der Empfindungen, den sie in den letzten zwölf Stunden durchgemacht hatte, schien eine große Ruhe in ihrem Innern zurückgelassen zu haben; ohne einen Schrei, ohne einen Laut eilte sie mit dem Lichte die Treppe hinauf in Bob's

Schlafzimmer. Die Thür war nur angelehnt, sie ging hinein und schüttelte ihn an der Schulter:

„Bob, es ist Ueberschwemmung! Das Wasser steht im Hause. Wir müssen sehen, ob wir die Boote festmachen können."

Sie steckte sein Licht an, während die arme Frau hastig das Kind aufnahm und in Thränen ausbrach; dann stürzte sie wieder hinunter, um nachzusehen, ob das Wasser rasch stiege. Das Zimmer lag gegen die Treppe eine Stufe niedriger; schon stand das Wasser mit der Stufe in gleicher Höhe. Während sie noch hinsah, stieß etwas mit furchtbarem Krach gegen das Fenster, daß die Bleifenster und der alte hölzerne Rahmen in Stücken hereinstürzten; das Wasser strömte nach.

„Es ist das Boot!" rief Gretchen. „Bob, kommt rasch, daß wir die Boote behalten!"

Und ohne einen Augenblick zu zögern oder sich zu ängstigen, trat sie in das Wasser, das ihr rasch bis an's Knie spülte, und bei dem matten Scheine des Lichts, welches sie auf der Treppe hatte stehen lassen, stieg sie auf die Fensterbank und kroch in das Boot, welches mit dem Vordertheil durch's Fenster ragte. Gleich hinter ihr kam Bob herangestürzt, ohne Schuhe und Strümpfe, aber mit der Laterne in der Hand.

„Da sind sie ja beide noch — beide Boote", sagte Bob, als er zu Gretchen in's Boot stieg. „Wie wunderbar, daß die Kette nicht auch gerissen ist wie die Ringe."

In der Aufregung, mit der er in's andere Boot stieg, es von dem ersten losmachte und ein Ruder einsetzte, beachtete Bob nicht, welche Gefahr Gretchen lief. Für den Furchtlosen fürchtet man nicht leicht, wenn man seine Gefahr theilt, und Bob war ganz verloren in dem Gedanken, wie er wohl die Hülflosen im Hause retten könne; Gretchen, die ihn geweckt und ihm mit rascher Thätigkeit vorangegangen war, schien ihm garnicht hülfsbedürftig, sie machte vielmehr den Eindruck, als könne sie mithelfen und retten. Auch sie hatte mittlerweile ein Ruder ergriffen und mit einigen Stößen ihr Boot von dem überhängenden Fensterrahmen freigemacht.

20*

„Das Wasser steigt mächtig schnell", sagte Bob; „ich fürchte, bald steht's oben in der Schlafkammer — das Haus liegt so tief. Am liebsten nähm' ich Frau und Kind und die Alte in's Boot, wenn ich könnte, und wagte mich auf's Wasser; das alte Haus steht nicht zu fest. Und wenn ich das Boot treiben ließe ... aber Sie, Fräulein Gretchen", rief er aus, indem er plötzlich das Licht seiner Laterne auf Gretchen fallen ließ, die, das Ruder im Arm und das schwarze Haar triefend, im Regen stand.

Gretchen hatte keine Zeit zu antworten; eine plötzliche Strömung stürmte die Häuser entlang und trieb mit heftigem Stoß beide Boote hinaus in's offene Gewässer.

In den ersten Augenblicken fühlte Gretchen nichts, dachte an nichts, als daß sie plötzlich hinweg sei aus dem Leben, welches ihr eine Qual gewesen; es schien ihr der Uebergang zum Tode ohne Todeskampf — und sie war in der Dunkelheit allein mit ihrem Gott.

Das ganze war so rasch gekommen — so völlig wie ein Traum, daß die Fäden des gewöhnlichen Vorstellens und Verknüpfens zerrissen; sie sank im Boote nieder, hielt mechanisch das Ruder fest und hatte lange Zeit keine klare Vorstellung von ihrer Lage. Was sie zuerst wieder etwas zum Bewußtsein brachte, war, daß der Regen aufhörte und daß sie einen schwachen Lichtschimmer die Dunkelheit theilen sah, der den schwer herabhangenden Wolkenhimmel von der unermeßlichen Wasserfläche trennte. Nun besann sie sich wieder auf die Ueberschwemmung — diese furchtbare Heimsuchung Gottes, von der ihr Vater so viel gesprochen hatte — die in den Tagen der Kindheit das Schreckgespenst ihrer Träume gewesen war. Und mit der Erinnerung stieg das Bild der alten Heimath herauf — der Gedanke an Tom — an die Mutter — sie hatten's ja alle zusammen angehört.

„O Gott, wo bin ich? wie komme ich nach Haus?" rief sie hinaus in die trostlose Wasserwüste.

Wie mochte es auf der Mühle aussehen? Einst hatte die Ueberschwemmung sie fast zerstört. Vielleicht waren sie in Ge-

fahr — in Noth — Mutter und Bruder, ganz allein, von aller
Hülfe so weit! Nun war ihr ganzer Sinn auf diesen Gedanken
gestellt; sie sah die vielgeliebten Gesichter vor sich, wie sie in
die Dunkelheit nach Hülfe ausblickten und keine fanden.

Das Boot trieb auf ruhigem Wasser, vielleicht weit weg
vom Flusse auf überschwemmten Feldern. Keine augenblickliche
Gefahr lenkte ihre Gedanken von der alten Heimath ab, und sie
strengte ihre Blicke an, um in dem düstern Grau ringsum einen
Fleck zu entdecken, der ihr einen Anhalt gäbe für die Richtung,
die sie einzuschlagen hätte.

Welche Freude, als die schreckliche Wasserfläche sich immer
klarer erweiterte — der Wolkenhimmel sich allmälich aufhellte —
die Gegenstände sich allmälich schwarz abhoben von dem dunkeln
Spiegel! Ja, sie trieb auf überschwemmten Feldern — das
waren die Spitzen von Bäumen in den Hecken. Nach welcher
Richtung lag der Fluß? Hinter sich sah sie die Reihen dunkler
Baumspitzen, vor sich sah sie keine — der Fluß lag vor ihr.
Sie ergriff ein Ruder und trieb das Boot mit der Kraft er-
wachender Hoffnung vorwärts; die Dämmerung schien rascher
heraufzusteigen, nun sie thätig war, und bald sah sie einen Haufen Vieh auf einer Erhöhung zusammengedrängt, wohin die armen
Geschöpfe sich gerettet hatten. Immer vorwärts ruderte sie;
die nassen Kleider klebten ihr am Leibe und ihr triefendes Haar
peitschte der Wind, aber körperlicher Empfindungen war sie sich
kaum bewußt, nur ein Gefühl von Kraft durchströmte sie, welche
die gewaltige Aufregung ihr gab. Zu der Sorge und dem
Drang nach Rettung für die Geliebten in der alten Heimath
gesellte sich ein unbestimmtes Gefühl von Versöhnung mit ihrem
Bruder: welche Feindschaft, welche Härte, welcher Zweifel kann
sich angesichts eines großen Unglücks behaupten, wo unser Leben
aller seiner Künstlichkeit entkleidet ist und wir alle mit einander
eins sind in der nackten Bedürftigkeit unserer schwachen sterblichen Natur?! Davon hatte auch Gretchen ein unbestimmtes
Gefühl; die Liebe zu dem Bruder stieg wieder mächtig herauf,
vertilgte mit eins alle späteren Eindrücke von harter grausamer

Kränkung und ließ nur die tiefen, unzerstörbaren Erinnerungen der ersten Liebe bestehen.

Bald zeigte sich in der Ferne ein großer dunkler Fleck, und nahebei unterschied Gretchen die Strömung des Flusses. Der dunkle Fleck war gewiß — ja, es war die Stadt St. Ogg. Nun wußte sie, wo sie nach dem ersten Blick von den wohlbekannten Bäumen zu suchen hatte — den grauen Weiden, den jetzt herbstlich gelben Kastanien — und über ihnen weg von dem alten Dache! Aber noch war keine Farbe zu erkennen, kein Umriß; alles war matt und unbestimmt.

Immer mächtiger schien ihre Energie sich anzuspannen, als sei ihr Leben ein angesammelter Vorrath von Kraft, den sie in dieser Stunde ganz ausgeben könne, weil sie in Zukunft seiner nicht mehr bedürfe. Sie vergegenwärtigte sich lebhaft die Lage der Mühle und der ganzen Umgebung und überlegte sich, sie müsse die Strömung des Floß zu gewinnen suchen, um am Rieselbache vorbeizukommen und das Haus zu erreichen. Aber wenn sie zu weit stromab getrieben würde und aus der Strömung nicht wieder hinaus könne! Zum ersten Mal kam ihr ein bestimmter Gedanke an Gefahr, aber sie hatte keine Wahl, keine Zeit zum Zögern, und ruderte in die Strömung hinein. Schnell trieb sie nun hinab und konnte die Arme ruhen lassen; immer deutlicher und näher unterschied sie, was die wohlbekannten Bäume und Dächer sein mußten; schon war sie nahe an einer reißenden schmutzigen Strömung — das mußte der sonst so klare ruhige Rieselbach sein.

Allmächtiger Gott! feste Massen wälzte sein Gewässer heran, die ihr Boot zertrümmern, ihr zu früh den Tod bringen konnten. Was waren das für Massen?

Zum ersten Mal befiel Gretchen tödtliches Entsetzen. Hülflos saß sie im Boot — sich kaum bewußt, daß sie hinabtriebe — deutlicher sich bewußt der Angst vor dem kommenden Zusammenstoß. Aber der Schreck ging vorüber, als sie zur Seite die Packhäuser von St. Ogg erblickte; sie war also an der Mündung des Rieselbaches vorbei; jetzt mußte sie ihre ganze

Kraft und Geschicklichkeit aufbieten, um aus der Strömung zu kommen. Sie konnte nun erkennen, daß die Brücke eingestürzt war, und weitab im Felde sah sie die Masten eines gestrandeten Schiffes ragen. Aber kein Boot war auf dem Fluß zu sehen; alle, deren man habhaft werden konnte, waren in den über=schwemmten Straßen beschäftigt.

Mit neuem Entschluß ergriff Gretchen ihr Ruder und ar=beitete tüchtig; aber inzwischen war Ebbe eingetreten und die Strömung riß sie über die Brücke hinaus. Aus den Häusern am Ufer hörte sie Stimmen, als riefen die Leute ihr zu. Erst als sie fast am nächsten Dorfe war, konnte sie der Strömung Herr werden und ihr Boot seitab in stilles Wasser rudern. Dann warf sie einen sehnsüchtigen Blick nach Onkel Deane's Hause, das weiter unten am Flusse lag, ergriff beide Ruder und fuhr mit aller Macht über die überschwemmten Felder zu=rück nach der Mühle. Schon begannen sich die Gegenstände zu färben, und als sie sich den Feldern an der rothen Mühle nä=herte, konnte sie die Farbe der Bäume unterscheiden — die alten schottischen Föhren fern zur Rechten erkennen und die Kastanien=bäume am Hause — 'o, wie tief sie im Wasser standen, tiefer als die Bäume unterhalb des Hügels. Aber das Dach der Mühle — wo war das? Jene schweren Massen im Rieselbach — was hatten die bedeutet? Doch nein, das Haus war's nicht, das Haus stand fest, zwar bis an den ersten Stock im Wasser, aber immer noch fest — oder war vielleicht der Theil nach der Mühle zu eingestürzt?

Mit krampfhafter Freude, daß sie endlich da sei — mit einem Jubel, der alles Elend übertönte, näherte sich Gretchen der Vorderseite des Hauses. Nichts zu sehen und zu hören. Ihr Boot war in gleicher Höhe mit den Fenstern im oberen Stock. Mit lauter durchdringender Stimme rief sie:

„Tom, wo bist Du? Mutter, wo bist Du? Gretchen ist da!"

Gleich darauf hörte sie aus dem Dachfenster im mittleren Giebel Tom's Stimme:

„Wer ist da? habt Ihr ein Boot?"

„Tom, ich bin's — Gretchen. Wo ist Mutter?"

„Die ist nicht hier; seit vorgestern ist sie auf dem Tannen=hofe. Ich komme hinunter an's Fenster."

„Ganz allein, Gretchen?" sagte Tom mit dem Ausdruck tiefen Erstaunens, als er das Fenster öffnete.

„Ja, Tom; Gott hat mich beschützt und hergeleitet. Steig rasch ein. Ist sonst keiner im Hause?"

„Nein", sagte Tom und stieg in's Boot. „Ich fürchte, der Knecht ist ertrunken; er fiel in den Bach, als ein Theil der Mühle von dem fürchterlichen Anprall von Bäumen und Stei=nen zusammenstürzte; ich habe nach ihm gerufen und gerufen, aber es kam keine Antwort. Gieb mir die Ruder, Gretchen."

Erst als er abgestoßen war und wieder auf der weiten Fläche fuhr — Aug' in Auge mit Gretchen — erst da drängte sich ihm die volle Bedeutung der Sache auf. Es überkam ihn mit so überwältigender Macht — war für seinen Geist eine so neue Offenbarung der Tiefen des Lebens, die sich seinem, wie er meinte, scharfen und klaren Blick entzogen hatten, daß er unfähig war, ein Wort, eine Frage an sie zu richten. Sie saßen stumm und blickten sich an — Gretchen mit einem ab=gehärmten, abgezehrten Gesichte, aber mit Augen voll tiefen Lebens, Tom blaß vor Scheu und Ehrfurcht. Die Lippen waren stumm, aber der Gedanke war lebendig, und obschon unfähig zu sprechen, ahnte Tom eine Geschichte von wunderbarer Anstren=gung unter dem Schutze des Himmels. Endlich legte sich ein feuchter Schleier über seine blaugrauen Augen und die Lippen fanden ein Wort — das alte Wort der Kindheit: „Gretelchen!"

Gretchen versagte die Stimme; nur ein langes tiefes Schluchzen sprach von dem geheimnißvollen wundersamen Glück, welches eins ist mit Schmerz.

Sobald sie zu Worte kam, sagte sie: „Wir wollen zu Lucie, Tom; wir müssen sehen, ob wir da helfen können."

Mit rüstiger Kraft ruderte Tom und kam rascher vorwärts

als vorhin das arme Gretchen. Bald war das Boot wieder in der Strömung des Flusses und trieb schnell hinab.

„Guest's Haus ragt hoch aus dem Wasser hervor", sagte Gretchen. „Vielleicht ist Lucie da."

Weiter wurde nichts gesprochen; eine neue Gefahr trieb der Fluß auf sie los. Auf einer Werft war eben ein hölzernes Krahnwerk losgegangen und mächtige Trümmer wälzten sich stromab. Die Sonne stieg herauf, und in schrecklicher Klarheit breitete sich rings die Wasserwüste — in schrecklicher Klarheit trieben die drohenden Trümmer reißend schnell auf sie los. Aus einem Boot, das sich an den Häusern entlang arbeitete, be= merkte man die Gefahr der beiden Geschwister und rief ihnen zu, sie sollten sich aus der Strömung fortmachen.

Aber das ging nicht so rasch, und Tom sah den Tod auf sie einstürzen. Riesige Trümmer, zu schrecklicher Gemeinschaft verschlungen, streckten sich quer über die Strömung.

„Gretchen, es kommt!" sagte Tom mit tiefer heiserer Stimme, und dabei ließ er die Ruder los und umschlang die Schwester.

Im nächsten Augenblicke sah man das Boot nicht mehr auf dem Wasser — und in scheußlichem Triumph wälzten sich die Trümmer darüber hin.

Bald tauchte der Kiel des Boots wieder auf — ein schwar= zer Punkt auf der goldigen Fläche.

Das Boot kam wieder — aber Bruder und Schwester waren hinab in unzertrennlicher Umarmung; in einem letzten Augenblicke hatten sie wieder die Tage durchlebt, wo sie ihre Kinderhände liebend in einander verschlangen und die blumen= besäten Felder durchstreiften.

**

Nachwort.

Natur stellt wieder her was sie verwüstet — stellt's wieder her mit ihrem Sonnenschein und der Arbeit von Menschenhand. Fünf Jahre später waren von den Verheerungen jener Ueberschwemmung nur noch wenig Spuren sichtbar. Reich prangte der Herbst mit goldenen Kornhaufen, die dicht gedrängt zwischen den Hecken der Felder hervorsahen; die Werften und Packhäuser am Floß hallten wieder von geschäftigem Treiben, hastigen Menschenstimmen, gewinnreichem Verkehr.

Und die Menschen, die in dieser Geschichte vorkommen, lebten alle noch — bis auf die, deren Ende wir kennen.

Natur stellt wieder her, was sie verwüstet — doch nicht alles. Entwurzelte Bäume schlagen nicht wieder Wurzel; zerborstene Hügel behalten ihre klaffende Narbe; wenn auch frisches Wachsthum kommt, die Bäume sind doch die alten nicht mehr und die Hügel tragen unter ihrem grünen Kleide die Spuren des alten Risses. Für Augen, die gesehen, wie's früher war, heilen die Schäden nie völlig.

Die rothe Mühle war wieder aufgebaut, und der nahe Kirchhof, wo auf dem gemauerten Grabe eines Vaters, den wir kennen, der Grabstein nach der Ueberschwemmung zu Boden lag, hatte wieder sein friedliches grünes Antlitz.

Neben dem gemauerten Grabe war gleich nach der Ueber=
schwemmung ein Grabmal errichtet, über zwei jungen Leichen,
die man fest umschlungen fand, und nach dem Grabhügel wan=
derten zu verschiedenen Zeiten zwei Männer, die beide fühlten,
ihr höchstes Glück und ihr höchster Schmerz ruhten dort für
immer.

Der eine von den beiden besuchte das Grab von einem
süßen Gesicht begleitet — aber das war erst nach Jahren.

Der andere war immer allein. Er fand seine Gesellschaft
unter den Bäumen im rothen Grunde, wo das begrabene Glück
noch immer zu weilen schien — wie ein Geist aus einer andern
Welt.

Das Grabmal trug die Namen von Tom und Gretchen
Tulliver, und unter den Namen stand geschrieben:

„Im Tode noch vereint."

Druck von Franz Duncker's Buchdruckerei in Berlin.

Die Mühle am Floss.

Von

George Eliot,

Verf. von „Adam Bede."

Uebersetzt

von

Julius Frese.

Zweiter Band.

(Autorisirte Uebersetzung.)

Berlin.

Verlag von Franz Duncker.

(W. Besser's Verlagshandlung.)

1861.

12b33. cc /...

In demselben Verlage sind erschienen:

Erzählungen eines Unstäten.

Von

Moritz Hartmann.

2 Bände. Eleg. geheftet 3 Thlr.

Am Pflug.

Eine Geschichte

von

Leopold Kompert.

2 Bände. Eleg. geb. 2 Thlr. 22½ Sgr.

Briefwechsel und Gespräche

Alexander von Humboldt's

mit einem jungen Freunde.

Aus den Jahren 1847 bis 1856.

Elegant geheftet 25 Sgr. — Elegant gebunden 1 Thlr.

Helgoland.

Schilderungen und Erörterungen

von

Friedrich Oetker.

Mit einer Ansicht und zwei Karten.

Eleg. geh. 2 Thlr. 20 Sgr., eleg. geb. 3 Thlr.

Friedrich Oetker, der wackere Vorkämpfer für das Recht Kurhessens, hat in diesem Buche den Erfahrungen und Erinnerungen seiner Verbannung aus dem Vaterlande, die er zum größten Theile auf der merkwürdigen Insel der Nordsee verlebte und zu einer eingehenden Erforschung derselben benutzte, einen eben so lebensvollen als allgemein interessanten